AF194528

Die Autorin

Susi Ischli nutzt für ihre anrührenden Liebesromane ein Pseudonym. Als Neuling in dem Genre Liebesromane ist sie darauf bedacht, in ihrer liebenswürdig leichten Schreibweise spannend zu unterhalten und ihr Publikum teilhaben zu lassen an tiefen Gefühlen und an glücklichen Momenten. Aber auch Seelenschmerz, wie ihn jeder von uns kennt, und sicher auch schon zig-Male selbst durchlitten hat, kann in ihren Texten nachempfunden werden. Die Autorin schildert einfühlsam, wie die Protagonistinnen und Protaganisten ihrer Geschichten auch dunkle Lebensphasen tiefster Hoffnungslosigkeit überwinden und nicht selten sogar den Zauber hinter dem Leid für sich entdecken können. Dann nämlich, wenn das Schicksal angenommen werden kann und der Sinn des Geschehens erkennbar wird. Und genau darum geht es Susi Ischli. Und nicht selten auch darum, dass im allergrößten Schmerz schon der Same für neues Glück angelegt sein kann.

Inhalt

Gibt es ein Rezept für gelungene Partnerschaften? Liebende sind ja grundsätzlich der Auffassung, dass ein intensives Gefühl ausreicht, um charakterliche und soziale Unterschiede auszugleichen. Oft will es dennoch nicht gelingen, die tiefen Gräben zu überbrücken, die sich unversehens auftun. Aber manche Menschen scheinen das Geheimnis zu kennen, wie man liebevoll zueinander findet, auch wenn die Voraussetzungen für eine harmonische Beziehung von außen betrachtet, absolut unmöglich scheinen. Diese Geschichte erzählt, wie man es lernen kann, den Partner, die Partnerin zu verstehen und die Verschiedenartigkeit als Geschenk zu betrachten, die bereichert, statt zu entzweien. Dafür gibt es wohl tatsächlich so eine Art Code, der wie ein Schlüssel den Zugang zu dem Wesen ermöglicht, das in einer anderen Welt zu leben scheint und soeben noch ein einziges Rätsel war. Und dann öffnen sich wie durch Zauberhand die verschlossenen Wege zu der Seele des anderen und alles ist plötzlich ganz einfach ...

Susi Ischli

Sehnsuchtsfaden
Roman

Alles geben die Götter, die Unendlichen,
ihren Lieblingen ganz,
alle Freuden die unendlichen, allc
Schmerzen, die unendlichen, ganz!

Johann Wolfgang von Goethe

Impressum

Bibliografische Information der
Deutschen Nationalbibliothek:
verzeichnet diese Publikation in der
Deutschen Nationalbibliothek,
detaillierte bibliografische Daten
sind im Internet über
www.dnb.de abrufbar.
© 2020 Anahita Pasalar

Herstellung und Verlag:
BoD – Books on Demand, Norderstedt
ISBN: 9783754379981

Prolog

Ganz sicher hat jeder Mensch seine eigenen Lebensträume. Für viele von ihnen bleiben sie Schäume, aber manche von uns erleben das ihnen zugedachte Glück ganz bewusst und sind dankbar dafür, dass sie vom Schicksal ein Stück Himmel ergattern und wenigstens für eine Weile festhalten können. Die gelebten und erlebten Träume bezeichnet man dann wohl als „Glück" und wir wünschen uns, dass es ewig anhielte.

Die Chance, Glück zu erleben, befindet sich auf jedem Lebensweg. Traurig ist nur, wenn die glücklichen Phasen, die es auf jeder dieser Wegstrecken gibt, nicht wahrgenommen werden können oder diese von negativ empfundenem Erleben überdeckt werden.

Schmerzhaft müssen wir so oder so erkennen, dass es das dauerhafte, das ungetrübte Glück für uns Menschenkinder nicht gibt, jedenfalls nicht hier auf Erden.

Dabei haben wir oftmals den Eindruck, dass manche Mitbürger geradezu überschüttet werden vom Füllhorn des schönen Lebens, andere wiederum scheinen vom Pech verfolgt zu sein und es trifft sie ein Schicksalsschlag nach dem anderen. Schauen wir jedoch genau hin und ziehen Bilanz, errechnen den Schnitt zwischen Schmerz und Freude, stellen wir allermeistens fest, dass die Summen einander auffallend ähnlich sind.

Menschen nämlich, die das Geschenk von extrem empfundenem Glück erhalten, fallen dann nicht selten zum Ausgleich oft ganz schrecklich tief, so als müssten sie abbüßen, dass sie eben noch so glücklich waren. Aber auch darin scheint eine gewisse Gerechtigkeit zu liegen. Ich möchte an dieser Stelle Goethe zitieren:

Alles geben die Götter, die unendlichen ihren Lieblingen ganz, alle Freuden die unendlichen, alle Schmerzen die Unendlichen, ganz.

(1777 Gedichte, Nachlese aus einem Brief an Auguste zu Stolberg)

Nur zu schnell sind Außenstehende geneigt, die vom Schicksal bevorzugten Glückskinder des Lebens, die man persönlich kennt, oder von denen man hört oder liest, brennend zu beneiden. Dabei geht es um ihre privilegierte Stellung beispielsweise, um das Übermaß an Liebe das diese offensichtlich erfahren, um die Aufmerksamkeit, die ihnen zuteil wird, ihre Prominenz, die sie genießen, oder die Schönheit, mit der sie ungerechterweise gesegnet sind. Aber auch Reichtum, den sie möglicherweise ererbt haben und auch berufliche Erfolge oder eine strahlende Gesundheit oder Beliebtheit haben sie augenscheinlich vielen Mitmenschen voraus. Solche sichtbare Bevorzugung wird dann oft als ein günstiges Geschick neiderfüllt von der Umwelt registriert.

Blickt man jedoch ein wenig hinter den Vorhang, ist leicht feststellbar, dass jeder, wirklich jeder, sein Päckchen zu tragen und sein Maß an „Abgaben" zu leisten hat, damit das Leben ihm gewogen bleibt. Denn in diesem Leben gibt es keine wirklichen Geschenke, alles hat seinen Preis.

Früher oder später sieht der Nutznießer des Glücks sich genötigt, auch Entscheidungen zu treffen, die ihm abverlangt werden, soll das Glück errungen werden oder anhalten, denn es gibt selten ein „Sowohl als Auch", sondern meistens nur ein „Entweder, Oder".

Sogar anscheinend Auserwählte, die gerade auf der Wolke des Glücks segeln, müssen danach trachten, nicht herunterzupurzeln von der Plattform, auf der sie soeben noch geglaubt haben, das Glückserleben würde ewig währen.

Aber die Rechnung kommt unweigerlich. Ein dauerhaftes Glück gibt es eben nicht und der Preis muss entrichtet werden. Und der fällt unterschiedlich hoch aus, je nachdem, wie viel die Götter bereit waren, auszuschütten über ihrem Liebling. Und wenn die Gaben besonders üppig ausfallen, kann es leicht passieren, dass das Glückskind buchstäblich aus allen Wolken fällt und dann höchst unsanft in den tiefsten Tiefen landet.

Auch ich war ein solches Glückskind. Ein Glückskind der Liebe. Ich durfte den ungetrübten Liebeshimmel erleben. In dieser Zeit ahnte ich nicht, dass dieses bezaubernde Liebesglück, das mich über eine lange Strecke hinweg begleitete, nur geliehen war. Aber ich selber habe es zerstört, konnte mein Glück nicht festhalten, hatte es wohl in seiner Großartigkeit gar nicht richtig erkannt und zu würdigen gewusst, es als ganz selbstverständlich hingenommen. Der Grund dafür war wohl, dass der Mensch sich nur ungern mit dem begnügt, was er hat. Da soll das Glück dann unbedingt durch das ergänzt werden, was augenscheinlich noch fehlt.

Meine Sehnsucht richtete ich also auf das, was es in meinem siebenten Himmel nicht gab. Ich sehnte mich nach der Normalität. Ich wollte nicht verstehen, dass man Himmel nicht mit Normalität kombinieren kann und musste meine ganz persönlichen Entscheidungen treffen, um nicht zu zerbrechen an diesem zwiespältigen Sehnen.

Ich war jung und glaubte ganz fest an die Macht der Liebe. Diese Macht hielt ich für groß genug, dass sie mich und meinen Liebsten über die Gräben hinwegtragen könnte, die uns und unsere grundverschiedenen Persönlichkeiten und Vorstellungen vom Leben trennte. Und dann geschah das Unweigerliche, dass wir uns nämlich unserem Schicksal fügen mussten.

Gibt es Schicksal? Gibt es Fügung? Nicht umsonst aber gehört zu dem Wort „Fügung" das „Sich fügen".

Meine Rettung aus dieser schmerzlichen Zerrissenheit war dann die Entscheidung für die Normalität. Und ich war sicher, darin endlich mein wahres Glück finden zu können. Und irgendwie war es wohl auch so. Erst einmal. Wenngleich es nur ein kleines Glück war, das ich habe für mich eintauschen können. Normalität eben.

Aber tief verborgen in meinem Herzen blieb nun die Sehnsucht nach dem Himmel, den ich hinter mir zugesperrt hatte.

Hätte es den Schlüssel denn gegeben, der es ermöglichte, dass mein Liebster und ich das eine mit dem anderen hätten vereinbaren können? Hatten wir vorzeitig aufgegeben?

Oft habe ich mich das gefragt. Hatte ich dieses wunderbare, dieses besondere gemeinsame Erleben selber zertrümmert und meinen profanen Wünschen geopfert? In mir spüre ich noch immer ein Quäntchen Schuld daran, dass alles gekommen ist, wie es ist. Hätte ich ausdauernder um meine, um unsere Liebe kämpfen müssen?

Übrig geblieben von solch einer, von meiner Schicksalserfahrung ist diese restliche kleine Traurigkeit, die ganz heimlich um das Verlorene weint, auch weil meine Entscheidung, die ich getroffen habe, die ich meinte treffen zu müssen, so endgültig ist.

Ich weiß heute, dass etwas passen muss, soll es aneinandergefügt werden und haltbar bleiben. Und dass es nicht mit Gewalt passend gemacht werden kann, wenn die Materialien grundverschieden sind. Auch dann nicht, wenn man es noch so gerne möchte.

Erst, als ich verstanden habe, was uns trennte, und was unsere wirkliche Bestimmung ist, meine und auch seine, konnte ich meinen Frieden finden und mein alltägliches Glück annehmen. Dies mit allen Höhen und Tiefen, die ich gelernt habe, als Geschenke des Lebens zu sehen.

Und der Sehnsuchtsfaden, der meinen Schicksalsweg so lange begleitet hat? Ich will ihn nicht abschneiden, sondern weiter (ganz heimlich) in meinem Herzen wohnen lassen als wunderschöne Erinnerung an zauberhafte, an „himmlische Zeiten", auch wenn dieses Erinnern immer mit einem ganz kleinen Schmerz, einem süßen Schmerz, gesegnet sein wird.

MAILAND

Es ist längst mittags, aber ich, Lily, liege noch immer im Bett. Die Idee, dass ich gleich aufstehen muss, erfüllt mich mit Panik. Ich muss mir eingestehen, ich habe Angst vor dem Tag. Jeden Tag habe ich jetzt diese Angst. Dabei weiß ich eigentlich genau, dass nichts Schlimmes passieren wird. Aber ich habe Angst vor der Angst, vor den Gefühlen, die mich oft unversehens überkommen, die mich ohne Grund überfallen und die mich gefangen halten. Das kommt regelrecht angeflogen, ohne dass etwas passierte, was rechtfertigen könnte, dass ich nun immer wieder in einen solchen Zustand gerate. Freilich, diese Anwandlungen vergehen auch wieder. Aber seit einiger Zeit bleiben sie immer länger in meinem Gemüt und lehren mich das Fürchten.

Fürchten? Ja, es ist Furcht, die mich immer öfter überkommt und die meine Sinne vernebelt und die meinen Blick trübt. Ich vermag dann Situationen oder Dinge, die mich zu anderen Zeiten freundlich beschäftigt hätten, kaum wahrzunehmen, geschweige denn zu genießen.

Stattdessen erfüllt mich alles, was ich derzeit fühle, sehe, erlebe, mit tiefer Traurigkeit. Dabei habe ich absolut keinen Grund für eine solche Trauer in meiner Seele.

Mein Verstand hat genügend Argumente, die mich davon überzeugen wollen, dass es mir doch eigentlich gut geht, dass meine unguten Gefühle völlig irrational sind und nichts zu tun haben mit der Weltuntergangsstimmung, die mich jetzt öfter und immer öfter überfällt und die immer länger bei mir bleiben will.

Ich habe alles, was ich mir immer gewünscht habe. Ich liebe und ich werde geliebt. Ich habe eine wunderbare Familie, einen intelligenten, lebhaften und witzigen Sohn, und eine entzückende Tochter. Sie alle bringen Sonnenschein in mein Leben, genauso, wie mein fürsorglicher Ehemann. Ich kann mich über ein schönes Heim freuen, meinen guten und von mir geschätzten Beruf und finanzielle Sicherheit.

Auch meine Herkunftsfamilie ist intakt, mitsamt der angeheirateten, einschließlich der Opas und Omas, liebevollen Tanten und Onkels, sowie Cousinen und Cousins. Dieser ganze Familienclan bereichert mein soziales Umfeld, auf das ich immer zählen kann.

Meine Freundinnen und Freunde sind ebenfalls ein solides Netzwerk, auf das ich bauen kann. Aber gerade diese Familienbande und die Freundschaften wurden in den letzten Monaten von mir arg strapaziert und mussten einiges aushalten. Dennoch wurde ich nicht alleine gelassen, wenn ich mich wieder einmal, für alle unerklärlich, zurückzog oder auch genervt reagierte, wenn mir doch einfach nur Fürsorge und Interesse entgegengebracht werden sollte.

Heute beispielsweise wollte meine Freundin Jana, mit der mich schon seit der Kindergartenzeit Liebe und grenzenloses Vertrauen verbindet, mich unbedingt treffen, obwohl ich sie wieder einmal versuchte, mit Ausreden abzuspeisen. Sie hat sich von mir einfach nicht abwimmeln lassen, quälte mich unentwegt, wollte mich sehen und mich zu irgendwelchen Aktivitäten überreden. Wenigstens einem Spaziergang und einem Treff in unserem Lieblingscafé sollte ich zustimmen. Widerstrebend sagte ich also zu, warnte sie aber, dass ich wirklich nur für ein Stündchen käme, denn es ginge mir einfach nicht gut. Ich käme sowieso nur, weil sie keine Ruhe gebe. Jana ist wie ich, 37 Jahre alt und war immer schon meine Vertraute, meine Trösterin und einfach eine wichtige Person in meinem Leben. Wir wissen beide um tiefe Geheimnisse voneinander, von dunklen Flecken auf der Seele, von emotionalen Einbrüchen, um verborgene Sehnsüchte und auch von glücklichen Momenten in unserem Leben, die wir einander ohne Vorbehalte immer anvertrauen konnten.

In den letzten Wochen aber bin ich allen Menschen meiner Umgebung aus dem Weg gegangen. Besonders vor Jana habe ich mich seit einiger Zeit regelrecht versteckt. Ich wusste genau, ihr hätte ich nichts vormachen können. Sie konnte in meiner Seele lesen und dort vielleicht Abgründe entdecken, vor denen ich mich selber fürchtete und die ich gar nicht ansehen wollte.

Seufzend zwinge ich mich jetzt dazu, mein Bett zu verlassen, das mir Schutz geboten hatte vor Angstträumen und dunklen Gedanken. Von meinem Hausarzt Dr. Werner hatte ich mich krankschreiben lassen. Er hat bei mir Burnout diagnostiziert und bot mir an, eine Kur zu verschreiben, damit ich mich wieder ganz erholen könne. Aber die Idee, inmitten von anderen Kurgästen irgendwelche Anwendungen absolvieren zu müssen, oder gar meine Seele offen zu legen, erfüllte mich mit noch größeren Ängsten. So lehnte ich seinen fürsorglichen Vorschlag ab und war dankbar, dass ich erst einmal für 2 Wochen daheimbleiben durfte und nicht gleich meinem quirligen und stressigen Berufsalltag ausgesetzt wäre.

Mein Ehemann Eric wusste in solchen Phasen nicht recht, wie er mit mir umgehen sollte. Er war es ja eigentlich gewöhnt, seine Frau rührig und taff zu sehen, eine Frau, die den Alltag mit Links erledigt und allen Problemen gewachsen zu sein scheint. Nun lag diese gleiche Frau im Bett und jede kleinste Anforderung war ihr offenbar zu viel. Ich war ihm dankbar dafür, dass er mich nicht mit Fragen bedrängte, sondern einfach nur versuchte, mir Ruhe zu ermöglichen, wie mein Arzt ihm das geraten hatte.

Eric versuchte, so rücksichtsvoll wie möglich zu sein. Er kümmerte sich um den Haushalt und die Kinder, brachte den 7-jährigen Lenhart in die Vorschule und die kleine Almut, die gerade 3 Jahre alt geworden war, zur Tagesmutter. Dann erledigt er rasch die Einkäufe für uns. Sein liebevoller Einsatz wurde von mir kaum honoriert, obwohl mir klar sein musste, dass mein tüchtiger Gatte sich beruflich eigentlich nur schwer ausklinken kann, denn er ist als Abteilungsleiter in seiner Firma eigentlich unentbehrlich. Alles das wusste ich sehr wohl, aber irgendwie hatte ich ausgeblendet, wie die Befindlichkeit der Leute in meiner Umgebung war und was ich ihnen in dieser Zeit zumutete.

Jetzt also musste ich mich dem Tag ja wohl stellen. Ich setzte mich auf meinen Bettrand und betrachtete angeekelt mein zerknülltes Bettzeug. Es sah so aus, wie ich mich fühlte; zerknittert und wenig einladend.

Mühevoll quälte ich mich ins Badezimmer, um meinen schlaffen Körper unter der Dusche wenigstens mit einem Minimum an Energie zu versorgen. Wider Erwarten fühlte ich mich unter dem heißen Strahl besser und hatte das Gefühl, dass wieder etwas Leben durch meinen Körper floss. Ich wechselte mutig in das andere Extrem und schockierte meine lahmen Glieder mit einem eiskalten Guss und dann nochmal heiß und wieder heftig kalt.

Nicht mehr ganz so matt, begann ich meine übliche Pflegeroutine mit einem Peeling, um die Gesichtshaut etwas zu durchbluten, damit man mir nicht gleich auf den ersten Blick ansah, dass ich mich nur grau in grau fühlte. Als die Feuchtigkeitscreme aufgetragen war, sah ich tatsächlich fast wieder wie ein Mensch aus, der zu den Lebenden zählt. Das fand ich jedenfalls und zog meinem Spiegelbild eine resignierte Grimasse.

Widerwillig bürstete ich meine langen Haare und band sie zu einem Pferdeschwanz hoch. Eigentlich gehörten sie gewaschen, konstatierte ich, aber zu solchem Aufwand konnte ich mich nun doch nicht durchringen. Außerdem reichte die Zeit bis zu meiner Verabredung auch gar nicht für noch mehr Pflegeaktionen aus. Wohl aber widmete ich einem kleinen Makeup etwas Sorgfalt, wusste ich doch, dass ein wenig Farbe innere Trostlosigkeit wenigstens optisch etwas zu kaschieren vermag. Dafür bemühte ich einige Tupfer Rouge und fand mich nahezu frisch aussehend.

Die Wahl eines passenden Kleidungsstückes machte mir unerwartet viel Mühe. Normalerweise wäre ich für einen Treff mit einer Freundin in einfache Jeans geschlüpft, hätte ein weißes T-Shirt gewählt und eine Sportjacke übergeworfen. Ein solches Outfit schien mir heute unpassend. Auch Sneakers, die ansonsten zu meinem Alltags-Gerenne gehörten, kamen irgendwie nicht in Betracht. Ich wollte mit meinem Äußeren gleich klarstellen, dass ich auf Distanz gehen wollte, dass ich auf freundliche und lässige Nähe nicht eingerichtet war. Schließlich wusste ich genau, dass Jana in mich dringen würde und den Grund dafür herausbekommen wollte, weshalb ich mich so zurückgezogen hatte und was genau los sei mit mir.

„Nichts ist mit mir los, liebe Jana. Es geht mir einfach nicht gut. Das kann doch mal vorkommen, nicht wahr?" dachte ich kämp- ferisch. Allerdings konnte ich verstehen, dass sie verunsichert war.Unser ganzes Leben lang waren wir ein „Kiek und ein Ei" gewesenund hatten alles voneinander gewusst. Nun aber war ich eine ganze Weile schon nicht ansprechbar gewesen und hatte mich, alle Annäherungen ablehnend, für mich selber behalten.

Ich war meiner Freundin jedoch schuldig, dass wenigstens mein Anblick für sie erfreulich ausfiel und ich sie nicht auch noch herunterziehen musste in die Abgründe meiner derzeit so düsteren Gedanken.

Ich blätterte also in meinem Kleiderschrank auf der Suche nach einem netten Kleid, das dennoch nicht so auffallend anders war, als es der Anlass gebot. „Bloß ein kleines Treffen, dachte ich, „mach nicht so ein Aufheben davon." Jana musste ja befremdet sein, wenn sie sehen konnte, wie viel Mühe ich auf mein Outfit für ein Date mit ihr aufwendete. Also wählte ich endlich einen Jeansrock, eine seidige Bomberjacke mit blaugelben Blumen und flache blaue Leinenschuhe, die bis zum Knöchel geschnürt werden. Ich musterte mich unsicher im Spiegel und fand, ich sähe einigermaßen frisch und adrett aus, nicht wie ein Pflegefall, der ich ja auf keinen Fall sein wollte.

Ich hatte schließlich nicht die Absicht, ihren Sorgetrieb zu wecken und erst recht nicht, mir tief in die Seele schauen zu lassen. Letzteres auch deshalb nicht, weil ich mich selber fürchtete vor dem Durcheinander, was mich dort erwartete und das mir einfach nur bedrohlich erschien, weil ich es im Moment nicht zu entwirren vermochte.

Meine Umhängetasche umgeworfen, verließ ich dann das Haus und machte mich mit etwas zittrigen Beinen auf, um meiner lieben Freundin unter die forschenden Augen zu treten. Meine Wackelbeine erklärten sich daraus, dass ich ja tagelang kaum einen Schritt aus meinem Bett getan hatte.

Da stand sie dann, meine Freundin Jana, vor unserem „Café Wolken-Nest" und wartete schon ungeduldig auf mich. Als ich sie sah, wusste ich, dass ich ihr nichts vormachen konnte. Ich rannte auf sie zu und warf mich gleich schluchzend in ihre Arme. Jana umarmte mich ganz fest und tröstend und nahm mich dann gleich bei der Hand. Wir schlugen den Weg ein, den wir am Ufer des kleinen Sees entlang schon so oft gelaufen waren. Im Anschluss an unseren Spaziergang schlug Jana dann vor, dass wir im Café einkehren, um uns mit der besten Trinkschokolade zu trösten, die es in der Stadt gab. Jana meinte, wir wüssten doch sicherlich noch, das böte zuverlässige Hilfe gegen jedweden Seelenschmerz.

„Ja und mit dem Schmerz ist das so eine Sache", meinte sie, „wo tut es denn weh, was ist denn geschehen, dass Du so urplötzlich wegtauchen musstest und einfach nicht mehr zu sprechen warst?"

Meine Freundin sah mir besorgt in mein verquollenes Gesicht, das ich auch mit Hilfe meiner sorgfältigen Camouflage nicht vermocht hatte, gänzlich zu tarnen: „Wusste ich es doch, sagte sie, *es ist Holland in Not!"*. „Warum versteckst Du Dich denn vor mir. Du weißt doch, zusammen werden wir mit jedem Problem fertig. Wer also hat dich verletzt? Ist dein Mann nicht gut zu dir? Hat dein Chef dich entlassen oder was sonst ist dir passiert, dass du dich so urplötzlich unsichtbar machen musstest?" „Ach Jana, wenn ich das wüsste. Es geht mir einfach nicht gut. Ich glaube, ich habe eine schlimme Depression und finde da nicht mehr raus."

„Erzähl mal von Anfang an. Wann hat das denn begonnen? Für mich bist du seit Wochen nicht zu sprechen, hast dich nicht erreichen lassen. Davor war doch alles in Ordnung, oder?" Jana umschlang meine Schultern und gab mir einen Kuss auf die Stirn und sagte: „Ich erinnere an unser Mädelstreffen vor zwei Monaten. du warst so ausgelassen, so glücklich. Als dein Mann dich abholte, hattest du einen kleinen Schwips und bist kichernd ins Auto gehüpft. Ist irgendwas mit deinem Mann? Hat dich jemand verletzt? Sag doch, was ist seither passiert, was dich derart aus der Bahn geworfen hat?" Ich schaute meine Freundin unglücklich an. „Wenn ich nur wüsste, was ich dir antworten kann. Alles scheint mir plötzlich so leer, so belanglos, so uninteressant. Mein Leben plätschert so dahin, nichts Aufregendes passiert. Ein Tag reiht sich an den anderen und es ist abzusehen, wie er morgen aussieht und nächste Woche und in aller Zukunft. Höhepunkte in unserem Leben sind Grillpartys, zu denen wir in unseren Garten einladen und zu denen wir eingeladen werden. Wir sehen immer die gleichen Leute und führen immer ähnliche Gespräche. Alles ist so absehbar, derart penibel durchgetaktet, so, als würde ich nicht Leben erleben sondern immer nur den Alltag erledigen."

„Weiß Eric von deinen düsteren Gedanken?"

„Ach nee, der doch nicht. Derzeit behandelt er mich wie ein rohes Ei, als hätte ich eine Sommergrippe, die schon wieder vorübergeht. Er ist sehr rücksichtsvoll und im Moment peinlichst darauf bedacht, mir alle Pflichten abzunehmen. Er räumt mir Zeit ein, bis ich mich wieder einkriege, wie er das nennt. Ich habe das Gefühl, dass er meint, ich kranke vorübergehend an einem Spleen, der aus dem Nichts gekommen ist und der auch wieder verschwindet, wenn man nur ein wenig Geduld hat und einfach totschweigt, dass die Frau des Hauses ein wenig indisponiert ist. Auch mein Sohn wird dazu angehalten, auf leisen Sohlen zu gehen, um ja die Mamma nicht zu stören. Und die Kleine wird bei dem kleinsten Schrei beschwichtigt, damit jede Aufregung von mir ferngehalten wird. Ach Jana, ich liebe doch meine Drei und habe das Gefühl, dass ich ihnen derzeit nur eine Last bin. Und ich weiß ja auch nicht, wann das aufhört und ob es überhaupt aufhört, dass ich alles nur in hellschwarz und dunkelschwarz sehen kann. Und wenn ich ehrlich sein soll, dann kann ich die Gesellschaft meiner Lieben derzeit kaum ertragen und möchte immer nur alleine sein. Alleine aber fühle ich mich zu Tode einsam und weiß nicht wohin mit mir und wohin meine Befindlichkeit bloß noch führen soll. Und diese verdammte Rücksichtnahme, die macht mich sogar noch aggressiv. Ich weiß, dass ich ungerecht bin, und ich weiß noch nicht einmal, wie ich es denn gerne hätte."

Jana musterte mich ratlos und drang weiter in mich: „Es muss doch etwas passiert sein, was dich so aus dem Takt gebracht hat. Noch vor kurzer Zeit warst du doch so fröhlich und es schien mir, dass du mit deinem Leben total einverstanden bist. Jedenfalls hast du dich nie beklagt und schienst den Alltag prima zu meistern. Alle haben dich dafür immer bewundert. Du hast den Eindruck vermittelt, gänzlich ausgeglichen zu sein, alles erreicht zu haben, was du dir immer gewünscht hast und du wärst mit dir und deinem Leben rundum einverstanden."

„Ja, das ist wohl irgendwie der Schlüssel. Plötzlich kommt mir der Alltag so alltäglich vor. Ich habe das Gefühl, es gibt kein Entrinnen und ich hätte mein Leben eigentlich schon gelebt. Wenn ich daran denke, dass es so weitergehen soll, könnte ich mich in Tränen auflösen, weil alles so haargenau vorgeplant ist und so wenig Überraschendes bietet. Ja, ich bin wohl gerade dabei, immer noch tiefer in Trübsal zu versinken und keinen Fluchtweg für mich zu erkennen."

„Lass uns gemeinsam überlegen, es muss doch etwas passiert sein, dass dir alles plötzlich so gering erscheint, was dir allem Anschein nach immer so wertvoll gewesen ist. Lass uns doch mal nachsehen, was innerhalb der letzten Wochen in deinem Leben vorgefallen ist, vielleicht kommen wir gemeinsam dahinter, was dir so plötzlich die Petersilie verhagelt haben könnte, sodass du heute die Welt mit derart anderen Augen siehst, als noch vorgestern. Das muss doch irgendwo einen erkennbaren Anfang genommen haben. Vielleicht ist dir nur nicht bewusst, dass ein Geschehnis einen Triggerpunkt in deiner Seele berührt hat, der dein Weltbild so ins Wanken brachte."

„Das ist es ja gerade", antwortete ich tonlos. „Es ist nichts passiert, partout gar nichts. Aber vielleicht ist genau das mir plötzlich bewusst geworden: Es geschieht nichts Überraschendes mehr. Mein

Leben plätschert einfach so dahin, ich fühle mich nicht mehr tatkräftig, einfach nicht mehr jung."

„Ach Quatsch, da muss es etwas gegeben haben. Ein Gespräch vielleicht? Oder hat dich ein Film aufgewühlt, dich nachdenklich gemacht, oder ein Buch? Oder eine Begegnung? War da was, als du vor 2 Monaten mit Chef und Kollegen in Mailand warst? Gab es dort eine geschäftliche Krise?"

„Nein, die Geschäftsreise war gut und erfolgreich."

„Fangen wir doch mal an zu recherchieren, wie du dich damals gefühlt hast. Bis zu dieser Zeit war ja noch alles in Ordnung mit dir gewesen. Du hattest dich auf die Modewoche so sehr gefreut, ich erinnere noch genau. Auch der Abstand vom Alltag schien dir verlockend wie eine Urlaubsreise, obwohl du genau wusstest, welcher Stress dich immer auf so einer Messe erwartet.

War es das? Hast du dich dort übernommen? Gab es dort Erlebnisse, die dich völlig aus der Spur gehoben haben?"

Erschrocken schaute ich Jana an. Ich hatte es ja nicht wahrhaben wollen, hatte es verdrängt, wie tief mich dort die unverhoffte Begegnung mit meiner Ex-Liebe Valentin getroffen hatte. Ich habe mir seither jeden Gedanken daran verboten, habe versucht zu übergehen, wie sehr mich die plötzliche Konfrontation mit meiner ehemaligen großen Liebe, so heftig aufgewühlt hatte. Schließlich lag die Beziehung schon über 9 Jahre zurück und ich war es gewesen, die damals so nicht weiterleben wollte, die unsere, zunächst so überglückliche, dann nur noch beklagenswerte Zwei-samkeit beendet hatte, weil ich erkannt hatte, dass unsere Be-ziehung in Wahrheit keine war und an eine gemeinsame Zukunft für uns beide überhaupt nicht zu denken war.

Ja, diese Zeit der Trennung damals war für mich überlebens-notwendig gewesen, denn er und ich hatten einfach zu unter-schiedliche Vorstellungen von einer gemeinsamen Lebensführung. Das heißt, dass Valentin sich total verweigerte, wenn ich den leisesten Versuch unternahm, mit ihm eine Zukunft planen zu wollen. Ich aber, von Natur aus ehrgeizig und vorausplanend, konnte es einfach nicht mehr aushalten, so in den Tag hineinzuleben und meinen Träumen von einer Familie und einem passenden Drumherum einfach Lebewohl zu sagen. Also war die Trennung unvermeidlich gewesen. Und das, obwohl ich sehr wohl wusste, dass mir ein solches Liebesglück, wie ich es mit Valentin erlebt hatte, sicherlich nie mehr begegnen würde. Die Trennung von meinem Liebsten hatte ich damals mehr tot als lebendig überstanden. Überstanden ist geprahlt. Ich war außerhalb meiner selbst vor Traurigkeit und Schmerz gewesen, obwohl ich wusste, dass ich gehen musste und dass wir auseinander bleiben mussten, weil ich mich in der Beziehung mit Valentin immer weiter selbst verloren hätte und eigene Zukunftsträume hätte ad acta legen müssen.

Jana hatte die ganze jammervolle Zeit hautnah miterlebt, als ich von einer glücklich verliebten Frau, die glaubte, das große Los mit diesem Traummann gezogen zu haben, im Laufe der Zeit zu einem Elendsbündel geschrumpft war, das von rauschhaften Glückszeiten ins Bodenlose abgestürzt war.

Kleinlaut gestand ich meiner Freundin nun meine Begegnung mit Valentin-Enno. „Aber", beeilte ich mich zu versichern, „das ist ja tatsächlich endgültig vorbei. Er ist ein verheirateter Familienvater mit drei netten Kindern und um nichts in der Welt wünschte ich ihn mir zurück. Und das ist die reine Wahrheit. Ich ahne es, du willst in das Treffen hineingeheimnissen, dass ich dieser Beziehung noch immer nachhänge, dass ich die damalige Trennung nicht überwunden habe, dass hier die Wurzel meiner derzeitigen Trübsal zu suchen sei."

„Habe ich es doch geahnt. Hat der Mistkerl es doch wieder geschafft, dir Flausen in den Kopf zu setzen. Ich habe diesem Glücksritter nie recht getraut. Der Typ war einfach zu glatt, zu schön, zu wenig realistisch. Der wollte durchs Leben tanzen und keine Verantwortung übernehmen. Der war nix für eine so patente und konkrete Person, wie du sie bist. Bitte vergiss nicht, wie unglücklich du am Schluss mit ihm warst und wie wenig er in Wahrheit in dein Weltbild passte."

Freilich, ich musste zugeben, dass Jana in jedem Punkt Recht hatte. Valentin-Enno von Herbenstein war in meinem Leben ein Fremdkörper gewesen. Genau so musste ich mir das eingestehen. Er war hineingeschwebt, hatte über mir ein Füllhorn von Glückserleben ausgeschüttet und konnte dennoch, vielleicht sogar deshalb, meinen eigenen, sehr realistischen Vorstellungen von einer gemeinsamen Zukunft überhaupt nicht entsprechen. Mit einem Mini-Rest von Verstand hatte ich mich damals gerettet und die Reißleine gezogen, bevor ich allen den schillernden Versuchungen, die dieser hinreißende Mann tagtäglich für mich bereit hatte, gänzlich erlegen war und ich dabei immer kleiner wurde. Ich hatte ihm in dieser Zeit vorgeworfen, er wolle nicht erwachsen sein, betrachtete das Leben vielmehr wie eine immerwährende Amüsiermeile, auf der man seinen Spieltrieb ungehemmt ausleben könne. Seine Argumente auf meine Klagen waren, ich würde die zauberleichten Freuden des Lebens mit Hilfe von bleischweren Gewichten, wie Befürchtungen und Sicherheitsmaßnahmen rigoros ausbremsen.

Vielleicht stimmte es ja, wenigstens ein bisschen, dass für mich am Ende Fakten wichtiger waren als Träume. Nachdem es mir dann endlich gelungen war, Reste meines Verstandes zusammenzuklauben, und wieder klarer zu sehen, wusste ich, dass ich mich von meiner Liebe trennen musste, so weh das auch tat. Aber das lag nun schon so lange zurück und war längst überwunden, oder doch nicht?

„Was war da in Mailand also los?", bohrte Jana weiter, „willst du diesen Knaben vielleicht doch zurückhaben? Was ist dort zwischen euch passiert?"

„Nichts ist passiert. Ich bin einem glücklichen Ehemann und seiner charmanten Frau begegnet, die sich augenscheinlich beide freuten, mich zu sehen und mich, meinen Mann und meine Kinder nach Rom eingeladen haben."

„Und stell dir vor, seine eineinhalb-jährige Tochter heißt wie ich. Lily, eigentlich Liliane, aber genannt Lily. Was soll ich davon halten? Das ist doch irre. Wer macht denn sowas, sein Kind nach der Ex zu benennen und die Mutter stimmt dem auch noch zu."

„Jawohl, in Mailand ist was passiert. Aber nicht was du denkst. Mit mir ist was passiert. Ich denke seither unablässig über mich nach. Nur kann ich keinen der Gedanken zu Ende denken. Eines aber weiß ich sicher – mit keinem Gedanken wünsche ich mir Valentin zurück. Das habe ich in den ganzen Jahren nicht getan, seit ich mit Eric zusammen bin. Aber da ist offenbar noch ein kleiner Sehnsuchtsfaden, den ich wohl zusammengeknäult in einer dunklen Ecke meines Herzens versteckt gehalten hatte und der mich wieder an unwiederbringliche, traumhaft schöne, aber zunehmend schmerzvolle Zeiten erinnern will. Nun ist wohl ein Ende dieses Fadens an die Oberfläche gekommen und eine unnachsichtige Hand zieht Stück für Stück an diesem Faden und führt mir vor Augen, was ich die ganzen Jahre nicht wahrhaben wollte, was mir fehlt und was ich tatsächlich brauche zu meinem persönlichen Glück. Dabei habe ich nicht die geringste Ahnung, was genau das sein könnte. Ehrlich! Ich habe doch alles, was ich mir je gewünscht habe. Auch einen Mann, den ich liebe. Ja, den ich von ganzem Herzen liebe und den ich um nichts in der Welt eintauschen würde. Auch nicht, und erst recht nicht, gegen Valentin-Enno."

Alles das sagte ich Jana. Und auch, dass ich unbedingt herausfinden will, was genau es sein könnte, was mir diesen Schmerz bereitet, was mich so niederzieht und mir dieses Gefühl der Ohnmacht bereitet, dem ich derzeit nichts entgegen zu setzen habe. „Wonach sehne ich mich also? Was hat es auf sich mit diesem Sehnsuchtsfaden, der in meinem Unterbewusstsein sein Unwesen treibt."

Jana schlang beide Arme um mich, und drückte mich fest an sich. „Lily, ich ahnte ja nicht …"
„Ja, ich stimme dir zu. du musst herausfinden, was da gerade so schief läuft in deiner Seele. Du warst ja immer schon eine Meisterin im Verdrängen. Sicherlich sind es auch deine verborgenen, deine uneingestandenen Wünsche, denen du keinen Raum gibst und die du einfach wegargumentierst, wie du es ja gerne tust, wenn etwas nicht in deine eigene Logik passen will. Ich denke, dass es bei dir um Grundsätzliches geht, das geklärt werden will."

„Ja", sagte ich kläglich, „aber was ist es dann? Ich habe mich noch und noch gefragt, wie es sein kann, dass mich die Begegnung mit Valentin-Enno so verstören konnte. Ich habe versucht, ehrlich zu mir selbst zu sein und mich gefragt, ob ich ihm im Geheimen vielleicht doch noch nachtrauere, schließlich habe ich mit ihm die schönste Zeit meines Lebens erlebt. Auch das muss ich doch ehrlich zugeben, auch wenn die Beziehung mich letztendlich nicht glücklich machen konnte und dann so kläglich endete. Die zwei Jahre mit ihm aber waren einfach zauberhaft, so voller schöner Geschichten, abenteuerlich und spannend. Und ich war so verliebt in ihn und in das Leben mit ihm. Aber ich habe auch nicht vergessen, wie abgrundtief unglücklich ich damals, besonders in der letzten Zeit mit ihm war. Mir fehlte Wesentliches. Ich bin für ein Leben, wie er es führte, einfach nicht geschaffen. Das will ich auch im Rückblick keineswegs schönreden, indem ich den unbestritten wunderschönen Zeiten über Gebühr nachhänge. Nein, ich weiß nur zu genau, das hätte auf die Dauer einfach nicht gepasst. Aber was ist es sonst, das mich jetzt so unendlich traurig sein lässt?" Jana sah mich nachdenklich an: „Ich weiß da auch keinen Rat. Fakt ist, dass was passieren muss. Du kannst in dieser elenden Verfassung auf keinen Fall verbleiben. Das geht nicht von alleine weg. Dabei nimmst du Schaden und dein Familienleben geht auch den Bach runter.

Lass uns also das Übel bei der Wurzel packen. Ich habe da so eine Idee. Du weißt doch, dass ich Mitglied einer Gruppe von Unternehmerinnen bin. Jede von uns betreibt eine eigene Firma, ist in selbständiger Position tätig, oder hat sich eine Firma oder eine Praxis aufgebaut. Wir unterstützen uns gegenseitig und kommen alle aus ganz verschiedenen Berufsrichtungen.

Eine meiner nettesten Mitstreiterinnen in der Gruppe ist Verena Klöckner. Sie ist Diplompsychologin und scheint mir sehr verständnisvoll, einfühlsam und dabei dennoch lebensnah zu sein. Ich habe bei ihr den Eindruck, dass ihr Beruf auch ihre Passion ist und dass ihre Patienten ihr sehr am Herzen liegen. Soll ich mal mit ihr sprechen? Vielleicht ist es angebracht, dass dir professionelle Hilfe zur Seite steht, wenn du versuchst, deine seelische Befindlichkeit nachhaltig zu analysieren. Nachhaltig – damit meine ich, dass nichts Düsteres mehr in deiner Seele herumspukt und verhindert, dass du glücklich bist. "

Zweifelnd sah ich meine Freundin an. „Ich fühle mich einfach nicht wohl, wenn ich vor einer fremden Person mein derzeitiges Gedankenpuzzle ausschütten und im besten Fall wieder zusammensetzen soll."

Jana lachte und erwiderte, dass ich solche psychologischen Sitzungen sicherlich ganz anders einschätzen würde, als sie tatsächlich ablaufen. In der Regel ist es so, dass man einfach nur erzählt. Dabei sagt man alles, was einem in den Sinn kommt und derzeitig bewegt. Der Therapeut oder die Therapeutin lenken das, was berichtet wird, in die Richtung, die direkt hinführt zum eigenen Verstehen für die Situation oder die Geschehnisse, die auf der Seele liegen. Dann aber ist es bis zu den nötigen Erkenntnissen nicht mehr weit und die inneren Wunden können heilen. Ich schlage vor, dass ich einen Termin vereinbare, damit du herausfinden kannst, ob meine Bekannte die Person ist, der du Dich anvertrauen kannst, oder möchtest. Und sie wiederum kann sich ein Bild von dir und deiner Situation machen, damit sie sieht, ob sie mit dir gemeinsam den gordischen Knoten, in dem du offensichtlich gerade verstrickt bist, lösen kann."

In unsere Gespräche vertieft, hatten wir unseren kleinen See mehrmals umrundet. Es waren dabei schon mehr als drei Stunden vergangen. Jana sah mich prüfend an und fragte, ob es mir ein ganz kleines bisschen besserginge, als heute Vormittag noch. „Doch, ja, ich bin nicht mehr ganz so verzagt." Janas direkte und zugewandte Art gab mir etwas Halt und bot mir ein wenig Trost. Ich war ihr dankbar, dass sie einfach das Heft in die Hand genommen hatte und mir die Wege weisen wollte, die ich gehen könnte.

Es war ja das Vage, das Unausgesprochene, das nicht klar Erkennbare, das mir so zu schaffen machte. Ich wusste, dass ich derzeit einfach durcheinander gerüttelt war, verwirrt, ziellos, hilflos. Ich hatte das Gefühl, dass mein Lebensschiffchen dahintrieb und seine Zielroute verloren hatte.

Ganz wohl war mir bei der Idee nicht, dass meine Freundin mir einfach eine Therapeutin verordnet hatte. Ich war doch nicht krank, oder doch? Dankbar aber wollte ich brav die Hand nehmen, die sie mir reichte und auch die, an die sie mich nun weiterreichen wollte. „Schlimmer als alles jetzt war, konnte es nicht kommen", dachte ich, „und vielleicht gelingt es mir ja tatsächlich, seelisch wieder Land zu gewinnen".

Also stimmte ich zu und empfand beinahe so etwas wie eine kleine Freude, weil ich nicht mehr gezwungen war, immer auf der Stelle herumzudümpeln, weil meine Gedanken sich immer nur im Kreise gedreht hatten, ohne eine Richtung zu finden.

Jana zog mich nun noch in unser „Cafè Wolkennest" und bestellte für jede von uns einen großen Kakao, der parfümiert war mit einem Hauch von Amaretto und gekrönt wurde von je einem Berg frisch geschlagener Zimtsahne, wie wir uns eine solche Kaloriensünde schon seit Jahr und Tag gelegentlich genussvoll gegönnt hatten.

Mir kamen die Tränen, weil es mir heute einfach nicht gelingen wollte, mich an dieser Schokoladenköstlichkeit zu erfreuen, von der alle unsere Freundinnen immer wieder schwärmten und der wir trotz unseres Kaloriengewissens nicht widerstehen konnten.

An diesem Tag, an dem ich das Gefühl hatte, meine Jana war bei mir ans „Eingemachte" vorgedrungen, war ich nun total erschöpft und konnte es kaum erwarten, in mein Bett zurück zu schlüpfen und mich wieder in diesen, meinen Kokon zurückziehen zu dürfen. So nippte ich auch nur an unserem Lieblingsgetränk und überließ es Jana, auch meine schöne Porzellantasse, in der traditionsgemäß der elegante Schokoladentrunk serviert wurde, zu leeren.

Jana bestand dann darauf, mich heim zu bringen und versprach, mich in der nächsten Zeit nicht aus den Augen zu lassen. Das aber empfand ich fast wie eine Drohung, hatte ich derzeit doch nur Sehnsucht danach, mit mir ganz alleine zu sein.

Jana brachte mich bis zur Gartentür und ließ sich nur mühsam davon abbringen, mich bis ins Haus zu begleiten. Lediglich meinen Einwand, dass Eric und unsere Kinder ja gleich heimkommen würden, hielt sie davon ab, mich weiterhin zu „verwalten".

Erschöpft entledigte ich mich meiner Kleidung und stellte mich erneut unter die Dusche. Ich wunderte mich darüber, dass ich den prasselnden Wasserstrahl wieder als wohltuend empfand. Dies war in der letzten Zeit nicht so gewesen. Ich hatte eher das Gefühl gehabt, dass meine Haut mir weh tat und dass der Wasserregen mir unangenehm war. Nur meine Gewohnheit und ein Rest von Disziplin hatten mich in diesen Wochen dazu veranlasst, mich regelmäßig so zu pflegen, wie es meinen Gepflogenheiten entsprach. Ein Wannenbad, sonst für mich immer ein Sinnbild von Luxus, erschien mir im Moment als unzumutbare Quälerei. Wie hatte ich früher immer eine Bade-Session zelebriert, insbesondere wenn ich sie gemeinsam mit Valentin genossen hatte, der mich dabei mit einem Luxusambiente verwöhnt hatte. Ach, die Gedanken an damals hatte ich mir eigentlich erfolgreich verboten. Das war eine andere Lebensphase gewesen, die eigentlich als unangebrachter Sidestep gar nicht zu mir gehören sollte. Hatte ich damals vielleicht insgeheim sogar das Gefühl gehabt, den Luxus, mit dem Valentin mich in jeder Hinsicht überschüttete, nicht verdient zu haben? Wer weiß schon, welchen unergründlichen Gedanken das Unterbewusstsein nachhängt und was ungewollt weiter in der Seele herumgeistert. Und wieder schoss es mir durch den Sinn, dass Valentin-Enno von Herbenstein sehr wohl etwas mit meinem jetzigen, bejammernswerten Zustand zu tun haben könnte. Aber was genau? Was war bloß los mit mir?

Ich hatte, das war mir durchaus klar, eine handfeste Depression. Mir fehlten dafür zwar einschlägige Erfahrungen, aber schließlich hört und liest man immer wieder von der Befindlichkeit der Betroffenen.

Man sitzt dann wohl ohne ersichtlichen Grund in einem undefinierbaren Jammertal fest und findet einfach nicht mehr hinaus. Alle guten Ratschläge, die einem von wohlmeinenden Mitmenschen gegeben werden, scheinen nutzlos und völlig an den wirklichen Gefühlen vorbei zu driften. Aber was galt denn jetzt nun für mich? Klar, immer mal in meinem Leben hatte ich seelische Krisenzeiten zu bewältigen gehabt, war auch mal abgrundtief traurig gewesen, oder wütend oder enttäuscht oder einfach nur down. Aber immer hatte mein Optimismus mir dabei geholfen, mich auszutarieren und mit Hilfe meines gesunden Menschenverstandes zu emotionaler und gesunder Normalität zurückzufinden.

Ich konnte mich eigentlich immer auf die mir zur Verfügung stehenden Resilienzen, also meine, mir angeborenen psychischen und physischen Widerstandsfähigkeiten, verlassen.

Aber jetzt? Wie sollte ich herausfinden aus dem derzeitigen Dilemma? Ich weiß es ja eigentlich, es wird vorbeigehen. Ich muss mir nur ein wenig Zeit lassen. Ich hoffe nur, dass mein Eric ebenfalls die nötige Geduld aufbringt und meine Kinder keinen Schaden davontragen, weil ihre Mutter in ihrem derzeitigen Alltag nicht wirklich vorkommt.

Sicher hatte Jana recht, wenn sie mir eine professionelle Hilfe verschreibt.

Eine Depression lässt sich überwinden und vielleicht ist eine Expertin dabei wirklich hilfreich. Vor allem, wenn man so machtvoll wie ich das gewohnte Leben zurückhaben will. Bange aber frage ich mich, ob ich mein bisheriges Leben wirklich wie gewohnt weiterleben möchte.

Ich muss zugeben, dass ich nun doch froh war, dass Jana sich darum kümmert, dass ich genau das vielleicht mit psychologischer Hilfe leichter herausfinden kann.

Es ging mir am Folgetag ein wenig besser und ich entschloss mich, nicht wieder mein Trostbett zu besteigen, sondern mir ein nettes Kleidchen anzuziehen und auf meine drei Schätze zu warten. Ich wollte ihnen, wenn sie das wünschten, eine Kleinigkeit zum Abendessen bereiten. Die aber waren dann ganz erstaunt, fast erschrocken, als ich sie empfing, statt mich wieder auszuklinken, wie ich es in der letzten Zeit leider täglich getan hatte. Lachend und ein wenig lärmend hatten sie das Haus betreten und packten hungrig ihre Mitbringsel aus. Sie hatten ein komplettes Abendmenü beim nahegelegenen Inder erstanden, den wir, weil alles dort so lecker war, öfter frequentierten, wenn wir keine Lust hatten, am eigenen Herd zu stehen.

Etwas enttäuscht, überließ ich meine Leute ihrem Appetit und zog mich leicht gekränkt zurück. „Die brauchen mich nicht, die kommen bestens ohne mich aus", so dachte ich grimmig, weil es offensichtlich war, dass sie sich lieber mit ihrem leckeren Essen beschäftigen wollten, statt zu honorieren, dass ich mich überwunden hatte, ihnen Gesellschaft zu leisten und mich nicht in meinem Bett zu verschanzen.

Mir war wieder einmal bewusst, dass es schleunigst Zeit wurde, mein Verhalten zu ändern. Vor kurzer Zeit noch konnte ich mich als wohlgelittenes Teammitglied meiner kleinen Familie fühlen, das begeistert teilgenommen hätte an dem indischen Schmaus in unserer gemütlichen Küche. Genauso hatte ich Familienleben bis vor wenigen Wochen noch von Herzen genossen. Genossen? Ein Empfinden wie „Genuss" schien mir derzeit in endlose Fernen gerückt zu sein. Was aber hatte sich bloß geändert?

Einige wenige Wochen können doch nicht alles auf dem Kopf gestellt haben. Hatte ich soeben nicht noch fest daran geglaubt, dass diese momentanen Missempfindungen ganz schnell vorbeigehen? Und nun? Jetzt habe ich eher das Gefühl absolut fest zu sitzen. Dabei will ich doch daran glauben, dass diese unerklärliche Düsternis sich auflöst, wie Nebel im Sonnenschein. Dabei will ich unbedingt wieder so denken, so fühlen, alles so sehen und erleben, wie noch vor so kurzer Zeit. In diese Richtung wollte ich meine Gedanken zwingen. Oder doch nicht?

Es war meine vage Vermutung, dass jetzt alles anders, längst zur Gewissheit geworden war. Hatten sich meine Gefühle in Wahrheit anders angefühlt, hatte ich sie vielleicht erfolgreich verdrängt? Hatte ich in einer glatten, feinen, einer schillernden Seifenblase gelebt, die von mir selbst aufgeblasen war und musste nun erleben, wie sie zu einem Nichts zersprang? Habe ich nicht sehen wollen, was mir fehlte und fehlte mir überhaupt etwas??

In meinem Kopf wirbelten die Gedanken durcheinander und ließen sich in keine Ordnung zwingen, keine Struktur war erkennbar und ich wusste nicht, was sie mir sagen wollten.

Ich schlüpfte also wieder in mein Bett, das ich vormittags so widerstrebend verlassen hatte. Nicht einmal aufgeschüttet war es, sondern zeigte sich mir wenig einladend, so zerwühlt und zerdrückt, wie es auch in meinem Gemüt aussah. Ich hielt die Bettdecke umklammert und fühlte mich so trostlos, so verlassen, so jämmerlich, dass die zurückgehaltenen Tränen nun endlich reichlich flossen, mir jedoch keine Erleichterung verschafften. Aber ich war wenigstens in meinem Bett, hier war ich in Sicherheit, hier konnte mir nichts passieren. Voll Trauer über mich selbst schlief ich ein und schlief erstmals wieder tief und traumlos. Als ich aufwachte, war mein erster Gedanke dann auch tatsächlich, dass irgendwie alles wieder gut würde.

Ich sah zur Uhr. Uiiii, schon nach 8 Uhr. Im Hause war es mucksmäuschenstill. Mein Mann und meine Kinder hatten sich wieder mal auf leisen Sohlen, um Mama nicht zu wecken, auf den Weg in die Schule und zur Tagesmutter gemacht.

Eric war in sein Büro gegangen. Mein Mann schlief seit einiger Zeit im Gästezimmer, nachdem er verstanden hatte, dass ich für Zweisamkeit derzeit keinen Sinn hatte. Rücksichtsvoll, wie er grundsätzlich ist, wollte er mir die Zeit einräumen, die ich so offensichtlich nur mit mir alleine verbringen wollte. Dies sicherlich in der Hoffnung, dass ich bald zur „Normalität" zurückfinden würde. Ich versuchte mich zu überwinden und beschloss aufzustehen und damit zu beginnen, mich dem Tag zu stellen. Ich wollte wieder am Leben teilhaben und ich wollte mir, vor allem mir, beweisen, dass ich es alleine schaffen kann, mich aus dem düsteren Loch, in das ich unversehens gefallen war, wieder herauszuklettern.

Wenn Jana meint, ich würde an Seelenschmerz leiden, weil ich Valentin nachweinte und mich womöglich nach ihm sehnte, so wollte ich ihr und auch mir beweisen, dass mein derzeitiger, unerklärlich schlapper Zustand damit wenig zu tun hatte. Ich war doch schließlich hochzufrieden gewesen mit meinem Schicksalsweg, den ich mir genauso ausgesucht hatte, oder? Zumindest war das kürzlich noch meine felsenfeste Überzeugung gewesen, bis, ja bis …

Ich wollte, nein ich musste unbedingt herausfinden, was da im Moment bei mir so ungeheuer schief lief, dass ich derart am Rad drehte.

Da passte es ganz gut, dass ich von Jana eine WhatsApp-Botschaft mit der Adresse ihrer Bekannten, der Psychotherapeutin erhielt mit der Nachricht, dass diese auf meinen Anruf wartete.

Beherzt wählte ich also ihre Telefonnummer. Wenn ich nämlich lange zögern würde, das war mir klar, verließe mich womöglich wieder der Mut. Nach wenigen Klingeltönen wurde am anderen Ende abgehoben und eine freundliche Stimme meldete sich mit „Praxis Klöckner". Als ich meinen Namen nannte, sagte die nette Stimme, dass sie schon auf meinen Anruf gewartet hätte und mich gerne zu einem kleinen Kennenlerngespräch einladen würde.

Aber gleich heute?

Ich fühlte mich von der zielstrebigen Art dieser Frau Klöckner ein wenig überrumpelt. Sie ließ mir gar keine Zeit um eine Entscheidung zu treffen. Aber keinesfalls gleich heute. Schließlich sollte ich vor einer wildfremden Frau mein Seelenleben auspacken. So weit war ich doch noch nicht. Wir einigten uns dann auf einen Termin am Folgetag. Bis morgen konnte viel passieren und vielleicht blieb es ja bei diesem einen Kennenlerntreffen.

Ich nahm mir jedenfalls vor, mich nicht überfahren zu lassen, sondern mich auf eine therapeutische Reise nur dann einzulassen, wenn ich bei der Begegnung mit dieser Psychologin wirklich Vertrauen fassen könnte und sie mir im Vorfeld überzeugend klarmachen würde, dass unsere Arbeit Sinn machen könnte.

Etwas besorgt über meine eigene Courage wollte ich dann doch lieber erst meinen Hausarzt Dr. Werner anrufen und ihn fragen, ob er mir zu solchen „Ausgrabungen" in meinem offensichtlich verschütteten Seelengerümpel überhaupt raten würde.

Als ich ihn endlich nach mehreren Versuchen persönlich am Telefon hatte, zeigte er sich erfreut über meine angedachten Aktionen. Er meinte, dass es grundsätzlich heilend für Körper und Seele sei, wenn der Weg frei von Seelengeröll sei, damit auch der Körper, ungestört von versteckten Blockaden, seine Regenerations- und Reparaturmechanismen zum Einsatz bringen kann. Ich solle ihn auf jeden Fall darüber informieren, in welchem Umfang die therapeutischen Maßnahmen geplant seien und ihn auf dem Laufenden darüber halten, wie es mir unterdessen ginge.

Noch immer unentschlossen, wollte ich mich aber unbedingt noch mit meinem Mann beraten, bevor ich mich zu einer, möglicherweise zeitaufwändigen Gesprächstherapie endgültig entschlösse. Und würden sich mögliche Psychoanalysen vielleicht negativ auf unsere Partnerschaft, auf unser Familienleben auswirken?

Also, ich kann nicht verhehlen, dass ich ängstlich der Zukunft entgegensah und mich so unsicher fühlte wie selten zuvor. Irgendwie war ich mir immer treu geblieben, bin meinen geraden Weg konsequent gegangen. Ein Beweis dafür war ja auch, dass ich mich damals von meiner vermeintlich großen Liebe, Valentin-Enno konsequent getrennt hatte, weil mein Verstand mir dazu geraten hatte, obwohl meine Gefühle lange genug mit aller Raffinesse versucht hatten, mir einen Strich durch die Rechnung zu machen. Immer wieder musste ich mir damals vor Augen führen, dass ein Leben mit ihm in keiner Weise dem entsprach, was ich mir wünschte und was ich immer für mich geplant hatte. So hatte ich, nachdem ich in der Beziehung nur noch unglücklich gewesen war, rigoros einen Schlussstrich gezogen, obwohl ich nach der Trennung gelitten hatte wie ein Hund. Aber es entspricht einfach meinem Charakter, dass ich einen einmal gefassten Entschluss dann auch ohne Wenn und Aber durchziehe.

Zu meinem Glück habe ich in dieser, für mich zugegebenermaßen schlimmen Zeit, Eric kennengelernt. Er hatte genau die Eigenschaften, die ich bei Valentin so bitter vermisst hatte und er bemühte sich so nachdrücklich und so liebevoll um mich, dass ich das wie Balsam auf meinen inneren Wunden empfand und wir, für alle Bekannten und Freunde überraschend, schnell ein Paar wurden.

Das alles sollte ich dieser Frau Klöckner erzählen? Ich war nicht sicher, ob ich das wollte. Und ich wusste auch nicht, ob und auf welche Weise meine Vergangenheit für mein heutiges Dilemma wirklich eine ersichtliche Ursache sein könnte.

Jedenfalls verbot ich mir für den heutigen Tag eine Flucht in mein Bett. Dafür zwang ich mich dazu, meine Haare zu waschen und mich besonders sorgfältig zu pflegen und mir etwas Nettes anzuziehen. Eigentlich hätte ich einkaufen gehen müssen, denn die Vorräte in Speisekammer und Kühlschrank, die ich lustlos sichtete, waren eher übersichtlich. Aber ich konnte es nicht über mich bringen, in unseren Bio-Supermarkt zu gehen, mich jetzt den Blicken fremder Menschen und ihren Fragen auszusetzen, denn ich würde dort sicherlich Bekannten begegnen. Ich war schließlich mehrere Wochen lang unsichtbar gewesen und fühlte mich nun außerstande, mich normal zu verhalten, normal zu reagieren und überhaupt der gewohnten Normalität gewachsen zu sein.

Auf jeden Fall aber wollte ich jetzt etwas Nützliches tun und kramte etwas ziellos in der Küche herum. Mit Eiern, Kartoffeln und Tomaten könnte ich ein kleines Abendessen zaubern, so sinnierte ich vor mich hin. Äpfel waren auch im Haus und so plante ich, auch Apfelpfannkuchen zu backen und mit Schlagsahne zu servieren. Meine Familie würde hoffentlich erfreut und überrascht sein, die Mutter wieder werkeln zu sehen.

Ich machte mich also an die Arbeit, um das bescheidene Mahl zuzubereiten. Aber ich musste müde feststellen, dass mir alles derart schwerfiel, was ich noch vor kurzem fast im Vorübergehen erledigt hätte und was mir normalerweise leicht von der Hand ging. „Du meine Güte!" ich war schlapp und fühlte mich uralt.

Ich musste dankbar dafür sein, dass mir meine wohlwollende Familie und auch Freunde dabei helfen wollten, wieder auf die Beine zu kommen, meine alte Form zurückzuerhalten. Ich musste an Menschen denken, die durch einen Unfall oder einen Schlaganfall ihre alltäglichen Fähigkeiten, womöglich sogar ihre Sprache neu erlernen mussten und dass sie oftmals Jahre brauchten, um die gewohnten Fertigkeiten zurückzuerobern. Soweit wollte ich es nicht kommen lassen. Ich musste die Hände, die sich mir reichten, unbedingt ergreifen, obwohl das meinem Charakter eigentlich widersprach. Ich wollte immer alles alleine schaffen, so hatte ich es immer gehalten. Ich konnte Hilfe nur schwer annehmen.

Als Eric heimkam, er hatte die Kinder von ihren Tages-unterbringungen abgeholt, freute er sich sichtbar, mich wieder „unter den Lebenden" zu sehen. Mein bescheidenes Menü schmeckte den Dreien dann auch ausnehmend gut. Ich selbst stocherte nur an der Miniportion herum, die ich mir selber aufgefüllt hatte.

Als Lenhart und Almut von meinem Mann ist Bett gebracht waren, kam dieser zu mir in die Küche, wo ich ihn schon mit einem Glas Wein erwartete. Eric sah mich abwartend an. Ich goss für mich ein Glas Wasser ein und entschuldigte mich, dass ich im Moment keinen Alkohol trinken wollte. Dann versicherte ich ihm, dass ich genau verstünde, was er im Moment mit mir durchmachen müsste, aber ich wolle alles tun, damit ich bald wieder die Frau sein könnte, mit der er gerne leben wollte.

Eric war völlig verunsichert. Er konnte sich mein seltsames Verhalten und mein Bedürfnis nach Alleinsein sicherlich überhaupt nicht erklären. Ich sah ihn an und ich hätte ihn am liebsten fest umarmt, konnte das aber einfach nicht über mich bringen. Ich betrachtete sein gut geschnittenes Gesicht, seine dunklen, leicht gewellten Haare, die sich über der Stirn schon etwas lichteten und dachte, dass er noch immer der Mann war, der mir gefiel, mit dem ich leben wollte. Schon immer hatte ich Männer, wie er einer war, attraktiv gefunden. Er hätte vom Typ her leicht ein Spanier sein können. Seine dunklen Augen und die eher stabile Figur sprachen mich immer noch an. Das änderte sich auch nicht, obwohl jetzt schon abzusehen war, dass er später einmal vielleicht zu einem kleinen Bäuchlein neigen könnte. Jetzt mit Anfang 40 war er tatsächlich noch gut in Form und würde es sicher noch lange bleiben, denn sein Hobby, der Fußball mit seinen Kumpels, sowie das Skifahren, sorgten dafür, dass alles prima muskulös geblieben war und Übergewicht bisher keine Chance gehabt hatte.

Doch ja, Eric gefiel mir optisch, und auch vom Wesen her. Eric hatte sich nichts zuschulden kommen lassen, was die Distanz, die ich jetzt zwischen uns aufgetürmt hatte, in irgendeiner Weise begründete. Also musste ich alleine sehen, wie ich wieder rauskam aus dem Schlamassel

Eric saß mir nun am Küchentisch gegenüber und wir beide wussten nicht so recht, was es zu sagen gab. Die Situation war derart absurd, dass ich selbst mich wie eine Fremde in meiner eigenen Küche fühlte und dabei sah, dass es meinem Mann nicht besser ging. Als ich ihm stockend von Janas Vorschlag erzählte und ihm sagte, dass ich es vielleicht versuchen wolle, professionelle Hilfe in Anspruch zu nehmen, sah ich, wie sein Gesicht sich aufhellte. Sicherlich dachte er, dass es gut sei, dass ich überhaupt etwas unternehmen wollte, denn so, wie die letzten Wochen verlaufen waren, konnte es ja nicht weitergehen. Ich spürte, dass er sich in dieser Zeit innerlich von mir entfernt hatte. Ich war ihm fremd geworden. Mit dieser lethargischen Frau, die er jetzt aushalten musste, hatte er wenig gemein, die kannte er gar nicht. Er beeilte sich dennoch, mir zu versichern, dass er seinerseits alles tun würde, um mich zu unterstützen. Er wünsche sich so sehr, dass ich wieder glücklich sein könnte. Er selbst kenne sich in Seelenleben nicht so gut aus, wie beispielsweise auf dem Fußballplatz. Also müsste ich ihm schon signalisieren, was er tun müsse, um mir behilflich zu sein.

Ich nickte und sah ihm traurig nach, als er, wie in der letzten Zeit eben auch, in Richtung Gästezimmer entschwand, weil er offensichtlich das Gefühl hatte, mich nicht länger stören zu dürfen.

Ich ging also alleine in unser Schlafzimmer und konnte keinen Schlaf finden. Die Gedanken überholten mich und ließen sich einfach nicht ordnen. Morgen, dachte ich, morgen ist alles besser. Aber es wollte mir nicht gelingen, meine Grübeleien loszulassen. In den frühen Morgenstunden dann sank ich in einen tiefen Schlaf, aus dem mich das penetrante Klingeln des Weckers riss. Ach ja, ich hatte ja zugesagt, gleich am Vormittag diese Frau Klöckner auf-zusuchen. Missmutig erwog ich, ihr abzusagen. Es konnte mir doch sowieso niemand helfen. Entweder ich schaffte es selbst, oder für mich gab es keine Zukunft. Beschämt dachte ich weiter, dass es mir vielleicht nicht gelänge, mein Gefühlswirrwarr alleine zu ordnen und dann ja wohl auch eine gemeinsame Zukunft mit meiner kleinen Familie eher fraglich sei. Also war es vielleicht doch nötig,dass ein fremder Mensch meine vertrackte Situation einmal von außen betrachtete und mit mir gemeinsam Wege fand, wie ich wieder zurück zu einem normalen Alltag finden könnte.

Und – mir bot sich ja auch ein Fluchtweg: ich bräuchte ja nur ein einziges Mal hinzugehen, wenn mir die Dame nicht gefiel. Es könnte andererseits aber auch sein, dass diese die Arbeit mit mir ablehnte, weil sie mich für spinnert hielt und meine Probleme als hausgemacht, nicht der Rede wert befand. Aber dann sprach ich mir selber Mut zu: Die Frau hatte mir am Telefon doch eigentlich einen patenten Eindruck gemacht. Sie hatte sich einfach nur mit „Praxis Klöckner", nicht mit „psychologische Praxis" oder sonstigen Titeln gemeldet. „Gut" dachte ich, „kein Firlefanz. Die Frau wird gleich zur Sache kommen." Und genau diesen schlichten Eindruck hatte ich auch, als ich vor dem schönen Altbau stand, an dem ein ein-faches weißes Emailleschild auf die psychologische Praxis in der zweiten Etage hinwies. Auf mein Klingeln war gleich ein Summen zu hören und die schwere Eingangstür ließ sich leicht aufdrücken. In dem prachtvollen Flur und dem schönen alten Treppenhaus mit üppig geschnitztem Geländer suchtc ich vergeblich nach einem Lift. Treppensteigen ist also wohl angesagt. Würde mich wohl eine genauso prächtige Praxis erwarten? Dicke Teppiche und schwere Möbel? Die Wohnungstür in der 2. Etage jedenfalls, ließ darauf schließen. „Nicht sonderlich einladend für mich", dachte ich. Mir war nicht nach Antiquitäten und nach überfüllten, teppichlastigen Räumen zumute. Mein Hirn war sowieso schon übervoll, sodass ich mich eher nach einer schlichten Umgebung sehnte. Als ich noch mit meinen diversen Vermutungen beschäftigt war, öffnete sich bereits die Wohnungstür und eine Frau, vielleicht um die 40, begrüßte mich herzlich. Sie entsprach so gar nicht meinen Erwartungen. „Hippie", dachte ich, als sie sich mir mit „Klöckner" vorstellte. Sie war eine helle Erscheinung, mittelblondes glattes Haar, einfach gescheitelt und bis auf die Schultern fallend. Sie war gänzlich ungeschminkt, etwas mollig und trug ein langes Kleid mit mit zipfeligem Saum aus luftigem Baumwollstoff, der mit Streublümchen übersät war.

Wider Erwarten gefiel sie mir. Eine Psychologin hatte ich mir eigentlich ganz anders vorgestellt. Sie lächelte freundlich und bat mich in ihre Praxis. Und auch die war überraschend anders, als ich es mir gedacht hatte. In einem sehr großen, hellen Raum mit Stuckdecken und schönen Flügeltüren lag nur ein einfarbiger mittelblauer Wollteppich auf dem geölten, honigfarbenen Parkett. zwei geflochtene Sessel mit hellblauen Kissen warteten auf die Gesprächspartner. Zwei große weiße Porzellantöpfe mit hellgrünen hohen Pflanzen mit üppigen runden Blättern standen auf dem Boden. Auf einem kleinen Beistelltischchen befand sich ein Stövchen, dessen Flamme eine Glaskanne mit Tee warmhielt. Frau Klöckner sagte, sie brühe gerade für uns einen Jasmintee auf, denn wir hätten uns ja sicherlich recht viel zu erzählen. Sie bat mich, Platz zu nehmen und ihr einfach von mir zu berichten.

Ich sagte schüchtern, dass sie vielleicht schon von Jana wüsste, worum es bei mir ginge. Das aber verneinte sie. Sie sagte lächelnd, dass sie sich grundsätzlich niemals vorinformieren ließe, wenn man eine Zusammenarbeit erwog. Sie hätte von Jana lediglich erfahren, dass es mir derzeit nicht so gut ginge und dass sie mir vielleicht ihre Begleitung anbieten könne. Erst nach unserem Kennenlerntreffen sollten wir dann gemeinsam entscheiden, ob man ein Stück des Weges gemeinsam gehen könnte und ob ihre Unterstützung dabei angebracht sei.

Während dieser Worte lächelte sie mich freundlich an und ich hatte das warme Gefühl, dass ich ihr vertrauen könnte und dass möglicherweise alles nicht so schlimm wäre.

Nachdem sie uns Tee in feine weiße, ganz schlichte Schälchen gegossen hatte, forderte sie mich auf, mir einfach alles zu erzählen. Auf meine Frage, was genau sie denn wissen wolle, meinte sie, ich solle einfach da anfangen, wo meine Gedanken gerade sind.

Und so erzählte ich ihr völlig ungeordnet, ohne jeden Zusammenhang, was mir gerade in den Sinn kam. Erst kamen die Bilder nur zögernd, dann brach es regelrecht aus mir heraus. Ich hatte das Empfinden, dass ich diese fremde Frau überschütten könnte mit allen Gedanken, Gefühlen, Wahrnehmungen, die mich erfüllten und die ich selber doch überhaupt nicht einordnen konnte. Während ich sprach, hörte sie mir aufmerksam zu und unterbrach mich nicht ein einziges Mal. Sie nickte nur gelegentlich als wollte sie signalisieren, dass sie verstand, was ich ausdrücken wollte.

Ich wunderte mich über mich selbst. Ich redete und redete und redete, als sei ich ängstlich darauf bedacht, alles zu beschreiben, zu erklären, mich zu erklären. Ja, ich wollte, dass diese fremde Frau mich verstand, dass sie durchschaute, was mit mir los war. Vielleicht hoffte ich, dass sie mir Zugang eröffnen könnte zu mir selbst.

Bei meinem wasserfallartigen Bericht verging die Zeit wie im Fluge. Ich hatte keine Ahnung, ob eine Stunde vergangen war oder zwei, als Verena Klöckner ihre Hand hob und meinem Redefluss lächelnd Einhalt gebot.

Ich sehe schon", sagte sie, „es gibt viel zu sagen und ich weiß jetzt besser, wie es Ihnen im Moment geht. Ich will Ihnen nun kurz erklären, wie der Weg aussehen kann, den wir gemeinsam möglicherweise zurücklegen werden. Ich habe dabei nicht die Absicht, Ihre Befindlichkeit zu analysieren. Sie werden selber dahinterkommen, was Sie bewegt und was Sie für Ihren weiteren Lebensweg brauchen. Alleine dadurch, dass Sie benennen, was Sie erlebt haben und was Sie fühlen, wird Ihnen offenbar, wo Sie stehen und wo die Reise hingehen kann. Meine Aufgabe bestünde darin, Ihre Berichte zu begleiten, wenn es nötig ist, zu sortieren und Sie zu ermutigen, alles zu sagen, auch was Sie bisher verborgen ge- halten haben, auch vor sich selbst und erst recht vor anderen. Nur wenn Sie selber klarsehen, finden sich für alle, auch die versteckten Anliegen die passenden Lösungen.

Ich werde Sie zudem mit einigen Übungen bekannt machen, die Ihnen einen leichteren Zugang zu Ihrem Unterbewusstsein ermöglichen, das, wenn Sie es richtig ansprechen, Ihr wichtigster Assistent werden kann. Haben Sie denn Lust, eine solche Seelenwanderschaft in meiner Begleitung zu unternehmen?"

Ich war über mich selbst erstaunt, als ich ohne zu zögern zustimmte. Erschrocken war ich lediglich darüber, dass die angedachte Reise mehrere Monate dauern sollte und dass man nicht im Voraus wüsste, wie viel Zeit tatsächlich erforderlich sei, damit ich so stabil wäre, um mich nachhaltig wohl zu fühlen.

Frau Klöckner bemerkte natürlich meine Schrecksekunde und versicherte lachend, dass ich mich allen ihren Erfahrungen nach schon bald besser fühlen könne und dass wir die Sitzungen bequem neben meinen beruflichen und familiären Pflichten miteinander einplanen könnten.

„Stellen sie sich einfach vor, sie besuchen eine Freundin, der sie alles anvertrauen können, was sie beschäftigt. Sie werden dabei erleben, wie ihr „Reisegepäck" sich von Mal zu Mal leichter tragen lässt. Nun aber versuchen sie bitte erst einmal, ihr Leben wieder in die Alltags-Normalität zurückzuführen, auch wenn die Abläufe ihnen zunächst schwerfallen. Dazu biete ich ihnen ebenfalls kleine hilfreiche Übungen an. Zusätzlich werde ich gemeinsam mit Ihnen ein präzise getaktetes Sportprogramm ausarbeiten, damit psychische Blockaden, die sich dem Verstehen und der seelischen Heilung entgegenstellen, leichter auflösen lassen."

Ich stimmte also den Vorschlägen von Frau Klöckner zu und stimmte mit ihr die passenden Daten ab.

Für diese ersten der verabredeten Treffen reichte die verbleibende Zeit meiner Krankschreibung aus, denn ich hatte ja die Gelegenheit, noch 14 Tage daheim zu bleiben.

Erst noch etwas zögerlich wollte ich mich auf die Erfahrungen der Therapeutin einlassen. Was blieb mir anderes übrig, dachte ich, denn ich selbst fühlte mich ja hilflos wie ein auf den Wellen herumirrendes Schiff, das führerlos den Gezeiten ausgesetzt ist.

Als ich von meiner ersten Psycho-Sitzung heimging, glomm in meinem Herzen dann doch ein Funken Hoffnung, das gebe ich zu. Ich hatte jetzt ein wenig Zuversicht, dass hier ein wissender Mensch die Verantwortung für meinen Lebensweg mit mir teilt, dass es uns gemeinsam gelingen kann, Ordnung in mein Fühlen und Wollen zu schaffen.

Auf das Anraten von Verena Klöckner stellte ich gleich daheim eine Todo-Liste zusammen, auf der jede meiner Übungen vermerkt war, mit deren Hilfe es mir gelingen sollte, meinen Alltagspflichten leichtfüßiger nachzukommen. Alles wurde peinlich genau auch mit einem Zeitplan ausgestattet, damit ich korrekt mein Pflichtprogramm planen konnte. Als ich mein Werk aufgestellt hatte, betrachtete ich die Liste kopfschüttelnd. Ich hatte alles zusammengeschrieben, was ich vor der Zeit meines Gefühlseinbruches immer im Vorbeigehen erledigt hatte und worüber ich mir bei den Alltagserledigungen niemals Gedanken gemacht hatte. Dies alles gehörte doch zu den selbstverständlichen Aufgaben einer Mutter oder überhaupt eines Menschen, der einen Haushalt führt. Nun aber erschien mir jeder der Punkte wie eine Hürde, zu der ich mich motivieren musste, die mir als schwieriges Pflichtprogramm jetzt unendlich schwerfiel.

Dazu gehörte erst einmal, dass ich nicht mehr die Zuflucht in mein Bett nahm, sondern morgens aufstand und meinen Kindern das Frühstück bereitete. In der ersten Woche überließ ich es noch meinem Mann, sie zu ihrer Betreuung zu befördern und auch, dort abzuholen. Allerdings wollte ich diese Elternpflichten bald wieder selbst übernehmen, denn mir war klar, dass Eric sich dafür beruflich nur schwer freigeschaufelt hatte. Und die Tagesmutter Vera hatte wohl in den vergangenen Wochen öfter mal außerhalb der vereinbarten Zeiten einspringen müssen. Für sie war das sicherlich auch nicht einfach gewesen, wie sie schon dezent angemerkt hatte, denn sie hat ja auch zwei eigene schulpflichtige Kinder.

Die Nachmittage verbrachte ich nun gehorsam mit den Aufgaben, die Frau Klöckner mir aufgetragen hatte. Ich machte täglich einen langen Spaziergang durch den Stadtforst und unternahm dabei Übungen, die meinem Unterbewusstsein dabei helfen sollten, positive Affirmationen einzuprägen. Dabei klopfte ich, wenn ich alleine auf dem Waldweg lief, mit leichter Faust rhythmisch auf mein Brustbein. Das soll über die Thymusregion, die als Eingangs-pforte in das Unbewusste gilt, Formulierungen an mein Unterbe-wusstsein übermitteln, um mein Selbstbewusstsein zu stärken. So murmelte ich dann ausdauernd: „Es geht mir gut, es geht mir von Tag zu Tag immer besser und besser", oder: „ich freue mich auf den Tag", oder: „alles, was mir geschieht, ist zu meinem Besten", oder: „für alle Sorgen und Aufgaben finde ich eine passende Lö- sung." oder: „alles ist gut, wenn es noch nicht gut ist, wird es bestimmt bald gut".

Ich hörte dann tief in mich hinein und formulierte alles positiv, was mir in den Sinn kam und was ich gerne verinnerlichen wollte. Auch wenn ich erst immer mal ungläubig meine Wunsch-Affirmation formulierte, spürte ich doch zunehmend, die Wirkung der Worte, wenn ich sie stereotyp öfter wiederholte.

Meine persönliche Logik ist, dass es meinem Unterbewusstsein dann gelingt, zu glauben, was ich ihm so eindringlich vorbete. Es scheint tatsächlich als gegeben hinzunehmen, was ich ihm so glaubhaft versichere, auch dann, wenn die Fakten noch gar nicht realisiert sind. Ich verinnerlichte also die mir zunächst noch

33

fremden energetischen Behandlungssysteme und machte mir deren Mechanismen zu eigen.

Zu meiner Überraschung erlebte ich an mir, dass das tatsächlich funktioniert. Ich staunte darüber, dass es mir wirklich besser geht, sicherlich auch deshalb, weil ich es mir so nachdrücklich und ausdauernd einrede.

Folgsam absolviere ich auch meine anderen Aufgaben. Dazu gehört auch, dass ich meine Kleinen wieder regelmäßig versorge. Ich bemühe mich dabei, ihnen eine lustige Mama zu sein, was mir nur mäßig gelingt und ich habe das ungute Gefühlt, dass es ihnen lieber wäre, wenn ihr Vater sich statt meiner um sie kümmerte.

Besonders die kleine Almut ist ja in letzter Zeit zu einem ausgesprochenen Papakind geworden und fremdelt sogar ein wenig mit mir.

Ich spüre durchaus diesen Fremdvirus in meiner Familie, aber ich spule, zugegeben noch immer etwas freudlos, brav meine, mir aufgetragenen Mutterpflichten ab.

Zwei Mal in der Woche suchte ich nun Verena Klöckner auf. Auf meine direkte Frage, ob ich an einer Depression leiden würde, sagte sie ganz klar, dass sie davon ausgehe. Aber es gäbe derart viele Varianten einer solchen Befindlichkeit, dass wir uns nicht an einer Diagnose festmachen sollten. Ihr wäre es lieber, wir sprächen von einer momentanen Befindlichkeit. Und diese gilt es nun umzuwandeln in eine positive Grundhaltung.

Wir würden dafür erst einmal Körper, Geist und Seele stärken und auch öffnen, damit wir danach effizient mit unserer „Vergangenheitsrecherche" beginnen könnten. Sie wisse durchaus, dass mir dafür eine große Kraftanstrengung abgenötigt würde.

Sie selbst habe gute Erfahrungen mit einer solchen Aufarbeitung gemacht, wenn man ohne pharmazeutische Mittel, die ja auchimmer Giftstoffe mit sich führten und grundsätzlich Nebenwir- kungen hätten, auskommen will. Unterstützend trinke ich allerdings vom ersten Tag an, auf das Anraten meiner Therapeutin, täglich eine ganze Kanne Johanniskrauttee, der ja als Antidepressionskraut gilt und von dem ich schon nach kurzer Zeit das Empfinden hatte, dassmir das guttut.

Bei den Sitzungen in Klöckners schlichtem Therapieraum lernte ich weitere Anwendungen kennen, die wissenschaftlich anerkannte Methoden sind, um Einfluss auf die Psyche nehmen zu können.

Diese Techniken übten wir ein und begannen regelmäßig unsere Sitzungen mit ihnen oder beendeten diese mit einem solchen Ritual. Seither wende ich besagte Fertigkeiten an, die mich sicherlich lebenslang auf meinem Schicksalsweg begleiten werden. Ich wünschte, dass jedermann solche einfachen Hilfestellungen für sich erlernt, denn sie können das Leben ungemein erleichtern.

Am Ende meines Berichtes sind diese Methoden ausführlicher beschrieben, falls sich Leser darüber intensiver kundig machen möchten. In den USA gehören solche Maßnahmen in viele therapeutische Praxen und sind auch vielfach klinisch erprobt. Sie stammen größtenteils aus dem Traditionswissen aus aller Herren Länder und finden inzwischen auch hierzulande vielfache Anwendung, wie mir meine Therapeutin versicherte:

> Diese Methoden sind **EMDR** = REM = Rapid Eye Movemen, **Merdianklopfen**, BSFF = BeSetFreeFast, der Mittelstrom aus dem **Japanischen Heilströmen**, Meridianstimulation, um täglich die Energieströme in den Meridianverläufen zu aktivieren und Heilung anzuregen

Insgesamt begann ich mich deutlich besser zu fühlen, als zu Beginn unserer Gespräche. Ich ging nun ausgesprochen gerne zu den Treffen mit Verena Klöckner. Die 1 ½ Stunden, die sie mir dafür jeweils einräumte, vergingen wie im Fluge und meine Schritte waren, wenn ich den Heimweg antrat, leichter und immer leichter. Ich hatte längst wieder meine Arbeit in der Firma, in der ich angestellt war, aufgenommen, obwohl ich diese vorläufig auf die halbe Arbeitszeit verkürzt hatte, um mich intensiv meiner Wiederherstellung widmen zu können. Meine Chefs, das Ehepaar Kugler kamen mir dafür entgegen, weil ich von ihnen und dem gesamten Firmenteam geschätzt werde und sie mir bei meiner Gesundung helfen wollten.

Zu meinem Regenerationsprozess gehörte auch ein täglicher sportlicher Einsatz. Ich hatte mich dazu in einem Fitnesscenter für Frauen angemeldet. Das tat mir überraschend gut. Wenn ich mich dort ausgepowert hatte, ging ich wie auf Wolken nach Hause. Das wollte ich unbedingt auch in Zukunft beibehalten. Ich genoss es, wie die körperliche Belastung meinem Körper half, jeweils eine ordentliche Portion Dopamin auszuschütten, dem Glückshormon, das uns die Natur zur Belohnung für große Anstrengungen zur

Verfügung stellt. Bewusst nahm ich zur Kenntnis, dass meine Gefühlswelt also auch von der chemischem Befindlichkeit meines Blutes, meiner Zellen abhängt und dass alles Geschehen, auch mein Schicksal, weitgehend mit meiner Biochemie zusammen-hängt. Hier wird an meinem Körpergefühl gebastelt und es ist interessant zu spüren, dass man einem Regelsystem angehört, wo eines das andere bedingt.

Für mich war es sehr lehrreich zu erkennen, dass man auf alles das Einfluss nehmen kann und dass wir Instrumente zur Verfügung haben, die man tatsächlich direkt und ziel-genau steuern kann.

Ich nahm im Laufe unserer Aufarbeitungen zur Kenntnis, dass ich dabei einen winzigen Blick hinter den Vorhang des Psycho-geschehens werfen konnte. Erst einmal was mich und meine eige-nen Empfindungen anbetraf, aber auch in Bezug auf das Verstehen von meinen Leuten. Damit meine ich meinen Mann, meine Kinder, meine Freundinnen, meine Freunde und, darum ging es wohl vorrangig bei meinem derzeitigen Dilemma, es half mir auch dabei, die Verhaltensweisen meiner ehemaligen Partner zu verstehen.
Das ermöglichte mir wohl auch Verständnis für mich selbst und meine Reaktionen auf das Anderssein meines ehemaligen Geliebten Valentin, das ich damals eher als Angriff auf mein eigenes Weltbild, meine Bedürfnisse und meine Erwartungen empfunden hatte, aufzubringen. .

In den ersten Stunden, die ich mit Frau Klöckner verbrachte, wehrte ich mich vehement, wenn unser Gespräche zunehmend in meine Vergangenheit wanderten. Ich mutmaßte dann misstrauisch, dass ich auf ein erlebtes Trennungstrauma festgelegt werden sollte, dass ich durch die abrupte Beendigung meiner damaligen Beziehung mit Valentin erlebt hatte. Schließlich lag diese ja schon über neun Jahre, eher neun empfundene Jahrhunderte, zurück.
Ich hegte den Verdacht, dass eventuell Jana sich entsprechend geäußert hatte. Nein, ich trauerte meinem Ehemaligen überhaupt nicht nach. Und um nichts in der Welt würde ich ihn gegen meinen Eric eintauschen wollen. Dennoch, irgendwas gab es da wohl doch noch, das der Klärung bedurfte.
Zugeben musste ich ja, dass es verdächtig aussah, dass mein Gefühlsabsturz just zu der Zeit seinen Anfang genommen hatte, an

dem ich Valentin-Enno wiedergetroffen hatte. Mir war durchaus bewusst, dass hier ein Zusammenhang auf der Hand lag. Und den gab es vielleicht wirklich. Was daran aber Auslöser für mein Gefühlschaos gewesen sein sollte, konnte ich beim besten Willen nicht ausmachen.

So gingen wir vorsichtig mit jedem Schritt um, den wir in die Vergangenheit wagten. Frau Klöckner meinte, ich müsse vordringlich erst wieder in meinen Alltag zurückgefunden haben, bevor wir zurückliegende Geschehnisse, die möglicherweise für mich schmerzhaft sein könnten, ausführlicher betrachteten.

Ich musste aber zugeben, dass es mir wohltat, alles sagen zu können, was mich beschäftigte, was mir auf der Seele lag. Ich bin ja eher der Typ, der Probleme nicht ausweiten will und schnell den Optimisten heraushängen lässt. Eigentlich war ich immer stolz darauf gewesen, dass ich absolut lösungsorientiert bin. Deshalb finde ich es müßig, kleine oder auch größere Krisen in meinem Leben, auch meine Gesundheit anbetreffend, mit Energie zu versorgen, indem ich sie unnötig thematisiere und damit nähre. Langsam begriff ich jedoch, dass ich damit flüchtig über manche innere Wunde hinweggehuscht war und eine gründliche Ausheilung verhinderte, weil ich nicht genau hingesehen habe und verdrängte, was mir unangenehm schien.

Durch die regelmäßige Energiearbeit in der therapeutischen Praxis und dem Absolvieren meiner mir auferlegten „Hausaufgaben", die ich getreulich befolgte, lernte ich mich und meine Bedürfnisse besser kennen und ernst zu nehmen. Das bezog sich auch auf kleine Empfindungen und Geschehnisse und unterdrückte Wünsche.

Ich begann, meinen Alltag darauf einzurichten und verspürte bald den Wunsch, auch meine Ehe und mein Familienleben behutsam auf eine neue Basis zu stellen. Ich überlegte bei diesen Gelegenheiten, was ich möglicherweise vermisse, was ich wirklich brauche und was ich als unnötigen Gewohnheitsballast getrost über Bord werfen kann.

Ich habe begriffen, dass unsere Ehe nicht nur eine familiäre Funktionseinheit darstellte, die abgewickelt werden muss, sondern, dass es mit Arbeit und Aufmerksamkeit füreinander verbunden ist, wenn wir uns wieder als Liebespaar wahrnehmen wollen. Vieles, das wurde mir zunehmend klar, war in der täglichen Stressroutine, durch Zeitmangel und dem Elternsein verloren gegangen, sodass damit auch Freude und gemeinsames Erleben auf der Strecke geblieben ist. So hat es sich ergeben, dass Highlights in unserem bisherigen Leben lediglich Einladungen zu immer den gleichen Bekannten waren. Die Grillfeste mit anderen Paaren, fanden vornehmlich in unserem Garten statt und die seltenen Kinobesuche, für die wir unsere Eltern als Babysitter einspannen konnten fanden auch immer seltener statt. Anfänglich gönnten wir uns nach einem solchen Ausgehabend dann schon mal ein Gläschen Wein oder ein nettes Abendessen in unserem Lieblingsrestaurant. Aber, das sollte man sich klar eingestehen, solche Ausflüge aus der Familienroutine waren rar geworden. Und die Lust darauf, Freunde zu treffen auch. Wir kennen andere Paare, die ja auch meistens Eltern sind, schon eine Reihe von Jahren und finden ihre Gesellschaft lange schon nicht mehr so spannend, weil die Gespräche sich eigentlich immer um Familiendinge, Partnerprobleme, Kindererziehung und beruflichen Stress drehen. Ehrlich gesagt, waren uns die Belange und die Sorgen unserer Freunde bisher schon beinahe so vertraut wie die eigenen.

Wenn ich also darüber nachdachte, dass sich unsere Zukunft in der gewohnten Weise abspielen soll, so begegnet meinem geistigen Auge nur gähnende Langeweile.

Eric und ich sind ja beide guten Willens und wollen, dass alles wieder gut wird. Mein Mann aber, das wusste ich genau, sehnte sich nach den alten Bahnen zurück, in denen wir doch vermeintlich beide glücklich gewesen waren, in denen es uns doch an nichts gefehlt hatte. Oder hatten wir das nur nicht wahrgenommen?

Und ich? Wonach sehnte ich mich? Wenn ich das nur wüsste.

Meine Therapeutin zog nun aus unserer bisherigen Arbeit, die sie lediglich als Einstand bezeichnete, ein Resümee und meinte, es wäre nun an der Zeit, meine Vergangenheit genauer zu betrachten und alle Blockaden aufzulösen, die mein seelisches und körperliches Gleichgewicht störten. Dazu wolle sie mit mir gemeinsam meinen Werdegang vor und auch nach der Beziehung zu Valentin-Enno von Herbenstein betrachten. Es sei ja unzweifelhaft, dass die kürzlich stattgefundene Begegnung mit ihm etwas damit zu tun hatte, dass mein Gleichgewicht so heftig ins Wanken geraten war. Dass ich so vehement bestritt, der verlorenen Beziehung nachzutrauern und den heimlichen Wunsch bestritt, die Beziehung zu ihm wieder aufleben zu lassen, war für sie ein Indikator dafür, dass hier Wichtiges schlummerte, was genauer angesehen werden sollte. Es.

musste einwandfrei geklärt werden, was genau es war, das mich so heftig erschüttert hatte, dass ich mich selbst vorübergehend so dermaßen verlieren konnte. Und dass mein damaliger Geliebter dabei eine Rolle spielte, lag für Frau Klöckner auf der Hand. Sie wollte nun ergründen weshalb die besagte Beziehung von mir damals, obwohl ja wohl noch heftige Liebe im Spiel gewesen war, gelöst werden musste. Aber noch wichtiger waren dann für sie meine aktuellen Gefühle, die mich jäh überfallen hatten, als ich ihn so unerwartet in der Rolle eines glücklichen Familienvaters wiedertraf.

Frau Klöckner mutmaßte, dass meine damalige Trennung von ihm nicht den nötigen Abschluss gefunden hatte, dass eine intensive Trauerarbeit nicht stattgefunden hatte.

So kamen wir zunächst überein, dass ich meinen Bericht über diese Lebensphase direkt mit dem Kennenlernen von Valentin-Enno beginnen sollte. Für diese Reise in meine Vergangenheit wollten wir uns die nötige Zeit nehmen und trafen uns dafür nur noch einmal in der Woche. Ich sollte zwischen den Sitzungen genügend Muße haben, meinen Gedanken Raum zu geben und alles direkt zu überdenken und zu verarbeiten, was mich während meines Berichtes und durch meinen Bericht bewegte. Energieanwendungen, die inzwischen wie selbstverständlich meinen Alltag begleiteten, würden mir dabei zur Seite stehen.

Die Therapeutin wies mich an, meine Erzählungen möglichst auch mit den ehemals empfundenen Gefühlen zu versehen, damit wir beide verstehen können, welche emotionalen Glückszeiten und auch Krisenzeiten mich damals bewegten und welche Rolle mein seelisches Erleben möglicherweise bei der Wiederbegegnung gespielt haben könnte.

Unerwartete Begegnung

Mit meiner Freundin Jana war ich an diesem schönen Früh-sommertag in der Stadt verabredet. Ich hatte mir extra dafür einen halben Tag frei genommen. Wir wollten ein wenig Shoppen gehen und uns als Auftakt dafür, in der City-Bar am Englischen Garten, unmittelbar neben den Tennisplätzen, treffen. Sie kannte dort den Barmann Sylvio, einen Italiener, der den Ruf hatte, die besten

Cocktails der Stadt zu mixen. Eigentlich war diese stadtbekannte Bar eher nicht meine Welt, denn hier traf sich die Prominenz der Stadt, die sich auch auf den Klatschseiten der Boulevardpresse tummelte. Aber ich musste zugeben, dass man von dem schönen Ambiente in dem Räumen der Café-Bar schon beeindruckt sein konnte. Wir waren an diesem Tag die einzigen Gäste an dem elegant geschwungenen Bartresen. Sylvio servierte uns einen herrlichen Cocktail, der, in der Tat köstlich schmeckte, noch dazu überaus verführerisch aussah. und der unsere übermütige Stimmung noch beflügelte. Da an diesem frühen Nachmittag noch keine weiteren Gäste anwesend waren, hatte Sylvio Zeit, uns mit dem allerneuesten Klatsch aus der Welt der Schickimickis zu versorgen. Dabei hatte er eine unwiderstehliche Art der Darstellung, die uns sehr amüsierte und uns öfter Anlass zu kleinen Lachsalven gab.

Als eine kleine Gruppe von weiteren Gästen eintraf und sich an das andere Ende der langen Bar platzierte, wisperte Sylvio geheimnisvoll: „very important," bevor er deren Bestellung entgegennahm. Ich musterte die Ankömmlinge neugierig und war, das musste ich zugeben, schwer beeindruckt. Der Mittelpunkt der Gruppe war eine sehr elegante Dame in den mittleren Jahren. Sie war in Begleitung zweier gutaussehender, ja wichtig wirkender Männern ihres Alters oder etwas älter, sowie eines auffallend schönen jungen Mannes, den ich auf Mitte bis Ende Zwanzig schätzte, vielleicht war er ihr Sohn, dachte ich. So, als hätte er meine Gedanken gelesen, flüsterte Sylvio: „Die elegante Lady ist Regina Saruter, die schwerreiche Industrielle, der weißhaarige Herr ist der von ihr geschiedene Ehemann und der Jüngere heißt Valentin Herbenstein, von dem man munkelt, er wäre ihr Toyboy. Der andere Herr ist der bekannte Verleger Maximilian Lamprecht, der auch öfter mit dem Herbenstein hier auftaucht. Was die miteinander zu tun haben, weiß ich nicht. Sie haben anscheinend jedes Mal viel zu besprechen. Die Lady ist jedenfalls oft hier, denn sie spielt mit dem Schönling Herbenstein auch regelmäßig Tennis." Die Neuankömmlinge nahmen unsere Anwesenheit offensichtlich kaum zur Kenntnis, sie waren in ihre Gespräche vertieft und hatten für ihre Umgebung keinen Blick. Der junge Mann hatte Jana nur kurz grüßend zugenickt. „Sie kennt ihn also", registrierte ich mit einem Anflug von Neid.

Jana und Sylvio tauschten dann, nachdem der Barmann die anderen Gäste bedient hatte, kichernd und wispernd ihr neuestes Wissen über die High Society von München aus. Derweil fixierte ich verstohlen die interessanten Neuankömmlinge. Dabei bewundert ich besonders die sehr attraktive Frau und überlegte, wie alt sie wohl sein mochte. „Alterslos", dachte ich, "ja so kann man eine solche Bilderbuchschönheit wohl bezeichnen". Sie hatte glattes, halblanges silberblondes Haar und ein völlig faltenfreies, makelloses Gesicht. Mit ihrem perfekten Makeup hätte sie auf der Stelle eindrucksvolle Werbung für Mode oder besser noch für eine teure Kosmetiklinie machen können. Ihr Ex-Ehemann sah ebenfalls beeindruckend aus, obwohl er sicherlich deutlich älter war als sie. Mit seinem markanten Gesicht wirkte er wichtig, strahlte Macht und Wohlstand aus und man sah ihm an, dass er bedeutsam unterwegs war. Obwohl sich sein Stirnhaar deutlich lichtete, stellte er eine sportliche Persönlichkeit dar, die leicht gebräunt ahnen ließ, dass Tennisspielen und im Winter Skilaufen zu seinen selbstverständlichen Passionen zählten.

Die vier Gäste an der Bar, denen ich diskret, und wie ich meinte unauffällig, meine Aufmerksamkeit widmete, schienen in ein lebhaftes Gespräch vertieft zu sein, an dem der jüngere Teilnehmer eher nur freundlich zuhörte und gelegentlich kurz auf Fragen antwortete.

Herbenstein hieß dieser Schönling also. Ein schöner Name für einen schönen Menschen, dachte ich. Er war mit mäßiger Aufmerksamkeit bei der Debatte an der Bar, mit der sich diese Gäste so angelegentlich beschäftigten. Innerlich wies ich mich zurecht; hatten diese fremden Menschen, die so sehr mit ihrem Thema befasst waren, mein Interesse an ihnen wahrgenommen? Hatten sie bemerkt, dass ich sie heimlich mit meiner Neugier bedachte? Das wäre mir äußerst peinlich gewesen, denn es war mir immer wichtig gewesen diskret unterwegs zu sein. Aber sie schienen so in ihr Gespräch vertieft, dass sie kaum zur Kenntnis nahmen, als Sylvio ihnen die bestellten Getränke servierte.

Ich aber konnte den Blick kaum abwenden von diesen Leuten, besonders dieser junge Mann fesselte mein Interesse. Hatte er meine heimlichen Blicke bemerkt? Als er unversehens seinen Kopf hob und aufblickte, kreuzten sich unsere Blicke für einen winzigen Moment und mich durchfuhr ein siedend heißer Strahl. Rasch senkte ich meine Augen und wagte es nicht mehr, in seine Richtung zu schauen.

Als Jana und Sylvio nun auch noch weitere, neu angekommene

Gäste, die an einem Tisch saßen, aufs Korn genommen hatten und ihre sarkastischen Mutmaßungen auch auf diese erstreckten, gab ich mir Mühe, ihnen nicht zuzuhören. Aber als Sylvio dann flüsterte, dass der Herbenstein genauso herbe sei wie sein Name, konnte ich mein Interesse kaum verbergen. „Wieso?" fragte ich neugierig, „wieso herbe?" „Nun", meinte Sylvio, „er ist absolut resistent gegen alle Flirtversuche." Und davon gäbe es reichlich, meinte er weiter. „Bei dem Aussehen", fügte Sylvio noch an. Er, Sylvio merke es schnell, wenn jemand sein Interesse auf diesen Hübschling richtete, denn dass der verdammt gut aussehe, das müsse er neidlos zugeben. Vielleicht war der ja schwul oder sowas. Er selbst hätte auch schon vergeblich mehr oder weniger zarte Annäherungsversuche bei ihm gestartet. Sein Job allerdings verbiete es ihm, allzu direkt und deutlich zu werden. Von Jana hatte ich ja schon erfahren, dass Sylvio sich eher zu den Herren der Schöpfung hingezogen fühlte und immun war gegen weibliche Reize. Dafür hatte er eine ganze Mannschaft von „besten Freundinnen", mit denen er seine Klatschrunden drehte.

Als Jana und ich endlich, beschwingt von Sylvios alkoholischen Extravaganzen, Richtung Stadtbummel pilgerten, neckte meine Freundin mich wegen meiner, wie sie fand, unverhohlenen Blicke, mit denen ich den attraktiven jungen Mann an der Bar gemustert hatte. Es war ihr also nicht verborgen geblieben, dass ich immer wieder hingesehen hatte zu diesen Stammgästen von Sylvio. Ja, ich stritt es nicht ab, ich war beeindruckt und dachte noch einige Male träumerisch hin zu jenem Märchenprinzen, der zwar ganz offensichtlich nicht in meiner Liga spielte und für mich, den ehrlichen Einschätzungen meiner eigenen Möglichkeiten nach, sowieso unerreichbar war.

Erschrocken fragte ich Jana, ob meine neugierigen Blicke wirklich so auffällig gewesen waren. Lachend verneinte sie. Aber weil sie mich so gut kenne, hätte sie mein dezentes Interesse sehr wohl wahrgenommen. Erleichtert atmete ich auf. Es wäre mir arg gewesen, wenn ich mich ertappt fühlen müsste, weil ich allzu neugierig meine Blicke auf die Wanderschaft geschickt hatte. "Aber man kann ja mal ein wenig fantasieren, nicht wahr?" Aber dann holte mich die Realität sowieso rasch wieder schnell ein. „Wach auf!" dachte ich dann, „ein einziger, vermeintlich heißer Blick macht noch keinen Sommer." Sicherlich kam dieser, höchstwahrscheinlich versehentlich ausgesandte Blick bei mir auch wesentlich heißer an, als er beabsichtigt war. Und vielleicht geheimniste ich ja auch nur eine Emotion hinein in einen Zufallsblitzblick, der mich unversehens getroffen hatte.

Aber wie das so ist mit den Blitzen, sie können einschlagen und sind durchaus in der Lage, ein Feuer zu entfachen. Und sie sind so leicht nicht aus dem Gedächtnis zu vertreiben, besonders dann nicht, wenn sie einen kleinen Gefühlsrausch ausgelöst haben. Und da war durchaus was unterwegs gewesen, das hatte ich direkt körperlich wahrgenommen. Ich habe dieses einzigartige Spüren eines Sekundenbruchteils dann aber doch realistischerweise unter „aufregende Erlebnisse" verbucht. Ich rief mich also schnell wieder zur Ordnung, denn ich wusste als vernunftsbegabte Frau durchaus, dass man einem solchem Zufallsblitz besser keine Bedeutung beimessen sollte. Dennoch, die Erinnerung daran durchzuckte mich lockend immer wieder mal. Jedenfalls dann, wenn ich sie zuließ. Und die verbot ich mir dann letztendlich doch. Wozu sollte das auch gut sein. Die „Pflege" solcher Gedanken weckt ja nur unnötige Begehrlichkeiten, deren Erfüllung dann doch jeder Realität entbehrt.

So vergingen einige lange Wochen und der Alltag hatte mich längst eingeholt. Es war dann wieder einmal an der Zeit, gemeinsam mit meiner Freundin einen ordentlichen Stadtbummel zu planen. Dafür wollten Jana und ich unseren obligatorischen Freitag, an dem wir beide bei unseren Firmen dienstfrei hatten, für einen der üblichen Mädelstage nutzen. Wie sonst auch bei solch einem Ausgehen, gönnten wir uns als Einstand wieder eine kleine lukullische Erbauung, das gehörte einfach zur Freundinnentradition. Das waren beispielsweise ein paar extravagante Drinks, ein überdimensionierter Eisbecher, himmlische Tortengenüsse, total leckere Tapas beim Spanier, oder der beste Cappuccino der Stadt. So konnten wir uns immer auf ein genussvolles High Light freuen, wenn ein Date mit uns beiden anstand. Diesmal war ich es, die die City-Bar als Treffpunkt vorschlug. Nein, irgendwelche bestimmten Absichten oder gar beziehungsvolle Hintergedanken hegte ich nicht, da bin ich sicher. Na so ziemlich sicher jedenfalls. Aber das minikleine Erleben von neulich ließ mein Herz doch ein wenig lächeln und mich diesen Ort für eine Verabredung wählen, wenn ich denn ganz ehrlich sein wollte. Und so ein klitzekleiner Nebengedanke muss doch erlaubt sein, nicht wahr? Janas wissenden Blick will ich lieber nicht beschreiben, als ich meinen Vorschlag äußerte.

Überpünktlich, wie es so meine Art ist, saß ich dann schon bei

Sylvio an der Bar und musste, wie sonst auch meistens, noch eine Weile auf Janas Eintreffen warten. Sylvio mixte mir, nachdem er mich überschwänglich wie immer begrüßt hatte, einen bunten Sommercocktail. Dann entschuldigte er sich für ein paar Minuten, weil er Vorbereitungen für den anstehenden Nachmittag in der neben dem Barraum gelegenen Küche erledigen wollte. So saß ich ein Weilchen mutterseelenalleine in der großen Café-Bar und betrachtete etwas gelangweilt die schönen expressionistischen Gemälde, die dem Raum seine unverwechselbare Atmosphäre verliehen.

Plötzlich drehte sich die Karusselltür des Eingangs und mein Mister Schönling erschien auf der Bildfläche. Er hatte, wie beim letzten Mal, seine Tennistasche geschultert und steuerte, nachdem er sich suchend umgeschaut hatte, ich konnte es nicht fassen, geradewegs auf mich zu. Er lächelte mich an und sagte freundlich: „Es sieht ganz so aus, als sollten wir beide heute den Nachmittag in völliger Einsamkeit verbringen, nicht wahr?" Ich sah mich erschrocken um. „Hilfe! Meinte er tatsächlich mich?" Aber da niemand anders zu sehen war, konnte es ja nicht anders sein.

„Ach ja übrigens, mein Name ist Herbenstein", sagte er, „ich sah sie neulich mit Jana an der Bar sitzen und dachte, dass ich Jana eigentlich bitten könnte, mich gelegentlich vorzustellen."

Tatsächlich, er meinte mich. Und er hatte mich damals wahrgenommen. Also doch! Nun stand er neben meinem Barhocker und ich wusste vor Verlegenheit kaum, wohin mit mir. „Sag was Kluges", dachte ich verzweifelt, aber ich bekam nur heraus: „angenehm, mein Name ist Lily, Lily Berger", sagte ich ungeschickt, „Lily mit einem L übrigens."

„Spielen Sie auch Tennis, Lily mit einem L?" fragte mein Traummann belustigt. Ich winkte verlegen ab: „Nicht so sonderlich", gab ich zu, „ich hatte bisher wenig Gelegenheit dazu."

„Wie wäre es mit ein paar Nachhilfestunden? Ich stelle mich gerne gelegentlich als Coach zur Verfügung," war die unerwartete Antwort. „Wirklich?" fragte ich. „Klar doch", erwiderte er lachend, „wenn Sie mir freiwillig Ihre Telefonnummer verraten, frage ich gerne mal an, wann es passt."

Wie immer, war ich nicht im Stande, aus dem Gedächtnis meine Mobilfunknummer zu nennen, mir die zu merken hatte ich immer müßig gefunden, denn wozu gibt es ein Verzeichnis, das man bloß antippen muss?

Ich kramte also mein Handy heraus, was wieder einmal in den

Tiefen meiner Tasche verschollen war und meinem nervösen Nesteln gefühlte lange Minuten trotzte. „Typisch", dachte ich, „was soll er von dir denken, wenn du nicht einmal auf Anhieb dein Handy findest". Endlich war ich in der Lage, dem belustigt Wartenden meine Telefonnummer zu diktieren. Wenn er mich also anrufen wollte, könnte ich mir gleich seinen WhatsApp-Account notieren. „Schlau", dachte ich, „so haben wir beide gleich unsere Nummern ausgetauscht". Aber ich hatte mich wieder einmal auf eine Warteposition gehievt. „Typisch für mich", dachte ich.

Als Jana dann endlich erschien, staunte sie nicht schlecht. Nachdem dieser Valentin Enno Herbenstein sie höflich begrüßt hatte, begab er sich ans andere Ende der Bar und nahm dort andere Tennisspieler in Empfang, die inzwischen eingetrudelt waren und mit denen er augenscheinlich verabredet war.

Sylvio hatte inzwischen auch wieder seinen Platz hinter der Bar eingenommen und sorgte flink für die bestellten Drinks.

Jana schaute mich derweil ungläubig an: „Was war das denn", fragte sie, hast du in Mister Unnahbar tatsächlich eine Eroberung gemacht? Ich kenne ihn nun schon etliche Jahre, wenn auch nur flüchtig. An eine Annäherung war noch nie zu denken gewesen, denn noch niemals habe ich ihn außerhalb seines Begleittrosses erlebt. Wie hast du es denn angestellt, dass er sich dir sogar zugesellte? Tztztz, man kann dich wirklich keine Minute alleine lassen!" lachte sie.

Ich schüttelte nur, leicht benebelt, meinen Kopf. „Keine Ahnung, was das war. Plötzlich stand er hinter mir und sprach mich an."

„Versprich dir nicht zu viel davon", meinte Jana, „der ist die Personifizierung seines Namens: „herbe", so wie Sylvio das immer so treffend interpretiert. Ich hatte jedenfalls immer den Eindruck, er wäre absolut resistent gegen jede Art von Flirt. So denke ich auch heute noch; der ist brandgefährlich. Der sieht einfach zu gut aus. Und über ihn ist absolut nichts bekannt. Die Gerüchteküche allerdings brodelt heftig. Dabei glaube ich, dass über ihn und seinen Backround immer nur gemutmaßt wird, weil man von ihm nicht wirklich etwas weiß. Sieh Dich jedenfalls vor. Bei mir schrillen sämtliche Alarmglocken, falls du dich wirklich mal mit ihm zu treffen gedenkst".

Ich aber konnte kaum glauben, dass es je zu einer Verabredung kommen würde. Was könnte er beabsichtigen? Ich litt nun wahrhaftig nicht an Selbstüberschätzung. Zwar war ich mir meines hübschen Äußeren durchaus bewusst und ich wusste längst, dass ich

45

den Männern gefiel, aber dieser Herbenstein kannte sicherlich schönere Frauen als mich und vor allem, Modelgeschöpfe, die wesentlich besser zu ihm passten als ausgerechnet ich. Dennoch, das musste ich gestehen, war ich schon im Geheimen etwas stolz darauf, dass ich offenbar trotz eines Überangebotes an hinreißenden Geschöpfen in seiner Umgebung, von ihm wahrgenommen worden war. Ich wiegelte Janas Warnungen mit einem Lachen ab. Ich sagte ihr, sie solle nur kein Aufheben machen, sicherlich käme es gar nicht zu einem Date.

Heimlich jedoch machte ich mir so meine Gedanken; eine Tennispartnerin konnte er in mir ja wohl nicht vermuten. Ich hatte ja betont, dass ich diesbezüglich eher unbedarft und somit seinen sportlichen Ansprüchen gar nicht gewachsen wäre. Also könnte es doch sein, dass ich ihm gefallen hatte und dass seine Aufmerksamkeit tatsächlich meiner Person galt? Ich rief mich innerlich zur Ordnung und befahl mir, einfach mal abzuwarten. Ob er dann anruft, würde sich ja zeigen. Ich wollte mich jedenfalls vorsorglich mit Gelassenheit umgeben, lieber nichts erwarten und mich gegebenenfalls überraschen lassen. Aber, wenn ich ehrlich zu mir selber war, musste ich zugeben, dass ein netter, wenn vielleicht auch belangloser Flirt mit einem solchen exquisiten Exemplar von einem Mann, mir durchaus gelegen kam. Meine letzte Beziehung mit Markus, dem Juristen war ja erst kürzlich recht unfreundlich in die Brüche gegangen, nachdem er gemeint hatte, wieder mit seiner Ex anbandeln zu müssen und unverfroren über Wochen zweigleisig zugange gewesen war. Als ich das herausgefunden hatte, war ich so wütend und auch verletzt gewesen, dass ich mich jeder von ihm erbetenen Aussprache verweigerte und seine Bemühungen, sich zu erklären, schroff abwies.

Nach den Herzschmerzerfahrungen mit Markus hatte ich mir dann vorgenommen, vorerst keine Bindung einzugehen. Ich war nach diesem Desaster derart angeschlagen auf der Strecke geblieben, dass mich schon der Gedanke an eine Beziehung frösteln ließ. Dennoch, ein kleiner Flirt kann ja wärmen, ist ein Trost für die Seele und kann durchaus hilfreich dabei sein, die inneren Wunden zu lindern. Also dachte ich: „mal sehen …!"

Mit Jana verbrachte ich, nachdem wir gemeinsam noch einen Nachmittagscocktail zur Feier unserer Shoppingtour genossen hatten, einen richtig schönen Tag. Das Thema Herbenstein wurde von uns beiden peinlichst vermieden und wir traten, reichlich bepackt mit den allerschönsten Einkäufen, beschwingt den Heimweg an. Wir beide bestätigten einander wieder einmal, dass es der Seele einer Frau einfach guttut, chice Klamotten zu kaufen und sich dann diebisch der ergatterten Schnäppchen zu erfreuen. Bei solchen Exkursionen überziehe ich regelmäßig und eigentlich grundsätzlich mein Budget. Aber wer kann schon immer allen modischen Versuchungen widerstehen, die dann womöglich noch zum günstigen Preis zu haben sind. Daheim dann, beim Auspacken, ging ich gleich die Kleiderkombinationen durch, die mir die neu erstandenen modischen Attribute ermöglichen würden. Freilich, wie immer hatte ich sicherlich auch dieses Mal wieder einige Teile erstanden, die sich als Fehlkauf erwiesen, und die bedauerlicherweise in den Tiefen meiner ohnehin überfüllten Schränke verschwinden. Aber, das gehört wohl zu einem gelungenen Einkaufsbummel, wie mir auch Jana bestätigte.

Wir veranstalten deshalb einmal im Jahr eine Tauschparty mit Freundinnen, zu der jede alles mitbringt, was den eigenen Mode-Tüv nicht überstanden hat. Das macht riesigen Spaß und in der Regel findet so manches gute, aber ungeliebte Stück dann doch noch eine glückliche Besitzerin, die sich über die Fehlkäufe der Freundinnen freut und sich an deren modischen Überschüssen schadlos hält.

Wartete ich ernsthaft auf den Anruf von Mister Tennispartner in spe? Ach nee, eigentlich nicht wirklich. Je mehr Zeit verging, ohne dass er sich gemeldet hätte, desto unwahrscheinlicher erschien mir ein angedachtes Date mit ihm. Aber seine Aufmerksamkeit hatte mir dennoch wohlgetan und mir dabei geholfen, meine Wunden zu lecken, die mir in Bezug auf Interesse von der männlichen Fraktion entgegengebracht wurde. Und ich wollte natürlich einem so kleinen Zwischenspiel nicht allzu viel Bedeutung beimessen. Für mich selbst hatte ich ja ohnehin beschlossen, dass ich vorerst nicht Ausschau halten wollte nach einem adäquaten Nachfolger meines kürzlich „Verblichenen", wie ich diesen gehässig für mich heimlich betitelte.

Karriere-Sprünge

Dafür kniete ich mich engagiert in meine Karrierepläne, denn ich gedachte beruflich aufzusteigen in noch lohnendere Positionen. Lohnend in Bezug auf ein besseres Einkommen, aber besonders auch in größtmögliche Selbständigkeit mit noch mehr Entscheidungsfreiheit, Verantwortung und damit auch noch weiterer künstlerischer Selbstverwirklichung. Meine bisherige Stellung betrachtete ich deshalb als Durchgangsstation, als vorläufige Haltestelle in Sachen Zukunftsplanung.

Nach der Beendigung meiner Ausbildung als Goldschmiedin hatte ich zunächst eine Anstellung in einem großen und schönen Juweliergeschäft in der Innenstadt ergattert. Dort verdiente ich recht gut und genoss schon bald das Vertrauen meiner Chefs, einem tüchtigen Ehepaar, das sich einen guten Namen gemacht hatte für ihre Angebote von mittelpreisigem Gebrauchsschmuck. Dort war ich im Verkauf tätig und zuständig für die Beratung in der Abteilung für Verlobungs- Freundschafts- und Eheringe. Ich nahm auch Reparaturwünsche entgegen und passte die Ringgrößen an. Leider wurden in dem Juwelierladen, in dem ich arbeitete, gar keine Schmuckstücke neu angefertigt. Alles was zum Verkauf stand, wurde bei Herstellern und Grossisten im In- und Ausland eingekauft. Ich war angestellt worden, um Kunden zu beraten und um Umsatz zu generieren. Es lässt sich denken, dass der Spaßfaktor bei einer solchen Routinearbeit ziemlich auf der Strecke bleibt. Meine Träume von einer kreativen Berufsausübung als Goldschmiedin, die ich nach meiner anspruchsvollen Lehre gehegt hatte, waren einem eher drögen Berufsalltag gewichen, der wenig Aussicht auf Karriere und Aufstieg bot. Das ließ mich schon ein wenig resignieren, denn ich hatte mir ja eine glänzende, abwechslungsreiche und kreative berufliche Zukunft ausgemalt. Tröstlich alleine war, dass die Arbeitsatmosphäre in dem großen Juwelierladen sehr angenehm und familiär war. Dennoch, zufrieden war ich nicht. Hatte ich Flausen im Kopf, die wenig realitätsbezogen waren? Hatte Berufsalltag immer so wenig mit Spaß und Abwechslung zu tun? Dabei hatte ich doch einen so schönen Beruf erlernt. „Goldschmiedin", alleine wie das klang. Und während meiner Lehre war ich künstlerisch durchaus gefordert gewesen und hatte mich schon als Schöpferin kostbarer und wundervoller Schmuckstücke ausGold und Edelsteinen gesehen. Dafür hatte ich reichlich Ideen, die nach Gestaltung rangen. Leider hatte meine Lehrwerkstatt ihre Lehrlinge nicht übernommen und eine andere Manufaktur, in die ich hätte überwechseln können, war nicht zu finden. Jedenfalls nicht in erreichbarer Nähe. Man musste vielmehr froh sein, überhaupt einen passabel bezahlten Arbeitsplatz gefunden zu haben. Mit solchen Argumenten jedenfalls rückten mir meine Eltern den Kopf zurecht, wenn ich mich über die tägliche Routine beklagen wollte.

Dann aber kam mir ein glücklicher Zufall zur Hilfe und bot mir eine Berufsrichtung, die ich einschlagen konnte und in der ich mich bis heute ausgesprochen wohl und aufgehoben fühle. Ich kann sagen, dass ich jetzt mit viel Freude und großem Engagement bei der Sache bin, obwohl meine Begabungen als Künstlerin zunächst auch hier nicht gefragt waren.

Dass ich zu meiner jetzigen Position kam, begab sich so: Meine Chefs, dieses freundliche und geschäftstüchtige Ehepaar, nahm mich zu der jährlich stattfindenden Messe nach Frankfurt mit. Für die Vorbereitung durfte ich selbständig ein umfangreiches Sortiment von Trauringen zusammenstellen und auch die Dekoration meines Messestandes und die Präsentation meiner Ringe nach meinem Geschmack gestalten. Über diesen Vertrauensbeweis war ich sehr froh und stellte den Besuchern, die sich um meinen schönen Stand scharten, meinen traditionellen Schmuck mit Liebe und Engagement vor. Die etwas ausgefalleneren und teureren Schmuckstücke waren in einer Safe-Vitrine zu besichtigen. Zeigte jemand Interesse auch daran, erhielt ich Beratungsunterstützung von meinen Chefs, weil das Sicherheitsrisiko nicht von mir alleine getragen werden sollte.

Meine Chefs betrieben indessen einen größeren Nachbarstand und stellten dort die kostbareren Schätze aus ihrem Angebot vor.

Mir machte dieser Messeausflug riesigen Spaß. Und ich genoss es, meine Fachkenntnisse einem interessierten Publikum zu unterbreiten. Stolz war ich dann auch, wenn es zu lukrativen Verkäufen meiner Ringe kam. Diese, meine Kunden waren zum Teil Privatleute, die sich eingehend mein Sortiment betrachteten und Einkäufe für eigene Verlobungen, Hochzeiten oder andere Gelegenheiten tätigten. Aber auch kleinere Juweliergeschäfte gaben Bestellungen bei mir auf, wodurch sich meine Tagesumsätze dann deutlich erhöhten. Ich war nicht wenig stolz auf meine Erfolge, für die ich jeden Tag bei Messeschluss von Frau und Herrn Krabensky, meinem Chefehepaar belobigt wurde.

Zu meinem Publikum gehörte auch ein weißhaariger älterer Herr, der sich, ohne etwas zu kaufen, dennoch jeden Tag an meinem Stand einfand. Er suchte dann das Gespräch mit mir und machte mir Komplimente über meine Verkaufstüchtigkeit und meinen liebenswürdigen Umgang mit den Kunden. Meinen Chefs war sein Interesse an meiner Person aufgefallen und sie erklärten mir, dass dieser Herr Kugler, wie er sich mir vorgestellt hatte, für sie kein Unbekannter sei. Er war ihnen als Inhaber einer großen Modeschmuckherstellung- und Großhandlung, die international agierte, bekannt. Weshalb er nun täglich meinen Stand frequentierte, war ihnen ebenso unklar, wie auch mir. „Vielleicht gefallen Sie ihm", scherzte mein Chef. Ich zog ein ganz erschrockenes Gesicht, was bei Herr Krabensky ein kleines Gelächter zur Folge hatte.

Am letzten Messetag dann fragte mich mein treuer Besucher, ob ich vielleicht einen Kaffee mit ihm trinken gehen könnte, er wolle mir einen Vorschlag unterbreiten. Ich zögerte etwas, bevor ich ihm eine Absage erteilte. Was konnte er von mir wollen? War er an meiner Person interessiert? Bisher hatte er sich freundlich, humorvoll, aber ausreichend distanziert, durchaus gentlemanlike, mir gegenüber verhalten. War er ein sogenannter SugarDaddy, der als älterer Mann junge Mädchen anbaggerte? Eigentlich konnte ich mir das kaum vorstellen. Eher erschien der Mann mir vornehm und auf jeden Fall seriös. Unsicher wollte ich meinen Chefs von der Anfrage berichten und sie um Rat bitten. Aber bei dem Messegetümmel ging diese Absicht unter und ich war bis Mitternacht damit beschäftigt, meine Gold und Silberwaren sorgfältig einzupacken und für eine sichere Abholung bereit zu stellen.

Für meinen älteren Herren blieb mir demnach kaum Zeit, aber ich wollte nicht unhöflich sein und bot ihm deshalb an, mir am Folgetag morgens zum Frühstück in meinem Hotel Gesellschaft zu leisten, denn danach wollte ich sogleich mit der Bahn die Heimreise antreten.

Herr Kugler erschien dann auch pünktlich und hatte zwei dicke Kataloge bei sich, die er mir überreichte. Ich staunte über die umfangreichen Sortimente, die von der Erwin Kugler GmbH hergestellt und angeboten wurden. Auf der Messe hatte ich mich nicht für den großen Stand dieser Firma interessiert, denn es ging dort ja nicht um Goldwaren und echten Schmuck, sondern lediglich um Modeschmuck, auf den ich mein Augenmerk zu richten, keinen Anlass gesehen hatte. Allerdings hatte ich abends im Internet aus Neugier kurz gegoogelt und wusste zumindest, dass Herr Kugler einer bemerkenswert großen Firma vorstand. Was mochte er von mir wollen? Ich entschuldigte mich, dass ich weiter frühstückte, weil ich unbedingt meinen Zug erreichen wollte, der vom Frankfurter Hauptbahnhof um 11.30 Uhr abfahren sollte.

Herr Kugler bestellte sich bei der Bedienung einen Kaffee und sah mich lächelnd an „Sicher sind Sie erstaunt und vielleicht sogar befremdet, weil ich Sie zu einem kleinen Gespräch bitte. Dafür will ich mich kurz fassen, denn ich sehe ja, dass Sie in Eile sind. Ich will also gleich zur Sache kommen und Ihnen meinen Vorschlag unterbreiten. Ich habe mir erlaubt, Sie und Ihre Arbeit an Ihrem Schmuckstand auf der Messe zu beobachten. Dabei hat es mir gefallen, wie umsichtig und liebenswürdig, dabei durchaus geschäftstüchtig und sachkundig Sie dort agierten. Ich bin nämlich schon seit geraumer Zeit auf der Suche nach einer jungen Assistentin, die mir dabei hilft, meine internationalen Kunden zu betreuen und die uns auch gelegentlich zu Auslandsterminen begleitet. Damit Sie sehen können, dass ich es ernst meine, möchte ich Sie zu einem Besuch in meine Firma einladen. Dort werden Sie auch meine Frau kennenlernen, mit der gemeinsam ich alle meine Geschäfte führe und der ich bei allen Entscheidungen das letzte Wort lasse," fügte er schmunzelnd an.

„Aber, bei Ihnen geht es um Modeschmuck, von dem ich gar keine Ahnung habe. Ich bin Goldschmiedin, liebe meinen Beruf und habe die feste Absicht darin weiterzukommen, und mich dementsprechend auch weiterzubilden."

„Das weiß ich sehr wohl, denn ich habe mich auch ein wenig über Sie erkundigt, verzeihen Sie mir das bitte, denn es ist mir wichtig, genau zu wissen, ob mein persönlicher Eindruck sich durch Fakten rechtfertigen lässt; schließlich geht es um eine Vertrauensstellung, die ich ihnen möglicherweise anbieten kann. Deshalb will ich ihnen in kurzen Zügen schildern, wer wir sind und was genau wir machen. Uns angeschlossen sind auch mehrere Manufakturen, die sich mit Entwürfen für schönen Modeschmuck beschäftigen. Also gäbe es durchaus die Möglichkeit, dass sie bei uns ihre kreative Seite ausleben könnten. Hauptsächlich aber bräuchten wir Unterstützung im Einkauf und dem Präsentieren von durchaus wertvollen Schmuckstücken, die besonders ein junges Publikum ansprechen sollen. Damit bedienen wir auch die großen Modehäuser, deren wechselnde Kollektionen wir jeweils mit Schmuckstücken, Gürteln und Knöpfen ergänzen. Seit geraumer Zeit führen wir auch eine edle Linie, die durch Halbedelsteine oft mit den Edelmetall-Konkurrenten qualitativ und auch in Bezug auf Schönheit Schritt halten kann. Insbesondere diese neuen Angebote in unserem Sortiment liegen mir am Herzen. Ich könnte mir gut vorstellen, dass Sie bestens dafür geeignet sind, sich dabei einzubringen. Die Tätigkeit erfordert Sachkenntnisse, Modebewusstsein, Selbstsicherheit und begeisterte Einsatzfreude. Besonders aber gehört es zu meinen Lieblingsideen, eine junge Künstlerin, die aber auch über Geschäftssinn verfügt, für diese neue junge Linie zu gewinnen. Sie sehen, Ihr Beruf als Goldschmiedin ist, was kreative Ideen für Entwürfe und kluge Einkäufe angeht, durchaus keine Nebensache. Und - es versteht sich, dass eine solche Position entsprechend dotiert wird," fügte er lächelnd hinzu.

Sprachlos folgte ich den Ausführungen von Herrn Kugler. Irgendwie konnte ich kaum glauben, dass man mir, einer so jungen und auf dem internationalen Markt völlig unerfahrenen Person ein Angebot dieser Dimension macht. So fragte ich erstaunt, ob sich denn in der großen Belegschaft, der Herr Kugler in seiner Firma vorstand, keine vertrauenswürdige Person gefunden hatte, die seinen Vorstellungen mehr entspräche als ich, die ich absolut keine Erfahrungen für eine solche Stellung mitbrächte.

Herr Kugler lachte und versicherte mir, dass er im Gegenteil, unbedingt einer Quereinsteigerin dieses Angebot machen wolle, denn diese sei nicht so festgelegt, wie angestammte Mitarbeiter und Mitarbeiterinnen. Und ich entspräche genau seinen Vorstellungen. Und, meinte er verschmitzt, dass auch mein Äußeres und mein Modestil, welchen er während seiner Beobachtungen während der Messezeit erfreut zu Kenntnis hatte nehmen können, genau zu dem Stil passte, den er sich für seine Schmucklinie wünsche. Er hätte schon nach dem ersten Messetag seiner Frau am Telefon gesagt, dass er einer jungen Frau begegnet wäre, die er weiter beobachten wolle, weil bereits ein erster Eindruck ihn sehr angesprochen hätte.

Ich kann nicht verhehlen, dass ich mich geschmeichelt fühlte, Aber ein solches, durchaus verlockende Angebot deckte sich überhaupt nicht mit meinen Zukunftswünschen, schließlich wollte ich mich künftig unbedingt in meinem Traumberuf als Goldschmiedin sehen. Modeschmuck und sei er noch so edel, war so gar nicht mein Ding. Außerdem bin ich eher ein sesshafter Typ. Und, wenn ich es recht verstanden hätte, war es für die angebotene Tätigkeit unabdingbar, viel unterwegs zu sein um auch Auslandskontakte zu pflegen.

All dies äußerte ich Herrn Kugler gegenüber, denn ich wollte mir und auch ihm ersparen, unnötig Zeit zu investieren, wenn sein großzügiges Angebot doch ohnehin nicht für mich in Betracht käme. Mein Gesprächspartner aber ließ nicht locker, er schrieb mir seine Telefonnummer und seine E-Mail-Adresse auf und notierte auch meine Adresse. Er wollte mir unbedingt noch weitere Kataloge zusenden, damit ich mir ein eindrückliches Bild von seiner Firma machen könne.

Ich gestand ihm nun, dass ich bereits im Internet seine Firma gegoogelt hatte, nachdem meine Chefs mich mit meinem mutmaßlichen Verehrer aufgezogen hatten, der täglich meinen Stand frequentierte. Ihnen war ja die Firma Erwin Kugler GmbH nicht unbekannt und sie hatten mir gesagt, dass man in der Branche mit Hochachtung von deren wirtschaftlicher Bedeutung und dem internationalen Erfolg spräche. Mein Interesse hatte dennoch nicht ausgereicht, um mir den riesigen Stand der Kugler GmbH auf der Messe direkt anzusehen, wie ich bei unserem Gespräch nun etwas beschämt anmerkte.

Ich verabschiedete mich etwas hastig von meinem liebenswürdigen Gegenüber, und versicherte entschuldigend, dass meine Eile durch die Sorge begründet war, meinen Zug nicht zu erreichen. Ich versprach jedoch, mir das freundliche Angebot zu überlegen, vielleicht einen Besuch zu riskieren, um seine Firma kennenzulernen und Genaueres über die angedachte Stellung zu erfahren. Herr Kugler wünschte mir dann noch eine schöne Heimfahrt und meinte, dass er sicher wäre, dass ein persönlicher Besuch bei ihm und seiner Gattin, sowie ein ausführliches Gespräch über meine Berufschancen mein Leben grundlegend und zum Positiven hin verändern würde.

Auf der Heimfahrt hatte ich genügend Zeit, um mir alles, was dieser, mir doch eigentlich fremde Herr angeboten hatte, gründlich durch den Kopf gehen zu lassen. Dabei fragte ich mich, wovor ich eigentlich Angst hatte. Ich war jung, unabhängig und konnte doch durchaus eine völlig neue Herausforderung annehmen, selbst wenn sie nicht in meine, wie ich meinte, fest determinierten Zukunftspläne passte. Und wenn ich ehrlich sein wollte, so hatte ich bislang immer eher über Grenzen und Mauern statt über Offenheit und Abenteuer nachgedacht. Ich hatte eigentlich nie in Erwägung gezogen, diese zu sprengen und ganz andere Wege zu gehen, als die mir augenscheinlich vorgegebenen Stationen. Aber wenn mir schon mal Chancen in den Schoß fallen, die mir zunächst abwegig erscheinen, so sollte ich sie zumindest prüfen, bevor ich dazu kategorisch „Nein" sagen würde.

Mir kam in den Sinn, dass es tatsächlich grundsätzlich meinem Charakter entsprach, immer erst mal eine ablehnende Haltung einzunehmen, noch bevor ich Neues erwogen hatte. „Eigentlich schade", so dachte ich weiter, „man schneidet sich damit ja auch Überraschendes und Abenteuerliches ab. Vielleicht sollte ich daran mal arbeiten, denn wer will schon sein eigener Hemmschuh sein".

In meinem Alltag angekommen, gingen mir die verlockenden Angebote des Firmeneigners jedenfalls nicht aus dem Kopf und so wartete ich gespannt auf Post von der Kugler GmbH, die auch tatsächlich nach zwei Tagen bereits eingetrudelt waren. Der Inhalt bestand aus mehreren sehr schönen und aufwändig gestalteten Katalogen und einem Brief, der erneut die herzliche Einladung zu einem unverbindlichen Kennenlernbesuch enthielt. Unterschrieben war diese mit „Lucie Kugler und Erwin Kugler."

Nun weihte ich auch meine Eltern in meine Überlegungen ein und erzählte ihnen, was mich seit dem Messeeinsatz zunehmend umtrieb. Beide meinten, dass ich mir zumindest ein Bild vor Ort machen müsste, bevor ich mich gegen ein derart verlockendes Angebot entscheiden würde. Meine Mutter sagte sogar, sie würde ganz neidisch sein, wenn sich tatsächlich ergäbe, dass ich auf diese Weise in der Welt herumkommen würde. Und mein Vater ermutigte mich mit dem Argument, dass man nur einmal in seinem Leben ein solches Angebot erhielte und dabei noch gutes Geld verdienen könne. Außerdem sollte man auch mal Mut haben und etwas wagen, das außerhalb der vorgegebenen Möglichkeiten läge. „Der Alltag holt dich noch schnell genug ein", fügte er hinzu.

Ja, der Alltag holt dich schnell genug ein! Dieser Spruch sollte für meine Zukunft noch eine große Rolle spielen. Vorerst jedoch rief ich die Sekretärin der Firmenleitung der Erwin Kugler GmbH an und vereinbarte meinen Besuchstermin. Deren Firmensitz befindet sich in einer netten Kleinstadt, die nur etwas mehr als eine Bahnstunde von München entfernt ist. So konnte ich erleichtert zur Kenntnis nehmen, dass ich nicht umziehen müsste, wenn es tatsächlich zu einer beruflichen Vereinbarung zwischen dieser Firma und mir kommen sollte. Das aber stand für mich im Moment noch keinesfalls fest. Dennoch bewaffnete ich mich mit meinen

Zeugnissen, und auch Fotos von eigenen Entwürfen, sowie einigen Musterstücken die ich für Prüfungen und Wettbewerbe angefertigt hatte. Ich trat also gespannt die Fahrt zu meinem Zielort an.

Dort, vom Bahnhof aus brauchte ich nur wenige Gehminuten, um das Firmengelände der GmbH zu erreichen. Der Gebäudekomplex war in einem großen, schönen Park gelegen. Er bestand aus einem riesigen, wenig spektakulären Neubau mit einem kleineren Anbau, der, im Bungalowstil gehalten, rundherum Terrassentüren aufwies. „Nett", dachte ich, "jedoch weniger exklusiv das Ganze, als ich es erwartet habe".

Dieser Eindruck jedoch änderte sich, als ich über eine breite Eingangstreppe ein lichtdurchflutetes Foyer erreichte, in dem an den Wänden mannshohe Vitrinen standen, in denen eine Fülle von glitzerndem und vielfarbigem Schmuck ausgestellt war. Große Kristalllüster an der hohen Decke schienen das Gefunkel in den Vitrinen noch unterstreichen zu wollen. Ohne mich zunächst um diese verlockende Ausstellung zu kümmern, wandte ich mich gleich an die sehr attraktive, nicht mehr ganz so junge Dame mit üppigen Formen, die an einem riesigen Glasschreibtisch saß und sich mir als die Empfangssekretärin vorstellte. Sie musterte mich freundlich durch ihre brillantenbesetzte Brille und sagte, dass Frau und Herr Kugler mich bereits erwarteten. Nachdem sie dann telefonisch mein Kommen avisiert hatte, öffnete sich gleich darauf eine der Flügeltüren zwischen zwei Vitrinen und eine elegante, sehr schöne ältere Dame kam mir strahlend entgegen, nahm meine ausgestreckte Hand in ihre beiden Hände und hielt sie ein Weilchen fest, während sie mich herzlich begrüßte. Sie sagte mir, wie sehr sie sich freue, mich kennen zu lernen. Ihr Gatte würde demnächst ebenfalls eintreffen und inzwischen sollte ich mit ihrer Gesellschaft Vorlieb nehmen. Im Nachhinein glaube ich, dass es beabsichtigt war, dass wir uns zunächst alleine unterhalten sollten, damit Frau Kugler sich unbeeinflusst selbst ein Bild von mir machen konnte.

„Sie wird von mir enttäuscht sein", dachte ich. Diese selbstsichere Dame ist doch ganz andere Persönlichkeiten gewohnt, als eine kleine, unbedarfte Goldschmiedin, die gerade erst kürzlich ihre Lehrzeit hinter sich gebracht hat. Und vielleicht fragte sie sich sogar, was ihr Mann bloß gesehen haben mochte in dieser netten kleinen Maus, von der er ihr womöglich sogar vorschwärmt hatte."

Während meiner unsicheren Gedanken hatte Frau Kugler mich untergehakt und führte mich in ihr Büro, das sie gemeinsam mit ihrem Mann, wie sie mir erklärte, „bewohnen" würde. Vorher aber stellte sie mir die Dame am Empfang als Frau Kirchheim vor und bestellte bei ihr gleich einen Kaffee für uns beide.

Nachdem Frau Kugler die Türen hinter uns geschlossen und mich eingeladen hatte Platz zu nehmen, fand ich Gelegenheit, mich in ihrem großen Büroraum umzusehen. „Überwältigend schön", war mein spontanes Urteil. Sicherlich gehörte dieser Trakt zu dem Bungalowanbau, den ich von außen gesehen hatte. Auf einem sehr langen Glastisch, der auf mehreren Glassäulen stand, lagen Stapel von Fotos, Hochglanzmagazinen und Katalogen. Sonst wies hier allerdings kaum etwas auf eine Bürotätigkeit hin. Man hatte eher den Eindruck sich in einem luxuriösen Gewächshaus inmitten von üppigen Pflanzen und Blumen zu befinden. Weit und breit kein Regal mit Ordnern oder sonstigen Utensilien, die man sich für ein Chefbüro vorstellte. Auf dem Tisch standen zwei üppige Gebinde aus Kornblumen und Mohnblumen, sowie Designer-Schreibutensilien und einige Blätter mit Skizzen, sowie ein ganzes Bündel von Buntstiften, die in einem schönen Porzellantopf standen. Frau Kugler hatte natürlich mein erstauntes Mustern dieser Umgebung zur Kenntnis genommen und sagte lächelnd: „Sie haben sich unsere Geschäftsräume sicher ganz anders vorgestellt, nicht wahr?" Errötend nickte ich. „Ja", sagte Frau Kugler, „das geht jedem Neubesucher so. Wir sind ja fast immer befasst mit unserem Beruf, unserer Firma. Da haben wir uns gedacht, dass es entspannend sei, nicht auch noch ausschließlich von Bürointerior umgeben zu sein, wie wir das in früheren Zeiten immer auf uns nehmen mussten. Wir überlassen deshalb unseren Angestellten eine solche Ordner-Atmosphäre, denn diese haben ja nachmittags Feierabend und können dann die Firma hinter sich lassen. Wir aber sind eigentlich immer mit unserem Beruf zugange, oft bis spät in die Abendstunden. Deshalb haben wir uns entschlossen, diese Zeit wenigstens in einer entspannenden Atmosphäre zu verbringen, in der wir uns wohl fühlen und haben um uns herum dieses „Treibhaus" gestaltet." Frau Kugler bat mich nun, in einem der großen weißen Korbsessel auf weichem Polster Platz zu nehmen.

„Nun aber wollen wir uns doch mit Ihnen befassen, nicht wahr?" Ich wollte gerade mit einem Schwall von Argumenten erläutern, dass Herr Kugler sich sicherlich ein falsches Bild von mir gemacht hätte, ich fühle mich von Ihrem Angebot zwar sehr geehrt, aber ich wäre bestimmt nicht die richtige Person für eine solche Stellung, wie er sie mir in Aussicht gestellt hatte. Aber Frau Kugler hob nur beschwichtigend beide Hände und sagte lachend, als ob sie meine Absicht im Vorfeld entschärfen wollte: „Ich weiß, ich weiß, noch wollen Sie sich nicht vorstellen, dass es passen könnte zwischen Ihnen und uns, nicht wahr?"

So schwieg ich etwas verunsichert und breitete dennoch meine Unterlagen vor dieser liebenswürdigen Dame aus, die wohl von ihrem Gatten inspiriert, in mir etwas sah, das ich im Moment selbst nicht zu erkennen vermochte.

Frau Kugler las lächelnd in meinen guten Zeugnissen, interessierte sich aber insbesondere für meine Schmuckentwürfe und meine Musterstücke, zu denen sie beifällig nickte.

Sie erzählte mir dann von den Plänen, die sie und ihr Mann für die Firma hätten und dass ihnen daran gelegen sei, dafür und für die angedachten Strategien genau das richtige Mitarbeiterteam zusammenzustellen. Es sollte jedenfalls jung sein, das Team, voller Begeisterung und Lust auf Leistung und Kreativität.

„Leider haben wir ja keine Kinder," sagte sie dann leise und ich vermeinte, dass eine kleine Traurigkeit in ihren Worten mitschwang, „aber wir fühlen uns noch so frisch und voller Tatendrang und so voll von üppigen Ideen, die nach Gestaltung ringen, dass wir bis zu unserem letzten Atemzug unbedingt vieles von dem verwirklichen wollen, was uns noch so vorschwebt. Unser Unternehmen ist ja quasi unser Kind und wir wollen es weiterhin fit machen für seinen Zukunftsweg. Das ist auch ein Grund dafür, dass wir ganz jungen Menschen, wie auch Sie es sind, die Chance geben wollen, hineinzuwachsen in eine sichere und auch hochinteressante berufliche Zukunft. Denn alt sind wir alleine", fügte sie lachend hinzu."

„Aber", so erwiderte ich ihr, „ich habe ihrem Gatten bereits ehrlich gesagt, dass meine beruflichen Vorstellungen sich eher auf das Entwerfen von Goldschmuck beziehen und ich für Modeschmuck bisher wenig Sinn aufgebracht habe".

Eigentlich wollte ich noch anfügen, dass es mir auch aktuell völlig an der Ambition fehlte, mich diesbezüglich zu engagieren. Aber ich besann mich noch rasch auf meine Höflichkeit und behielt diesen Nachsatz für mich.

„Warten Sie ab", sagte Frau Kugler lächelnd, „ich könnte mir vorstellen, dass Sie Ihre Einstellung ändern, wenn Sie mehr über uns wissen. Wir jedenfalls wählen die Mitarbeiter, mit denen wir zusammenarbeiten möchten vornehmlich nach unserer Intuition aus und richten uns nur am Rand nach Zeugnissen und Empfehlungen. Wir machen uns lieber selbst ein Bild und verlassen uns auf unser Gefühl und natürlich auf die Sympathie, denn es muss einfach passen, wenn man gemeinsam etwas Großes erreichen will. Das haben wir immer so gehalten und sind damit gut gefahren."

Dann plauderten wir noch ein wenig über Modetrends, aber auch über private Hobbys und Passionen. Ich war beeindruckt davon, wie sehr diese Firmenchefin mit ihrem Unternehmen verbunden war. „Ja", dachte ich, „so soll es sein, da hat ein kluges und hoch engagiertes Ehepaar aus dem gemeinsamen Hobby einen gigantischen Erfolg gemacht". Zu diesem Schluss war ich schon im Vorfeld dieser Unterredung gekommen, denn ich hatte mich bei meinen Recherchen davon über-zeugen können, dass die Erwin Kugler GmbH in ihrer Branche in ganz Europa führend war und sich einen herausragenden Namen gemacht hatte.

Nachdem ich Frau Kugler auf ihre Nachfrage hin auch mehr von mir erzählt hatte, denn sie wolle alles, was ich beruflich, aber auch schulisch gemacht hatte, ganz genau wissen, erklärte ich freimütig, dass ich mit meiner derzeitigen Position nicht ganz glücklich sei, obwohl ich es mit meinen beiden Chefs, die mir so viel Vertrauen entgegenbrachten, gut getroffen hätte. Aber in ausschließlichem Einkaufen, Verkaufen und Beraten könne ich einfach keine Erfüllung finden. Frau Kugler hatte durch ihre liebenswürdigen und geschickt gestellten Fragen an mich nun sicherlich herausgefunden, wie ich tickte und ich hatte davon mehr preisgegeben, als ich eigentlich wollte.

Vielleicht hatte ich dabei meine Seele zu weit geöffnet, auf der Zunge getragen, dachte ich, „aber was soll´s, ich habe schließlich nichts zu verbergen."

Als dann Herr Kugler endlich eintraf, bestätigte sich, dass es seine Absicht gewesen war, seiner Frau und auch mir Gelegenheit zu geben, uns näher kennenzulernen und alles zu erfahren, was man voneinander wissen wollte. Er bot mir nun eine Firmenführung an und machte mich dabei mit einigen Mitarbeiterinnen und Mitarbeitern bekannt, die wohl jeweils für die unterschiedlichen Abteilungen zuständig waren. Nicht genau war allerdings gleich ersichtlich, wer von ihnen eine leitende Funktion innehatte und einer Abteilung vorstand. Vielmehr hatte ich das Gefühl, dass sich jeder der Angesprochenen für die ganze Abteilung zuständig fühlte.

Ich war überrascht, wie herzlich die Atmosphäre in den Büros und auch Showrooms war, von denen es mehrere im Hause gab. Aber auch von den Schmuckkollektionen, die ich nun live begutachten konnte, war ich überraschenderweise angetan. In der Tat konnte ich mich auch für einige der Entwürfe begeistern, auch wenn sie, wie ich vorher etwas abschätzig geurteilt hatte, nicht aus edlen Metallen gefertigt waren. Aber sie ließen in Bezug auf Verarbeitung wirklich nichts zu wünschen übrig. Und an den Fotos, die überlebensgroß in den Showrooms die Wände zierten, konnte man erkennen, dass einige dieser wunderschönen, zum Teil gewagten Schmuckkompositionen als wichtige Details zu den gezeigten Modekollektionen gesehen werden konnten. Herr Kugler erklärte mir, wie spannend es für sein Team jedes Mal sei, wenn die Modeschöpfer der Partnerhäuser mit den Schmuckdesignern tagelang zusammensäßen und miteinander Kombinationen ersannen, die man dann zu hinreißenden Kreationen zusammenfügte.

War es all das was ich sah, oder waren es die inspirierenden Erläuterungen des Ehepaars Kugler, was mich, erst einmal unmerklich, begeisterte und in mir tatsächlich den Wunsch wachsen ließ, dieser innovativen Firma näher kommen zu wollen? So war das Feld jedenfalls geschickt bereitet worden für das Arbeitsangebot, das mir die Firmenchefs in Aussicht stellten. Ich sollte Ihrer Vorstellung nach zur Kreativ-Assistentin der Firmenleitung ausge-bildet werden und könnte dafür ein Jahr lang eine Art von Prakti- kum absolvieren. In dieser Zeit erhielte ich das gleiche Gehalt wie derzeit in meinem Schmuckladen, dazu jedoch noch diverse Auf- wands- und Reisespesen. In diesem Zeitraum würde ich die Gelegenheit erhalten, alle Abteilungen der Firma zu durchlaufen und Herrn oder Frau Kugler bei Reisen und Präsentationen zu begleiten. Auch könne ich jeweils ein Kurzpraktikum in den Manufakturen, die der Firma zuarbeiten, absolvieren. Insgesamt sollte ich mir von allen Aufgaben einen Eindruck verschaffen dürfen, um nach Ablauf dieses „Lehrjahres" als Geschäftsführer- Assistentin in eine leitende Position mit ständig zunehmender Verantwortung hineinzuwachsen. Diese Position dann würde deut- lich üppiger besoldet und mir weitgehende Entscheidungsfreiheit in Bezug auf Entwürfe und Einkäufe einräumen. Auch meine künstlerischen Ambitionen sollten nicht zu kurz kommen. Ich dürfte jede der ausgeschriebenen Kollektionen mit eigenen Schmuck-entwürfen ergänzen. Die jeweiligen Modedesigner würden dann entscheiden, welche der Vorschläge passen könnten. Für eine solche

Teamarbeit allerdings müsse ich mich im Laufe der Zeit mit den modischen Erfordernissen der verschiedenen Modehäuser weiter vertraut machen, aber auch die Möglichkeiten von Materialien und ihrer Verarbeitung besser kennen- und einschätzen lernen und mich auch mit den beteiligten Teams darüber beraten.

„Sie sind noch so jung", sagte Herr Kugler, „sie sollen Zeit bekommen, in eine große Verantwortung hineinzuwachsen." „Ich traue Ihnen das zu", fügte er mit einem verschmitzten Blick auf seine Gattin an, „und meine Frau teilt meine Auffassung, in Ihnen die richtige Mitarbeiterin für eine solche Position gefunden zu haben."

Was sollte ich sagen, mein Herz jubelte. Ich hatte ein Jahrhundertangebot erhalten und müsste mit dem Klammerbeutel gepudert sein, wenn ich das ausschlagen wollte.

Am liebsten hätte ich laut gerufen „JA – ich will!" Aber mir wurde vorgeschlagen, in Ruhe zu überlegen und mich auch mit meiner Familie zu besprechen, denn es ginge ja hier um eine Entscheidung, die für meine gesamte Zukunft von großer Bedeutung wäre. Damit ich alles Schwarz auf Weiß nachlesen konnte, erhielt ich das Angebot auch in schriftlicher Form. Innerlich kicherte ich ein wenig, aber eher über mich. Das Ehepaar Kugler war sich also meiner Zusage so sicher gewesen, dass beide einen Vertrag bereits vorbereitet hatten.

Ich musste es mir nun doch eingestehen; meine ganze Skepsis war völlig verflogen. Ich fühlte mich dieser angenehmen und irgendwie bezaubernden Firma bereits zugehörig und verabschiedete mich herzlich von Frau Kugler und beim Hinausgehen aus der Eingangshalle auch von Frau Kirchheim, die mich verständnisinnig anlächelte.

Herr Kugler ließ es sich nicht nehmen, mich zu Fuß zum Bahnhof zu begleiten, wo ich beglückt meine kurze Heimfahrt antrat.

Es bedurfte nun keiner Überlegung mehr. Begeistert erzählte ich meinen Eltern von meinen Eindrücken und sah mich bereits als wichtige Mitarbeiterin in der Kugler GmbH hinter einem eigenen Schreibtisch sitzen oder das Ehepaar auf Reisen zu begleiten.

In der gleichen Woche verfasste ich einen Brief, in dem ich mich für den informationsreichen und schönen Tag bei Kuglers bedankte und mit großer Freude das großzügige Angebot annahm.

Noch zögerte ich, meinen Ladenchefs davon zu erzählen, ich wollte abwarten bis ich eine endgültige Bestätigung von meiner neuen

Firma in der Hand hatte, um dann kündigen zu können. Ich lief in diesen Tagen jedoch mit schlechtem Gewissen durch die Ladenräume. Ich wusste nur zu gut, dass man mit meiner Mitarbeit rechnete und mir im Hinblick auf eine lange Zusammenarbeit das Vertrauen entgegengebracht hatte, das ich nun enttäuschen würde. Als ich dann endlich von dem Angebot der Kugler GmbH berichtete, waren meine Chefs freilich erst einmal betroffen. Aber sie wünschten mir dennoch alles Gute und verstanden, dass ich eine so einzigartige Chance einfach nicht ausschlagen konnte. Ich durfte dann sogar meine Arbeitsstelle früher verlassen, als es vertraglich vereinbart war und teilte das mit glücklichem Herzen der Firma Kugler mit.

Heute weiß ich genau, dass das eine gute Entscheidung gewesen war und erst recht eine glückliche Fügung des Schicksals. Denn in dieser, meiner neuen Firma, fand ich genau das Betätigungsfeld und die Anerkennung, die man sich als junger Mensch für den Werdegang nur wünschen kann. Alles hat sich genauso verwirklichst, wie es mir angeboten worden war. Ich war bereits nach kurzer Zeit Mitglied der Firmenleitung und fühlte mich in meiner Position dort absolut unentbehrlich. Und dieses gute Gefühl der Wertschätzung wurde mir immer wieder neu entgegengebracht. Nicht eine Sekunde bereute ich meinen Entschluss, einfach etwas zu wagen und andere Wege einzuschlagen, als sie mir ursprünglich vorgegeben waren. Freilich wuchs mir gelegentlich die Arbeit ein wenig über den Kopf, aber sie war immer so spannend und abwechslungsreich, dass ich keine Minute der Langeweile kannte. Besonders beglückend für mich war, dass ich zunehmend als Künstlerin herausgefordert war und mich auch in dieser Hinsicht weiterentwickeln durfte.

Auch nicht zu verachten war: ich verdiente richtig gut. Gut genug, dass ich ein nettes kleines Auto fahren und mir auch eine hübsche 2-Zimmer-Eigentumswohnung im Vorort von München zulegen konnte. Für deren Finanzierung hatte ich überraschend schnell die nötige Anzahlung angespart.

Und meine Liebesleben? Nun, ich hatte schon den einen oder anderen Freund, bis ich Matthias kennen gelernt hatte. Er zog nach nur einem halben Jahr zu mir und ich sah in ihm den Mann fürs Leben. Meine Eltern hatten mir ja vorgelebt, wie es aussehen kann, eine stimmige Partnerschaft zu führen. Das hätte ich mir mit Matthias auch vorstellen können. Ehrgeizig wie ich war, strebte ich natürlich Ehe, Kinder und ein Häuschen an. So richtig haben wir das allerdings nie thematisiert, aber das erübrigte sich dann von alleine, denn der Herr geruhte, mich mit einer seiner Ex-Freundinnen zu betrügen, die sich dann laufend bei uns meldete und keinen Zweifel daran ließ, dass sie Besitzansprüche stellte, die ich ihr auch keineswegs streitig machen wollte, wie mir selbst schnell klar wurde. Matthias druckste dann ein wenig herum, stritt aber nicht ab, dass er seit geraumer Zeit zweigleisig gefahren war. Obwohl ich tief verwundet war, machte ich kurzen Prozess, packte meinem sogenannten Partner die Klamotten zusammen und bat ihn, meine gastlichen Räume zu verlassen. Seine Erklärungsversuche wollte ich gar nicht hören. Ich hatte gerade das Buch *Sinuhe der Ägypter* gelesen und darin die Formulierung gefunden „deine Worte sind wie Fliegengesumm in meinen Ohren". Genau das äußerte ich nun mit Überzeugung und schloss das Kapitel Matthias endgültig ab. Nein, es ging mir nicht gut damit, aber ich war sicher, dass es mir noch schlechter gehen würde, hätte ich diesen unwürdigen Vertrauensverlust ausgehalten, immer in dem Bewusstsein, dass ich früher oder später wieder belogen und betrogen werden würde.

Ich hatte nach diesem Gefühlsdesaster nur den Wunsch, endlich zur Ruhe kommen und klammerte das Thema Männer vorerst aus meinem Alltag aus. Schließlich hatte ich meinen interessanten Beruf und eine wunderbare Familie, einen ergiebigen Freundeskreis und alles andere würde sich schon finden, wenn es das Schicksal so wollte.

Um mich nicht einsam zu fühlen mit meinem Liebeskummer, zog ich wieder bei meinen Eltern ein, die mir netterweise mein ehemaliges Kinderzimmer zur Verfügung stellten. Ich konnte einfach nicht alleine in meiner Wohnung weiterleben, in der ich erst glücklich und dann so unglücklich gewesen war. Ich hatte, wenn ich sie betreten musste, regelrecht kleine Anfälle von Atemnot. Also wollte ich dort erst einmal nicht mehr wohnen. Meine Mutter war froh, dass sie ihre Jüngste wieder unter ihre Fittiche nehmen konnte und ver- wöhnte mich in alter Weise, denn meine älteren Geschwister warenja längst aus dem Haus. Das Familienleben half mir damit über die schlimmste Lebenspein hinweg, in der man ja am liebsten wieder bei den Eltern auf dem Schoß sitzen mag.

Aber glücklich, nein, wirklich glücklich war ich nicht und es würde sicherlich eine Zeit dauern, bis ich wieder zurückfinden könnte zu meiner gewohnten Sorglosigkeit und dem Urvertrauen, dass ich Menschen gegenüber eigentlich immer gehabt hatte. Ich stellte mir sogar die bange Frage, ob dieses Maß an Misstrauen, das sicherlich nach diesem, für mich vernichtenden Erlebnis zurückgeblieben war, sich wieder gänzlich löschen ließe.

Insgesamt fühlte ich mich durch diese Erfahrungen mit Matthias doch recht gebeutelt und stellte alle emotionalen Bindungen, auch innerhalb meines Freundeskreis nun erst einmal vorsichtig auf den Prüfstand, immer mutmaßend, dass sie keinen so sicheren Halt böten, wie ich das immer vorausgesetzt hatte.

Meine langjährige Freundin Jana aber lachte meine neue Vorsicht weg und meinte, dass es Menschen nicht immer gelingen kann, den Erwartungen ihrer Mitmenschen zu entsprechen. Da spielt einem dann oft das eigene Schicksal einen Streich und sogar man selber ist zu Gedanken und Handlungen fähig, die man nie von sich selber gedacht hätte.

Ich aber wollte nicht von meinen Prinzipien abweichen. Ich war der festen Überzeugung, dass ich selbst Versuchungen, die eine feste Beziehung gefährden könnten, grundsätzlich nicht erliegen würde. „Na warte mal ab", gab meine kluge Jana zu bedenken, „es gibt Dinge im Leben, denen ist man ausgeliefert, ob man will, oder nicht!"

Valentin-Enno

Wie schon gesagt, mit einem Anruf von meinem Traumtypen rechnete ich nicht wirklich. Es gibt schließlich im Leben manchmal so eine unerwartete Sternschnuppe, die flackert auf, ist aber eben keine Wirklichkeit. So war ich dann auch fast erschrocken, als ich eines schönen Frühnachmittags, an dem ich schon nach einem halben Tag aus meiner Firma heimgehen durfte, weil nichts Besonderes anstand, überrascht wurde.

Als ich im Büro gerade meine Sachen zusammenpackte, erhielt ich einen Anruf. Auf dem Display meines Handys leuchtete eine Nummer auf, die mir unbekannt war. Ich wollte sie schon ignorieren und dachte, dass ich später mal zurückrufen könnte um zu erfahren, wer mich kontaktieren wollte. Aber ich entschloss mich dann doch, das Gespräch anzunehmen und meldete mich leicht genervt. Ja und dann war ich erst mal einfach nur sprachlos, als ich endlich begriff, wer mich gerade anrief. Ich gebe es zu, mir stockte kurz der Atem, als ich die Stimme von diesem Monsieur Herbenstein vernahm. Er fragte, ob ich nicht Lust hätte, mit ihm ein Eis essen zu gehen. „Ja gerne, ich habe nichts vor heute Nachmittag", entgegnete ich nach kurzem, leicht verblüfften Zögern auf seine Frage, aber ich käme mit dem Zug erst in einer guten Stunde in München an. „Das passt prima. Wenn sie erlauben, würde ich sie dann gerne vom Bahnhof abholen". Ich konnte dieses Angebot gar nicht recht fassen, sodass ich nur einfach beschrieb, wann und auf welchem Bahnsteig ich ankommen würde. Hatte ich geträumt? Wirklich und wahrhaftig war ich mit dem attraktivsten Mann Münchens verabredet. Sollte ich darüber glücklich sein? Irgendwie traute ich dem Frieden nicht. Wieso ausgerechnet ich? Vorsichtig versuchte ich, meine Aufregung zu besänftigen. Ich würde schon früh genug herausfinden, was sein Interesse an mir zu bedeuten hatte. Denn dass etwas dahintersteckte, war für mich sonnenklar. So wollte ich das Interesse dieses jungen Mannes, der ganz offensichtlich zur nobelsten Gesellschaft Münchens zählte, nicht einfach so auf meine Person beziehen. Meine inneren Alarmglocken schrillten lautstark und ich fand es unbedingt angebracht, lieber auf der Hut sein und in Ruhe die unerwartete Situation auf mich zukommen zu lassen.

„Jedenfalls habe ich ein Date", dachte ich „und ich werde das Beste daraus machen."

Ich gab mir Mühe, mir meine Aufregung nicht anmerken zu lassen und stieg lächelnd aus meinem Zug, als dieser netterweise genau dort hielt, wo mich meine Verabredung erwartete.

„Wie abgemessen", lachte diese, mir die Hand reichend, um mir aus dem Zug zu helfen. Und genauso unkompliziert ging es weiter. „Darf ich sie einfach beim Vornamen nennen und sie duzen?" fragte mich mein Begleiter, „schließlich kenne ich ihre Freundin Jana schon einige Jahre", scherzte er, „wenn auch nicht näher!" Ich wollte natürlich nicht unnötig kompliziert wirken und stimmte zu: „Ich heiße Lily, wie du ja bereits weißt, aber, Lily mit einem L", fügte ich hinzu, „denn allen Leuten ist die Lilly mit zwei L ja geläufiger. Und mein Nachname ist Berger, aber damit hatte ich mich ja auch schon neulich an der Bar vorgestellt."

„Also Lily mit einem L, ich heiße Valentin, Valentin Enno, um genau zu sein. Mein Herbenstein ist dir ja auch schon bekannt, nicht wahr?"

So plänkelten wir uns durch einen unbeschwerten Nachmittag. Wir schlenderten durch die Stadt, um uns in eine unendlich lange Schlange vor einem winzigen Eisladen einzureihen, den Valentin als die leckerste Eiscremestation der Stadt bezeichnete. In einer unscheinbaren Nebenstraße gelegen, musste das wohl dem Andrang nach zutreffen, denn es machten sich sicherlich nicht derartig viele Eisliebhaber die Mühe, stressig anzustehen, nur für eine Portion Eis, wenn sich das nicht lohnen würde. Als wir dann aber endlich dran waren, erhielten wir in einem malerischen Pappbecher eine ordentliche Portion Eiscreme, gekrönt von frischem Obst und einer Haube frisch geschlagener Sahne. „Lecker!" Das sagten wir wie aus einem Munde, als wir, auf einem Mäuerchen sitzend, unsere Eisköstlichkeit löffelten, denn es gab vor dem Eissalon nur kleine Tischchen und wenige winzige Stühlchen, die aber längst besetzt waren. „Das nennt man mal einen himmlischen Eisgenuss. Ich erinnere mich nicht daran, je ein so köstliches Eis probiert zu haben," äußerte ich mich ganz entzückt.

Wir haben dann etliche Sorten probiert, ich auch von Valentins Eis, er auch von meinen Varianten. Ja, das war in der Tat ein herrlicher Eiscremenachmittag gewesen und ein Riesenspaß noch dazu. „Wo sonst kann man sich wie ein Kind fühlen, auf einem Mäuerchen sitzen, die Beine baumeln lassen und ein wundervolles Eis schlecken?"

Ein schöner Tag, mit viel Lachen und auch kleinen besinnlichen Gesprächen verging wie im Fluge.

Gegen 18 Uhr, brachte mich mein Date dann zu meinem Autostellplatz, auf dem ich direkt in der Stadtmitte parken durfte. Das ist für mich ein Glücksfall, denn an einen Parkplatz ist ja in der Stadt normalerweise nicht zu denken. Aber mein lieber Papa hat einen Kollegen, dessen Eltern in einer Stadtwohnung mit Autostellplatz im Hinterhof leben. Da sie selbst keinen PKW besitzen, darf ich ihn für mein kleines Autochen gegen eine, für Münchner Verhältnisse günstige Mietzahlung nutzten. Wenn ich mit dem Zug in München ankomme, habe ich dann die Wahl zwischen „Stop-und-Go-Autofahrt" Richtung Heimat, oder Umsteigen in den Vorortzug. Ich entscheide das aktuell immer nach der Tageszeit und dem zu erwartenden Verkehrsaufkommen und dem Wetter. An diesem Tag wollte ich mit dem Auto heimfahren. Valentin bedankte sich, ganz gentlemanlike bei mir für den netten Nachmittag und fragte, ob er sich denn wieder einmal bei mir melden dürfe, denn er würde sich sehr freuen, mich bald wiederzusehen.

„Aber ja", sagte ich spontan, um mich dann gleich innerlich zu ermahnen, nicht allzu viel und gleich so schnell Enthusiasmus über sein Interesse an meiner Gesellschaft zu zeigen. Beschwingt fuhr ich heim und rief mich dabei öfter zur Ordnung, weil ich dem Straßenverkehr anscheinend nicht so viel Aufmerksamkeit widmete, wie das bei dem Gewusel des Feierabendverkehrs angebracht gewesen wäre. Dabei überlegte ich, ob ich Jana von meiner unerwarteten Eroberung erzählen sollte. „Lieber nicht", dachte ich, „man weiß ja auch nicht, was daraus wird, ob sich tatsächlich Erwähnenswertes entwickeln kann." Also behielt ich mein „Geheimnis Valentin" erst einmal für mich und harrte der Dinge, die da noch kommen wollten, wenn sie dann kämen, dachte ich vorsichtig.

In den nächsten Wochen war ich in meinem Beruf derart beschäftigt, dass ich Valentin bei seinen Anrufen zu meinem, innerlich riesigen Bedauern, jedes Mal sagen musste, dass ich mich leider momentan gar nicht freimachen könnte. Ausgerechnet jetzt nämlich bereiteten wir eine wichtige Modestrecke für New York vor, wo wir gemeinsam mit einer amerikanischen Modefirma ganz außergewöhnlichen Edel-Mode-Schmuck exklusiv präsentieren wollten. Schon Wochen vorher war die ganze Firma in heller Aufregung gewesen. Unsere hauseigene Manufaktur hatte aus wunderschönen Halbedelsteinen sensationelle Schmuckstücke kreiert, welche die passende Mode bezaubernd in Szene setzen sollten. Auch ich durfte einige meiner eigenen Entwürfe dazu beisteuern.

Bei uns wimmelte es eine ganze Woche lang von berühmten Fotografen, die zeitgleich zu der Messe sensationelle Fotos in den wichtigen großen Modezeitschriften veröffentlichen würden. Mit einem Schlag sollte damit die Symbiose von Schmuck und Mode für die Modewelt, aber auch für eine interessierte Öffentlichkeit zelebriert werden. Unter großem Zeitdruck, praktisch in letzter Sekunde war dann alles sicher verpackt und beschriftet und von Sicherheitsleuten für den Flug nach New York abgeholt worden. Ich selbst hatte meine Koffer auch schon bereitstehen und unsere ganze Belegschaft fieberte dem geplanten großen Auftritt in den vereinig- ten Staaten entgegen.

In dieser angespannten Zeit hatte ich wahrlich nicht viel Sinn für private Ambitionen. Meine Gedanken an Valentin-Enno verschob ich erst einmal ganz weit in die Zukunft. Ich erlaubte mir nur kleine Sehnsuchtssplitter an diesen überaus attraktiven Mann zu verschwenden und ein kleines bisschen Vorfreude aufzuheben für künftige Treffen mit einer Welt, die mir bis dato eher fremd war.

Jetzt erst einmal richtete ich alle meine Gedanken und Energien auf unser großes USA-Ereignis, dem bei Erfolg ja etliche Events folgen sollten.

Aber wenn die Messen vorüber wären, also in drei Wochen, dann wäre der Firmenrummel vorbei und ich könnte wieder über mein Leben verfügen. Gerne wollte ich dann wieder mit meinem Neuverehrer, von dem ich noch immer nicht genau wusste, welche Art von Interesse er eigentlich an mir hatte, ausgehen. Aber würde er bis dahin nicht entnervt aufgegeben haben, weil ich derzeit so ewig in der Ferne weilte? Aber war er eigentlich mein Verehrer? Wenn ich ehrlich sein wollte, so konnte ich mir das nicht wirklich vorstellen. Er hatte jedenfalls keine Anstalten gemacht, mir körperlich näher zu kommen. Außer dem obligatorischen Küsschen rechts und links und dann nochmal rechts. Was also sah er in mir? Das fragte ich mich schon. Brauchte er meine Freundschaft? Wollte er das Normalleben einer berufstätigen jungen Frau kennenlernen? Suchte er einen Flirt außerhalb seines eigenen Dunstkreises? Freilich wollte ich mit ihm ausgehen. Letzteres versicherte ich ihm bei seinen regelmäßigen kleinen Anrufen, damit er nicht den Eindruck gewänne, ich hätte keine Lust dazu, mich mit ihm zu treffen. Er akzeptierte das geduldig und kommentarlos. Er rief mich in dieser Stresszeit zu meinem wachsenden Erstaunen, öfter mal abends an, um sich zu erkundigen, wie es mir mit der vielen Arbeit ginge und ob ich denn alles gesund überstehen würde. Wir plauderten dann nur wenige Minuten, aber so heiter und vertraut, als wären wir alte Bekannte.

Ich freute mich über jeden dieser Anrufe und sie waren in meiner derzeit so eiligen Arbeitswelt wie ein Lichtblick, und den ich vermisste, wenn er mal ausblieb.

Längst gehörte der regelmäßige Kontakt zu Valentin-Enno Herbenstein zu meinem Leben, obwohl ich ihn ja eigentlich nicht wirklich kannte. Ich konnte kaum abwarten, dass die Messezeiten vorüber waren und wir nicht mehr darauf angewiesen waren, nur fernmündlichen Kontakt zu haben.

Unsere USA-Reise neigte sich endlich dem Ende zu. Wir hatten viel Erfolg gehabt und wieder war mir bewusst, wie wichtig meine Mitarbeit dem Ehepaar Kugler geworden war. Ich genoss ihr Vertrauen in vielerlei Hinsicht und war inzwischen oft bei Verkaufs- und Kaufverhandlungen dabei. Oft wurde ich sogar schon mit selbständigen Einkäufen beauftragt oder durfte für wichtige Präsentationen ganz eigenständig Modehäuser beraten. Einigen der Designer waren meine Empfehlungen und mein Urteil sogar wichtig geworden, sodass öfter auch explizit meine Mitarbeit angefragt wurde. Das alles hatte sich so selbstverständlich im Laufe der Zeit entwickelt, als hätte ich nie etwas anderes gemacht. Mir schien, als wäre mein Beruf für mich direkt maßgeschneidert worden. Beruflich war ich also seit langem „Lily im Glück". Und ich war gespannt und neugierig, wohin mein Karriereweg mich noch führen würde. Mir schien diesbezüglich alles möglich und alles spannend und erfreulich.

So hatte ich allen Grund, mich auf meine Zukunft zu freuen. Ob das auch für mein Privatleben gelten konnte? Da jedenfalls war noch alles offen. Und welche Rolle mein „herber Verehrer" darin spielen könnte, war ganz und gar nicht abzusehen. Ich wusste irgendwie noch immer nicht, in welcher Beziehung er zu mir stand. Was versprach er sich von dem Kontakt mit mir? Ich wagte die Gedanken an ihn nicht zu Ende zu denken und Wünsche nicht zu formulieren, die mit seiner Person zusammenhingen. Also hieß es wieder einmal abzuwarten und einfach nur zu genießen, was sich möglicherweise Überraschendes bieten würde. Was das anbetraf, passierte tatsächlich allerhand: Schönes und Unerwartetes, Rätselhaftes und Unerklärliches.

Endlich daheim, war erst einmal Ausschlafen angesagt, denn Messe und die Flugreisen waren ja enorm strapaziös gewesen und die Zeitverschiebung musste erst einmal verkraftet werden. Da war es tröstlich, dass gleich ein Wochenende folgte. Ich schlief dann tatsächlich bis in den hellen Mittag hinein und war ganz erschrocken, dass ich wirklich 12 Stunden an einem Stück, geschlafen hatte. Eigentlich hätte ich meine Koffer auspacken müssen, denn mein Gepäck stapelte sich in meinem kleinen Zimmerchen, sodass ich darübersteigen musste, um mich darin bewegen zu können. Es wurde wirklich Zeit, dass ich wieder in meine hübsche eigene Wohnung zurückzog, aus der ich ja regelrecht geflüchtet war. Der Gedanke daran allerdings ließ mich noch immer etwas schaudern. Ich wollte einfach noch eine kleine Weile bei meinen Eltern bleiben, unter ihre Flügel schlüpfen, um mit meinem Enttäuschungskummer nicht alleine zu sein. Da hatte ich das Angebot von Vater und Mutter, für eine Weile wieder in mein Jugendzimmer zu ziehen, nur zu gerne angenommen. Allerdings war hier für meine vielen Klamotten kaum genügend Platz und es war auch an der Zeit, wieder auf eigenen Füßen zu stehen.

Jetzt erst einmal schnappte ich mir meine vielen Mitbringsel, mit denen ich jeden in der Familie bedacht hatte und stiefelte im Nachtgewand die Treppen eine Etage tiefer hinunter. So beladen setzte ich mich faul zu meiner Mutter in die Küche, wo ich ihr beim Zubereiten des Mittagessens zusah. Genussvoll trank ich den leckeren Kaffee, den sie mir liebevoll hingestellt hatte. Es duftete so lecker, was meine Mamma da brutzelte, so richtig nach daheim. Meine Reisegeschenke baute ich auf dem Küchenbuffet auf und versprach, am Sonntag alles zu verteilen und auch zu berichten, was interessant und spannend an meinem ersten Messeeinsatz in den USA gewesen war. Mein Vater kam ebenfalls in die Küche und wollte am liebsten sofort alles erfahren, was ich erlebt hatte. Ich aber gab mich maulfaul und verwies auf das gemeinsame Frühstück, das wir am Sonntag ja mit der ganzen Familie verabredet hatten. Dann würden auch meine Geschwister dabei sein und ich könnte gleich alle gemeinsam umfassend über alles informieren. Jetzt aber wolle ich mich gleich landfein machen, denn ich wäre für den Nachmittag schon verabredet. Meine Eltern verbargen ihre Enttäuschung perfekt, denn sie hatten offensichtlich gehofft, mich für ganzen Tag für sich alleine zu haben. Beide sahen sich vielsagend an, fragten aber nicht, wen ich denn treffen wollte. Meine Mutter sagte nur versöhnlich: „Lass doch das Kind, sie muss doch erst zu sich kommen und ihre Reise verkraften und alles verarbeiten, was sie erlebt hat. Am morgigen Sonntag ist sie ja ganz für uns da!"

Gerührt nahm ich zur Kenntnis, dass meine Mama mir meine geliebten Germknödel mit Vanillesoße gekocht hatte. Einige davon waren mit gemahlenem Mohn gefüllt, andere mit hausgemachtem Pflaumenmus. Niemand konnte die so gut zubereiten, wie sie. Am Topfboden haben die Knödeln so eine leckere Kruste aus Butter und Milch. Himmlisch, einfach himmlisch. So schmeckt „Zuhause".

Damit sie sich die Mühe nicht ganz umsonst gemacht hatte, versprach ich ihr, wenigsten ein Exemplar davon gleich in der Küche zu verspeisen, bevor ich mich eilig auf den Weg machen wollte, um meine Verabredung pünktlich zu treffen.

Valentin hatte mich nämlich schon auf den Samstag Nachmittag festgelegt. Vor etwa 14 Tagen bereits hatte er mich am Telefon gefragt, ob ich Lust hätte, ihn an diesem Sonnabend zu einem Fußballspiel zu begleiten. Sein Verein 1860 hätte ein wichtiges

Spiel, das er gerne sehen wollte. Und es würde ihn freuen, wenn ich ihn dazu begleiten wollte. Mir stockte der Atem. Ich und Fußball. Noch nie hatte ich ein Stadion betreten, geschweige denn, mich für diesen Sport interessiert. Das ist für eine Beinahe-Münchnerin wie mich, eigentlich ein Armutszeugnis, aber in meiner Kindheit schon hatte ich wenig Verständnis für die Fußballbegeisterung meines Vaters und meiner Brüder gehabt, die ihrerseits keine Möglichkeit ausgelassen haben, jedes Spiel der verschiedenen Mannschaften lärmend und begeistert im Fernsehen oder in den Stadien zu kommentieren. Sie nahmen auch jede Gelegenheit wahr, um selbst auf jedem Stück Wiese zu bolzen und es zu üben, mit Fußbällen zu jonglieren. Und nun sollte ich selbst ein Stadion, das Heiligtum der Münchener Fußballgemeinde besuchen? Sollte ich nicht lieber vorher gestehen, dass ich lediglich eine völlig ahnungslose Begleitung sein könnte? Es wurde doch sicherlich schnell offenbar, dass ich nichts, aber auch garnichts von Fußball und seinen Regeln verstand. Und Interesse zu heucheln, wo kein bisschen davon vorhanden war, das lag mir eigentlich auch nicht. Aber Valentin hatte sich das gewünscht, also wollte ich auch Gefallen an solcher Testosteron-Veranstaltung finden. Vielleicht gelang mir das ja in seiner Gesellschaft.

Und dann kam alles doch ganz anders, als ich mir das vorgestellt hatte.

Valentin hatte mir bereits gestanden, dass er leider nur Stehplätze im Stadion hatte ergattern können. Aber, so fügte er entschuldigend an: „Auf diesen Rängen ist es besonders urig, ist intensives Fußballerlebnis garantiert."

Als wir uns vor dem Stadion in die Zuschauerströme einreihten, um die zugewiesenen Plätze einzunehmen, war mir doch ein wenig mulmig zumute. So wie übrigens immer, wenn ich mich inmitten unübersehbarer Menschenmengen befinde. Ich habe dann immer das Gefühl der Unentrinnbarkeit, verbunden mit aufsteigender Panik, der ich mich kaum erwehren kann.

In diesem Fall wurde dieses Gefühl noch verstärkt, weil einige Gruppen von Fußballbegeisterten (waren das Hooligans?) sich johlend und singend, eher wohl schreiend, weiterbewegten. Ich klammerte mich hilfesuchend an Valentins Arm, der beruhigend auf mich einsprach und mich dann fest an die Hand nahm. Mir war mein Verhalten äußerst peinlich und ich wies mich innerlich zurecht: „Du benimmst Dich wie ein kleines Kind", dachte ich, „kein Mensch ängstigt sich, wenn er zum Fußball geht, nur du verfällst in Schock-starre, wenn dir viele Menschen zu nahekommen."

Valentin lachte meine Furcht weg: „Keine Bange, das sind doch nur Fans, die ihrer Begeisterung Ausdruck verleihen. Die gefährlichen Hooligans sind hier in der Regel unter Kontrolle der Sicherheits-kräfte." Ich versuchte, das Zittern meines Körpers zu bändigen und weitgehend vor ihm zu verbergen. Wie sollte ich erklären, dass es nicht die Fußballfans an sich sind, die mich ängstigen, sondern grundsätzlich das Gedränge von vielen Menschen. Das macht mir übrigens auch Probleme, wenn ich in eine überfüllte Bahn oder einen Bus steigen soll. Das ist dann der Grund dafür, dass ich öfter mal den Umstand einer Autofahrt auf mich nehme, statt eine gute Verbindung der öffentlichen Verkehrsmittel zu nutzen.

„Er muss Dich für eine totale Memme halten", dachte ich und versuchte, mich zusammenzureißen. Mein Begleiter aber blieb ganz gelassen und lancierte mich gekonnt durch die Menge zu unseren Stehplätzen, von denen aus wir eine hervorragende Sicht auf das ganze Spielfeld hatten. Er lächelte verstehend auf mich herunter und fragte, ob es das erste Mal sei, dass ich ein Fußballstadion besuchte.

„Ja" sagte ich beklommen und fühlte mich ertappt, „von Fußball verstehe ich auch nichts. So, nun ist es heraus!" „Na gut", war die Antwort, „alles macht man ja irgendwann zum ersten Mal. Und ich wette, es wird dir hier besser gefallen, als du im Moment fürchtest." Ich sah ihn zweifelnd an und wappnete mich innerlich gegen meine so augenscheinliche Menschenphobie, die sich einfach nicht ver-bergen ließ.

Als die Mannschaften auf das Spielfeld liefen, war ich dann doch gebannt von der Atmosphäre, die sich vom Geschehen auf dem Rasen bis hoch in die Ränge fortsetzte. Irgendwie faszinierend und unerwarteterweise ansteckend, waren die zustimmenden oder ab-lehnenden Geräusche, die der mächtige Chor der Zuschauer wie in riesigen Wellen durch das Stadion wehte. Automatisch fühlte man sich als unverzichtbarer Teil des Ganzen und war in den Bann gezogen von dem Schauspiel und dem Hörspiel, dass sich einem bot.

Obwohl ich keine Ahnung hatte, welcher geheimnisvollen Chore-ographie die Spieler dort unten auf dem Rasen folgten, lauschte ich gebannt den anfeuernden, motivierenden oder vernichtenden Kom-mentaren der Stimme des Moderators, die durch die Lautsprecher schallte und über dem Geschehen zu schweben schien.

Ich begann tatsächlich zu genießen, wie sehr sich diese erregende Atmosphäre zwischen den Spielern da unten auf dem Grün des Rasens und dem mitfiebernden Publikum entwickelte. Ich konnte mich kaum dagegen wehren, dass diese Erregung auch von mir Besitz ergriff. „Bleib ruhig", dachte ich, „es ist nur Gruppendynamik, also leicht zu erklären, was hier geschieht." Aber ob ich wollte, oder nicht, ich war fasziniert und fühlte mich auf magische Weise getragen von der Stimmung, der Zusammengehörigkeit und des gemeinsamen Erlebens mit der großen Masse Mensch, deren Teil ich hier war.

Valentin, der anscheinend genau verstand, was in mir vorging, lächelte nur sein leicht spöttisches Lächeln und zog mich, wie selbstverständlich beschützend an sich. Diese Geste war so natürlich, so freundlich, dennoch irgendwie neutral, wie sie ein guter Freund seiner besten Freundin angedeihen lässt. In mir aber löste seine Nähe eine Sehnsucht aus, die zu spüren ich mir die vergangenen Wochen über verboten hatte.

„Vorsicht", dachte ich, „Vorsicht, du bist auf dem besten Weg, den Kopf zu verlieren, du bist gerade dabei, dich rettungslos zu verlieben." Angst machte mir das, weil ich mir dessen bewusst war, denn „rettungslos" war nicht das Gefühl, das ich mir wünschte. Rettungslos bedeutete, ausgeliefert sein. Und genau das hieß es tunlichst zu vermeiden. Ich war immer stolz darauf gewesen, dass ich alles, was ich in Bezug auf mein Leben veranstaltete, auch das Regulieren meiner Gefühlswelt, gut unter Kontrolle gehabt hatte. Und nun? Es stellte sich mir zudem die Frage, wie Valentin-Enno seine Beziehung zu mir sah, was er empfand. Konnte man überhaupt von einer Beziehung sprechen? Würde es je zu einer Beziehung zwischen uns kommen? Und welcher Art sollte die sein? Schließlich war seinem Verhalten mir gegenüber nicht zu entnehmen, ob eine Liebesbeziehung aus unseren freundschaftlichen, und durchaus vertrauten Treffen erwachsen könnte. Er machte ja keine Anstalten, mir wirklich näher zu kommen. Keine wirkliche Umarmung, kein Kuss, auch kein eindeutiger Flirt signalisierte mir unmissverständliches Interesse für mich als Frau. Ja klar, wir redeten vertraut miteinander, lachten herzlich über kleine Anekdoten, hörten einander interessiert zu und fühlten uns ganz augenscheinlich wohl miteinander. Ob er einfach eine beste Freundin brauchte? Vielleicht lag Sylvio ja richtig mit der Vermutung, dass dieses begehrenswerte männliche Wesen in Wahrheit homosexuell war und das gut zu verbergen wusste. Sollte ich ihm vielleicht als Alibifrau dienen, weil er seine Vorliebe für Männer mit einer hübschen Frau kaschieren wollte? Aber diese sinnliche Energie, die bei allen unseren Gesprächen und einverständlichen Blicken mitschwang, konnte doch kaum ein Irrtum sein, oder doch?

Im Gedränge dieses Fußballstadions hatte ich auf durchaus erregende Weise die Gegenwart der vielen Menschen, die von gemeinsam erlebter Begeisterung durch den Sommernachmittag getragen wurden, gespürt. Verstärkt wurde dieses unwirkliche Gefühl durch die körperliche Nähe zu meinem persönlichen Fußballfan. Oder war es umgekehrt? Aber was fühlte er?

Jedenfalls hatte Valentin-Enno Recht behalten. Der Stadionausflug hatte mir gefallen. Und wie! Das Fußballerlebnis an sich und auch mein Ausflug in die Welt der Fußballfans, der ich künftig mit mehr Verständnis begegnen würde. Ob das an der Sehnsuchtsnähe zu meinem Begleiter lag, oder ob das gemeinsame Erleben mit einem derart begeisterten Publikum die Anwesenden mit dieser köstlichen Energie versah, die ich beim Verlassen des Stadions ganz intensiv empfand?

Jedenfalls war ich angefüllt bis zu den Haarspitzen mit elektrisierenden Glückshormonen, als wir das Stadion verließen. Als wir den Menschenstrom hinter uns gelassen hatten, fischten wir auf der Straße mühsam nach einem Taxi, um den Tag bei deftigen Fleischpflanzerln, den bayrischen Buletten, mit Kartoffelsalat und einem Maß Bier ausklingen zu lassen. Dafür lernte ich die Münchner Gaststätte „Mutti-Bräu" kennen, die jedem Ur-Münchner ein Begriff ist. Ich jedoch war hier zum ersten Mal und schwer beeindruckt von dieser riesigen dunklen Gaststube mit den vielen Kerzen auf jedem Tisch. Schön war es hier und ich dachte, dass ich mein München doch unbedingt noch von anderen Seiten kennenlernen müsste. Aber ich war halt noch nie eine Freundin von Biergärten und Münchner Szenelokalen gewesen. Valentin aber schien mir neue Seiten der Medaillen verschreiben zu wollen. Angeregt durch unsere gute Laune und noch erfüllt von dem Erleben des Stadion-Fiebers, saßen wir wie alte Freunde, redeten, lachten und schwatzten, wie die Leute um uns herum, die wohl weitgehend aus studentischem Publikum bestanden.

Fleischpflanzerln und Kartoffelsalat schmeckten mir im „Mutti-Bräu" so gut, wie selten zuvor. Oder verlieh die insgesamt begeisterte und engagierte Umgebung und die Gesellschaft meines „herben Steins" wie ich meinen Begleiter (frei nach Sylvio) insgeheim nannte dem einfachen Schmaus, noch eine Prise Extrawürze? Ironisch kommentierte ich innerlich mein genussvolles Erleben als die „rosarote Brille", die sich möglicherweise auch auf meine Geschmacksnerven auswirkte.

Gespannt erwartete ich den Ausklang des schönen Tages. Es war ja noch früher Abend und man könnte noch allerhand unternehmen, das dachte ich jedenfalls im Geheimen. Ich hätte durchaus noch eine Weile weiter neben Valentin-Enno sitzen können, Schließlich verdiente auch das Überwinden meiner phobischen Anwandlungen in der Menschenmenge Beifall und sollte gebührend gefeiert werden. Aber irgendwie hatte mein Date andere Prinzipien. Wie konnte es anders sein, was hatte ich denn erwartet?

Ich wurde von ihm wieder zu meinem Auto geleitet. Mein Begleiter wollte höflich Rücksicht auf meinen Jetlag nehmen, der seiner Einschätzung nach noch nicht überwunden sein könnte. Sollte ich solcher freundlichen Rücksichtnahme widersprechen? Also ließ ich mich darauf ein, den schönen Nachmittag bereits am frühen Abend zu beenden und war dann bereits gegen 22 Uhr daheim.

„Auch gut", dachte ich ein wenig enttäuscht, „dann gehe ich mal früh ist Bett und bereite mich auf einen entspannten Familientag vor."

Ich konnte mich allerdings kaum dagegen wehren, dass meine Gedanken immer wieder hinspazierten zu meinem für mich geheimnisvollen Verehrer, der mir immer noch ziemlich rätselhaft geblieben war. Ich wusste also nach wie vor nicht, ob ich ihn wirklich als Verehrer bezeichnen konnte.

Valentin ließ den Kontakt zu mir nicht abreißen. Er rief mich jeden Abend an und erfragte mein Befinden. Zu einem Treffen hatte ich in den Folgetagen einfach keine Zeit. In der Firma war ich bis zum Anschlag zeitlich gefordert, denn nach der New-York-Messe hatten wir täglich bis in die späten Nachtstunden zu tun, um unsere Reiseergebnisse zu bearbeiten, Aufträge abzuwickeln und neue Entwürfe und Kataloge auf den Weg zu bringen. Ich berichtete meinem Telefonpartner immer nur sparsam von dem Stress und von dem Druck, den ich derzeit verkraften musste. Er war so feinfühlig, mich nicht nach einem Treffen zu fragen. Abends dann fiel ich todmüde in mein Bett und war froh, dass ich mich um den Alltag daheim nicht kümmern musste, sondern von Mutter verwöhnt wurde, die mir liebevoll Leckereien hinstellte, die ich morgens mitnehmen oder abends noch konsumieren konnte. Ich nahm auch die Fürsorge meines Vaters gerne an, der sich um mein kleines Auto kümmerte, es pflegte und versorgte, so dass ich einfach nur einzusteigen brauchte.

Für mein leibliches Wohlergehen war also bestens gesorgt. Aber ich wusste nur zu genau, es war an der Zeit, dass ich mein Leben wieder in die eigenen Hände nehmen musste. Dazu gehörte, dass ich aus meinem Kindernest, meinem Mädchenzimmer bei meinen Eltern, wieder auszog und mich in meine Wohnung zurückbegab. Diese hübsche 2-Zimmer-Eigentumswohnung, auf die ich doch so stolz gewesen war, lag nur wenige Autominuten von meinem Elternhaus entfernt. Jawohl, es musste mal Schluss sein mit dem elterlichen Vollserviceprogramm, welches ich nun schon nahezu ein Jahr egoistisch genossen hatte. Seither war ich nicht mehr in meiner Wohnung gewesen. Mir graute ein wenig davor, sie wieder in Besitz zu nehmen. Zu schlimm war mein emotionaler Absturz gewesen, der mich zur Flucht zu meinen Eltern getrieben hatte.

Ich erzählte Valentin-Enno von meiner Absicht, mich am kommenden Sonntag, die Samstage waren derzeit für die Firma reserviert, mich mit Sack und Pack meiner Vergangenheit zu stellen und wieder einzuziehen in meine eigenen vier Wände. Sogleich erbot er sich, mir dabei zu helfen. Meinen Einwand, dass die Wohnung sicherlich sehr ungastlich sei, ein Jahr nicht gelüftet worden war und von mir seinerzeit nicht gerade in geordnetem Zustand verlas- sen wurde, ließ er nicht gelten. Und seinem Argument, er würde mich nicht im Stich lassen, wenn mich meine traurigen Erinne- rungen vielleicht quälen würden, konnte ich wenig entgegen-setzen.Seinem Vorschlag, mir dabei zu helfen, meine Wohnung wieder wohnlich zu machen, sie mit guten Energien zu versorgen und michwieder mit ihr zu befreunden, stimmte ich zögernd zu. Freilich plagten mich leise Zweifel, ob das wirklich eine so gute Idee sein würde. Müsste Valentin dadurch nicht zwangsläufig teilhaben an den unguten Gedanken, die mich in Bezug auf meine Wohnung noch belasteten? Aber Valentin ließ sich nicht davon abbringen, dass er mir zur Seite stehen wolle. Dafür würde er mit einem kleinen Imbiss nebst netten Getränken anreisen, versprach er.

„Na gut, dachte ich, dann hat er gleich Einblick in mein ungeord-netes Leben, das mir aus dem Ruder gerutscht war und bei dem ich nichts gastlich vorbereiten konnte, wie es normalerweise für mich ein Selbstverständnis ist, wenn ich Besuch erwarte."

Meine Mutter hatte mir schon alles zurechtgelegt, was sie für mich gewaschen, gebügelt und eingepackt hatte. Sie ließ es sich auch nicht nehmen, mir einen großen Korb mit Basiseinkäufen mitzugeben, damit ich Kühlschrank und Speisekammer gleich freundlich bevölkern könnte. Mein Vater half mir, alles in meinem kleinen Auto zu verstauen, das dann randvoll gepackt war mit Koffern und Kisten und allem, was frau gleich im eigenen Hausstand brauchen würde. Sein Angebot, noch zurückgebliebene Sachen von mir in sein Auto zu verfrachten und mich zu begleiten, lehnte ich ab. Ich sagte nur lakonisch, dass ein Freund mir vor Ort helfen würde, alles auszupacken und meine Wohnung wieder wohnlich zu machen. Was jetzt nicht in mein Auto passte, würde ich dann gelegentlich abholen, ich sei ja nicht aus der Welt. Ich sah meinen Eltern an, dass die nur zu gerne gefragt hätten, wer mich denn in meiner Wohnung unterstützen würde, aber sie sagten beide nichts, was ihnen sicherlich nicht so ganz leichtgefallen sein dürfte.

Mit gemischten Gefühlen machte ich mich auf den Weg. Was würde ich empfinden, was denken, wenn ich mein vorübergehend verschmähtes Zuhause betreten müsste?

Es war dann auch tatsächlich ein seltsames Gefühl, wieder vor dem Wohnhaus zu stehen, in dem ich vor einigen Jahren meine Wohnung voller gespannter und schöner Erwartungen gekauft hatte. Ich erinnere noch genau daran, wie stolz ich damals gewesen war, als ich, nach dem Notariatstermin zum ersten Mal mit eigenem Schlüssel die Wohnungstür geöffnet hatte und durch die leeren Räume spazierte. Ich war so stolz gewesen. „Meine Wohnung!" so hatte ich glücklich gedacht. Es war mir wichtig gewesen, auf eigenen Füßen zu stehen. So hatte ich auch energisch darauf bestanden, alles für den Wohnungskauf selbst abzuwickeln. Eisern hatte ich die Anzahlung dafür zusammengespart und auch die Unterstützung der Eltern abgelehnt, die mir wiederholt finanzielle Hilfe angeboten hatten. Auch die Bankverhandlung führte ich ganz alleine und ließ den Kaufvertrag lediglich von meinem Steuerberater prüfen, um keine versteckten Klauseln zu übersehen.

Und dann wurde es ein richtig schönes Abenteuer, mein neues Zuhause einzurichten. Dafür ließ ich mir Zeit und überlegte genau, wie das Ambiente sein sollte, in dem ich leben wollte. Es machte mich glücklich, wenn ich dann heimkam und mich umsah in meinem neuen, eigenen Reich. Mit Stolz erfüllte es mich auch, wenn meine Freundinnen mich besuchten und mir versicherten, wie schön alles geworden war. Meine Eltern, zunächst einmal etwas enttäuscht darüber, dass ich nicht noch eine Weile bei ihnen wohnen wollte, waren dann doch recht angetan von dem Ehrgeiz ihrer Jüngsten, die sich in so jungen Jahren bereits Eigentum erworben hatte, wenngleich die Bank noch eine ganze Weile Miteigentümerin sein würde.

Ja, und es machte sich dann ja auch gut, dass mein damaliger Freund Matthias, nach nur wenigen Monaten Beziehung bei mir einziehen konnte, und wir als junges Paar gleich sorglos über ein „gemachtes Nest" verfügten. Genau das aber gefiel meiner Familie gar nicht. Sie bezeichneten Matthias, den sie nie so recht gemocht hatten, ohnehin als Schmarotzer und sparten nicht mit entsprechenden Warnungen. Leider haben sich ihre Befürchtungen bewahrheitet. Meine Beziehung zu ihm, in die ich so viel Erwartungen gesetzt hatte, wurde rasch brüchig, um dann gänzlich zusammenzukrachen. Als ich, völlig am Boden zerstört, ihn bitten musste, die Wohnung zu verlassen, hielt ich es dort auch nicht länger aus und flüchtete zu meinen Eltern, die mir nur zu gerne Unterschlupf gewährten. Ich bin ihnen allen, den Eltern und Geschwistern, wie auch meinem Freundeskreis noch heute dankbar dafür, dass sie sich mit Kommentaren, wie: „siehst du, das haben wir uns gleich gedacht", oder „ich habe dem nie recht getraut", oder „sei froh, dass du nicht noch mehr Zeit investiert hast" u.a.m., zurückgehalten haben.

Alles das wusste ich ja selbst und ich wusste auch, dass ich ganz alleine einen Weg finden musste, um mit der Trennung und den vielen kleinen und größeren Unwahrheiten, die passiert waren und der riesigen Enttäuschung darüber, fertig zu werden. Aber die Zeit geht ja zumeist gnädig mit schlechten Erinnerungen um, sodass inzwischen mein wehes Herz weitgehend geheilt war. Dabei hatte auch meine wundervolle Arbeit einen segensreichen Anteil. Ich war in meiner Firma zeitlich sehr gefordert und auch meine Kreativität, die ich dort ausleben durfte, nahm mich sehr in Anspruch und ließ mir wenig Zeit, um verlorenen Träumen nachzuweinen.

Nun aber sollte eine neue Lebensphase beginnen, die viel besser sein würde und in der das Vertrauen in die Männerwelt wieder aufgebaut werden sollte. Der Neustart mit meiner Wohnung könnte dafür ein passendes Signal sein.

77

Da stand ich nun, für einen Moment, überwältigt von bangen Erwartungen, und sah mich genötigt, die Räume zu betreten, in denen ich zuletzt so voll Kummer gewesen war. „Nur Mut, dachte ich, die Wohnung beißt doch nicht. Und es sind nur Wände, die dich erwarten. Was dich damals so traurig gemacht hat, ist doch nicht mehr darin. Also los! Es liegt alleine an dir, wie du dich darin fühlen wirst." Mutig stieg ich, bepackt mit den Futter-Vorräten, die meine Mutter für mich liebevoll zusammengestellt hatte, die Treppen zur zweiten Etage hoch und steckte den Wohnungsschlüssel in die Tür. Umgedreht und die Tür öffnete sich so leicht, als wolle sie mir behilflich sein, einzutreten. Und es war tatsächlich noch meine geliebte Wohnung, die mich empfing, so als hätte ich sie erst gestern verlassen. Alles war freundlich und vertraut. Nichts deutete auf die damaligen, unfreundlichen Gefühlseinbrüche hin, die ihr Gift hinterlassen hatten.

Ich ging durch die Zimmer, öffnete alle Fenster und war überrascht, wie gut es mir gefiel – in meiner Wohnung. Nur wenig erinnerte an den hastigen Aufbruch, als ich damals meinte, hier keine Minute länger bleiben zu können. Wieso ich die Erinnerung an chaotische Verhältnisse hatte, die ich glaubte hinterlassen zu haben, weiß ich nicht mehr. Tatsächlich lag nicht allzu viel herum. Ich staunte sogar darüber, wie wenig Staub sich in der langen Zeit angesammelt hatte, seit ich die Wohnung so schnöde im Stich gelassen hatte. Sie konnte ja nun wirklich nichts dafür, dass ihre Bewohner so ein emotionales Schlachtfeld veranstaltet hatten. Nur auf dem kleinen Balkon befanden sich noch vertrocknete Pflanzenreste, die nach grober Vernachlässigung aussahen. Aber gut, um eine schöne neue Bepflanzung müsste ich mich sowieso kümmern, die Arbeit daran würde sicherlich Labsal für meine ramponierte Seele sein. „Wenn doch alles so einfach wäre".

Froh darüber, dass mein Zuhause es mir so leicht machte, zurückzukehren, schaltete ich den Kühlschrank ein und räumte erst einmal alle Säfte und Schmankerln aus Mutters Speisekammer ein. „Ein Putztag muss sein, aber viel mehr ist gar nicht erforderlich, um sich hier wieder richtig wohlfühlen zu können, dachte ich bei mir erleichtert, Valentin kann also kommen"!

Wie auf Bestellung ertönte die Wohnungsklingel und ich öffnete meinem Gast die Tür ganz weit und einladend. Der stand vollbepackt vor meiner Wohnungstür, als wollte er auch gleich einziehen. „Nee, Scherz!", aber seine Mitbringsel sollten ganz augenscheinlich der Wohnungsverschönerung dienen. Ich geleitete ihn in meine hübsche Küche, wo er gleich den großen Küchentisch vereinnahmte und seine Einkäufe darauf abstellte. Ich staunte nicht schlecht; Ruckzuck stand eine ganze Batterie von frischen Küchenkräutern auf dem Fenstersims. Valentin griff zielsicher eine große Keramikschüssel, die auf dem antiken Küchenbuffet, das so gut in meine ansonsten moderne Küche passte und drapierte darin das mitgebrachte Obst.

Ja und dann zauberte mein Besucher aus einer großen Einkaufstasche köstlichst aussehende Leckereien, wie sie ein gut sortierter Delikatessladen zu bieten hat. Dazu stellte er Kaffee, Teesorten, aber auch Kaffeesahne und Kandiszucker, wie auch eine Flasche mit edlem Rotwein, wie ich erfreut zur Kenntnis nahm, auf den Tisch. Zu guter Letzt krönten erlesene Pralinen das Schlemmersortiment. Sogar an Servietten und Kerzen ist gedacht worden. „Ich wusste nicht, was du im Hause hast, so habe ich vorsorglich ein komplettes Einweihungspicknick für deine Wohnung zusammengestellt."

Ich war sprachlos. Sicher, ich hatte Valentin vieles zugetraut, Hausmannsqualitäten gehörten eigentlich nicht zu den Vorstellungen, die ich mir von seinen Talenten gemacht hatte. Und ich staunte auch, als mein Gast, der unversehens zu meinem Gastgeber mutiert war, nach Geschirr verlangte, damit wir uns, aber erst nach getaner Arbeit, in der Wohnung, wie er spitzbübisch grinsend betonte, zur Belohnung einen Schlemmerimbiss gönnen dürften. Zunächst aber wolle er sich hier bei mir ausführlich umsehen.

„Wunderschön deine Wohnung, sagte er bewundernd. Sie passt zu dir. Die schönen Farben und auch die luftige Weite der Räume, die sehr ansprechend genutzt sind."

Ich errötete vor Freude über die netten Komplimente. Ja, meine Wohnung entsprach tatsächlich meinem Wesen, dachte ich stolz und ich konnte sie zu meinem heimlichen Erstaunen jetzt wieder mit liebevollen Augen zur Kenntnis nehmen. Bewusst hatte ich sie nach dem Kauf so sparsam möbliert, wie möglich. So kam der schöne Dielenboden durch den edlen Teppich gut zur Geltung, dessen Anschaffung ich mir nach langem gedanklichen Hin und Her dann doch geleistet hatte, obwohl er mein schmales Budget ziemlich in Bedrängnis gebracht hatte.

In meinem erfreulich großen Wohnzimmer befanden sich außer einer schlichten Bücherwand, die bis zur Decke reichte, nur drei moosgrüne Sofas und kleine Beistelltischchen, aus Plexiglas. In der Zimmerecke lud ein Stapel von Wolldecken und dicken Kissen zum Kuscheln ein.

Mein ganzer Stolz war eine schöne, uralte Kommode, die ich mir aus dem Nachlass meiner Oma gesichert hatte, die ich wie meinen Augapfel hütete und die mein Interior vervollständigte. Auf den Fußboden hatte ich einen mittelgroßen Fernseher und eine kleine Musikanlage gestellt, damit meine Freundinnen und ich es uns an den geplanten Mädelsabenden davor auf den Sofas und Kissen gemütlich machen können. Die Treffen mit meinen Freundinnen waren ja in der letzten Zeit aus gegebenem Anlass leider ja ausgefallen.

Mein Wohngefühl wurde dann noch ergänzt durch die schlichten Gardinen, die meine Fenster säumten. Eigentlich mochte ich keine Gardinen, aber für mein Wohnzimmer und mein Schlafzimmer habe ich mich für weiße, bodenlange Vorhänge aus hauchzartem Voile entschieden, weil es mich immer wieder romantisch berührt, wenn sie bei jedem Windhauch in den Raum hineinwehen.

Meine Wände im Wohnraum sind ausschließlich mit schönen Fotos dekoriert, die von den Fotokünstlern in unserer Firma von meinen eigenen Schmuckentwürfen gemacht und die zum Teil in Mode-journalen veröffentlicht waren. Diese attraktiven Bilder erfüllten mich durchaus mit Stolz, jedes Mal, wenn ich sie betrachtete, auch heute lassen sie meine Seele noch immer eitel lächeln.

Mein kleines Schlafzimmer enthält nur ein 2x2-Meterbett, eine kleine Kommode daneben, einen dicken gemütlichen Sessel mit englischem Leinen mit Rosenmuster bezogen und weiter nichts. Eine Einbauschrankwand in der Diele macht einen Kleiderschrank überflüssig. Für die Wand des Schlafraumes habe ich ein großes Bild ohne Rahmen gewählt, das ich meinen Eltern abgeschwatzt hatte. Es zeigt einen Birkenwald mit dem „Rotkäppchenweg", wie ich als Kind immer vermutet hatte. Das eher bescheidene Ölbild vermittelte mir das Gefühl von Ruhe, Geborgenheit, von Heimkommen auf einem schönen Weg.

Die geräumige Küche mit langem, eher schmalem Esstisch und den alten Küchenstühlen, die auf dem Flohmarkt erstanden sind, dient als Kommunikationszentrale und lädt zum geselligen Kochen mit Freunden ein. Hier hängen an den Wänden Fotos, die ich selber aufgenommen habe und viele selbstgemalte Bilder, einige davon rührten noch aus meiner Kindheit her. Diese „Galerie" habe ich aufgewertet mit den unterschiedlichsten Bilderrahmen, die ich mit knalligen Farben bunt lackiert habe. Fröhlich, gut gelaunt und einladend, diesen Eindruck vermittelte meine Wohnküche mit alle dem zusammengewürfelten Krimskrams. mitsamt dem bunten Geschirr, den Töpfen. Pfannen, Schüsseln und den Kellen an der Wand.

Was aber würde Valentin von mir denken, weil ich mich in „meinem Salon" derart selbstbeweihräuchere, mich mit eigenen Werken umgebe und ihnen in meiner Wohnung einen so prominenten Platz einräume, statt meine Wände mit echter Kunst zu dekorieren? Zaghaft fragte ich ihn dann, ob er es nicht übertrieben fände, dass ich mich so ausschließlich mit meiner eigenen Ausstellung umgebe. Valentin zeigte sich nur belustigt darüber und sagte, dass man es wohl manchmal bräuchte, sich in seinem eigenen Erfolgen zu sonnen und sich an deren Schönheit zu delektieren. Hier ginge es mir sicherlich primär um ureigene Empfindungen. Auf die dargestellten Motive eigener Schöpfungen dürfte ich im Übrigen zu Recht stolz sein. Und ein wenig Eigenlob sei durchaus legitim. Selbst Goethe hätte ja sinngemäß schon gesagt, dass Selbstlob nur dem Neider stinke …

Es tat meinem Selbstbewusstsein gut, meinem Besucher auf diese Weise auch gleich einen eindrucksvollen Einblick in meine Arbeit gegeben zu haben, denn bislang war zwar am Rande Berufliches von mir erwähnt worden, nichts aber bildhaft dargestellt. Ich gebe auch zu, dass mir unbedingt daran lag, ihm zu zeigen, was ich so zustande bringe. Und wenn man die schönen Fotos an der Wand betrachtet, war das durchaus beeindruckend, wie ich fand und wie wohl auch er es sah. Zudem hatten namhafte Fotografen meine Entwürfe in der Tat auch zur Kunst gezaubert. Auch darauf war ich stolz.

Nun aber wollten wir uns an die profane Arbeit eines Putz- und Räumtrupps machen. Valentin bewaffnete sich dafür mit dem Staubsauger und ich schwenkte Putztücher. Wir waren uns darin einig, dass gründlicher Großputz jetzt nicht angesagt sein müsse. Wir wollten rundum nur das Nötigste erledigen, um uns dann häuslich niederzulassen und meine erfolgreiche Rückkehr in die Wohnung zu feiern. Valentin bestand darauf, dafür mein Autochen zu entladen und lief treppauf, treppab, bis alle meine Utensilien hochgebracht waren. Ich räumte derweil alles in Schränke und Schubladen und fühlte mich so langsam wieder richtig wohl in meinen schönen Räumen. Wir waren kaum zwei Stündchen zugange gewesen und in meiner Wohnung sah es bereits wieder so aus, als wäre sie nie verlassen gewesen.

Wir sahen uns hoch erfreut um und überlegten, wo wir uns einen Tisch decken könnten. Mein Balkon war leider recht klein, sodass er sich lediglich dafür eignete, zu zweit dort mal einen Kaffee zu trinken oder eine einzige Sonnenliege aufzustellen. Ich hätte ihn mir gerne größer gewünscht, das war praktisch der einzige Wermutstropfen an meiner ansonsten so schönen und praktischen Wohnung. Allerdings habe ich einen komfortableren Freiluftplatz bislang nicht sonderlich vermisst, da ich ja den grünenden und blühenden Garten meiner Eltern zur Verfügung habe, wenn ich mich gelegentlich nach einem größeren Stück Himmel sehnte.

Also Balkon kam nicht in Betracht, auch, weil er im Moment noch wenig einladend gestaltet und dazu noch voll von hässlichem Gestrüpp war.

Damit wir aber den schönen Sonntagnachmittag dennoch genießen können, trugen wir den großen Küchentisch an das weit geöffnete Wohnzimmerfenster. Dort konnte man ein wenig Sonne auf der Tischdecke mit den aufgestickten Vergissmeinnicht, die meine Mut- ter mitgeschickt hatte, einfangen. Kaffeeduft strömte derweil verlockend aus der Küche und wir setzten uns hochzufrieden an die Tafel, mit allen den Köstlichkeiten, mit denen Valentin mich überrascht hatte und die jetzt von uns liebevoll auf meinem schönen Steingutgeschirr arrangiert waren. Wir fühlten uns wie in der Sommerfrische und freuten uns wie die Kinder über die gute Arbeit, die wir geleistet hatten.

Ich bedankte mich bei meinem Gast dafür, dass er mir so sehr geholfen hatte, meine Wohnung wieder in liebevollen Besitz zu nehmen. Unsere geteilte Freude an dem gemeinsamen Tun hatte das Unbehagen, das ich so gefürchtet hatte, vollkommen verjagt.

Wir plauderten noch ein bisschen, räumten gemeinsam alles auf und beschlossen den schönen Tag mit einem Glas von dem Wein, den Valentin für uns ausgesucht hatte, zu beenden.

Es hat mich glücklich gemacht zu erleben, wie selbstverständlich mein Besucher sich in meiner Wohnung bewegte und wie umsichtig er war, als wäre ihm hier alles vertraut und er wäre hier bereits seit Langem daheim.

Als wir uns dann mit einer kleinen Umarmung voneinander verabschiedeten, wieder Küsschen rechts und Küsschen links, hielt ich

Valentin dann noch ein Weilchen länger fest, kämpfte gegen aufsteigende Tränen in meiner Kehle und flüsterte „Danke!"

Der lachte und sagte: „gute Freunde müssen einander beistehen, wenn Herzeleid droht, nicht wahr?"

Da war es wieder: „Gute Freunde! Was wollte er für mich sein? Ein guter Freund, nur ein guter Freund?"

Ich beschloss wieder einmal, mich nicht zu verrennen und wollte mein Herz fest in der Hand behalten, damit es nicht verloren ginge. Das aber war leichter gesagt als getan. Sah Valentin uns als Brüderchen und Schwesterchen? Hatte er Langeweile? Wenn ich es so recht überlegte, wusste ich über ihn und sein Leben eigentlich gar nichts. Freilich, wir hatten immer Gesprächsstoff und amüsierten uns königlich über gelungenen Schlagabtausch. Und in dieser Hinsicht ergänzten wir uns wirklich wie zwei „linke Latschen". Aber immer ging es eigentlich eher um mich und was mich gerade bewegte, um weltanschauliche Dinge, auch um kleine Geschichten und lustige Erlebnisse, nie aber um seinen persönlichen Alltag. Ich gestand mir ein, dass ich mich einfach bisher nicht getraut hatte, ihm dazu direkte Fragen zu stellen. Valentin schien zeitlich fast immer abkömmlich zu sein. Was arbeitete er eigentlich? Hatte er eine Wohnung, ein Auto, welche Verpflichtungen hat er? Wovon lebt er? Welche Rolle spielte in seinem Leben die Münchner Gesellschaft? Was hatte er mit dem Industriellenehepaar Saruter zu tun? Was verband ihn speziell mit Regina Sauter, die der Barmann Sylvio so süffisant mit ihm in Verbindung gebracht hatte und deren Namen und Fotos man aus den Wirtschaftsnachrichten, wie auch aus der Yellow Press kannte? Und in welcher Beziehung stand Valentin zu dem Verleger Maximilian Lamprecht, mit dem zusammen ich ihn ja ebenfalls gesehen hatte, als Silvio uns damals diese Gästegruppe erklärt hatte.

Ich nahm mir vor, Valentin unbedingt auf seinen Background anzusprechen, und auch auf seine persönlichen Wünsche, seine Pläne. Aber hatte ich ein Recht dazu? Hätte er mir nicht längst mehr über sich gesagt, wenn er das gewollt hätte? So blieb mir vorerst wohl weiter nichts übrig, als mich in Geduld zu üben und auf eine freundliche Gelegenheit zu warten, die für meine neugierigen Fraugen günstiger sein würde.

Jetzt erst einmal war ich jedenfalls mit meiner Wohnung befasst, die ich voller Freude gerade, hoch engagiert, wieder dabei war, für mich zu erobern. Jede Ecke nahm ich wieder liebevoll zur Kenntnis und genoss es tatsächlich, mich hier wieder richtig wohl zu fühlen.

Nach diesem erfreulichen Neubeginn setzte sich das Hochgefühl nahtlos fort. Eigentlich! Denn Valentin bekam ich für die beiden Folgewochen nicht zu Gesicht. Und ich hörte auch nichts von ihm. Er hatte mir schon beiläufig gesagt, dass er demnächst unterwegs sein würde und sich nur gelegentlich telefonisch melden könne. Und darauf wartete ich nun sehnsüchtig. Meine Geduld wurde auf eine ziemlich harte Probe gestellt, denn erst einmal schwieg mein Telefon länger als eine ganze Woche. Das nährte meine Zweifel an seinem wirklichen Interesse für mich wieder gehörig. Dann endlich, genau 10 Tage nach meinem Wohnungseinzug, klingelte endlich mein Handy und Valentin meldete sich bei mir aus – Rom. Auf meine vorwitzige Frage, was er denn dort zu tun hätte, antwortete er nur lakonisch, dass er arbeiten würde. „Na schön" dachte ich, „das ist wieder einmal so richtig aufschlussreich. Wieso macht er aus seinem Leben ein solches Geheimnis?" Leider müsse er noch mindestens 6 Tage dort bleiben, war seine weitere Auskunft an mich, aber er wolle sich schon mal für ein Treffen mit mir voranmelden für die Zeit, in der er wieder zurück in München sei. Dann nämlich wäre unbedingt Ausgehen angesagt, wenn auch ich dazu Lust hätte, natürlich.

Klar hatte ich Lust dazu und ich versuchte, mir meine Enttäuschung nicht anmerken zu lassen. Und die hielt an, diese Enttäuschung, denn ich hörte nach diesem kurzen Gespräch wieder eine knappe Woche nichts von meinem Date-Partner.

Um nicht in dieser unwürdigen Warteposition verharren zu müssen, verbot ich mir, große Erwartungen zu pflegen und befahl mir, mich derweil anderweitig zu vergnügen. Dafür war es wieder an der Zeit, meine Freundin Jana in meine Wohnung einzuladen und mit ihr zu feiern. Ich wollte ihr beweisen, dass ich wieder gerne in meinem Zuhause weilte und dass es meinem Seelchen tatsächlich wirklich wieder (fast) gut ginge und dass ich wieder zu den alten, geselligen Zeiten zurückfinden wolle. Ich hatte ihr gegenüber ein ziemlich schlechtes Gewissen, denn ich war ihr seit Monaten aus dem Weg gegangen, um ihr nicht erzählen zu müssen, welche wackelige Beziehung ich zu Valentin Herbenstein inzwischen pflegte. Ich fürchtete mich einfach vor ihren Kommentaren und wollte ihr nichts von meinen eigenen Unsicherheiten, die mich ja selber in ihren Fängen hielt, berichten. Schon beim Erzählen darüber wurde mir jedoch wieder einmal deutlich, dass sich das alles nicht allzu zuversichtlich anhörte.

Jana aber ersparte es sich und mir netterweise, weitere Zweifel in mein Herz zu streuen und empfahl mir ohne große Überzeugung, wie ich fand, die Zeit mit meinem Quasi-Verehrer zu genießen und einfach abzuwarten, was daraus werden könnte. Ihrem Gesicht las ich ab, dass sie gerne angefügt hätte, dass ich sicherlich von allen guten Geistern verlassen wäre, weil ich mich auf ein solches Abenteuer einließ, das nur ein schlimmes Ende nehmen könnte und mir ganz sicher Herzschmerz einbringen müsste. Aber weil sie meine Freundin ist und das Beste für mich wollte, schwieg sie und wünschte mir einfach nur Glück.

Ich hatte, davon war ich fest überzeugt, aber allen Grund zur Freude, weil alles in meinem Leben derzeit einfach nur perfekt lief, so empfand ich das jedenfalls. Meine Wohnung war wieder mein Zuhause, meine Arbeit in der Firma Kugler war nach wie vor ein Glücksfall für mich und zudem freute ich mich auf Valentin, der bald wieder zurück in München sein würde. Befremdlich und im Prinzip unerklärlich hatte ich allerdings gefunden, dass er während seines Aufenthaltes in Rom nur ein einziges Mal Zeit für ein kurzes Telefonat mit mir gefunden hatte, während er mich doch ständig kontaktiert hatte, als ich selbst auf Geschäftsreise in New York gewesen war. Aber ich wollte mich einfach nicht mit Mutmaßungen quälen. Sicher gab es gute Gründe für die Schweigewochen, die ja hoffentlich bald ein Ende haben würden.

Für mich hatte dann endlich die seelische Fastenzeit ein Ende. Valentin war wieder da und kontaktete mich sofort, ehe er seinen Koffer abgestellt hatte, wie er mir versicherte. Es war also Ausgehen angesagt, wie wir es für die Zeit, gleich nach seiner Rückkehr, ausgemacht hatten. Dazu wollte mich Valentin zu einem schönen Essen in ein kleines Restaurant einladen, das er kannte. Ich war voller Freude, als ich den ersehnten Anruf erhielt und wir uns nun fest verabreden konnten. Um ein Gläschen Wein trinken zu können, ließ ich mein Auto daheim und wollte mir ein Taxi leisten, das mich dann wohlbehalten nach Hause bringen würde. Mit der Bahn fuhr ich zu der vereinbarten Zeit zum Hauptbahnhof. Es war von uns angedacht worden, dann noch einen kleinen Spaziergang durch den lauen Sommerabend zu machen. Aber Petrus hatte wohl andere Pläne, also nix mit lauem Lüftchen, es war eher etwas trübwetterlich und leicht regnerisch. Deshalb hatte ich beim Aussteigen aus dem

Zug schon meinen Regenknirps gezückt, um mich, respektive uns, vor der Nässe entsprechend schützen zu können. Das aber erwies sich als überflüssig, denn mein umsichtiger Valentin erwartete mich mit einem großen schwarzen Regenschirm am Bahnhof, den er sogleich aufspannte, damit kein Tröpfchen uns etwas anhaben konnte. Wir begrüßten uns, beide strahlend und vergnügt, wie gute Freunde, die gemeinsam dem Wetter trotzen wollten. Und mir gefiel es auch richtig gut, mich bei meinem so heiß vermissten Date kuschelig einhaken zu können. Wir hatten ein Viertelstündchen zu gehen, um die angestrebte Adresse zu erreichen. Der betreffende Stadtteil war mir durchaus vertraut, ich war dort öfter schon entlanggegangen. An dieser bescheidenen Trattoria in einer der Seitenstraßen, die wir nun ansteuerten, war ich sicherlich oftmals vorbeigelaufen, ohne dass sie mir sonderlich aufgefallen wäre. Einige kleine Tische standen davor auf dem Bürgersteig und wegen des schmuddeligen Wetters hatte man die Metallstühle schräg an die Tische gelehnt. Als wir die Gaststube betraten, strömte uns eine Fülle von italienischen Gewürzdüften entgegen. „Wilder Majoran" dachte ich „und Oregano. Solchen Gewürzen sagt man ja nach, dass sie glücklich machen." Immer wenn ich dieser typisch italienischen Düfte gewahr werde, muss ich an diesen Ausspruch denken. Und irgendwie scheint das ja zu stimmen. Man wird sogleich leichtfüßiger und die Seele scheint zu lächeln, wenn es nach originaler Pizza oder Pasta duftet.

Meinem Begleiter schien dieses hübsche kleine Restaurant gut bekannt, ja vertraut zu sein. "Ich esse hier öfter", war die lakonische Erklärung auf meine Nachfrage. Valentin wurde von dem Wirt und einer älteren Frau, die augenscheinlich dessen Mutter war, dann auch mit herzlichen Umarmungen, wie ein Familienmitglied mit einem Schwall italienischer Ausrufe, immer unterbrochen von erneuten Umarmungen und Küsse begrüßt. Valentin antwortete ebenfalls auf Italienisch. Er entschuldigte sich dafür bei mir und stellte mich den Wirtsleuten als eine liebe Freundin vor. Als wir an einem Tisch in einer Nische Platz genommen hatten, fragte ich Valentin, ob es denn noch andere Geheimnisse über ihn gäbe. Ich hatte ja nicht gewusst, dass er so fließend italienisch spräche. Ja, antwortete er mir, es gehöre zu seinem Beruf, sich in fremden Sprachen auszukennen.

„Sprachen? fragte ich, in welcher Sprache bist du denn noch zuhause?" „Nun, antwortete mir Valentin, wie mir schien etwas widerstrebend, es ist das Übliche. Spanisch, Englisch, Italienisch, Französisch gehören dazu. Griechisch spreche ich einigermaßen. Dazu studiere ich derzeit Russisch, was ich aber bislang nur unzureichend beherrsche!"

Ich hätte es mir denken können. Valentin war hoch gebildet und gesellschaftlich gewandt, dazu gehörten eben auch diverse Sprachen. Ich kam mir mit meiner Vorstadtbildung wieder einmal eher mickrig vor. Zwar hatten meine Eltern mit Aufenthalten in London und Paris in den Schulferien dazu beigetragen, dass ich meine Schulsprachkenntnisse ergänzen konnte, aber von perfekt konnte keine Rede sein, auch wenn Schüleraustausch für mich und meine Geschwister zu engen Freundschaften geführt hatten, die bis noch heute unregelmäßig gepflegt wurden. Das alles reichte bei uns immerhin für eine bescheidene Kommunikation und zunehmend auch für geschäftliche Verständigungen, die auch für meine Firma eigentlich wichtig waren. Weil sich das immer mehr als berufliche Notwendigkeit erwies, hatte ich seit langem schon die löbliche Absicht, mich darin weiter zu profilieren, was ich dann auch halbherzig betrieb, jedoch nicht so regelmäßig, wie ich mir das eigentlich vorgenommen hatte und wie es nötig gewesen wäre.

Wofür aber brauchte Valentin seine perfekten Sprachkenntnisse? Jetzt konnte ich möglicherweise den Faden aufnehmen und Valentin nach seinem beruflichen Tun fragen.

Zunächst aber gaben wir bei Lorenzo, dem italienischen Wirt, unsere Bestellungen auf. Der brachte uns zum Auftakt einen Aperitif, der köstlich frisch und ein ganz klein wenig bitter schmeckte. Befragt, woraus dieser herrliche Drink bestehen würde, lächelte der nur geheimnisvoll. Auch die Auswahl der Speisen überließ Valentin dem Wirt, nachdem er dafür mein Einverständnis eingeholt hatte. Passend dazu ließen wir uns einen vollmundigen Rotwein empfehlen. Mein Gastgeber verriet mir, dass er sich gerne von der guten Küche von Lorenzos Mutter Maria und seiner Frau Lavinia verwöhnen lassen würde, denn für eine Person lohne sich das Selberkochen ja oft nicht, ergänzte er.

Und dann wurde getafelt. Lorenzo servierte uns italienische Antipasta, die so pikant eingelegt und außergewöhnlich gewürzt waren, dass man gar nicht aufhören mochte, davon zu essen.

Ein kleiner gemischter Salat mit lecker gebratenen Jakobsmuscheln rundete das Sortiment der Appetizer ab. Und dann gab es Fisch aus dem Ofen, der mit verschiedenem angebratenen Gemüse und frischen Kräutern umlegt war und mir so gut schmeckte, wie ich Fisch noch nie genossen hatte.

Abgerundet wurde dieses verführerische Mahl von einer ober-leckeren Panna Cotta mit frischen Himbeeren. Der abschließende Espresso, von mir ausnahmsweise mit reichlich Zucker getrunken, denn ich mag Zucker im Kaffee eigentlich nicht, schmeckte wie eine himmlische Kaffee-praline. „Perfekt", dachte ich mehrmals bei diesen Genüssen und ich sagte es auch voller Begeisterung. Valentin nickte lächelnd und fügte an, dass es die gute italienische Küche sei, die hierzulande völlig unterschätzt würde und sich bedauer-licherweise vielfach auf Pizza und Pasta beschränke.

Beschwingt von dem Erlebnis eines himmlischen Essens, von dem guten Wein und flirtigen Gesprächen, hatten wir beide, davon ging ich einfach mal aus, einen wunderschönen Abend verlebt. Der Abschied von Lorenzo und seiner Frau fühlte sich ganz so an, wie wenn man gute Freunde verlässt und sich für die herzliche und sehr persönliche Bewirtung bedankt.

Als wir auf die Straße traten, hatte es aufgehört zu regnen und die frisch gewaschene Luft hieß uns für einen Abendspaziergang will-kommen. Statt dass ich mich bei Valentin wieder einhaken konnte, wie vorher bei der Ankunft, hatte dieser mich fest an die Hand genommen und ging nun mit mir vollkommen einverständlich, Hand in Hand durch die Nacht. Ich dachte nur „das fühlt sich wun-derbar an, von mir aus könnten wir stundenlang so weiter-wan-dern."

„Magst Du noch einen Gute-Nacht-Drink mit mir nehmen?" fragte mich Valentin. „Hier in der Gegend ist eine Bar, in der ich öfter zu Gast bin. Es ist zwar eine Lesbenbar, aber auch Normalos sind dort willkommen - wenn sie nett sind", fügte hinzu und lachte.

„Lesbenbar, dachte ich nur, soll das vielleicht doch ein Hinweis auf Valentins Neigungen sein? Weshalb dann aber die Nähe, die er gerade herstellte, indem er so ausdauernd meine Hand hielt?" Ich wusste einfach nicht, was ich denken sollte und gab mich etwas ratlos dem Strom hin, der mich durch diese schöne Nacht trug.

Ich kannte diese Bar „Kuschel" die Valentin nun ansteuerte vom Vorbeigehen, hatte mich aber noch nie getraut sie zu betreten. Öfter war ja auch in der Presse von diesem Schicki-Micki-Treff die Rede, wenn prominente Münchenbesucher dort Hof hielten.

Mit gemischten Gefühlen stimmte ich also einer Einkehr zu. Es erstaunte mich schon gar nichts mehr: Valentin schien auch dort bekannt zu sein. Er begrüßte gleich bei unserem Eintreten eine bildhübsche junge Frau, die an uns vorbeiflitzte, und dabei einen Sektkühler mit Eis und Gläsern durch die Gaststube balancierte. „Gaststube'" ist nun eine absolut lächerliche Bezeichnung für die wirklich wunderschönen Räume, in die Valentin mich hier geführt hatte. Er rief der jungen Bedienung über die Köpfe anderer Gäste hinweg zu, dass wir an der Bar sitzen würden, wenn sie denn Zeit hätte, vorbeizukommen. Diese antwortete mit angedeuteten Luftküssen.

Ich sah mich neugierig um und staunte. Eine einzigartige Atmosphäre umfing uns. Ein solches Restaurant oder Café oder Bar hatte ich noch nie gesehen. Das Interior machte eher den Eindruck eines riesigen, etwas altmodischen Salons, der einer anderen, einer längst vergangenen Zeit zu entstammen schien. Überall lagen orientalische Teppiche auf dem Parkettboden, standen antike Sofas und Sessel. Auf jedem der großen, niedrigen runden Glastische, die im ganzen Raum verteilt waren, prangten üppige Sträuße langstieliger roter Rosen, die nicht gebunden waren, sondern den Eindruck erweckten, als wären Arme voller Blumen achtlos in die, gläserne Sektkühler, die als Vasen fungierten, gestellt worden. Überall standen mehrflammige silberne Kerzenleuchter, die im Wettstreit mit seidig beschirmten Wandlampen die Räume festlich erleuchteten. An den Wänden blinkten verschieden große Spiegel in prunkvollen Rahmen, die diese etwas unwirkliche und dabei intime Umgebung geheimnisvoll zurückgaben. Auch die Bar, an der wir nun Platz fanden, blitzte und blinkte es durch die unzähligen Glas- und Kristallflaschen, die vor einer mehrfach durchbrochenen Spiegelwand auf blendendweißen Servietten aufgereiht waren. Es gabkeine Tanzfläche, aber einige Paare, Frauen, oder Männer, oder auch gemischt, tanzten selbstvergessen auf den Teppichen nach einer verträumten Musik, die ich kannte. Meine Eltern hatten diesePlatte und liebten diese Version von 'My Funny Valentine', die vonChet Baker, dem berühmten Trompeter, mit seiner seltsamen und beinahe tonlosen Stimme gesungen wurde.

Ich konnte mich nicht satt sehen an dieser märchenhaften Umgebung. Ich fühlte mich als wäre ich versehentlich in einer opulenten Theaterkulisse gelandet. Die wunderhübsche Barfrau bei der wir Platz genommen hatten, ergänzte diesen Eindruck, sie war ein bezaubernder Blickfang von dem ich kaum meine Augen abwenden konnte. Sie hatte knallblaue Haare, die lackglatt auf ihre nackten, wohlgerundeten Schultern fielen und die perfekt zu ihren auffallenden, aquamarinblauen Augen passten und diese unwirklich leuchten ließen. Ihr trägerloses minikurzes genauso blaues Taftkleid betonte ihre üppigen Rundungen und ihre überraschend schlanke Taille. „Wie aus einem anderen Universum kommend, so sieht sie aus, wie eine Märchenfee" sagte ich zu meinem Begleiter, der sie gerade, wie ich fand, auffallend liebevoll begrüßt hatte. Er orderte bei ihr Cocktails des Hauses, den ich unbedingt probieren müsse. Das Zauberwesen servierte uns malerisch dekorierte Drinks in barocken Kristallgläsern und lächelte Valentin verständnisinnig zu. Dabei bedachte sie auch mich mit einem unergründlichen Grübchenlächeln. „Mein Gott, sagte ich zu Valentin, es ist so ungerecht, manche Leute haben wirklich mehrfach „Hier" gerufen, als die Schönheit verteilt wurde". Der grinste nur und sagte, dass dieses schöne Kind die Freundin der Barbesitzerin sei und eifersüchtig bewacht würde. Und außerdem, fügte er galant hinzu, könne ich mich über eine Benachteiligung in Punkto Zuteilung auch nicht gerade beklagen. Ich spürte, wie ich errötete und fragte mich, wie ernst er ein solches Kompliment wohl gemeint haben mochte.

Während wir unseren Drink genussvoll kosteten, saß ich auf einem der pompös gepolsterten Barhocker und Valentin stand nahe hinter mir. Er hatte besitzergreifend mit einem Arm meine Taille umfasst, während wir uns übermütig und einander neckend der sinnlichen Energie zwischen uns bewusst waren. „War das wirklich der gleiche Valentin, der bisher peinlich darauf bedacht war, körperliche Distanz zu wahren?" Für solche destruktiven Überlegungen war jetzt einfach keine Zeit, sagte ich mir, allerdings leicht verblüfft. Valentin zog mich nun eng an sich und flüsterte mir ins Ohr: „Ich würde sehr gerne heute Nacht bei dir schlafen Frau Berger. Lädst du mich in deine Wohnung ein?"

Ich nickte nur und unsere Lippen fanden sich zu einem so zarten Kuss, einer fast nur angedeuteten Berührung, wie er so in meinem Leben bisher noch niemals vorgekommen war. Ein heißer Strom von elektrisierendem Glück durchschoss meinen ganzen Körper und bewies mir, wie sehr ich diesen Mann begehrte. Das war kein fordernder, kein begehrlicher Kuss, sondern nur das leise und zärtliche Vereinbaren unserer Sinne, die sehnsüchtig aufeinander gewartet hatten. Das war das schönste, das erotischste Erlebnis meines Lebens. Ich habe das nie vorher so erlebt und in solcher Intensität auch niemals wieder danach. Ich habe später oft daran gedacht und mir ist bis heute bewusst, wie wunderschön es sein kann, sich vertrauensvoll der eigenen Sehnsucht zu überlassen und sich einander so achtsam zu begegnen, sich ineinander zu verlieren, statt den anderen grob zu vereinnahmen und gleich zur körperlichen Tagesordnung überzugehen, die man dann oftmals fälschlicherweise Leidenschaft nennt.

Ich spürte bei diesem innigen Erleben, dass hier mehr im Spiel war, als nur ein körperliches Begehren. Hier ging es um ein tiefes Einverständnis von zwei Seelen, und zwei Körpern, die sich ihrer Zusammengehörigkeit bewusst waren und sich dem Feuerwerk der unausgesprochenen Empfindungen ganz bewusst hingaben.

Wortlos zogen wir unsere Mäntel an. Valentin zahlte unsere Drinks und legte verabschiedend eine Handfläche an die der Barschönheit, die ihm wieder vertraut zulächelte. „Sie kennt ihn gut", dachte ich und wehrte mich gegen einen kleinen Anflug von Eifersucht. „Sie ist doch lesbisch" dachte ich und fand das seltsamerweise wenig tröstlich.

Als wir das „Kuschel" verließen, war es, als ob wir eine irreale Zwischenwelt, die es so eigentlich gar nicht gab, hinter uns ließen und in die Wirklichkeit zurückkehrten. Die aber gelang es uns erst einmal, nahezu auszuklammern, indem wir eng umschlungen einander völlige Aufmerksamkeit schenkten, statt nach einem Taxi Ausschau zu halten. So war es fast Zufall, dass wir dann nach einer Weile, zwischen vielen Küssen, so als müssten wir Versäumtes nachholen, doch noch in einem Transportfahrzeug landeten, das uns bis vor meine Haustür brachte. Der Taxifahrer bedachte uns, als wir seinen Wagen verließen, mit einem beziehungsvollen Grinsen und wünschte uns eine gute Nacht.

Ich hatte ja eigentlich nicht mir Besuch gerechnet. Dennoch war alles in meiner Wohnung so schön, als hätte ich sie für das Willkommen meines Liebsten hergerichtet. Ich selbst hatte schon vor Tagen schöne Topfblumen gekauft und die Besuche von Jana und auch von meinen Eltern hatten reichlich für frische Blumen in der Wohnung und auch für Leckereien in meinem Kühlschrank gesorgt.

Meine kleine Sorge, dass vielleicht eine etwas peinliche, eine verlegene Situation bei unserer Ankunft in meinen Räumen uns erst einmal fremdeln lassen würde, erwies sich als völlig grundlos. Wir schlossen die Tür auf und fühlten uns sofort gemeinsam daheim. Es war, als wäre es die selbstverständlichste Sache der Welt, dass ein Liebespaar nach einem schönen Ausgehen nach hause kommt mit der Absicht, dem schönen Abend eine unvergessliche Nacht folgen zu lassen. Denn daran, dass wir ein Liebespaar waren, hatten wir beide offenbar längst nicht mehr die geringsten Zweifel.

Valentin, der sich ja in meiner Wohnung vom ersten Besuch her, auskannte, ließ uns ein Bad ein und stellte einige Kerzen an den Rand der Badewanne. Ich füllte in Champagnergläser Eiswürfel und übergoss sie mir rotem Martini.

Ohne Scheu entkleideten wir einander unter Küssen und sanftem Streicheln ohne Hast schon im Wohnzimmer und stiegen dann eng umschlungen in das duftende Schaumbad. Mit Valentin hatte ich das Gefühl, dass uns endlose Zeit gehörte, dass wir uns nicht hastig und leidenschaftlich aufeinander stürzen müssten und ich überließ mich überglücklich dieser erotischen Langsamkeit.

Eine Liebesparty im Bad, das hatte ich tatsächlich noch nie zelebriert. Ich genoss es sehr, dass wir es nicht eilig hatten, einander zu erobern und uns aufeinander einzulassen. Und das gelang uns in dieser bezaubernden Nacht in Vollendung. Wir beschenkten einander, wir verführten einander, beglückten einander und wir konnten beide nicht genug voneinander bekommen.

Diese Nacht werde ich niemals vergessen. Und ich habe oft danach noch gedacht, dass ich jeder jungen Frau einen solchen liebevollen, rücksichtsvollen und zugewandten Liebhaber als allererste Liebeserfahrung wünsche. Ich selbst glaubte mich ja eigentlich nicht so ganz unerfahren. Aber mit Valentin erlebte ich Liebe auf ganz neue, auf so behutsame und intensive Weise, dass ich mir sicher war, dass es ganz genau so sein müsste und kein bisschen anders.

Ja, ich war bis über beide Ohren verliebt in diesen Valentin-Enno, der bis dato ja eigentlich noch ein Fremdling in meinem Leben gewesen war. Mein Herz stand in der Tat in Flammen und ich war bis in die Haarspitzen hinein angefüllt mit Glück. Das machte es mir unmöglich, in dieser Nacht wirklich entspannten Schlaf zu finden.

So weckten mich denn auch die ersten Sonnenstrahlen des Tages in aller Herrgottsfrühe, nachdem ich endlich für kurze Zeit ein wenig eingeschlummert war. Neben mir lag Valentin in tiefem Schlaf und ich hatte die Gelegenheit, meinen Traumprinzen aus unmittelbarer Nähe ungestört zu betrachten. Mir gefiel alles an ihm. So etwas hätte ich in der Vergangenheit niemals für möglich gehalten. Dabei war er so ganz anders, als alle Männer, mit denen ich vor ihm verbandelt gewesen war und die mir bisher gefallen hatten.

„In der Tat, wie ein Prinz – mein Prinz", so wirkte mein Liebster auf mich. Ich bewunderte seine langen, leicht gebräunten Glieder, seine lässige Haltung, seine langen hellbraunen Haare, die mit leichtem Schwung bis fast auf die Schultern fielen. Ich hatte immer schon für schöne Hände geschwärmt. Mir als Schmuckexpertin waren Valentins makellose, schlanke, wohlgeformte und edle Hände schon aufgefallen, als er mich am Bartresen von Sylvio angesprochen hatte. Eigentlich mochte ich es gar nicht so gerne, wenn Männer Schmuck trugen, aber das feine Goldkettchen, an Valentins Handgelenk, passte einfach zu ihm, es gehörte dahin.

Meine intensive Musterung musste wohl spürbar gewesen sein, denn der schöne Mann in meinem Bett drehte sich zu mir um, schlug die Augen auf und bedachte mich mit einem zärtlichen Lächeln. Er zog mich liebevoll an sich und fragte, ob ich wirklich schon ganz wach sei.

Ich musste ihm nicht klarmachen, dass Schlafen doch eigentlich Zeitverschwendung sei.

So trödelten wir; einander liebend, kaffeetrinkend, im Bett frühstückend, und wieder liebend, in den Sonntag.

„Schön", dachte ich, „so ist es wirklich schön und so stelle ich mir mein allerliebstes Sonntagsleben vor".

Wir wollten uns nichts Besonderes vornehmen, sondern nutzten den wunderbaren Tag, um uns so nahe wie möglich zu sein und ich erhielt endlich Gelegenheit, ein wenig mehr über meinen Liebsten zu erfahren. Und das stürzte mich auch wieder in Verwirrung. Auf beängstigende Weise unterschied sich Valentins Leben von meinen Alltagsstrukturen, von meinen Karriereplänen und wohl auch von meinen Zukunftsplänen. „Kann das denn kompatibel sein?" fragte ich mich insgeheim. Schnell aber verscheuchte ich solche störenden Gedankensplitter, denn wie das so ist mit frisch Verliebten, Fragliches wird bagatellisiert und Ungewohntes und Befremdliches wird man schon zurechtbiegen können, nicht wahr?

Vorsichtig fragte ich Valentin nach seinem Beruf. Es war schon kurios, dass ich absolut nichts von ihm wusste. Für mich mitmeinem angestammten Sicherheitsdenken war das eigentlich eine unmögliche Situation. Ich war tatsächlich verliebt in einen Fremdling! Valentin hatte ja beiläufig nur mal geäußert, dass er Student wäre. Davon aber könne man doch nicht leben, dachte ich bei mir.

Und immer wieder sei ja davon die Rede, dass er zu tun hätte. Valentin aber lachte nur bei meinen zaghaften Versuchen, das zu hinterfragen und sagte mir freimütig, dass er keinen wirklichen Beruf habe. Er studiere tatsächlich hauptberuflich und arbeite gelegentlich im Verlag seines väterlichen Freundes Maximilian Lamprecht, wie auch als Dolmetscher und Berater für Regina Saruter, die er zu Konferenzen und Kongressen begleite. „Ja aber, wovon lebst du dann?" fragte ich unsicher, das kann doch nicht ausreichen für deinen Lebensstil, oder?"

„Nun, mit meinen unregelmäßigen Arbeitseinsätzen verdiene ich natürlich Geld, erwiderte er lachend. Außerdem verfüge ich über ein kleines Legat das in einen Fond angelegt ist, ich besitze eine eigene Wohnung und verdinge mich, gelegentlich, eher selten allerdings, in einer Anwaltspraxis als Dolmetscher für Wirtschaftsangelegenheiten."

„Und das ist ausreichend für ein so vielseitiges Leben, wie du es führst? Bietet das denn genügend Sicherheiten?"

„Na ja, zu Reichtum führt das nicht, aber meine Ansprüche sind auch nicht riesig, bisher hat es immer gereicht. Mein Leben lässt sich ausreichend komfortabel finanzieren. Hast du es denn auf einen Mann mit einer prächtigen Mitgift abgesehen?" fragte Valentin spöttisch. Machte er sich lustig über mich?

„Ach nee", beeilte ich mich zu entgegnen, „meine Wünsche kann ich mir durchaus selbst finanzieren, denn ich bin auf dem besten Weg, Karriere zu machen, Und das ist mir auch, zugegebenermaßen ziemlich wichtig."

„Da ist es mir also gelungen, eine taffe Karrierefrau zu erobern, wie? Ich hatte wohl den richtigen Instinkt für eine fabelhafte Ergänzung zu mir, denn ich selbst bin eigentlich ohne jeglichen Ehrgeiz."

Ich wollte die gute Gelegenheit nicht ungenutzt verstreichen lassen und ließ nicht locker. „Und deine Studien, die haben doch sicherlich ein Ziel? Wo soll deine berufliche Reise denn hingehen? Was studierst du denn überhaupt oder was hast du bisher studiert?"

„Da will es jemand aber ganz genau wissen", scherzte Valentin. „Ich will dir gerne alles über mich sagen, was du wissen möchtest. Hier ist also mein Werdegang, dabei will mich darum bemühen, nichts Wichtiges auszulassen: Ich habe nach dem französischen Abitur im Internat noch ein Auslandsstudium in Rom absolviert, um meine Sprachkenntnisse zu vervollständigen und ein Dolmetscherdiplom zu erwerben, weil das von mir erwartet wurde. Daran schloss ein

Wirtschaftsstudium in England und ich machte dort meinen Master. Nach dieser sehr intensiven Lernzeit bummelte ich eine Weile herum und absolvierte dann ein Praktikum im Verlag meines Mentors Maximilian Lamprecht. Ihm zuliebe belegte ich dann in der Uni in Marburg Germanistik, das ich dann mit 27 Jahren abschließen konnte. Seither arbeite ich von Zeit zu Zeit als Lektor und Coach im Verlag Lamprecht und betreue junge Autoren und Autorinnen auf ihrem Erfolgsweg."

Ich war erst einmal sprachlos. Wieso aber hatte Valentin ein BWL Studium absolviert? Das passte irgendwie gar nicht zu dem Bild, das ich mir von ihm gemacht hatte. Auf meine Nachfrage, antwortete er ernst, dass das nötig gewesen war, damit er Regina Saruter sachkundig unterstützen kann, wenn sie ihre Belange mit ihm diskutieren wolle. Ihretwegen hätte er auch zwei Semester Maschinenbau studiert.

„Regina Saruter, welche Rolle spielte sie im Leben meines Valentin?" Diese bange Frage wollte ich zu einem späteren Zeitpunkt eingehend erörtern.

Mein Wissensdurst aber war noch lange nicht gestillt. So wollte ich gerne wissen, welch ein Studium Valentin denn derzeit belegt habe, denn er hatte sich mir ja als Student vorgestellt. Wozu dienten seine diversen Abschlüsse? Was genau hatte er vor? Er war mit seinen 29 Jahren so jung auch nicht mehr und hatte sicher in Bezug auf eine berufliche Zukunft Entscheidungen getroffen und bestimmte Ziele im Auge.

„Ja", war die Antwort an mich, „ich bin tatsächlich hauptberuflich Student und ich bin sehr froh, dass ich nach meinen Neigungen leben kann. Ich studiere zur Zeit griechische Geschichte, denn ich suche nach Antworten, die, wie ich hoffe, über das Wissen um die Vergangenheit der Menschen leichter zu finden sind".

„Willst du vielleicht in die Politik gehen, damit du solche Studien beruflich nutzen kannst?"

„Nein, auf keinen Fall, aber die Schlüsse, die ich hoffe ziehen zu können, werden mir helfen, das eigene Verhalten und das der Menschen untereinander besser zu verstehen."

Valentins graue Augen waren nun ernst und ganz intensiv auf mich gerichtet. Ich spürte, dass ich hier Einblicke in seine Seele erhielt, die mir nur noch mehr Rätsel über ihn aufgaben. War das Studieren sein Hobby? Hatte das alles gar nichts zu tun mit einem Beruf, mit dem Ziel, das es dafür zu erreichen gilt? Und was waren das für

Leute, die bestimmte Studien und spezielles Wissen von ihm erwarteten?

Ich beschloss, jetzt erst mal Schluss zu machen mit der Ausfragerei und wieder die Heiterkeit und Leichtigkeit zuzulassen, die wir den ganzen Tag über erlebt hatten. Aber das wollte uns nicht so recht gelingen. Beide waren wir nun ganz still und hingen, jeder für sich, den eigenen Gedanken nach. War ich mit meiner eindringlichen Fragerei zu forsch vorangeprescht? War vielleicht der giftige Samen eines leisen Zweifels bei mir auf fruchtbaren Boden gefallen?

So als wollten wir uns nun dem besinnlichen Teil des Tages ganz hingeben, führten wir jetzt keine Unterhaltung mehr. Wir hielten uns nur lange und fest in den Armen und wollten nichts weiter, als uns der Nähe des anderen zu vergewissern.

Bevor Valentin sich am späten Abend verabschiedete, sagte er, dass es ja nun eigentlich an der Zeit sei, dass ich auch seinem Heim einen Besuch abstatten würde, damit ich nicht das Gefühl bekäme, er würde ein geheimes Extraleben vor mir verschließen, wie es ja wohl für mich bisher den Anschein gehabt haben musste. „Denn alle unsere Unternehmungen spielten sich bisher ausschließlich in der Öffentlichkeit oder bei dir zuhause statt", fügte er verschmitzt lächelnd hinzu. Und damit das Gleichgewicht hergestellt würde, wünsche er sich nun, dass ich mich auch bei ihm daheim gut fühlen könnte. Bevor er ging, schrieb er mir seine Adresse in München Bogenhausen auf und vergaß auch nicht seine Fest-netz-Telefonnummer anzufügen, denn bisher hatte ich nur seine Handynummer, die ich aber noch nie angerufen hatte, notiert. Dabei wurde mir wieder einmal bewusst, dass mein Liebster wahrhaftig in vielen Dingen ein wildfremder Mensch für mich geblieben war, über und von dem ich nicht das Geringste wusste. Ich hatte lächerlicherweise nicht einmal seine Adresse und seine Telefonnummer gekannt. Insgeheim schüttelte ich den Kopf über mich. Das alles passte einfach nicht zu meinem pragmatischen Denken, auf das ich immer so stolz gewesen war. Hatten mir in diesem Fall die Hormone einen solchen Streich gespielt und die Realitäten vernebelt? Na gut, das sollte sich ja nun ändern und ich würde wohl mehr Einblick in das Leben meines Rätselmannes erhalten.

„Nun bist Du also dran", sagte dieser beim Abschied scherzend. Ruf´ mich an, wenn dir danach ist, ich warte sehnsüchtig darauf und auch darauf, dass du endlich die vielen Stufen zu meiner Wohnung hinaufkletterst." „Er hat eine Studentenbude, dachte ich, nach allem, was er von sich erzählt hatte, konnte es nicht anders sein. In diesem exklusiven Münchner Stadtteil Bogenhausen, was seiner Adresse zu entnehmen war, gab es sicher auch Wohnungen unter dem Dach, die für Studenten erschwinglich waren."

Dann war alles doch ganz anders. Aber beruhigend konnte ich das Leben Valentins, wie es sich mir Schritt für Schritt weiter geheimnisvoll offenbarte, ganz und gar nicht finden.

Ich hatte Valentin nur ungern nach dem wunderschönen Wochenende das wir gerade zusammen verlebt hatten, gehen lassen. Am liebsten hätte ich gesagt: „Bleib!" und als wir es endlich geschafft hatten, uns aus den Abschiedsumarmungen zu lösen, fühlte ich mich so verlassen, so einsam, als hätten wir uns für immer getrennt.

In den Tagen danach musste ich mich zusammenreißen, um Valentin nicht gleich mit Telefonanrufen zu bombardieren. Ich ermahnte mich, nicht allzu hastig das Zauberband zu überspannen, das uns so elektrisierend zusammenhielt, das aber noch längst nicht auf Festigkeit geprüft war.

So ließ ich drei ganze sehnsuchtsvolle Tage verstreichen, ehe ich seine Festnetznummer wählte. Nach endlosem Klingeln meldete sich endlich eine weibliche Stimme: „von Herben-stein, Monika am Apparat!" Vor Schreck fiel mir beinahe der Hörer aus der Hand. So gelang es mir lediglich, mit tonloser Stimme der Dame zu sagen, sie möge bitte ausrichten, dass Lily Berger angerufen hätte. Dies wurde mir liebenswürdig zugesagt.

„Monika", dachte ich, „er lebt mit einer Monika zusammen. Was sollte ich sagen, was tun?" Wie von Sinnen verbrachte ich den Rest des Tages, bis sich endlich Valentin telefonisch bei mir meldete.

„Als ich beklommen sagte, dass ich mich gewundert hätte, weil er mir nicht gesagt hätte, dass er eine Mitbewohnerin hätte, lachte er lauthals und sagte, dass es nun in der Tat wichtig sei, dass ich ihn besuchen käme, denn es gäbe unbedingt einiges zu klären. Jawohl, er lebe mit einer zauberhaften Dame zusammen, das aber sei nicht Monika. Aber er sei sicher, seine kleine Herzensdame würde auch ich in mein Herz schließen.

„Er macht es wieder einmal spannend", sagte ich zu mir, „immer wieder offenbart sich Undurchsichtiges, was er nur tröpfchenweise serviert und über das ich dann wieder neu nachdenken muss und überlegen, wie es zu verkraften wäre."

Am Folgetag wollte ich dann meinen geheimnisvollen Geliebten in seiner Behausung aufsuchen. Ich war sehr gespannt und verwarf alle meine Versuche, mir vorzustellen, was mich erwarten könnte. Bewaffnet mit einem romantisch gebundenen Sträußchen aus Moosröschen und zarten Efeuranken dazwischen, machte ich mich auf den Weg. Mein Navi lotste mein kleines Auto in eine weitläufige Villengegend und etwas irritiert hielt ich vor einer prächtigen Villa, deren Namensschilder auf mehrere Parteien schließen ließen.

„Dachte ich es mir doch, er wohnt in einer Studentenbude unter dem Dach. Auch Villen haben schließlich Mansardenzimmer". Meine Vermutung sah ich bestätigt, als ich Valentins Namen an einer der beiden oberen Klingeln ausmachte.

Auf mein zaghaftes Läuten surrte fast sofort der Türöffner, als ob Valentin direkt neben der Klingel gestanden und auf mein Kommen gewartet hätte. „Hallo Lily mit einem L, wir freuen uns sehr auf dein Kommen!"

„W i r freuen uns", hatte er gesagt. „Wer denn um Himmels willen freute sich noch?"

Ich betrat nun das Foyer, wie es die alten Villen oftmals haben, bevor man auf dicken roten Läufern den pompös geschnitzten, geschwungenen Treppengeländern in schwindelnde Höhen folgen kann. Zwar sollte ich nur in die dritte, das war schon die obere Etage, klettern, wie Valentin mir an der Gegensprechanlage angewiesen hatte, aber die Stuckdecken der einzelnen Etagen hatte eine so enorme Höhe, dass ich das Gefühl hatte, fünf Stockwerke hinter mich gebracht zu haben, als ich endlich alle die Stufen hoch-gestiegen war.

In der dritten Etage endlich, erwartete mich ein geräumiges Treppenpodest, auf dem eine alte, riesige Truhenbank mit dicken Sitzkissen, bezogen mit grüngemustertem weißen Leinen, stand. Zahllose Grünpflanzen und Efeuranken erweckten den Eindruck einer Veranda, der noch verstärkt wurde durch die schönen bunten alten Glasfenster, die sich durch das gesamte Treppenhaus zogen und in zwei großen runden Fenstern in besagtem Treppenpodest-Raum mündeten.

„Beeindruckend", dachte ich, „aber nach einem jungen Studenten sieht das nicht gerade aus, eher nach dem Ambiente für eine ältere, reiche Lady." Wohnte Valentin vielleicht in Untermiete? Was mochte es noch für Überraschungen geben, von denen ich noch nicht ahne, wie ich sie einordnen sollte. Aber für Überlegungen war jetzt gar keine Zeit. Eine der beiden reich geschnitzten Flügeltüren dieses Veranda-Treppen-Foyers war weit geöffnet und Valentin stand in der Türfüllung mit – einer hellgrau gestromten Katze im Arm. „Das ist Greta", sagte er diebisch grinsend, „meine heißgeliebte Mitbewohnerin."

„Du Bösewicht", sagte ich, nun auch lachend „ich habe mir die schlimmsten Gedanken über dein unzüchtiges Lotterleben gemacht." Valentin verlagerte Greta auf einen Arm und zog mich liebevoll mit dem anderen Arm an sich. „Willkommen mein misstrauisches Lieblingswesen, in meiner Behausung. Ich hoffe, du fühlst dich hier richtig gut, damit ich dich öfter erwarten darf." Etwas verunsichert antwortete ich erst einmal nichts.

Verlegen wollte ich nun zunächst Greta begrüße, die aber fixierte mich abweisend mit ihren großen, fast durchsichtigen nilgrünen Augen, als wolle sie mir verdeutlichen, dass ich für sie ein Fremdkörper sei und es so einfach nicht wäre, sie zu erobern. Valentin setzte das nun widerstrebende Tier auf einen Sessel, wo sie sitzen blieb und mich weiterhin unverwandt anstarrte.

„Wie der Herr, so´s Gescherr", so lautet einer der alten Sprüche, wie meine Oma sie zu allen Gelegenheiten bei der Hand hatte. Und genau das dachte ich auch, als mir klar wurde, dass Greta wohl von ähnlich spröder Art war, wie ihr Besitzer.

„Sie ist etwas eigen", erklärte Valentin nun, „sie fremdelt immer erst ein wenig, ehe sie sich gnädig auf Zuwendungen einlässt."

Ich folgte meinem Liebsten in seine erstaunliche Wohnung. Als wir in einen großen quadratischen Flur traten, dessen Wände von oben bis unten mit Ölportrait bedeutend aussehender Herrschaften aus vergangenen Zeiten geschmückt waren, wies Valentin mit einer spöttischen Geste auf diese Gemälde und sagte. „meine sogenannte Ahnengalerie! Es würde diese vornehme Gesellschaft sicher nicht froh machen, wenn sie wüsste, dass ich sie in meinen Flur, praktisch ins Abseits verfrachtet habe. Aber ich hatte keine Lust ihnen Platz in meinem wirklichen Leben einzuräumen. Denn das findet eher nicht hier im Flur statt!"

Nachdem mir Valentin meine Jacke abgenommen hatte und sie in eine Garderobennische in eben diesem Flur hängte, war hinter den halb geöffneten Flügeltüren aus Ornamentglas ein Riesenraum zu sehen, dessen gegenüberliegende Wand aus drei schönen, alten, hohen, zweiflügligen Fenstertüren bestand, die weit offenstanden und einen Blick auf eine Terrasse freiließen, die mir endlos groß erschien. „Eine Riesenterrasse mitten in München, welch ein völlig unerwarteter Luxus", dachte ich.

„Hier ist also mein Zuhause sagte Valentin. Es hat nur dieses eine Zimmer und eine kleine Küche und ein Bad. Eine Junggesellenwohnung eben."

„Nur dieses eine Zimmer", sagte er tatsächlich, aber was für ein Raum zeigte sich mir hier." Ich sah mich um und kam aus dem Staunen gar nicht mehr heraus. Dieser riesige, salonartige Raum, fast von der Größe eines kleinen Saales war an den beiden Seiten zur Decke hin leicht abgeschrägt, was darauf deutete, dass hier eine Mansarde angedacht war. Aber wir sprechen von einer Luxusmansarde der alleredelsten Art. An der Decke zeigten üppige Stuckverzierungen, dass man bitteschön nicht übersehen sollte, dass man sich in einer antiken Villa befand. Ich verstand nicht allzu viel von antiken Einrichtungen, aber dass die herrlichen hellen Teppiche auf dem alten Parkettboden, sich auch in einem prunkvollen Schloss passend ausnehmen würden, war mir sonnenklar.

An einem Ende das Raumes stand ein riesiges altes wunderschönes, doppelt breites Bett mit schlicht geschwundenem Kopf- und Fußteil. Ein zur Seite geraffter Gobelinvorhang teilte das Bett mit seinen vielen Kissen und einem antiken Tischchen mit einer schönen Glaslampe, von dem Wohnraum ab. „Biedermeier dachte ich, der Herr wohnt in Biedermeier", so viel wusste ich jedenfalls von Antiquitäten, schließlich gehörte etwas Stilkunde auch zu meinem Berufswissen. Die restliche Möblierung bestand aus offensichtlich ebenfalls kostbaren Vitrinen und alten Bücherregalen. die zwischen die Terrassentüren platziert waren. Eine riesige ausladende Sitzgruppe, die mit hellgrauem Samt bezogen war und deren dicke knautschige Kissen auf Daunenfüllungen schließen ließen, luden dazu ein, in ihnen zu versinken.

Auf einem sehr großen, niedrigen, runden, cremefarbenen Onyxtisch stand eine große kugelige Glasvase mit gelben Freilandrosen. Ein riesiger, wunderschöner, mit geprägtem Leder bezogener antiker Schreibtisch ragte schräg in den Raum und war voll beladen mit Papieren, Büchern und einer wunderschönen Lampe. Ein ausladender, funkelnder Kristallüster hing an der Decke inmitten eines Stuckbeetes, als wäre er die glitzernde Fortsetzung dieser üppigen Deckenverzierung. Mehrere schöne alte Stehlampen mit Seidenschirmen sorgten für luxuriöses Licht, das von Valentin zu meiner Begrüßung eingeschaltet worden war und die ihr sanftes Licht im

Raum verteilten und mit dem Licht des Tages wetteiferten. Valentin beobachtete mich und fragte dann lächelnd: „Na, was sagt dir meine Wohnung über mich?" Ich spürte, wie mir die Röte ins Gesicht stieg, als ich zögernd antwortete: Ich bin schon ein wenig überrascht. Ich hatte mir deine „Studentenbude" schon beträchtlich anders vorgestellt. Aber es ist wunderschön hier, sehr edel." „Aber du willst dich um die Antwort auf meine Frage herummogeln, nicht wahr? Wie fühlst du dich hier? Sag` es frei heraus, du brauchst kein Blatt vor den Mund zu nehmen, irgendwie bist du enttäuscht, nicht wahr?"

„Nein, so ist es nicht. Von solcher Wohnkultur kann man nur begeistert sein. Nur – ich bringe dich hier gedanklich einfach nicht unter. Wenn ich mich in dieser beeindruckenden Wohnung umsehe, so deutet nichts darauf hin, dass hier ein junger moderner Mann wohnt. Hier zeigt sich mir eine Welt, die ich einem sehr gepflegten Herrn mittleren oder gar höheren Alters mit erlesenem Geschmack zuordnen würde."

Valentin lachte leise: „Na ja, das ist so unrichtig nicht. Aber man kann sich seinen Lebensweg nicht immer aussuchen, das gilt manchmal eben auch für das Ambiente, in dem man lebt. Fast alles was du siehst, stammt aus dem Erbe meiner Familie und für mich war es auch verpflichtende Tradition, Dinge, auch Werte und Gepflogenheiten zu bewahren, die zu meiner Familie gehörten, auch wenn eine solche Bindung bei mir enorme Risse aufweist."

„Ich weiß ja nichts über deinen familiären Hintergrund" sagte ich ein wenig vorwurfsvoll. „Welche Rolle spielen denn Familientraditionen in deinem Leben?"

„Ach, eigentlich sind ja Möbel und Gegenstände nur Relikte, die ich noch aus Anhänglichkeit an längst vergangene Familiengeschichten zusammengeklaubt habe und eine Scheu habe, mich davon zu trennen. Eine Familie im landläufigen Sinn habe ich gar nicht mehr. Meine Großeltern beiderseits sind längst verstorben Sie waren schon recht alt, als ich geboren wurde. Eigentlich kann ich mich kaum an sie erinnern. Und meinen Vater sehe ich kaum noch. Er lebt wohl ein recht vergnügtes Junggesellenleben an der Code d´Azur, wobei er sich dafür bei begüterten Verwandten durchschlängelt, denn seine Einkünfte dürften eher überschaubar sein und rühren aus bescheidenen Legaten seiner Mutter, meiner Grußmutter her, die ihn vor dem völligen Verarmen retten. Er ist halt ein sehr charmanter Typ und als Gesellschafter offenbar ausreichend gefragt, sodass er ein Luxusleben führen kann, ohne große Verantwortung tragen zu müssen. Wie gesagt, ich sehe ihn eigentlich so gut wie nie."

Valentin war ungewohnt ernst bei dem kurzen Einblick, den er in seinen Familienbackground gewährte. Gerne hätte ich mehr gewusst, wie er zu seiner Mutter und seiner Schwester, die er beide mal nebenbei erwähnt hatte, beispielsweise steht. Aber ich wollte nicht weiter in ihn dringen und tröstete mich damit, dass ich zu gegebener Zeit sicherlich alles das erfahren würde, was mir mehr Aufschluss über das Wesen meines Liebsten geben könnte. Dieser übernahm nun wieder die Rolle des Fremdenführers in seiner Wohnung. Ich spürte, dass er damit die allzu privaten Einblicke in sein Innerstes abschließen wollte.

„Warte nur, bis du meine Küche siehst", führte Valentin dann auch weiter aus und öffnete eine der schönen Türen mit Jugendstil-Ornamenten aus Glas neben dem Flureingang. „Mein Kochparadies wird deinen Glauben an meine modernen Seiten sicherlich wiederherstellen, habe ich Recht?"

Ja, fürwahr, hier überraschte mich eine, nicht allzu große, aber ultramoderne Küche ganz aus Edelstahl, der man auf den ersten Blick ansah, dass Kochen hier von raffiniertester Technik Unterstützung findet. Am Fenster stand ein wunderschöner, uralter Esstisch mit einer blank polierten hellen Holzplatte. Vier üppig geschnitzte, dunkle Küchenstühle wiesen darauf hin, das Uralt-Antikes keineswegs das Moderne ausschließen muss.

Zwei Tabletts mit Geschirr und Frühstücksleckereien beladen standen auf dem Edeltisch und warteten darauf, draußen serviert zu werden. Valentin wies mir eines davon zu, trug das andere selbst und ich folgte ihm auf den Weg zu der Terrasse, die mir, als wir sie betraten, ein bewunderndes „Ahhhhh" entlockte.

Ich hatte ja bereits von innen gesehen, dass hinter den weit geöffneten Türen ein luxuriöses Stück Himmel warten würde. Und genauso fühlte man sich hier. Eine richtig große Terrasse erstreckte sich bis zu den leicht windgeschaukelten Baumwipfeln, die aus dem Gartengrundstück der Villa über die üppig mit Efeu berankte gemauerte Balustrade ragten. Von der Terrassenbrüstung blickte man rundum in einen großen Parkgarten, in dem ganz offensichtlich Wildwuchs zugelassen war. Statt eines englischen Rasens nämlich konnte man sich hier an bunten Wiesen und üppigen Blumenstauden erfreuen.

„Paradiesisch, ich kann es kaum glauben, dass dies dein eigenes

Paradies ist." Valentin lächelte: „ich freue mich über deine Freude. Ja, es ist schön hier. Und meine Nachbarin Monika sorgt für Katze und Pflanzen, wenn ich nicht da bin", fügte er beziehungsvoll schmunzelnd hinzu.

„Monika, das also war die nette Stimme am Telefon. Und ich Schaf muss immer gleich Unrat wittern, wenn ich Valentin nur in der Nähe eines weiblichen Wesens vermute." „Ich sage ja, es wurde Zeit, dass ich dir mein Umfeld vorstelle, damit es im Kopf meines Mädchens nicht immer wieder zu falschen Schlüssen kommt. Nun aber stell´ mal erst die leiblichen Genüsse ab, damit wir nicht Hungers sterben. Die obligatorische Frühstückszeit dürfte ja schon überschritten sein, weil wir vor lauter Gucken und Erläuterungen schon fast einen Brunch einnehmen können. Viele nette Leckereien, die ich für uns zusammengestellt habe, passen auf jeden Fall auch in die Mittagszeit."

Wir dekorierten nun rasch den großen runden Gartentisch aus Glas auf einem Eisengerüst mit den vorbereiteten Köstlichkeiten und nahmen dann unter dem riesigen, etwas verwitterten Sonnenschirm auf gemütlichen alten Korbsesseln, die gerne mal einen neuen Anstrich gebraucht hätten, Platz. Kaffee wartete in der Wärmekanne auf uns und wir genossen den üppigen Frühstücks-Lunch ausgiebig und mit riesigem Appetit. Luxus pur – und das in jeder Hinsicht. Wie kann man einen Sommertag schöner verbringen?

Ich sah mich beglückt um und freute mich an den schönen alten bunten Fliesen, mit der die Terrasse ausgelegt war, auch wenn sie einige dekorative Risse aufwies, wie das zu alten Steinböden einfach gehört. Besonders angenehm fand ich auch, dass dieser schöne Ort, an dem man den Eindruck hatte, er wäre ganz exklusiv mit so viel eigenem Himmel überspannt, nicht mit viel Gartenmöbeln überfrachtet war. Das verstärkte noch das Gefühl von unendlicher Weite und dass man sich, fernab vom umtriebigen Alltag einer Großstadt, wie auf einer Insel befand.

Nachdem wir unseren Appetit und Hunger gestillt hatten, streckten wir uns faul auf den zwei Holzliegen aus, die mit bequemen, staubgrauen Leinenkissen gepolstert waren.

Eigentlich brannten mir noch unzählige Fragen auf der Seele, die ich gerne an Valentin gerichtet hätte. Aber ich mahnte mich innerlich zu Geduld, ich wollte nicht weiter neugierig mit allen meinen, noch offenen Anliegen ins Haus fallen. Freilich, einen kleinen Blick hatte ich bereits in dieses, mir noch immer so fremde Schicksal werfen dürfen, aber mit jeder beantworteten Frage, haben sich andere Ungewissheiten aufgetan, die mir den ganzen Menschen Valentin Enno noch rätselhafter erscheinen ließen, als er für mich ohnehin war. Dabei hatte ich den innigen Wunsch diesem Mann viel näher zu kommen, mehr über ihn zu wissen, alles über ihn und von ihm zu wissen. Ich gestehe, am liebsten hätte ich ihn eingeatmet. Es war für mich also gar nicht so einfach, mich in Geduld zu üben und nicht hastig vorzupreschen und womöglich Porzellan zu zerschlagen und eine, doch erst zarte Liebe mit einem Wust von plumpen Fragen über profane Zusammenhänge zu belasten.

An diesem schönen Tag lernte ich etwas später dann auch Nachbarin Monika kennen, eine rundliche, temperamentvolle, liebenswürdige Dame mit flammend roten Haaren. Man spürte, wie gerne sie ihren jungen Nachbarn hatte und dass ihre Sympathie auch erwidert wurde. Monika mochte so um die 60 Jahre alt sein und bewohnte die zweite Wohnung auf der Villenetage neben Valentin. Was ich vorher nicht bemerkt hatte, war, dass die beiden Terrassen durch ein niedriges Holztürchen miteinander verbunden waren. Da auch das mit Efeu bewachsen war, hatte ich es nicht gleich ausmachen können. Mir wurde dann auch die altmodische Klingel gezeigt, mit der man sich gegenseitig geplante Besuche ankündigen konnte. Monika hatte Mohnkuchen gebacken. Sie lud uns zur Kaffeezeit zu diesem selbstgebackenen Kuchen ein, den wir in ihrem Reich einnahmen und der wirklich ausnehmend gut schmeckte. Dazu meinte sie scherzend, dass Mohn ja angeblich dumm mache, dass wir uns das aber wohl leisten könnten ...

Monikas Terrasse, die spiegelgleich zu der Nachbarterrasse geschnitten war, unterschied sich wesentlich von Valentins, eher männlicher Variante. Hier dominierten die prächtigsten Blumen, die in bunten Töpfen jeden freien Platz einnahmen. Wo sich Valentin auf ausschließlich satte grüne Natur beschränkt hatte, praktisch als Ergänzung zu den Büschen und Bäumen, die über die Brüstung ragten, saß man hier inmitten einer übervollen Farbenpracht neben zierlich geschwungenen Eisenmöbel, hier ein Tischchen, dort eine Blumenetagere. Eine mächtige Hollywoodschaukel und viele bunte Kissen überall, ergänzten das farbenfrohe Terrassenmobilar. Auch die Wohnung Monikas ähnelte in keiner Weise der ihres Nachbarn. Wo Valentin Wert auf noble Geräumigkeit gelegt hatte, waren Monikas Räume durch Zwischenwände in zwei Zimmer geteilt, die mit romantischen Antiquitäten, unzähligen Bilden, Nippes, Skulpturen und Krimskrams vollgestellt waren.

„Interessant, dachte ich, wie sehr sich doch Räume ihren Bewohnern oder diese sich ihren Wohnungen anpassen." Ich wollte in diesem Zusammenhang unbedingt intensiv darüber nachdenken, was meine eigene Wohnung wohl über mich zu auszusagen hatte.

Ich bin an diesem Sommersonntag meinem Valentin ein deutliches Stück näher gerückt. Das dachte ich jedenfalls. Jedes Zusammensein mit ihm, gab mir mehr Sicherheit. Er sagte mir oft, wie sehr ich ihm gefiel und wie wohl er sich in meiner Gesellschaft fühle. „Du bist so echt, so unverfälscht, äußerte er mehr als einmal. Ich muss mich in deiner Gegenwart nicht verstellen, begegne dir nicht mit Vorsicht, die mich sonst eigentlich immer begleitet. Wenn ich bei geschäftlichen Besprechungen zugegen bin, klingelt in meinem Hinterkopf oft das Alarmglöckchen, das mir signalisiert, achtsam zu sein, weil die geäußerten Worte möglicherweise nicht mit den wirklichen Absichten der Kontrahenten in Einklang stehen."

„Meinst du, dass du solche Überlegungen während deiner Aufgaben als Dolmetscher hast?" fragte ich.

„Ja und nein, eher ist meine Intuition gefragt, wenn ich Regina Saruter auf Geschäftsreisen begleite. Ich stehe ihr dann freilich auch als Dolmetscher zur Seite, mache mir aber als Außenstehender vor allem ein Bild von den charakterlichen Eigenschaften und möglichen versteckten Absichten der Verhandlungspartner. Da es in der Regel um riesige Summen geht, die bei internationalen Handelsbeziehungen eine Rolle spielen, ist extreme Vorsicht angesagt. Bei solchen Abwicklungen spielen dann neben den Fakten eben auch die Integrität der Verhandlungspartner eine wichtige Rolle."

„Verfügst du denn über dic Kompetenz für solche Beurteilungen und Entscheidungen?"

„Ich denke schon, lachte mein rätselhafter Freund. Regina meint zudem, ich würde es wittern, welche Risiken ein Geschäft berge. Zudem habe ich doch etwas Maschinenbau und ausführlich BWL studiert, um das nötigen Fachwissen zu haben."

„Du hast wirklich wegen Regina Saruter Wirtschaft und Maschinenbau studiert? fragte ich Valentin erstaunt, wie lange kennst du sie denn eigentlich?"

„Ich kenne Regina schon immer, mein ganzes Leben lang. Sie war die Freundin meiner Mutter. Ich habe ihr viel zu verdanken, antwortete er. Ich sah, wie sich sein Gesicht verschloss und wagte es nun nicht mehr, weiter zu fragen.

Misstrauisch mutmaßte ich, dass es um die Beziehung zwischen Valentin und dieser Frau Geheimnisse gab. Wie stand Valentin zu ihr, was bedeutete sie ihm. Ich holte mir den ersten Eindruck vor Augen, den ich seinerzeit hatte, als ich Valentin zum ersten Mal gesehen hatte. Nein, ganz falsch; zuallererst war mir die Erscheinung dieser beeindruckend attraktiven, stolzen Frau ins Auge gefallen, die dort bei Sylvio an der Bar so selbstsicher, fast siegesgewiss gestanden hatte. Ich hatte damals schon den Eindruck, dass sie es war, die das Quartett, mit ihrem Ehemann, dem Verleger Lamprecht und Valentin dominierte. „Vorsicht", dachte ich, „gib gut auf dich acht, wenn du hier nachbohrst, könntest du fündig werden und auf Zusammenhänge stoßen, die weh tun."

Ich nahm mir dennoch vor, den Dingen auf den Grund gehen. Ich musste einfach mehr wissen, von Valentin und seinem komplizierten Leben, um ihn besser zu verstehen. Und ich wollte ergründen, welche Rolle mir selbst in diesem Spiel zugedacht war.

In den nächsten Wochen und Monaten wuchsen wir noch inniger zusammen, mein Liebster und ich. Wir sahen uns oft, in der Woche mehrmals, wenn Valentin nicht wieder für einige Tage komplett abtauchte und in Sachen Saruter unterwegs war. Seine Zusammenarbeit mit dem Verlag Lampert konnte er so legen, dass auch meine Feierabendzeit damit zusammenpasste. Und dazwischen besuchte er fleißig die Uni. Wann er dafür lernte, war mir schleierhaft, jedenfalls nicht in meiner Gegenwart. „Vielleicht ist er besonders lernbegabt, mutmaßte ich, vielleicht reicht es, wenn er den Ausführungen der Professoren folgt, um ein notwendiges Lernprogramm zu verinnerlichen." Auch hier hatte ich keine Ahnung, was genau mein Liebster leistete, was er plante und wohin sein Weg führen sollte. Es kam mir zwar merkwürdig vor, dass Valentin mir so gar nichts von der Zeit berichtete, die wir nicht miteinander verbrachten, aber ich sah ja, dass Valentin bemüht war, seine eigenen Planungen um meine festgelegten Zeitvorgaben herumzuranken, das musste vorerst genügen.

Jedenfalls gehörte seine Zeit erstaunlich oft mir. Ich wurde dann vom Bahnhof abgeholt, oder mein Liebster hatte für mich, meistens in meiner Wohnung, gekocht, oder wir gingen aus. Längst hatte ich meinem Freund einen eigenen Hausschlüssel zu meiner Wohnung überreicht. Ich selbst aber verfügte nicht über einen Schlüssel zu seiner schönen Etage. „Ich bin so gerne bei dir, argumentierte Valentin, bevor ich ihn danach fragen konnte." Wenn ich zu ihm kommen wolle, bereite er liebend gerne „das Feld" vor oder Monika könne mir die Tür öffnen. Zwar irritierten mich die Ausführungen meines „Mister Seltsam", aber ich war nun schon gewohnt, dass ich auf allerhand Überraschendes gefasst sein müsse, wenn ich meine Zweisamkeit mit ihm relativ arglos genießen wollte. Und dafür gab es in der Folgezeit viel Gelegenheit.

Ich hatte mit Erstaunen erfahren, dass Valentin auch ein kleines Auto besaß. Sein gut gepflegter, alter Minicooper verfügte über den Komfort einer eigenen Garage auf dem Villengrundstück und wurde nur dann von uns genutzt, wenn wir Ausflüge, hin zu stadtfernen Orten unternehmen wollten. Wir waren bei passendem Wetter dann an den Wochenenden mit seinem oder mit meinem Fahrzeug unterwegs.

Valentin machte jede unserer Aktivitäten zu einem Fest. Ob wir uns in eine romantische Pension einmieteten, in den Bergen wanderten, oder uns einfach nur zu einem fantasievollen Picknick trafen; mit meinem Liebsten war der Alltag ausgeklammert, jede Unternehmung wurde von ihm liebevoll zelebriert. Auch die faulen Abende bei mir oder seltener auch in seiner Wohnung, erhielten immer eine besondere Bedeutung. Wir genossen dann einen schönen Fernsehfilm beispielsweise, den wir sorgsam ausgewählt hatten, oder eine DVD, die einer von uns besorgte, in Begleitung eines besonderen Weines oder ein dazu passendes exotisches Essen, was wir beide sehr zu schätzen wussten. Nur selten erlaubte mir Valentin, die Kosten für unsere gemeinsamen Vorhaben zu übernehmen. Es mache ihm Freude, sagte er dann, wenn er den Kampf für die Bezahlung der Rechnung gewonnen hatte, mich zu verwöhnen. „Frauen sind Göttinnen, sie gehören geliebt zu werden und beschenkt, sie sind die Glanzlichter des Lebens", so dann seine zwar galanten, aber etwas altmodische Argumentation.

„Meinen Einwand, ich würde doch auch genug verdienen, um meinen Beitrag leisten zu können, wischte er dann lachend weg und meinte, dass sein Einkommen ausreiche, um ein abwechslungsreiches Leben zu finanzieren. Zudem hätten wir beide keine Luxusansprüche, sondern freuten uns an der schönen Natur oder kleinen Geschenken, die der Tag, praktisch jeder Tag, uns überreichen würde. Und alle diese Tage meinten es auch gut mit uns. Selten habe ich so viel Schönes erlebt, wie an der Seite meines Märchenprinzen, den ich insgeheim genau so nannte. Mit ihm waren alle Ausflüge Abenteuer. Er verstand es, mich für architektonische Schönheiten zu interessieren, besuchte mit mir alte Dorfkirchen, interessante Ausstellungen und Museen. Ausflüge in kunsthandwerkliche Betriebe gaben uns Einblicke in die Herstellung von Steingutgeschirr, führten uns in eine Glasbläserei und lehrten uns, wunderschöne Kerzen herzustellen. Wenn ich in die Zeit vor Valentin dachte, kam diese mir öde und ereignislos vor. Mit ihm aber hatte ich das Gefühl, die Welt erobern zu können und fühlte mich so lebendig und so überreich beschenkt, wie nie vorher.

„Lily im Glück", das dachte ich in dieser schönen Zeit voller Glanzpunkte oft.

Ein ganzer schöner Sommer war vergangen und meine Chefs rieten mir, meinen Jahresurlaub zu nehmen, es seien ja nun schon einige Wochen zusammengekommen und die Urlaubsansprüche sollten möglichst nicht in das kommende Jahr getragen werden. Als ich mit meinem Liebsten darüber sprach, schlug er mir vor, mit ihm für drei Wochen zu verreisen. Welch eine wundervolle Idee! Ich war natürlich Feuer und Flamme.

Valentin fragte mich, wie ich mir denn Urlaub vorstelle, was ich mir dafür wünsche. Ich rief nur: „Sonne und Meer natürlich!" Vor Augen hatte ich dabei weiße Strände, ein Luxushotel, Sonnenschirme und exotische Cocktails an der Strandbar.

Valentin, der wohl meine Gedanken gelesen hatte, nickte lächelnd.

„Der Oktober ist ein wunderschöner Sonnenmonat auch auf Mallorca, nicht mehr so heiß wie im Sommer und noch nicht winterkühl."

„Mallorca? Wie kommst du auf Mallorca?" Valentin musste die Enttäuschung aus meiner Stimme herausgehört haben. Ich hatte ja eher an die Bermudas oder andere Urlaubsziele mit Luxusresorts gedacht.

„Nun, ich besitze ein winziges Häuschen im Südwesten von Mallorca. Vielleicht magst du einen bescheidenen kleinen Urlaub dort mit mir verleben? Luxus kann ich dir nicht bieten, aber gerne würde ich dir mein Mallorca zeigen. Ich bin sicher, wir werden es dort gut haben in unseren Ferien und das Meer ist auch in erreichbarer Nähe."

„Ein Häuschen auf Mallorca? Was denn noch? Dieser Knabe ist tatsächlich immer wieder für eine Überraschung gut. Klar würde ich auf seinen Vorschlag eingehen. Mit ihm würde ich auch nach Timbuktu reisen.

Warnend fügte Valentin seinem Vorschlag an, dass wir mitten in einem Dorf wohnen würden und von Luxus keine Spur erwarten könnten. In seinem winzigen Häuschen gäbe es nur die mindeste Ausstattung, deshalb müssten wir auch gut überlegen, welches Gepäck wir mitführen wollten, denn es gäbe auch kaum Stauraum für unsere Sachen.

Die leise Wehmut über soeben zerplatzte Urlaubsträume machte ich mit mir alleine aus. „Adé Luxus, adé Wellness, Massagen am Strand und andere süße Urlaubsfreuden. Machen wir also Urlaub im Dorf". Valentin bestand darauf, dass ich für den geplanten Urlaub keinen Kostenbeitrag zu leisten hätte. Aber beharrlich bestand ich darauf, wenigstens die Flüge zu finanzieren. So haben wir dann unsere Termine miteinander abgestimmt und ich bereitete mich auf einen 'Urlaub Minimal' vor. Noch nie war ich mit so reduziertem Gepäck gereist. Mein kleiner Rollenkoffer passte in das Handgepäckraster der Fluggesellschaft und Valentin war mit einem Rucksack unterwegs. Ohne Verzögerung konnten wir deshalb im Flughafen einchecken. „Na prima, dachte ich, Reise mit kleinem Gepäck hat also auch Vorteile."

Angenehm fand ich auch, dass wir nach einer Flugzeit von nur zwei Stunden und 10 Minuten schon auf Mallorca landen konnten. Aus useligem Herbstwetter kommend, freuten wir uns über den Sommersonnenschein, der uns freundlich willkommen hieß. Nachdem wir unser bescheidenes Gepäck aus den Gepäcknetzen des Flugzeuges gepflückt hatten, strebten wir auf die vor dem Flughafen wartenden Busse zu und stiegen in eines der Ungetüme, das offensichtlich nicht zu der modernsten Ausgabe der Fahrzeugindustrie gehörte, wie ich etwas lustlos konstatierte. Klar, Valentin hatte ja gesagt, dass von Luxusurlaub keine Rede sein würde. Also schaukelten wir wenig komfortabel in den Südwesten der Insel. Mit Valentin an meiner Seite konnte ich sogar solcher rumpeligen Busfahrt noch Romantisches abgewinnen. Ich hatte mich auf eine lange Anfahrt gefasst gemacht, aber nach etwas mehr als einer Stunde schon hielten wir bereits in einem großen Dorf, das mir auf meinen ersten, auf meinen enttäuschten Blick, nicht so spanisch und oder gar urlaubsfreundlich erschien. Die Bushaltestelle und die Straße dahinter waren eher betonlastig gesäumt. Von den Natursteinmauern, die man auf jedem Mallorcafoto sieht, war hier weit und breit nichts zu sehen. Valentin verhieß mir aber, als er meine ratlose Miene sah, dass wir nur wenige Minuten zu laufen hätten und ich rumpelte auf der Dorfstraße, mit meinem Köfferchen neben ihm her, ohne große Erwartungen an die Dinge, die da kommen mochten. Ein paar Straßen weiter, in denen es immer weiter bergauf ging, erschlossen sich mir dann doch noch die antiken Schönheiten der alten Gassen und sehr schöner alter Mauern, die sich an die bergige Landschaft schmiegten. Befremdlich fand ich allerdings, dass die Bürgersteige derart schmal waren, dass sie nicht einmal einspurig dem Fußgänger Platz boten. Mit einem Koffer, und sei er noch so klein, gab es nur den Weg auf der Dorfstraße, wo man den wenigen Autos, die ebenfalls auf schmalem Grat unterwegs waren ausweichen musste. Die Mitte des Dorfes war dann überraschenderweise gänzlich für den Autoverkehr gesperrt. Unter diverse, bunte Marktschirme waren malerisch die unterschiedlichsten Waren ausgelegt. „Ach wie schön, rief ich aus, hier würde ich gerne einkaufen gehen!"

„Heute ist Mittwoch, also Markttag, sagte Valentin Da ist das Dorfleben gänzlich vom Marktgeschehen bestimmt. Hier gibt es dann einfach alles. Du kannst Obst, Gemüse, Käse, Wein und anderes kaufen, aber auch Wäsche, Schuhe, Kleider. Küchengeräte, Souvenirs, und so weiter. Wollen wir eine kleine Rast einlegen und einen *Cafe con Leche* trinken?" Begeistert stimmte ich zu und wir suchten uns an einem der kleinen Caféhaustische, die mitten auf dem Fahrdamm eng an eng platziert waren, einen Sitzplatz, direkt neben anderen Passanten. Valentin parkte mich dort samt unserem Gepäck, dass ich nicht aus dem Auge lassen sollte, um uns den ersehnten Kaffee zu besorgen. Nachdem er sich durch die Menge gefädelt hatte, kam er nach einer Weile mit einem Tablett, auf dem er den Kaffee und einen Teller mit zwei Ensaimadas balancierte. „Die musst du probieren, das ist das berühmte Gebäck der Insel. Wenn ich hier bin, esse ich solche leckeren, luftigen Hefeschnecken jeden Tag:"

Ich sah mich neugierig um und erinnerte mich dabei an das lustvolle Gedränge im Fußballstadion. Hier saß man ebenfalls dicht an dicht, aber direkt auf einer Straßenkreuzung, inmitten von Sprachgewirr, Gelächter und spanischer Musik, mit der aus eindringlichen Lautsprechern der Platz weiträumig beschallt wurde. Nach der Quelle dieser schönen Gitarrenklänge, deren Frequenzen alle Zellen des Körpers zum Schwingen brachten, Ausschau haltend, entdeckte ich einen großen Marktstand, an dem es spanische, wohl aber auch internationale Musik zu kaufen gab. Ich wollte es nicht versäumen, an einem der Markttage auch für mich und meine Wohnung einige dieser landestypischen CDs zu erstehen. „Testosteronmusik", wie ich diese gutturalen spanischen Gitarrenklänge innerlich lästernd nannte. Am liebsten wäre ich hier noch stundenlang sitzen geblieben. Aber Valentin versprach mir, dass wir nur noch drei Sträßchen von unserem Domizil entfernt wären. Wir würden dann rasch unsere Sachen abstellen, die Einkaufstaschen schnappen und zurück zum Markt laufen, um uns mit allen Fressalien einzudecken, die man zum lukullischen Glückserleben braucht.

Ich mochte mich nur ungern von der lockenden spanischen Musik trennen, die mir bereits jetzt den Urlaubsanfang versüßte. Valentin lächelte verstehend und reichte mir die Hand, um mir bei einem schwungvollen Aufstehen behilflich zu sein. In der Tat, nachdem wir das Marktgedränge hinter uns gelassen hatten, überquerten wir nur die Hauptstraße des Dorfes und standen tatsächlich nach nur etwa 150 Metern am Fuße „unserer Straße".

Ich mag etwas verblüfft geschaut haben, denn Valentin griff sich meinen Koffer, um ihn die wenigen Treppen hochzutragen. Jawohl Treppen waren zu gehen. Unser schmales Sträßchen nämlich bestand aus breiten Natursteintreppen über die gesamte Gassenbreite, die immer zwei bis drei Stufen hatten und die jeweils in einem Natursteinpodest mündeten um dann über die gesamte Länge genauso weitergeführt wurden. Auf der Höhe der dritten solcher kleinen Terrassen blieb Valentin stehen und zog ein Schlüsselbund aus seiner Rucksacktasche. Er schloss eine beiden sattgrün gestrichenen Lamellen-Fensterläden auf, schwang diese zur Seite und öffnete dann mit einem anderen Schlüssel die gleich dahinterliegende Haustür mit Glaseinsätzen.

Ich schaute etwas ungläubig an der Fassade des 3-stöckigen, schmalbrüstigen Hauses hoch. Sollte das tatsächlich ein komplettes Haus sein? Die beiden oberen Stockwerke wiesen ebenfalls jeweils ein Fenster mit den gleichen grünen Fensterläden auf, die man, wie ich später erfuhr, auf Mallorca „Persianas" nennt.

„Bekomme keinen Schreck", sagte Valentin lachend, „ich habe es ernst gemeint, als ich dir sagte, ich besäße ein winziges Häuschen auf Mallorca. Ich könnte mir sogar vorstellen, dass es sich um das allerkleinste Haus auf der ganzen Insel handelt."

In der Tat, wir waren am Ziel. Ich kam aus dem Staunen nicht heraus.

Das ganze Häuschen war tatsächlich kaum breiter als zwei Meter, wie mir mein Gastgeber versicherte. Hätte mir jemand erzählt, dass man in einem solchen Winzding wohnen könnte, ich hätte ihn ausgelacht.

Aber drei Wochen Wohnen auf tatsächlich allerkleinstem Raum bewiesen mir, wie wenig man tatsächlich braucht, um glücklich zu sein. Vor allen Dingen aber bewunderte ich zunächst die intelligente Aufteilung des Hauses, das ja auf einer Grundfläche von kaum mehr als 10 Quadratmetern alles, wirklich alles bietet, was man zum Leben benötigt.

Valentin öffnete die zweiflügelige Tür weit und schob einen ziemlich ältlichen, zerbeulten roten Motorroller, der dort drinnen geparkt war, heraus auf die Steinterrasse und stellte ihn an die Nachbarwand, nachdem er ihn abgeschlossen hatte. „Das ist das Fahrzeug, das wir auf der Insel brauchen", sagte er.

Ich beschloss, erst einmal gar nichts zu denken. Irgendwie wusste ich auch nicht recht, was ich von der ganzen Sache halten sollte. Ich folgte dem Winzhaus-Eigner lieber ins Innere des Dorfhäuschens und registrierte alle die Raumwunder, die jedem Zentimeter dieses Häuschens abgerungen worden waren. Dies, um es mit der nötigen Technik zu versehen, wohl aber auch um zu beweisen, „Raum ist in der kleinsten Hütte". Platz war hier überraschenderweise sogar für Luxus. Hier unten im Erdgeschoss befand sich die Wohnküche, versehen mit einer Sitzbank, einem langen schmalen Tisch und drei hochlehnigen, spanisch anmutenden Stühlen davor. Der hintere Teil des kleinen Raumes wurde von einer schnörkeligen eisernen Wendeltreppe eingenommen, die sich dekorativ nach oben schwang und den Wohnraum noch einmal auf jeder Etage um zwei Quadratmeter verringerte. Darunter, daneben und in den Biegungen bot sie Platz für Kühlschrank und zwei Elektro-Kochplatten, sowie eine schmale Spüle, über der tatsächlich eine hängende kleine Spülmaschine platziert war. Töpfe und Pfannen hingen an den Wänden und über der Küchenbank hatte ein Regal Platz für Geschirr und Gläser gefunden.

„Fantastisch, rief ich aus. Das ist ja die hübscheste kleine Küche, die man sich vorstellen kann. Ich bin absolut entzückt!" Dabei wies ich auch auf die wunderschönen alten Fliesen, die auf dem Fußboden verlegt waren und die man auch an der Küchenwand bewundern konnte." „Ich habe die ganze Insel nach diesen alten Fliesen abgesucht, erklärte mir Valentin, die hatte ich mir in den Kopf gesetzt, als ich den Ausbau meines Refugiums plante, denn mein Häuschen ist ja aus einem original alten Schafstall entstanden und sollte so originalgetreu werden, wie es nur irgend ging. Um Zentimeter einzusparen, habe ich die Seitenwände auch unverputzt gelassen, denn die Sandsteinwände sind ja aus dem Originalbaustoff, aus dem auch die Kathedrale in Palma errichtet wurde und sind auch hier recht dekorativ."

Bewundernd lobte ich die Atmosphäre in „unserem Dorfhaus", denn es waren ja hauptsächlich die traditionellen Materialien und wo es möglich war, auch die Ausstattung des Häuschens, die das Herz des Besuchers höherschlagen ließen, denn hier war ja auch eine kleine Reise in die Vergangenheit der Insel repräsentiert.

„Warte nur, bis du den Gipfel erklommen hast", scherzte mein Valentin, „ich habe bei der Planung nicht nur auf Schönheit und antikes Flair geachtet, sondern besonders auch auf komfortable Funktionalität. Hier ist jeder Millimeter genutzt, schließlich muss mein Schatz ja auch die üppige Reisegarderobe unterbringen, nicht wahr?"

In der zweiten Etage gab es ein Bad mit einem Waschbecken, einer Toilette und, man glaube es kaum, sogar mit einer Badewanne im nostalgischen Stil. Eine schmale Waschmaschine bewies, dass der Eigner auch die praktische Seite trotz der beengten Verhältnisse nicht außer Acht gelassen hatte. Auch hier konnte ich mich an den schönen alten Bodenfliesen kaum satt sehen. Ein großer Spiegel mit breitem, üppig geschnitzten Goldrand hing als Stilbruch über dem Waschbecken und sorgte in diesem kleinen Raum für optische Weite. Dass mein Valentin auch hausfrauliche Talente hat, bewies eine mehrspurige Wäscheleine an der Wand, die bei Bedarf herausgezogen werden kann. Erfreut und belustigt nahm ich alle die überraschenden Kleinigkeiten der Ausstattung zur Kenntnis.

Valentin öffnete das Fenster und stieß die Fensterläden auf. „Siehst du, weshalb ich eine Badewanne eingebaut habe, obwohl ich auch hier meistens dusche? Wenn man nämlich in der Wanne liegt, schaut man aus dem Fenster und sieht direkt gegenüber alte Mauern, schöne Dächer und sogar ein Stück Himmel."

Im oberen Stockwerk gab es nur das Bett, weiter nichts. Das Schlafzimmer bestand praktisch aus einem superbreiten Bett, in dessen Unterbau Schubladen eingelassen waren. „Das sind meine Kommoden" erklärte mir der Hausherr. Über alle drei Etagen hinweg befinden sich neben und unter den Stufen der Treppe Einbauschränke und bieten genügend Stauraum, in denen du nachher auch deine Sachen unterbringen kannst."

Kuschelig war dieses Wohnbett, das den Wunsch vermittelte, es schnellstmöglich in Besitz zu nehmen. Und auch hier wieder war zu erkennen, dass der freie Blick aus dem Fenster, direkt in den blauen Himmel Mallorcas und, wenn man sich auf das Fensterbrett stützte über das ganze Dorf, wichtiges Anliegen des Gestalters dieses kleinen Wohnwunders war.

Ich war voller Bewunderung für dieses zauberhafte kleine Dorfhaus. Auch für die vielen schönen Bilder, ausschließlich mit dörflichen Motiven, die überall an den Wänden noch Platz gefunden hatten. Auf meine Nachfrage erklärte mir Valentin, dass ausschließlich mallorquinische Künstler die farbenprächtigen Bilder gemalt hätten.

„Hier ist also mein kleines spanisches Nest, in das ich mich zurückziehe, wenn ich mit mir alleine sein will. Seit ich dich kenne, habe ich mein Kleinod sträflich vernachlässigt. Ich war nun einige Monate nicht mehr hier. Aber vielleicht magst du ja künftig auch öfter mal spanischem Dorfleben frönen. Du hast ja soeben erlebt, dass man tatsächlich nur fünf Stunden von Tür zu Tür für die Wegstrecke benötigt! Das lohnt sich dann sogar schon für ein verlängertes Wochenende."

Ich nickte zustimmend. „Schön ist es hier", dachte ich „und kurios und fantasievoll auch, sicherlich wird es mir hier gefallen. Seltsam aber ist es schon, dass Valentin bisher mit keinem Wort erwähnt hat, dass er dieses kleine Haus besitzt."

Überhaupt hatte ich öfter den leisen Verdacht, dass es noch etliche Seiten an meinem Liebsten gab, die mir verborgen geblieben sind, oder die sich mir nur zufällig erschlossen. Mein zurückhaltender Valentin gab nur die Dinge preis, die von mir nachgefragt wurden, oder sie wurden nur dann erläutert, wenn sie sich gerade aktuell ergaben und Erklärungen unumgänglich machten.

„Ist das nun Bescheidenheit, oder Verschlossenheit?" fragte ich mich. Ich sollte mich vielleicht mit der Überlegung trösten, dass es eben Menschen gab, die nicht so mitteilungsfreudig waren, wie ich zum Beispiel und auch wie die meisten meiner Freunde und Bekannten. Liegt es aber nicht eigentlich in der Natur des menschlichen Wesens, sich dem Partner mitzuteilen, ihn teilhaben zu lassen, an dem eigenen Werdegang, an den Plänen und Wünschen, die einen so bewegen? Dazu gehört ja auch die ureigene Geschichte, die doch schließlich prägend war für den heutigen Menschen. Wenn

114

ich aber mit meinem Liebsten glücklich sein wollte, musste ich mich wohl mit seinem Anderssein abfinden, musste akzeptieren, dass es Gedanken, Gefühle und auch Geschehnisse in seinem Leben gibt und gab, die er für sich behalten will und zu denen ich keinen Zugang habe. Jetzt aber war Urlaub angesagt und nicht die Pflege von zweifelnden Gedanken. Jetzt ist Zeit zum Glücklichsein und hier ist ein idealer Ort, um Glück von Herzen zu genießen.

Dazu wollten wir nun erstmal die Zutaten für unser leibliches Wohl besorgen und ich freute mich schon darauf, den malerischen Markt wieder zu besuchen. Unser karges Gepäck wollten wir später verstauen. Stattdessen griffen wir uns zwei geflochtene Taschen, die am Treppengeländer hingen, wie sie typisch sind, für mallorquinische Einkäufe.

Ehe wir loszogen, kam durch die weit geöffnete Haustür ein kleiner Hund hereingewieselt und begrüßte Valentin jaulend mit heftigen Luftsprüngen. Der ganze kleine Körper wedelte und war in heller Aufregung. „Das ist Linda, das Hündchen meines Nachbarn Toni. Ihn muss ich noch begrüßen, bevor wir gehen."

Als wir unser Häuschen abschlossen, kam er dann auch schon angehumpelt, Toni, der von Valentin fest umarmt wurde. Der alte Mann strahlte über das ganze, faltenverwitterte Gesicht und Valentin war es anzusehen, wieviel herzliche Zuneigung er für seinen alten Nachbarn hatte. „Es ist schon erstaunlich, dachte ich, meinem Liebsten hätte ich kaum zugetraut, dass er Gefühle und Sympathien so offen und unverhohlen zeigen kann. Er wirkt ja eigentlich eher verhalten und beherrscht. Er muss diesen knorrigen und sicher uralten Spanier wohl wirklich sehr gerne haben."

Ich wurde nun dem Nachbarn und seinem Hund vorgestellt. Leider verstand ich kein Wort. Aber ich spürte die Zuneigung für seinen jungen Nachbarn, die Toni auf mich übertrug, als seine alte, knorrige, raue Hand freundlich nach meiner Hand griff und er mich mit einem Schwall spanischer Begrüßungsworte bedachte. Auch Linda verstand wohl, worum es ging und leckte zutraulich meine ausgestreckten Finger.

„Das war mein wichtigstes Begrüßungskommando", erklärte Valentin lachend. „Toni und Linda sind meine Bezugspersonen hier im Revier. Und dann gibt es noch meine Freundin Hermine, aber der kannst du ohnehin nicht entrinnen" fügte er vielsagend hinzu. Auf dem Weg zurück zu dem Markt-gewimmel deutete ich fragend auf ein buntes Eckhaus, das von oben bis unten mit lustigen Comic-Figuren bemalt war. „Jawohl, das ist die Behausung meiner Freundin Hermine" erläuterte Valentin lachend. Ich hatte das ulkige Dorfhaus auf dem Weg zu unserem Häuschen garnicht wahrgenommen. „Hier also wohnt Hermine, genannt Herrmann. Wieso sie Hermann genannt wird, verstehst du, wenn du sie kennenlernst. Jetzt aber begrüßen wir erstmal Raton". Dabei wies er auf einen kleinen Hund, der zusammengerollt mitten auf der Straße lag und seelenruhig schlief. Auch als Valentin ihn ansprach, hob er nur faul den Kopf, bedachte uns mit einem missmutigen Blick und drehte sich auf die andere Seite.

„Na, der lebt aber gefährlich", sagte ich besorgt, „liegt hier mitten auf der Straße und kann doch leicht überfahren werden."

„Raton überfährt niemand. Er ist dorfbekannt und jeder fährt um ihn herum oder nötigt ihn freundlich, sich zur Seite zu begeben. Er ist, wie seine Besitzerin, er schert sich keinen Deut um Regeln Gesetze, oder gar Verbote.!"

Das farbenfrohe Eckhaus hatte den Eingang um die Ecke, in der sogenannten Fußgängerzone, die herunter durch das ganze Dorf führte und deren kerzengerader, abfallender Verlauf einen herrlichen Blick bis ins Tal bot. Die Haustür war einladend geöffnet und Valentin klopfte laut an die Scheiben und rief.: „hola que tal". Eine ruppige Stimme tönte zurück: „wer stört?"

„Na dachte, ich, das sind ja seltsame Freunde, die mein Valentin in diesem Dorf hat". Und als ich die Figur dann sah, die sich breitbeinig in ihrer Haustür aufbaute, wusste ich erst recht nicht, was ich davon halten sollte. Um das herauszufinden blieb mir kaum Zeit, denn mit einem Freudenschrei stürzte sich die bunte Person, die mit ihrer hellroten Stoppelfrisur so abenteuerlich aussah wie ihr Haus, auf meinen Liebsten und beschimpfte ihn gleichzeitig, weil ihr seine Ankunft entgangen war.

„Halt, wir sind ja soeben erst eingetroffen", versuchte dieser, sich ihrer gewaltsamen Umarmung zu entwinden. „Bevor wir unsere Einkäufe machen, wollte ich es ja auf keinen Fall versäumen, dir meine Freundin Lily vorzustellen. Lily mit einem L wohlbemerkt."

„Soso, Lily mit einem L", grollte diese und musterte mich argwöhnisch, „hast du es endlich geschafft, dir ein Mädel zu erobern, das dich aushält?" Ihr Checkup musste wohl passabel ausgefallen sein, denn nun nahm sie auch mich in einen eisernen Griff, der wohl eine Willkommensumarmung sein sollte.

„Komm nachher mal bei mir vorbei", lud Valentin das massive Wesen mit der röhrenden Stimme ein, „Toni, kommt auch auf einen Wein. Und zur Begrüßung mixe ich dir deinen Nato-Oliv."

„Klar doch, wenn du auch ein paar lohnende Fressalien da hast, werde ich euch nicht versäumen."

„Nato Oliv?" fragte ich Valentin, als wir uns losgeeist hatten und weitergingen, „was ist das denn?"

„So haben wir einen Drink genannt, den Herrmann bevorzugt. Seine undefinierbare Tarnfarbe sieht nach Militär aus und resultiert aus der Mischung von Baileys und Minzlikör. Sieht ekelhaft aus, schmeckt aber ehrlich gesagt, toll."

„Na, jedenfalls", konstatierte ich bei mir, „lerne ich hier Neues kennen und auch witzige und außergewöhnliche Menschen, so wird mein Urlaub sicher in vieler Hinsicht ein unerwartetes Abenteuer." Neugierig fragte ich Valentin noch ein wenig über Hermine aus, zum Beispiel wollte ich gerne wissen, wovon sie lebt. „Ja", lachte dieser lauthals, „das lässt sich so genau nicht sagen. Sie ist Künstlerin, zeichnet Cartoons, schreibt Märchen, bildhauert und hat wohl auch einige dubiose Geldquellen, die man besser nicht nachfragt."

„Und", fragte ich weiter, „erotisch ist sie wohl auch eher „am anderen Ufer" angesiedelt, oder?"

„Auch das kann man nicht eindeutig beantworten", entgegnete Valentin, „ich glaube, sie nimmt das nicht so genau, ob Männlein oder Weiblein."

Jetzt aber wollten wir uns erst einmal ins spanische Leben stürzen. Was wäre dafür besser geeignet, als ein Wochenmarkt.

So ein spanischer Markt ist in der Tat ein Einkaufsparadies. Wir ließen uns viel Zeit und wählten und kauften nach Herzenslust. Vollbeladen mit den köstlichsten spanischen Delikatessen freuten wir uns schon auf das Speisen und Schmausen daheim. Wir hatten uns vorgenommen, heute erst einmal unser Häuschen in Besitz nehmen und Dorfleben vor der eigenen Tür zu genießen, bevor wir in den nächsten Tagen dann damit beginnen wollten, die Insel zu erobern.

Auf dem Markt nahmen wir noch einen kleinen Imbiss, denn bis zum Abend war ja noch massig Zeit. Dazu lernte ich für den ersten Hunger gleich eines der einfachen, mallorquinischen Spezialitäten kennen: „Tortilla Española", das ist ein Kartoffel-Zwiebel-Ei-Omelett, das im Ofen gebacken wird und wirklich super schmeckt.

Auf dem Heimweg begegneten uns noch weitere Dorfbewohner, die

Valentin überschwänglich begrüßten und sich offensichtlich darüber freuten, dass er wieder mal hier war. Und man nahm auch mich freundlich zur Kenntnis. Obwohl ich kaum spanisch verstand, konnte ich dem Wortschwall doch entnehmen, dass wir mit Einladungen überhäuft wurden. So erreichten wir nach diversen 'Stop-and-Go´s' endlich wieder unsere schmale Behausung.

„Endlich daheim", seufzte Valentin „und erstmal bitte kein Besuch!"

Dafür stellten wir jetzt den Tisch mitsamt den Stühlen vor die Tür. Weitere drei Klappstühle, die innen, gleich neben der Eingangstür hingen, stellten wir dazu. Eine herausfahrbare Markise, über die Breite des Hauses, sorgte für Schatten und Valentin holte dicke Kissen aus der Küchenbank, die als praktische Aufbewahrungstruhe diente. Währenddessen verstaute ich mein Reisegepäck und machte mich frisch. Erfreut sichtete ich dann den romantischen Platz, den Valentin vor unserem Haus gezaubert hatte. Auf meine Frage, ob das denn erlaubt sei, dass man einfach so die Terrassen der Straße möblieren würde, erklärte mein Gastgeber mir, ich könnte mich später davon überzeugen, wie am Abend die Bewohner des Dorfes, nach der Hitze des Tages, vor ihren Häusern sitzen würden, das hätte hier Tradition.

„Nett", dachte ich, das ist eine freundliche Gepflogenheit, die dem Dorfleben sicherlich guttut. In Deutschland bedürfte es umständlicher Genehmigungen, wenn man vor seinem Haus einen geselligen Platz einrichten wollte. Und das wird dann wohl eher abgelehnt, als gestattet. Zumindest wären dafür dann saftige Gebühren fällig."

Mein Hausherr bot mir nun einen einfachen Liegestuhl an, der neben den Klappstühlen ebenfalls an der Wand gehangen hatte. Dankbar streckte ich mich darauf aus und ließ mich auch nicht von netten Anwohnern stören, die freundlich grüßend, unser Gässchen hoch gekraxelt kamen und an uns vorbei gingen um zu ihren Häusern zu gelangen, oder die eine größere Parallelstraße, den Berg höher, erreichen wollten.

Am Abend deckten wir draußen den Tisch, bewirteten Toni und Hermine und freuten uns bei einem herrlichen Rotwein über die Köstlichkeiten, die wir auftischen konnten und die wir alle mit großem Appetit durchprobierten. Als das Tageslicht uns langsam verließ, zündete Valentin romantische Teelichter in Tontöpfen an, die er auf dem Tisch und auf Mauervorsprüngen verteilte. Die Atmosphäre war so wunderschön, das Licht, die alten Mauern um uns und der Sternenhimmel über uns, dass mir der allerschönste Strandurlaub gar nicht mehr erstrebenswert schien. Unsere lustige Gesellschaft mochte sich zu später Stunde dann auch gar nicht trennen. Mich wunderte aber, dass sich kein Nachbar beschwerte und sich den Lärm verbat, den wir mit unserer guten Laune verbreiteten. Unsere Gäste machten sich nach unserer Bitte um Verständnis dann doch widerstrebend auf den Heimweg, damit wir den langen und anstrengenden Tag um Mitternacht dann endlich beschließen konnten.

Diese erste Nacht im Winzhaus werde ich nie vergessen. Ich fühlte mich ruhig und geborgen inmitten des schlafenden Dorfes. Zu meinem Erstaunen war das Dorf nachts ganz still, nur in der Ferne war manchmal ein gedämpftes Hundegebell zu vernehmen. Die Fenster waren weit geöffnet und die geschlossenen Persianas sorgten für die nötige Dunkelheit. Valentin hatte alle Fenstersimse mit Teebaumöl beträufelt, weil er meinte, dass Mücken diesen Duft gar nicht mögen würden. So schlummerten wir tatsächlich unbehelligt bis in den hellen Morgen. Ich wachte recht früh auf, als das Morgenlicht durch die Lamellen der Fensterläden schimmerte. Fasziniert lauschte ich dem Krähen von Hähnen, das mich wohl geweckt hatte. In dieses Krähen fielen immer mehr Hähne ein, sodass man das Gefühl hatte, dass im ganzen Ort sich diese Stimmen der Natur zu einem großen Konzert zusammenfanden. Ich war von den unterschiedlichen Tonlagen dieses Jubelgesanges so bezaubert, dass ich einfach nicht widerstehen konnte, Valentin zu wecken, der tief und fest neben mir schlummerte. Noch schlaftrunken griff er nach mir und wollte mich an seine Seite ziehen, um mich noch ein wenig zu Morpheus Armen zu überreden. Ich aber küsste ihn ganz wach und bat ihn, den lockenden Stimmen der Hähne zuzuhören. „Ach ja, sagte er lachend, der berühmte Chor der Hähne, das ist ein Phä- nomen, das man hier jeden Morgen genießen kann. Ein Hahn fängt damit an und aus allen Himmelsrichtungen erklingen die Antworten. Das ist schon ein tolles Erlebnis. Leider geben viele Dorfbewohner ihre Hühnerzuchten auf, sodass wir dieses wunderschöne Erleben wohl für unsere Kinder nicht aufheben können."

„Huch", dachte ich, „Valentin und Kinder? Sollten da Überlegungen eine Rolle spielen, die dezent darauf hindeuteten? Na immerhin, das Thema scheint für ihn nicht absurd zu sein."

„Wollen wir auf der Plaza frühstücken? Danach würde ich dir gerne einen der schönsten Häfen der Insel vorstellen. Pack bitte auch Badesachen ein, damit ich dir in deinem Urlaub auch ein wenig mehr Meer bieten kann."

Erwartungsfroh sprangen wir beide gemeinsam in die Wanne und stritten uns lachend um den etwas spärlichen Duschstrahl, von dem Valentin meinte, dass dieser auf die Wasser-knappheit der Insel zurückzuführen sei. Shorts, Sandaletten und ein schlichtes T-Shirt reichten uns als Tagesgarderobe. Die obligatorischen Basttaschen dienten nun für Badezeug und was man sonst so den Tag über braucht und schon holperten wir mit dem Motorroller die Stufen herunter.

Ich setzte mich, auf der geraden Straße angekommen, auf den Sozius, nachdem ich brav den Helm aufgesetzt hatte, den Valentin mir reichte und ab ging es hin zur Mitte des Dorfes."

„Er hat also öfter Beifahrerinnen, dachte ich, wozu braucht er sonst diesen zweiten Helm?" Gleich schalt ich mich kleinlich, engstirnig und eifersüchtig, „glaubte ich denn, Valentins Leben habe erst angefangen, seitdem er mich kannte? Und was sollte es bringen, wenn ich damit begänne, unser beider Vergangenheiten akribisch aufzudröseln?"

Unten im Dorf setzten wir uns auf die schöne große Plaza, die von riesigen Palmen umstanden ist und rundum verschiedene kleine Cafes und Restaurants dazu verlocken, sich ein schönes Frühstücksplätzchen auszusuchen. Staunend nahm ich zur Kenntnis, dass jedes Cafe´ Stühle und Tische zwar auch direkt vor seiner Tür zu stehen hat, jedes der umliegenden Cafés verfügt jedoch ebenfalls über ein Gros seiner Sitzplätze auf der Plazamitte, für die praktisch über die Straße serviert wird. Die Mitte des Platzes wird erstaunlicherweise von einer Straße umrundet, auf der ein reger Autoverkehr herrscht. Valentin parkte unser schlichtes Gefährt in einer Seitenstraße und besorgte gleich ein kleines Frühstück mit Café con Leche, das er selbst über die Straße trug.

Die vielen Begrüßungen und „Hola`s", die mein Liebster über sich ergehen lassen musste, zeigten mir, dass er hier nicht als Fremder gesehen, sondern als selbstverständlich dazugehörig betrachtet wurde. „Er ist hier daheim", dachte ich mit leicht eifersüchtigen Regungen.

Zum Frühstück kaufte Valentin uns das deutschsprachige Mallorca-Magazin, das auch ich neugierig durchblätterte, um nachzulesen, wie es den Deutschen auf der Insel so ergeht, wie sie leben, was sie kaufen und welche Immobilienangebote sie interessieren könnten. Es tat gut, so ganz ohne Zeitdruck einfach vor sich hinzutrödeln. Als uns dann danach war, schwangen wir uns vergnügt auf unseren Motorroller und legten die fünf Kilometer bis zu dem berühmtesten Hafen der Insel zurück. Dort durchwanderten wir den schönen Ort, warfen dabei interessierte Blicke in exklusiv dekorierte Schaufenster und setzten uns schlussendlich auf eine Kaimauer, um den einlaufenden Fischerbooten zuzusehen. Diese wurden gleich von den Restaurantchefs des Ortes umschwärmt, die sich die fangfrische Ausbeute der Fischer sicherten.

Valentin fragte mich, ob ich Lust hätte, mal mit den Fischern auf ihren Booten zum Fischfang hinauszufahren. Dafür müssten wir allerdings in aller Herrgottsfrühe, weit vor Tagesbeginn aufstehen. Er wüsste, dass die Fischer ganz gerne Gäste mitnähmen, um sich damit ein Zubrot zu verdienen, denn der Fischfang sei längst nicht mehr so profitabel, wie es für eine sorglose Existenz nötig wäre. Begeistert stimmte ich zu. Mein Liebster vereinbarte sogleich mit einem der urig aussehenden Fischer eine solche Mitfahrt für einen der nächsten Tage. Auch dieser Vormittag mit den Fischern auf dem Meer war dann einfach herrlich, abenteuerlich und urig gewesen.

Zunächst aber wollten wir an einen nahegelegenen Strand fahren. Dieser war tatsächlich auch nur wenige Kilometer entfernt und ganz offensichtlich ein touristisches Ausflugsziel. An diesem wunderschönen Strand mietete Valentin uns einen der schilfgedeckten Sonnenschirme mit zwei gepolsterten Liegen darunter. „Genieße das, meinte Valentin lächelnd, ich weiß, dass du dich nach Urlaub am Meer gesehnt hast. Meer wirst du sicherlich in diesen Tagen noch öfter erleben, aber selten nur in solcher touristischen Art, wie ich ihn dir heute anbiete. Ich will dir mein Mallorca nämlich von der ursprünglichen Seite zeigen. Ich bin sicher, dass du dich in die Insel verlieben wirst."

Und genau so kam es. Ich nahm ehrlichen Herzens alles zurück, was ich bislang über diese, der Deutschen liebste Insel, gedacht hatte. Zugegeben, einen Ballermann-Ausflug gab es auf unserer Reiseroute nicht, dafür aber erlebte ich an der Seite meines Reiseführers ein Mallorca der allerfeinsten, der liebenswürdigsten und abenteuerlichsten Art. Ich lernte dabei verträumte Buchten, schroffe Felsenwände, Olivenhaine, Mandelbäume, Orangengärten und immer wieder andere, wilde Vegetationen kennen. Wir unternahmen Ausflüge zu zauberhaften kleinen Häfen, zu den Salzfeldern und in kleine Orte, in denen Tongeschirr hergestellt und mit alten Motiven bemalt wird.

Ganz und gar hingerissen war ich von den winzigen Dörfern, zu denen nur schmale Serpentinen führten, die unser lieber Roller aber klaglos erklomm. Wir besuchten dort ursprüngliche Restaurants in denen es köstliche, landestypische Gerichte gab und wir von den selbst gekelterten Weinen leider nur dezent kosten konnten, um die Heimfahrt auf den gefährlich engen Straßen unbeschadet zu überstehen.

So verging ein Tag ereignisreicher und schöner als der andere. Mein kluger Valentin sorgte auch dafür, dass meine Sehnsucht nach Meer nicht zu kurz kam. So besuchten wir im Osten der Insel einen Strand, an dem die schneeweißen Dünen und das türkisblaue Meer den Eindruck erweckten, als gehörten sie in eine ganz andere Landschaft. Aber auch stille Buchten, mit steinigen Stränden, die von keinem Menschen besucht waren, gehörten zu unserem Erlebnisprogramm. Auch das war also Mallorca, wie ich hochbeglückt erfahren durfte. Ich fühlte mich reich beschenkt.

Unvergessen war mir auch ein Nachmittag, den wir bei Lina, einer Seifensiederin verbrachten. Sie ist mit einem Australier verheiratet und bewohnt mit ihrer Familie eine wunderschöne alte Finca in den Bergen, nahe unserem Dorfe. Der Weg dorthin war schon ein einziges Abenteuer. Noch nie hatte ich eine Straße erlebt, die so voller tiefer Schlaglöcher war, und so unwegsam, wie diese angebliche Straße, die mitten durch einen dichten Wald immer nur weiter nach oben führt. Wir schoben unseren Roller dabei öfter, als dass wir uns von ihm tragen lassen konnten.

Aber das Ziel war alle Strapazen wert. Vor uns öffnete sich eine große Lichtung, von der aus man über das ganze Tal, über das weit unter uns liegende Dorf, bis weit hin zum Meer schauen konnte. Die große alte Finca wurde von Lina, ihrem Mann und ihren vier, schon fast erwachsenen Kindern bewohnt. Für uns war schon der Kaffeetisch unter der schattigen Pergola des Hauses gedeckt und Lina erzählte mir, wie sie es geschafft hatte, eine exklusive Seifenmanufaktur aufzubauen. Valentin, der dem Vernehmen nach Lina und ihre Geschichte schon einige Jahre kannte, begleitete derweil Ricky, ihren Ehemann, einen Bauunternehmer, dessen Passion es war, auf der Insel alte Fincás und Herrenhäuser authentisch zu restaurieren, in den weitläufigen, dschungelartigen Garten. Die beiden Mallorca-Fans nutzten die Zeit, um sich über alte Gebäude und ihre Erhaltung auszutauschen.

Lina zeigte mir indessen ihre riesengroße original mallorquine Küche, die von ihr auch als Seifensiederei zweckentfremdet wurde. Sie meinte, es wäre an sich nicht schwer, eine gute Seife herzustellen, sie sei dazu als Quereinsteigerin durch puren Zufall gekommen. Sie und ihr Mann würden ihre 4 Kinder selbst unterrichten, sie also nicht in eine öffentliche Schule schicken. Lina, die Geschichte studiert hatte, hat sich dafür das nötige Schulwissen für diverse Fächer selbst erarbeitet, damit die Kinder dann in der Lage sein würden, eine Abiturprüfung zu absolvieren, um studieren zu kön- nen, wenn sie das wollten. Ricky hat sich für den Home-Unterrichtin Sprachen profiliert und auch den Mathematik- und Physikunterricht übernommen.

In Chemie hingegen hat wieder Lina unterrichtet und ihn durch alle möglichen Experimente so abwechslungsreich gestaltet, dass er für die Kinder ein einziges spannendes Abenteuer war. So kam man auch zu dem Experiment der Seifenherstellung.

Gerade auch auf Mallorca hat ja die Herstellung von Seife eine lange Tradition. Die alten Bauernfamilien verwendeten dafür Asche und Reste von Schlachtfetten für einfache Seifen, oder Olivenöl für die pflegenden Varianten.

Lina erzählte, wie spannend es für sie und die Kinder war, dass es ihnen tatsächlich fast auf Anhieb gelang, Seife nach alten Rezepten herzustellen.

„Ja und damit fing alles an", führte Lina weiter aus, „ich begann, mich brennend für dieses schöne Thema zu interessieren und sorge heute dafür, dass die alten Seifentraditionen nicht in Vergessenheit geraten."

Als sie mich in ihr Seifenlager führtc, konnte ich mich nicht sattsehen an den hohen Holzregalen, in denen die allerschönsten Seifen, unverpackt aber auch in wunderschöne kleine Kartons verpackt, darauf warteten, auf die Reise geschickt zu werden. Und es duftete so herrlich nach Orangenblüten und Lavendel, aber auch nach Rosmarin und Minze und allen möglichen feinen Gewürzen.

„Jetzt sind wir eine anerkannte Manufaktur", lächelte Lina, „aber das hat eine schöne Weile gedauert. Zunächst pilgerte ich mit zwei Sorten meiner Seifen von Laden zu Laden, von Hotel zu Hotel und erntete anfänglich überall ein eher mildfreundliches Lächeln. Die Auftragslage war erstmal enttäuschend spärlich. Ich aber war von meiner Mission erfüllt und ließ nicht nach in meinen Bemühungen. Langsam sprach sich dann mein engagiertes Angebot herum, das ja nicht nur exklusiver Pflege dient, sondern etwas Besonderes darstellt, das allen den Boutiquen und Hotels eine speziell mallorquinische Note verleiht und sich wunderbar auch als Mitbringsel eignet."

„Werden diese schönen Seifen denn nur auf Mallorca verkauft"? fragte ich tief beeindruckt von der Schaffenskraft und der ansteckenden Fröhlichkeit dieser kleinen, zierlichen Frau.

„Seitdem wir auf den einschlägigen Messen vertreten sind, können wir uns vor Aufträgen kaum retten. Jetzt verkaufen wir überall auf den Balearen und haben auch schon begonnen, das spanische Festland zu erobern."

Lina erzählte mir auch, dass sie regelmäßig Seifenseminare in großen Hotels anbieten würde und dass nach ihren Rezepten inzwischen viele Seifensieder verfuhren und dass sie Pate gestanden hätte bei mehreren Startups in Sachen Seifen und Körperpflege. Sie hat ihr Sortiment nämlich auf spezielle Zutaten und besonders schöne Verpackungen erweitert.

Ich war voll von bewunderndem Staunen für den Mut und die unternehmerischen Ideen meiner Gastgeberin. Noch heute denke ich manchmal an sie, wenn ich selbst einen Motivationsschub brauche und meine Tatkraft gelegentlich mal zu wünschen übriglässt.

Im Laufe des Nachmittags trudelten dann auch noch die Kinder dieses interessanten Paares ein und begeisterten Valentin und mich mit ihrer Lebhaftigkeit, ihrer Selbstsicherheit und ihrem Charme. Wir waren uns darin einig, dass die freie Erziehung, die Naturverbundenheit in der diese Jugendlichen sich entwickeln durften, solche stolzen Menschen hervorbrachten, die nicht von ewigen Zweifeln geplagt sind und sich nicht beirren lassen auf ihrem Weg in ein spannendes, erfolgreiches und interessantes Leben.

Wir wären am liebsten noch bis in den Abend geblieben, aber der Respekt vor der unwegsamen Heimwegstraße ließ uns vernünftigerweise aufbrechen bevor wir im Dunkeln nach Hause stolpern oder uns durch die tiefen Fahrtrinnen und Schlaglöcher hätten tasten müssen.

Lina hatte uns schon ein Päckchen mit schönen Seifen und auch einigen Cremes, die ebenfalls seit einiger Zeit von ihr hergestellt werden, zum Mitnehmen bereitgestellt. Wir verabschiedeten uns von Menschen, die an nur einem einzigen Nachmittag einen Platz in meinem Herzen reserviert hatten und an die ich noch heute mit Wärme denke.

Wieder angelangt in unserem Dorf, wollten wir noch eine kurze Rast auf der Plaza einlegen und einen Hierbas zu trinken. Das ist ein mallorquinischer Kräuterlikör und schmeckt toll, auch auf Eis, wie wir es besonders gerne mochten. Wir hatten das Bedürfnis, den Besuch bei Lina und ihrer Familie noch ein wenig nachklingen zu lassen, bevor wir uns daheim ein kleines Abendessen zusammenstellen würden.

In Ruhe den Abend auf der Plaza genießen? Da hatten wir nicht mit Freundin Hermine gerechnet. Kaum hatten wir uns gesetzt, röhrte ihr unverkennbares Organ schon über den Platz und überschüttete uns lauthals mit Vorwürfen. Sie hätte schon nach uns gesucht, aber wir müssten ja in der Welt herumgondeln, statt sich um die Freunde zu kümmern. Erschrocken schaute ich Valentin an, doch der lachte nur und kommentierte: „So ist sie halt. Es interessiert sie nicht, ob der ganze Platz oder der Rest der Welt ihr zuhört und was die Leute von ihr denken. Wo sie ist, da spielt nach ihrer Auffassung die Musik – und nur dort!"

Und schon wälzte die bunte Person, gefolgt von ihrem Raton sich an unseren Tisch und bestellte sich lauttönend ebenfalls einen Hierbas. Aber doppelt müsse er schon ausfallen, machte sie gleich klar.

„Hallo Herrmann, schön Dich zu sehen, weshalb machst du denn solchen Wind? Hattest du solche Sehnsucht nach uns, oder was ist dein Anliegen?" fragte Valentin das deutsch-mallorquinische Unikum belustigt.

„Ich wollte euch zur Kaki-Jagd einladen. Hast du denn vergessen, dass wir Kaki-Erntezeit haben? Oder willst du deiner kleinen Freundin diesen Spaß vorenthalten?"

„Also, ob meine Lily das so lustig findet, ist noch fraglich", konterte Valentin, „schließlich ist unsere ganz persönlich kleine Tradition nicht so ganz legal, nicht wahr?"

„Ach Quatsch", wischte Hermine seinen Einwand, unterstrichen von einer ausholenden Handbewegung, zur Seite, „sie wird doch keine Spielverderberin sein. Und wir nehmen doch niemandem etwas weg. Also ....?"

Fragend schaute ich die beiden Verschwörer an. Valentin aber hüllte sich lachend in geheimnisvolles Schweigen und sagte Hermine zu, dass wir uns an einem der nächsten Tage treffen würden, um diese geheime „Kaki-Fete" zu begehen, wie sie die geplante Aktion nann-

125

ten. Diese Pirsch, zu der wir uns dann an einem herrlichen Sonnen-Nachmittag trafen, wird mir für immer im Gedächtnis bleiben und lässt mein Herz, noch in der Erinnerung daran, fröhlich hüpfen. Bewaffnet mit Einkaufskörben, die wir mit Plastiktüten ausgeschlagen hatten, machten wir uns auf unserem Roller, gefolgt von Hermine auf ihrer bunten Vespa, auf dessen Gepäckträger ihr Hund thronte, auf den Weg. Hermine hatte ihrem Raton zur Freude der Passanten, an denen wir vorbeifuhren, eine Sonnenbrille aufgesetzt, die dieser so selbstverständlich trug, als wäre sie seine Trophäe. Fürwahr, Herrmann und ihr Hund waren schon originelle Zeitgenossen, und in der Tat Kult für ihren Wohnort, konstatierte ich vergnügt. Valentin hatte mir auch erzählt, dass Hermine in der Vergangenheit immer Hunde der gleichen Rasse hatte, wie ihr gegenwärtiger Raton. Und sie hießen alle der Einfachheitshalber *Raton*. Das heißt Ratte. Diese Rasse nämlich waren der Tradition nach Ratoneros, also Rattenfänger. Es war unbestreitbar so, dass alles, was mit Hermine zusammenhing, irgendwie kurios war, unbestritten komisch.

Wir fuhren nun im Konvoi hoch in die Berge, wo neben den terrassenartig angelegten Feldern, die von Natursteinmauern gestützt sind, auch verwilderte Gärten mit Obstbäumen zu finden sind. „Hier kann man zentnerweise Feigen ernten, die sonst auf den Boden fallen und vergammeln. „Und genau das tun wir auch gelegentlich", erzählten mir meine beiden Begleiter freudestrahlend. Wir schoben unsere Fahrzeuge auf einen schmalen Feldweg und gingen zu Fuß weiter.

„Wollen wir jetzt Feigen pflücken", fragte ich.

Valentin und Hermine sahen sich an und lachten lauthals. „Na klar, auch Feigen. Und du bleibst hier stehen und stehst Schmiere. Wir klettern derweil über den Zaun auf das Grundstück hier vor uns," bekam ich zur Antwort.

„Ja, ist denn das erlaubt?" fragte ich ängstlich? „Na ja, grinste Hermine, „eigentlich nicht wirklich, aber niemand interessiert sich für die reifen Früchte an den Bäumen. Wir tun also ein gutes Werk, wenn wir dafür sorgen, dass ihre guten Vitamine nicht verkommen, nicht wahr?"

Meine beiden Abenteurer stiegen nun über den wackeligen, morschen Holzzaun, der von genauso marodem Drahtgitter zusammengehalten wurde und begannen mit der Ernte. Allerdings waren die blauen und grünen Feigen, die sie mir über den Zaun reichten, nur

Nebenprodukte ihrer Begehrlichkeit. Nachdem wir nämlich eine der Taschen randvoll mit diesen süßen Früchten gefüllt hatten, ginges an die Ernte von reifen Kakis, von denen die Bäume nur so strotzten. Die beiden unverfrorenen Obstdiebe pflückten reichlich von den reifen Früchten, reichten sie mir vorsichtig einzeln über den Zaun und wiesen mich an, sie ganz sachte nebeneinander in die mitgebrachten Körbe zu legen. Ich hatte den Eindruck, dass diese weichen Kakis überreif waren, denn sie waren ganz weich und ich hatte Mühe, sie unbeschädigt zu platzieren. Freilich, mir waren Kakifrüchte nicht unbekannt, ich hatte mir in Deutschland auch gelegentlich welche gekauft. Die waren fest, beinahe wie Äpfel und mussten geschält werden. Diese hier aber waren von ganz anderer Konsistenz. Auf meine Frage, ob die jetzt geernteten Früchte nicht längst überreif wären, erklärte mir Valentin, dass sie vielmehr genauden richtigen Reifegrad hätten, diese Sorte wäre so weich und sei zuckersüß, die müssten mit dem Löffel aus ihrer dünnen Schale gegessen werden. Ich würde schon sehen, wie köstlich sie mundeten.Unter Lachen und Lästern beendeten wir den Klau-Ausflug und steuerten sogleich unser Häuschen an, wo wir rasch wieder die Straßenterrasse möblierten und uns unter der Sonnenmarkise zu einem Kakigelage niederließen. Auch Toni kam in Begleitung von Linda angehumpelt, die sich im wahrsten Sinn des Wortes „tie- risch" über den Besuch von ihrem Hundefreund Raton freute.

Wir genossen unsere Früchte-Schwelgerei sehr und ich erlebte und schmeckte, dass diese Mallorca-Kakisorte wirklich ein absolut himmlischer Genuss waren: süß und weich und sommersonnig.

In Deutschland habe ich später öfter mal Ausschau nach dieser besonderen Sorte gehalten, aber immer nur die feste Variante ange-troffen, die mit meiner Kaki-Mallorca-Erfahrung nichts, aber rein gar nichts gemein hatte. Allerdings war mir klar, dass diese weich-zarten Spanienfrüchte für einen längeren Transport wohl kaum ge-eignet sind.

Die Beutefeigen und Kakifrüchte sind dann aufgeteilt worden zwischen, Toni, Hermine und uns, damit wir alle uns noch einige Tage an diesen exotischen Köstlichkeiten erfreuen konnten.

Zu meinen eindrücklichsten Erlebnissen gehörte auch ein Ausflugs-tag nach Palma, den Valentin uns verschrieb. Eigentlich hatte ich keine große Lust auf einen Stadtbummel, nachdem mir das ländliche Mallorca seine vielseitigen und romantischen Gesichter gezeigt hatte. Aber Valentin bezeichnete Palma de Mallorca als Pflichtprogramm und garantierte mir, dass ich hin und weg sein werde, von dieser Stadt, durch die wir bislang immer nur auf unserem Rollerchen gebrettert waren, wenn wir andere Regionen der Insel erkunden wollten.

Auf diesen Wegen hatte ich sehr wohl die mächtige und prächtige Kathedrale inmitten der Stadt zur Kenntnis genommen und stolze Reste der alten Stadtmauer bewundert. Ich dachte dann bei mir, dass es irgendwann sicherlich zu einem Kulturtrip durch diese Hauptstadt der Insel kommen müsste. Aber vielleicht in einem späteren Urlaub mal. Aber Valentin hatte andere Pläne. Nun sollte ich also auf Besichtigungstour gehen und etwas Inselgeschichte schnuppern. Ziemlich lustlos folgte ich meinem engagierten Fremdenführer und erlebte, wider sämtlicher Erwartungen, einen der schönsten Tage meines Lebens.

Wir hatten uns entschieden, mit dem Bus in die Stadt zu fahren, um mit unserem Roller nicht auf nervige Parkplatzsuche gehen zu müssen.

Angekommen an der Plaza de España inmitten der quirligen Stadt, wanderten wir zu dem berühmten Café Bar Bosch, um dort inmitten einer Vielzahl von Tischchen und Sonnenschirmen unsere Ensaimada mit Cafe con Leche zu genießen. Danach spazierten wir durch das wunderschöne Palma. Valentin hatte Recht, jede Straße, jedes alte Gebäude, die romantischen Innenhöfe, Cafés und die unzähligen kleinen Geschäfte waren ein Defilee durch elektrisierende Eindrücke und lösten regelrechte Glücksempfindungen aus. Was gab es aber auch alles zu sehen. Die antiken Straßen führten bergauf und bergab. Überall begegneten wir Sehenswertem, lockten Ausstellungen und wir trafen auf Lädchen, in denen Landestypisches verkauft wurde.

Unser Mittagessen nahmen wir in dem riesigen „Mercat de l´Olivar" ein, dem Markt, der mit seinen antiken Hallen das Herz Palmas darstellt. Hier werden Obst, Gemüse, aber auch Fisch, Fleisch, Schinken und andere Delikatessen in ausladenden malerischen Arrangements dargeboten. Und jede Abteilung für sich bietet auch dem Gourmet köstliche Ziele.

An einem der Stände machten wir Station und aßen eine absolut sensationelle Fischsuppe. Am Nachmittag fuhren wir mit dem antiken Bummelzug hoch in die Berge nach Soller. Das war ebenfalls ein beeindruckendes Erlebnis. Die offenen Wagons fahren mitten durch Orangen- und Olivenhaine. Wenn man die Hände ausstreckt, kann man die Zweige der Bäume berühren und sogar Orangen pflücken. Valentin erklärte mir, dass es im Frühling, zur Zeit der Mandelblüte geradezu märchenhaft sei, direkt durch die weiße und rosa Blütenpracht zu gondeln.

Nach unserer Rückfahrt statteten wir dem schönsten Café der Stadt einen Besuch ab. In einem alten Stadtpalast befindet sich das wunderschöne Stadtcafé „Cappuccino". Dafür ist der original gepflasterte Innenhof eines antiken und besonders geschichtsträchtigen Palais ausgebaut und hoch oben mit vielfarbigem Ornamentglas überdacht worden. Eine steinerne Freitreppe führt in die erste Etage, auf eine Galerie, in der jeweils weltberühmte Gemälde oder Kunstgegenstände ausgestellt werden. Die prachtvollen Säle dort, mit Stuck und Schnitzereien, vermitteln den Eindruck von unfassbarem Luxus und ehemaligem Reichtum der mallorquinischen Vorfahren. Es versteht sich, dass auch wir einen Rundgang durch die Herrlichkeiten vergangener Jahrhunderte absolvierten.

Nach diesem wunderschönen Tag erklärte ich Palma zu meiner absoluten Lieblingsstadt. Ich war nicht nur fasziniert von all den Sehenswürdigkeiten, sondern auch erfüllt von diesem seltsamen Glücksgefühl, das diese schöne Stadt wohl nicht nur in mir auslöst. „Einen weiteren Palma-Tag müssen wir noch einlegen, solange wir hier sind, ich möchte dir die Kathedrale von innen zeigen und ein schönes Nachtlokal, das 'Abaco' heißt, in dem zur Dekoration Berge von Orangen und riesige Blumengebinde auf dem Tresen und den Tischen gehören. Außerdem will ich mit dir in eine Diskothek zum Tanzen gehen, die direkt am „Paseo Maritimo", der Straße, die am Meer entlangführt, liegt. Dort kann man, wenn man zu den Nachtschwärmern gehört, an riesigen Fenstern den einzigartigen Sonnenaufgang über dem Meer bewundern. Und das, so erklärte mir Valentin, dürften wir auf keinen Fall versäumen.

Jeder Tag in diesem Urlaub war absolut einzigartig. Ich konnte mir gar nicht mehr vorstellen, dass ich es vorgezogen hätte, in einem Luxushotel mit Touristenstrand und Bar einen dümmliches Pauschalurlaub mit organisierten Ausflügen zu verbringen. Ich leistete innerlich Abbitte und sagte meinem Liebsten, dass ich ihm unendlich dankbar wäre für diesen ereignisreichen Urlaub, der mich in jeder Hinsicht so sehr bereichern würde. Der lächelte nur sein unnachahmliches Lächeln, das mich immer wieder entzückt und das diese hinreißenden Lachfältchen von seinen Augenwinkeln die Wange herunter, transportiert.

Bis auf wenige Telefongespräche, die Valentin zu führen hatte, und die er als unentrinnbar beruflich bezeichnete, hatten wir tatsächlich ungestörten Urlaub. Wir verbrachten hier praktisch eine Auszeit von allen Verpflichtungen, die ein Alltag für uns beide sonst mit sich bringt. Valentin hatte mich in Deutschland nicht wirklich informiert über seine Beruflichkeit und auch hier in unserem Urlaubsparadies schien er darauf bedacht zu sein, mich nicht einzubeziehen in eine Arbeitswelt die mir fremd geblieben war, von der er eigentlich nie berichtete, obwohl ich mir das so sehr gewünscht hätte.

Als sich unsere Urlaubzeit ihrem Ende näherte, erklärte mir Valentin überraschend, dass der Verleger Lamprecht, eingeladen hätte zu einem Empfang, bei dem auch wichtige Autoren und Geschäftsfreunde zugegen wären. Er, Valentin müsste dabei sein und er würde sich freuen, wenn ich ihn dazu begleiten würde.

Jetzt erst erzählte mir mein Geheimniskrämer, dass dieser, sein Mentor, mit seiner Familie hier auf der Insel, ganz in der Nähe unseres Hafens, ein Anwesen hätte, in dem er, Valentin in früheren Jahren selbst oft zu Gast gewesen wäre. Durch Lamprecht erst hätte er sein Häuselchen erwerben können, das einst nur ein Stall gewesen war und einem Bauern gehört hatte, den Lamprecht gut kannte. Und durch seine diversen Behördenbeziehungen hätte dieser auch dafür gesorgt, dass für den Ausbau dieses Stallgemäuers die nötigen Genehmigungen erteilt wurden.

Ich versuchte, mir meine Enttäuschung darüber nicht anmerken zu lassen, dass mich Valentin freiwillig niemals einweihte in Zusammenhänge, die einen tieferen Einblick in sein Leben gegeben hätten. Wieder einmal wurde mir schmerzlich bewusst, dass mein Liebster dieses Nebenleben führte, aus dem ich quasi ausgeschlossen war.

Ich wollte ärgerliche Gedanken jedoch nicht aufkommen lassen, wollte mich vielmehr darüber freuen, dass ich Menschen kennenlernen würde, mit denen Valentin zu tun hatte.

So besprachen wir unsere Garderobenauswahl. Schließlich gab es in unserem Minigepäck nicht allzu viele Möglichkeiten. So entschlossen wir uns zu meiner großen Freude zu einer Art von Partnerlook. „Es macht mich glücklich, dass er sich damit ganz offiziell zu mir bekennt", dachte ich.

Wir waren, das nahm ich erfreut zur Kenntnis, durchaus ein schönes

Paar. Beide sonnengebräunt, bot unsere weiße Kleidung den Rahmen für einen festlichen Auftritt. Ich hatte einen weißen Wickelrock mit weißer Baumwollstickerei gewählt, den ich genauso, wie die Sandaletten, die mit bunten Perlen besetzt waren, auf einem der Bauernmärkte hier erworben hatte. Dazu passte einbeiges Seidentop. Eine üppige Kette aus der Modeschmuck- kollektion meiner Firma und ein geflochtener Bindegürtel, dermeine schmale Taille betonte, vermittelten den exklusiven Touch für einen festlichen Sommernachmittag am Meer. Meine frisch gewaschenen dunklen Locken fielen offen über die Schultern bis zur Mitte meines Rückens. Ich wusste, dass Valentin es besonders liebte, wenn ich meine Haare offen trug, und heute wollte ich ihm besonders gut gefallen. Sein bewundernder Blick spiegelte meine eitle Absicht, ihn zu beeindrucken.

Ja und mein Valentin war sowieso ein bemerkenswert attraktiver Mann, das musste ich immer wieder feststellen. Seine weißen Jeans und sein gut sitzendes weißes Hemd, mit bis über die Ellenbogen aufgekrempelten Ärmeln standen ihm ausnehmend gut. Dazu trug er beige Segeltuchschuhe und einen passenden Gürtel. Und ich liebte es auch, wenn seine hellbraunen, für einen Mann ungewöhnlich langen Haare, ihm immer wieder als Welle in sein Gesicht fielen und sich nicht bändigen lassen wollten und ihm ein etwas feminines Aussehen verlieh.

Also – wir waren landfein und hielten sicherlich auch den kritischsten Blicken stand. Ich war gespannt, auch ein wenig ängstlich, denn erstmals war ich Gast in Valentins beruflichem Wirkungskreis und hoffte, dort eine gute Figur zu machen.

Als wir mit unserem Rollerchen an Lamprechts prunkvollem Anwesen am Hafen eintrafen, hatten wir Mühe, unser blechernes Gefährt in der Nähe des Eingangs parken zu können. Die ganze Zufahrtsstraße war mit auffälligen Luxusschlitten zugepflastert, deren Marken ich teilweise nur aus Hochglanzmagazinen kannte, dabei hatte ich in München bereits allerhand Autopracht zu sehen bekommen.

„Lass Dich nicht von Protz und bekannten Namen beeindrucken", warnte mich Valentin, „Maximilian versammelt gerne Prominenz aus Kunst, Kultur, Politik, aber besonders auch namhafte Wirtschaftshäuptlinge um sich. Das alles ist überwiegend Show und dient ausschließlich dem Geschäft."

Auf unserem Weg durch ein riesiges schmiedeeisernes Tor wurden wir, wie auch andere eintreffende Gäste, von Sicherheitsleuten in Empfang genommen. Valentin winkte man einfach nur durch, er war hier offensichtlich bekannt.

Hand in Hand spazierten wir über einen großen, mit Natursteinen kunstvoll gepflasterten Hof und gingen durch einen riesigen, mit Bougainville bewachsenen Torbogen in dem terrassenförmig angelegten Garten, auf dem wir bereits viele Besucher in beeindruckend kostspieliger Kleidung ausmachen konnten. Mein Liebster und ich gehörten diesbezüglich sicherlich zu der eher schlichteren Modefraktion. „Was ein Glück dass es sommerliches Wetter ist, dachte ich und unser weißer Leinendress nicht abstinkt gegen das Gewoge von Chiffon und fließender Seide, mit dem dieses Aufgebot an Schönheit und Luxus ihr kostbares Image präsentiert". Mein geschultes Auge hatte natürlich auch die Tonnen von zumeist echtem und sehr kostbarem Schmuck erspäht, der hier lässig zur Schau getragen wurde.

Am Fuße der weitläufigen Gartenanlage befand sich ein kleiner Strand. „Welch ein Luxus", rief ich aus, ein eigener Zugang zum Meer!"

Vor uns weitete sich das Meer bis weithin zum Horizont, wo nicht zu erkennen war, wo das Wasser endete und der Himmel begann.

Valentin lächelte: „wie schön, dass du von Luxus noch so zu beeindrucken bist, ich hoffe nur, dass unser kleines Dorfhaus dir nach so viel üppiger Weite nicht allzu gering erscheint".

„Nie!" erwiderte ich vehement, „dein kleines Haus ist für mich der allerschönste Platz auf der Welt!" Und genauso meinte ich das auch. Ich konnte mir derzeit kaum vorstellen, dass ich mich woanders hinwünschte, als in das extrem schlanke Dorfrefugium meines Liebsten.

Aneinandergelehnt standen wir eine ganze Weile schweigend und genossen das Meeresrauschen, den einstimmig wirkenden Chor der lachenden und schwatzenden Menschen hinter uns, das Klirren der Eiswürfel in den Gläsern mit den leuchtenden Drinks und das beeindruckende Ambiente um uns herum.

„Schön ist es hier, in der Tat, ja der Lamprecht weiß schon zu leben. Komm, ich stelle dich ihm und seiner Frau vor."

Valentin nahm mich bei der Hand und zog mich zu einer riesigen überdachten Terrasse, auf der kleine Grüppchen schöner Menschen bei gut gelaunter Konversation beieinander standen.

An der gläsernen Bar machte ich schon von Weitem Maximilian

Lamprecht aus, dessen Aussehen ich noch von der ersten Begegnung an Sylvios Bar im Gedächtnis hatte. „Ein Patron" dachte ich, „unverkennbar ist er ein Leitwolf und auch in einer Menschenmenge nicht zu übersehen".

Mit weit geöffneten Armen kam er auf Valentin zu und drückte ihn demonstrativ an seine Brust. "Es wird Zeit mein Freund, dass du dich in meiner Hütte sehen lässt," lachte er. Dann wandte er sich mir zu und musterte mich freundlich mit seinen eisblauen, durchdringenden Augen: „Sie also sind der Grund dafür, dass Valentin sich in den letzten Monaten so rar-gemacht hat. Aber wir freuen uns, dass er glücklich ist. Und wenn man sie so sieht, finde ich das nur zu verständlich," fügte er galant hinzu. „Kommen Sie, ich bringe Sie zu meiner Frau Sonia, die schon lange darauf brennt, sie kennenzulernen."

Lamprecht legte mir einen Arm um die Schulter und nahm Valentin bei der Hand. So dirigierte er uns um die Gruppen und Grüppchen herum, durch den Raum, durch eine der weit geöffneten Flügeltüren hindurch in den Garten. Seine Frau eine hinreißende brasilianische Schönheit, sicherlich gut zwei Jahrzehnte jünger als ihr Mann, löste sich aus einer Gruppe von auffallend dekorativ gestylten Frauen, von denen mir einige der Gesichter bekannt vorkamen. Sicherlich bevölkerten sie die Seiten von einschlägigen Boulevardzeitschriften, die ich gelegentlich durchblätterte.

Sonia Lamprecht kam uns freudestrahlend entgegen. Sie steuerte dabei zuerst auf mich zu, und gab ihrer Freude Ausdruck, mich endlich kennenzulernen und dass sie hoffte, mich nun öfter als Gast in ihrem Haus zu sehen. Sonia zog mich gleich vertraulich zu sich heran, Küsschen rechts und Küsschen links und gab mir dabei erstaunlicherweise das Gefühl von liebenswürdiger Wärme. Ich dachte bei mir entzückt, dass sie mir ausnehmend gut gefiel und ich mir sehr wünschte, mit ihr befreundet zu sein. Dass sie Valentin ebenfalls zugeneigt war, konnte man dann an der herzlichen Begrüßung sehen, bei der beide sich fest umarmten.

Sonia zog mich von Valentin weg, weil sie mich unbedingt mit ihren Kindern bekannt machen wollte. Ich hatte schon vorher eine Horde kleiner Rangen umherspringen sehen und freute mich, dass so viele Kinder dem Empfang eine weitere heitere und unbeschwerte Note verliehen. Sonia stellte mir auch ihre brasilianische Kinderfrau vor, die einen süßen Stepke von vielleicht zwei Jahren auf dem Schoß hielt und mit einem dunkellockigen kleinen Mädchen spielte. „Das sind Paolo und Lieseke, sagte sie, meine Große, die Maximiliane schwirrt hier irgendwo herum. Sie ist schon fünf Jahre und kennt viele der Gäste."

Als wir wieder zu Valentin und dem Gastgeber zurückkamen, verabschiedete sich Sonia von uns und meinte lachend, sie müsse sich jetzt pflichtgetreu um die Gäste kümmern, sicher hätte man später an diesem Nachmittag noch weitere Gelegenheiten, um miteinander zu sprechen.

Der Verleger und mein Liebster entschuldigten sich bei mir, weil sie ein Gespräch noch fortsetzten wollten, das sich um Verlagsangelegenheiten drehte. Lamprecht musterte mich danach forschend: „Sie haben einen begabten jungen Mann an Ihrer Seite, sagte er. Leicht könnte er in unserer Branche eine beachtliche Karriere machen. Leider ist er überhaupt nicht ehrgeizig und lässt sich nur ungern in erfolgsträchtige Konzepte einbinden. Meinen Vorhalt, dass ihm mehr Sicherheitsdenken und Lust auf finanzielle Gewinne gut zu Gesicht ständen, schlug er bisher immer in den Wind. Vielleicht können Sie ihn ja dazu bewegen, eine üppigere materielle Zukunft ins Auge zu fassen. Aber der Herr sieht sich ja lieber als Dauerstudent", fügte er leicht sarkastisch hinzu."

Ich sah Valentin an und versuchte in seinem Gesicht zu lesen. Darin aber sah ich nur amüsierten Spott und dachte: „Na warte, ich komme dir und deinen geheimen Gedanken schon noch auf die Schliche."

Lamprecht schlug nun versöhnliche Töne an: " Na ja, ich will mich ja nicht beklagen, meine Autorinnen und Autoren, die von Valentin betreut werden, halten große Stücke auf ihn und sind allesamt der festen Überzeugung, dass sie ihre Erfolge einzig diesem, ihrem Coach, zu verdanken haben." „Und ja, sagte er weiter, wie ich meinte, herauszuhören, beziehungsvoll, und wieder zu Valentin gewandt: „Regina will ja auch nicht auf deine Mitarbeit verzichten, nicht wahr?"

Regina also wieder – welche unverzichtbare Rolle spielte sie wohl in Valentins Leben?

Als wir wieder alleine waren, fragte ich Valentin, welche Aufgaben denn ein Coach wie er ihn verkörpere, in einem Verlag hätte. Valentin antwortete mir darauf, dass er nicht wüsste, wie andere Verlage das handhaben, Lamprecht jedenfalls stellte seinen unerfahrenen Autoren eine Art von Assistenten zur Seite. Dann jedenfalls, wenn er ihre Exposés als zukunftsträchtig einschätzt. Und eine solche

Aufgabe übernähme dann er, Valentin, wenn ihm der jeweilige Autor und dessen Arbeit gefallen würden. Dabei würde er dann das eingereichte Manuskript redigieren und den Text auf Plausibilität abprüfen. Nach einer sorgsamen Überarbeitung könne dann das Werk herausgegeben werden. Gemeinsam würde man die Werbewege festlegen, Pressearbeit vorbereiten und gegebenenfalls Lesungen arrangieren. „Von meiner produktiven Zusammenarbeit mit dem Autor hängt dann oft der wirtschaftliche Erfolg eines neuen Buches ab". Lamprecht gäbe ihm da freie Hand, führte er weiter aus, ihm, Valentin würde ein neuer Autor und sein Werdegang praktisch anvertraut werden, das sei für ihn eine große Ehre."

„Das ist ja hochinteressant", begeisterte ich mich. Ich hätte am liebsten weitergefragt, weil ich spürte, hier wieder ein Stück Valentin kennenlernen zu können, das mir bislang verborgen geblieben war. Eigentlich war ich erstaunt über die Bereitwilligkeit, mit der Valentin auf meine direkten Nachfragen einging. Eigentlich reagierte er immer so freundlich, wenn ich ihn befragte. Aber ich spürte auch, wenn er darüber hinaus nicht allzu viel ausführen wollte.

Dann war da also noch diese Regina. Ich spürte förmlich, dass mit ihr ein ganzes Bündel von Geheimnissen verbunden war, die ich unbedingt ergründen wollte. Bei den Gedanken an sie schrillten in meinem Gehirn sämtliche Alarmglocken. Ich ahnte Gefahr. Wo und wie allerdings, war mir bisher noch verborgen geblieben. Ich wollte allen Mut zusammennehmen und meinen Liebsten bei der nächsten Gelegenheit bitten, mir seine Beziehung zu dieser eleganten Frau, die in seinem Leben offensichtlich eine so unverzichtbare Rolle spielte, zu erläutern. Ja, es gab noch eine ganze Reihe von Fragen zu klären. Im Moment aber war nicht die richtige Zeit dafür und ich verschob meine Recherchen in Sachen Seelenkunde notgedrungen auf später.

Noch lagen einige wenige Urlaubstage vor uns. Ich wunderte mich, dass ich in der gesamten Zeit kaum an meine Arbeit gedacht hatte, die ansonsten einen so großen Platz in meinen Gedanken eingenommen hatte. Zu meinem eigenen Erstaunen, waren mein Herz, meine Seele, mein Alltag und mein ganzes Sein derzeit vor allen Dingen erfüllt von dem gemeinsamen Ferienerleben mit Valentin. Das aber ging nun leider ihrem Ende zu und das hieß „Adieu Mallorca, adieu Dorfhäuschen und adieu Sommerfeeling". Nur ungern nahmen wir Abschied von Sonne und Sommerwetter.

Zurück in den heimatlichen Gefilden mit trüblichem Herbstwetter, nahmen wir unser schönes und durchaus auch abwechslungsreiches Alltagsleben wieder auf. Aber von Alltag konnte mit Valentin auch daheim nicht wirklich die Rede sein. Der Alltag mit ihm war ja voller unerwarteter und spannender Unternehmungen. Ich war schon daran gewöhnt, dass er seine Terminplanungen weitgehend nach meinen eigenen beruflichen Zeitplanungen einrichtete. Und es erschien mir fast selbstverständlich, immer wieder neu überrascht zu werden von den abwechslungsreichen Aktivitäten, die mein Traumprinz für uns beide organisierte. In der Zeit mit ihm habe ich so viel Neues kennengelernt, war ich so oft unterwegs, wie niemals vorher in meinem Leben und auch nicht später, als es Valentin in meinem Leben nicht mehr gab. Nun hört sich das an, als wären wir ruhelos immerzu unterwegs gewesen. Das aber war keineswegs der Fall. Mein Valentin war ja ein eher gelassener Typ, der alles, was wir unternahmen so gestalteten, dass wir jede Minute geruhsam genießen konnten, dass Stress und Hast dabei kaum vorkamen. Vielmehr hatte ich oft das Gefühl, dass unser Leben wie eine große Geschenkschachtel war, in der vieles Schöne und immer wieder Bezauberndes gepackt war, was unsere Sinne erfreute. Unsere Sinne spielten tatsächlich die Hauptrolle bei allem, was wir veranstalteten. Aber das habe ich damals nicht recht begriffen, wird mir erst jetzt im Rückblick so richtig bewusst, denn auch Trödel-zeiten waren mit diesem Mann ein spezielles Erlebnis, das wir beide sehr genossen. Das konnte ein Fernsehabend genauso sein wie ein langer Spaziergang im Regen oder jeder von uns war einfach nur in ein spannendes Buch vertieft während wir Hand in Hand auf dem Sofa lagen, lasen oder nur träumend in den Himmel guckten oder in die Baumwipfel vor dem Fenster.

Alles war einfach perfekt mit mir und Valentin. Ja, ganz genauso empfand ich jede verbrachte Minute mit ihm. Ich wunderte mich immer wieder, mit wieviel Einfallsreichtum und Fantasie unser Le-ben, ja tatsächlich auch unser Alltag ausgefüllt waren.

Wo aber kamen dann die die kleinen unzufriedenen Gedanken-splitter her, die immer wieder auch in meine glücklichsten Momente hineingeisterten? Es waren die vielen ungeklärten Fragen, die in meinem Kopf umherschwirrten sich nicht abstellen ließen und die ich mich nicht getraute, anzusprechen. Und ja, wenn diese Regina Saruter nicht gewesen wäre ...

Von Zeit zu Zeit klinkte sich Valentin aus unserem Leben aus und war mit „der Dame", wie ich sie insgeheim gehässig nannte, unterwegs. Ich hatte das Gefühl, dass sie pfiff und mein Valentin beeilte sich, ihr zu folgen. Wenn sie gemeinsame Geschäftsreisen unternahmen, erfuhr ich davon sehr sparsam und oft erst dann, wenn mich aus irgend einem Winkel der Erde diese äußerst knappen Nachrichten erreichten. Auf meine vorsichtigen Nachfragen wurde mir dann in der Regel lakonisch geantwortet, dass es um Verhandlungen ginge, um Wirtschaftsangelegenheiten oder um Finanzgeschäfte mit internationalen Banken oder Konzernen. Die seltenen Anrufe erhielt ich in solchen Zeiten dann aus arabischen Ländern, aus Japan und immer wieder auch aus Italien und Frankreich.

Ja, ich war eifersüchtig, das muss ich zugeben. Und das nicht nur auf die Initiatorin dieser ganzen Geschäftigkeit, sondern auch auf die Themen, die beide offenbar verband und zu denen ich keinen Zugang hatte. Mein Liebster war mit „besagter Dame" in deren Angelegenheiten gemeinsam dann oftmals eine Woche oder länger unterwegs. Da fand ich es wenig tröstlich, dass dort bei den Unternehmungen ein ganzes Arbeitsteam von Beratern und Ingenieuren ebenfalls zugegen war, wie mir Valentin wortkarg versicherte.

Besonders schmerzlich empfand ich es, wenn in Wirtschaftsnachrichten im Fernsehen oder in Zeitungen Notizen über wichtige internationale Handelsvereinbarungen veröffentlicht wurden, bei denen die Firmengruppe Saruter eine herausragende Rolle gespielt hatte. Schlimm war das für mich besonders dann, wenn ich die strahlende Regina Saruter auf dazu gehörigen Fotos ausmachte und gelegentlich dann auch Valentin als Teil der abgebildeten Gruppe, die sie umgab, zu sehen war. In der Aufzählung der Namen dieser dazugehörigen Teilnehmer machte ich eines Tages auch den Namen „Valentin-Enno von Herbenstein" aus, der als einer der Berater genannt wurde. Etwas irritiert fragte ich Valentin bei der nächsten Gelegenheit, ob „seine Chefin" ihn geadelt hätte. Er runzelte die Stirn und sagte, dass so sein vollständiger Name laute. Er selbst lege keinen Wert auf das „Von" und lasse es im alltäglichen Leben weg. Regina Saruter aber fände es hilfreich, in ihrer Außenwirkung auch adelig vertreten zu sein, für ihn selbst hätte das keine Bedeutung.

„Aber wieso erfahre ich so etwas nicht?", fragte ich gekränkt. Ich wusste nicht, was ich davon halten sollte. Da entschied eine Frau Saruter, ob ihr Mitarbeiter adelig sei oder nicht. Und woraus genau bestand nun eigentlich diese, seine ach so bedeutende Beratertätigkeit in einem international arbeitenden Industrieunternehmen?

Ich fand alles was ich darüber ganz nebenbei erfuhr und nur durch Zufall zur Kenntnis bekam, irgendwie fragwürdig. Das vermittelte mir einmal mehr ein Gefühl der Ohnmacht und des Ausgeschlossenseins.

Meine Unsicherheit wuchs. Was gab es denn noch so zu ergründen. Wieso wusste ich nichts von Valentins komplettem Namen, von seiner Herkunft, seiner Familie und dem Inhalt seiner beruflichen Einsätze?

Der Zufall dann führte mir auf dramatische Weise vor Augen, wie vertraut mein Valentin und Regina Saruter tatsächlich miteinander waren. Mein Freund hatte sich bei mir abgemeldet, weil er Regina Saruter in Hamburg zu einem Empfang begleiten sollte, zu dem sich Diplomaten und Wirtschaftsleute treffen wollten, um wichtige Exportvereinbarungen zu verhandeln. Die erfolgreichen Ergebnisse mit anschließendem festlichen Empfang wurde in den Abendnachrichten im Fernsehen kommentiert. Dazu wurden in einem kurzen Filmabschnitt die fröhlichen, lachenden und sich gegenseitig gratulierenden Parteien gezeigt. Der Mittelpunkt der Gesellschaft war eine strahlende und überaus attraktive Regina Saruter und neben ihr mein Valentin im Businessanzug, die Haare glatt nach hinten gekämmt und im Nacken zusammengebunden. Beide lachten sich vertraut, ich fand sogar vertraulich, an und hielten sich an den Händen. Mein Herz machte einen schmerzhaften Sprung und ich hatte das Gefühl, dass mir die Luft wegblieb.

„Da läuft was", dachte ich, „ich muss herausfinden, welche Rolle diese Frau in Valentins Leben tatsächlich spielt und wo ich in diesem Gefüge stehe. Ich werde ihn fragen. Ich muss ihn fragen, diese Unsicherheit macht mich fertig."

Als Valentin sich nach seiner Hamburgtour bei mir meldete, wünschte ich mir von ihm ein Abendessen bei mir daheim. Ich wollte alles vorbereiten, er solle einfach nur kommen.

Ich nahm mir fest vor, mich nicht davon abbringen zu lassen, die Anliegen, die mich so quälten, zu klären. Ich hatte so viele Fragen an Valentin. Ich wollte, ja, ich musste Gewissheit über seine Gefühle zu mir haben und darüber, wie wichtig ihm diese Regina war und auf welche Weise. Ich wollte unbelastet glücklich sein und dazu musste ich „reinen Tisch" machen.

Mit weiblicher List bereitete ich den Abend besonders sorgfältig vor. Dafür wollte ich auch meine äußere Erscheinung raffiniert ins Spiel bringen. Ich wollte sexy aussehen, dies jedoch eher nicht vordergründig. Ich wählte eine taubenblaue Samtjeans, eine weiße Bluse aus fließender Seide, deren Ärmel ich lässig hochkrempelte und hochhackige dunkelblaue Wildlederpumps. Meine Locken trug ich offen, weil ich wusste, wie sehr Valentin meine Haarpracht liebte und steckte sie auf einer Seite mit einer besonders schönen Emaillespange aus meiner Kollektion zurück. Nur ein kleines Makeup betonte meine Augen und ein Lipgloss ließ meine Lippen sanft schimmern. Als ich mich im Spiegel betrachtete, mich nach allen Seiten drehte, war ich hochzufrieden und dachte: „Attacke! So mein Liebster, jetzt bist du dran, jetzt heißt es Farbe bekennen und mir alles zu sagen, was ich wissen muss. Und dafür ist es sicherlich hilfreich, wenn Du mich besonders unwiderstehlich findest!"

Für unser Abendessen hatte ich eine hinreißend köstliche Kürbissuppe gekocht und verschiedene leckere Salate vorbereitet, so, wie wir das beide liebten. Den Tisch deckte ich mit einer cremefarbenen Damastdecke und zündete vor dem Eintreffen meines Gastes die Kerzen in einem barockigen, 4-armigen, antiken Leuchter an, den ich von einer Großtante geerbt hatte.

Als Valentin eintraf und mir einen Strauß von dicken gelben Rosen überreichte, fragte er mich erstaunt, ob wir etwas zu feiern hätten, so schön und festlich wie ich alles zu seinem Empfang dekoriert hatte. Ich lächelte nur hintergründig und meinte, dass es auf ihn ankäme, ob es etwas zu feiern gäbe, oder nicht.

Mein Liebster nahm mich nun näher in Augenschein und drehte mich einmal um meine eigene Achse. „Schön", sagte er, „wunderschön, ich weiß schon, weshalb ich in meine kleine Designerin so rettungslos verliebt bin."

„Warte", dachte ich, „so leicht kommst du mir nicht davon. Heute wird der Vorhang gelüftet und ich will endlich teilhaben an deinem Leben und wenn nötig, eben auch an deiner Vergangenheit."

Zunächst aber strahlte ich ihn an und bat ihn zu Tisch. Als der blutrote Burgunder in unsere Gläser floss, dachte ich, dass alles wirklich schön wäre. Alles mit Valentin und mir. Und ich wollte nur hoffen, dass meine archäologischen Ambitionen nicht einen Scherbenhaufen verursachen würde, statt mir Frieden und Klarheit zu bringen.

Aber ich wollte auf keinen Fall feige sein. Heute musste die Stunde der Wahrheit schlagen. Ich hatte mir selber versprochen, dass nichts mehr aufgeschoben, nix mehr unter den Teppich gekehrt und nichts mehr verdrängt würde.

Nachdem wir köstlich gespeist hatten, beschwingt vom Genuss des guten Weines waren, servierte ich zum Dessert warmen Apfelkompott in Calvados mit frisch geschlagener Zimtsahne.

„Jetzt, dachte ich etwas bange, jetzt ist die Zeit für Tabula Rasa gekommen!" Valentin war es dann selbst, der das Gespräch eröffnete, nachdem wir beim Genuss unseres Dinners nur oberflächlich geplänkelt hatten und einander kleine Anekdoten aus dem Alltag der letzten, ohne einander verbrachten Tage erzählten.

„Was hast du denn auf dem Herzen mein Liebling", sagte er, nachdem wir gemeinsam den Tisch abgeräumt und uns noch mit einem Glas Wein versorgt hatten, denn Du hast doch was auf dem Herzen, nicht wahr?"

War es so augenscheinlich, dass ich so derart voller Fragen war? Ich spürte, wie mir das Blut in die Wangen schoss, während ich das Gefühl hatte, mein Geliebter schaute mir geradewegs in mein Herz. Ohne lange Vorrede kam ich also gleich zur Sache. Valentin sollte keinesfalls merken, dass ich dafür allen Mut zusammennehmen musste.

„Bitte", sagte ich," bitte Valentin, sage mir alles über deine Gemeinsamkeiten mit Regina Saruter. Ich sehe und höre nur am Rande von euren Unternehmungen und habe dabei das Gefühl, dass du mit ihr in Eurer eigenen Welt lebst, für die mir der Zugang völlig fehlt. Wenn ich von euch höre oder Fotos in den Zeitungen sehe, tut mir mein Herz weh und ich spüre diese ekelhafte Eifersucht, für die ich mich schäme, die ich aber einfach nicht bändigen kann!"

Valentin sah mich nachdenklich an und sagte ernst, dass es keinen Grund gäbe, auf Regina Saruter eifersüchtig zu sein. Seine Beziehung zu ihr sei rein freundschaftlich, wenn auch sehr vertrauensvoll.

„Sie ist meine beste Freundin und das schon fast mein ganzes Leben lang. Und genau das wird sie auch in bis in alle Zukunft blei- ben" fügte er an. Und das klang irgendwie unmissverständlich.

„Ja aber", erwiderte ich, „erkläre mir dieses Gefühl des Ungenügens, das ich für mich habe, wenn von ihr die Rede ist, oder wenn ich bruchstückhaft erfahre, mit welchen anspruchsvollen Themen ihr euch beschäftigt. Ich komme mir dann so dumm vor und kann kaum glauben, dass es dir genügen kann, dich mit mir über Banalitäten auszutauschen, wenn du in der Zusammenarbeit mit ihr an so augenscheinlich hochkarätigen Konzepten arbeitest, von denen ich nicht das Geringste verstehe. Wenn zwischen uns beiden das Gespräch auf Eure Aktivitäten oder ihre Person kommt, habe ich

140

zudem immer das Gefühl, dass du mit mir nicht darüber reden magst, dass du dich vielmehr jedes Mal beeilst, mich mit einer ablenkenden Floskel abzuspeisen und möglichst rasch auf neutrale Themen auszuweichen."

„Lily, du hast völlig falsche Ideen bezüglich unserer Gemeinsamkeiten. Ich erzähle dir nichts von den endlosen Konferenzen, Debatten Verhandlungen, denen ich beiwohne, wenn ich Regina begleite, weil ich dich mit diesen Abwicklungen nicht belasten oder gar langweilen will. Es geht ja dabei oft stundenlang nur um das Ringen um Details oder um die Auslegung von Angeboten oder Formulierungen. Dabei sind dann oftmals meine Sprachkenntnisse gefragt, auch meine Eindrücke als Beobachter und neutraler Mittelsmann. Hinzu kommt, dass solche Veranstaltungen zudem höchste Vertraulichkeit erfordern und ich Inhalte nicht nach außen tragen darf."

„Ich will das ja auch verstehen, aber da ist dieses Unbehagen, gegen das ich mich nicht wehren kann. Ich weiß einfach nicht, in welcher Weise du mit Regina Saruter verbunden bist. Ich spüre, wie wichtig sie dir ist. Mir stellt sich diese Verbundenheit als nahezu symbiotische Vertrautheit dar, die ich irgendwie als Bedrohung empfinde. Und ich verstehe nicht, wieso ihre Berater nicht ausschließlich Anwälte und Wirtschaftsleute sind. Es ist doch absurd, dass für so wichtige Entscheidungen und Ergebnisse ein so junger Mann, wie du es bist, mitausschlaggebend sein soll."

Valentin zog mich in seine Arme und wiegte mich wie ein Kind. „Es gibt keinen Grund dafür, dass du dich ängstigst. Regina ist keine Bedrohung für unsere Beziehung. Sie freut sich, wenn ich glücklich bin und liebt dich automatisch mit, weil sie weiß, dass du der Grund dafür bist."

„Bitte erzähle mir von dieser Freundschaft", bat ich. „Welcher Art ist eure Freundschaft und woher rührt das augenscheinliche Vertrauen, das euch verbindet? Wieso kennst du sie schon dein Leben lang?"

„Nun, Regina war die beste Freundin meiner Mutter, bevor diese aus ihrer Ehe desertierte und sich entschlossen hatte, ein eigenes Leben mit ihrem Liebhaber, fernab von ihren Kindern zu führen. Ich habe Regina unendlich viel zu verdanken. Sie war immer der Anker in meinem unsteten Leben und oftmals auch der Strohhalm, nachdem ich greifen konnte, wenn ich wieder mal ein seelisches Chaos durchlitt. Und das war in meiner Kindheit und Jugend nur zu oft der Fall gewesen." „Diese Frau Saruter war dir also eine Art von Mutterersatz?" Valentin schwieg eine Weile. „Nein, mütterliche Gefühle hat sie sicherlich nicht für mich. Die hat sie für ihre beiden erwachsenen Kinder Leonor und Carina. Ich bin ihr Freund, dem sie bedingungslos vertraut, so wie ich auch ihr." Ich war auf der Hut.

„Regina Sauter ist eine ausnehmend attraktive Person. Siehst du nicht die Frau in ihr? Bitte sage mir ehrlich, hattest du was mit ihr?" setzte ich mutig hinzu.

Valentin sah mich ernst an: „Ich habe dir versprochen, offen zu sein. Ja, es gab da mal vor etlichen Jahren eine kurze Zeit, in der wir einander nähergekommen sind. Der Grund dafür war eine seelische Notzeit, die wir beide durchleben mussten und in der wir uns aneinander festgehalten haben. Uns beiden war klar, dass wir das beenden wollten, ja mussten. Dabei spielte es keine Rolle, dass Regina über 20 Jahre älter ist als ich, sondern, dass es nicht Liebe im landläufigen Sinn war, die uns verband, sondern dass wir in einer schlimmen Krisenzeit beide Halt gesucht hatten. Es ist uns danach gelungen, unsere wichtige Freundschaft zu bewahren, die für uns beide von existentieller Bedeutung ist und lebenslang halten wird."

„Also doch", dachte ich, „mein Gefühl hatte nicht getrogen." Da hatte ich mit weiblichem Instinkt die gefährliche Rivalität gewittert, wo sie dann auch tatsächlich lauerte, auch wenn sie so harmlos thematisiert wird, wie mir gerade weisgemacht werden soll.

Noch wusste ich nicht, wie ich mit dieser Darstellung fertig werden sollte. Mein Herz war tonnenschwer und ich konnte mir nicht vorstellen, wie ich es künftig aushalten sollte, meinen Valentin in der Nähe dieser gefährlichen Frau zu wissen. So schwieg ich erst einmal und konnte nicht auf Valentins Zärtlichkeiten eingehen, mit der versuchte, meine traurige Stimmung wegzuküssen.

„Liebste", setzte Valentin das Gespräch fort, „du machst dir eine völlig falsche Vorstellung von meiner Zusammenarbeit mit Regina Saruter. Wenn wir gemeinsam unterwegs sind, gibt es kaum Situationen, in denen wir alleine sind. Außerdem bin ich ebenfalls mit Ernest Saruter, ihrem Ex-Ehemann, der die Saruter-Landmaschinen GmbH leitet, geschäftlich verbunden. Die beiden leben ja schon viele Jahre getrennt und jeder von ihnen hat inzwischen andere langjährige Lebenspartner. Sie sind aber vertrauensvoll miteinander befreundet, ihre Firmengruppen sind weiterhin verbunden und Ernest Saruter spielt darin ebenfalls eine wichtige Rolle."

„Ganze Teams von Fachleuten sind also mit den geschäftlichen

Angelegenheiten der Saruters befasst. Und dennoch brauchen sie dich, wenn es zu Entscheidungen oder Abschlüssen kommt?" „Ja, mein Vorteil ist darin zu sehen, dass ich völlig unabhängig bin und materiell überhaupt nicht interessiert, das wissen die Beiden. Ich kann mir von allen Angeboten und Situationen ein neutrales Bild machen und bin in der Lage, versteckte Fallen und Finessen auch in einer fremden Sprache aufzuspüren, das macht mich dann eben manchmal unentbehrlich. Davon jedenfalls sind die Saruters überzeugt," fügt Valentin noch lächelnd an.

Es berührte mich seltsam, mir meinen harmoniesüchtigen Valentin als raffinierten Beobachter vorzustellen, der mit kriminalistischem Gespür Verhandlungen analysiert. Genau das sagte ich meinem Liebsten. Der aber lachte nur und sagte, dass er das nur in fremdem Interesse könne und auch wolle. Im eigenen Leben zöge er es vor, ohne Misstrauen zu leben und die komplizierten geschäftlichen Verquickungen dort zu lassen, wo sie hingehörten, nämlich in dem Haifischbecken der raffinierten Geschäftswelt. Er jedenfalls, lasse sich auch von Millionengeschäften wenig beeindrucken, da sei er ganz sicher und seine Auftraggeber wären das auch. Dabei zähle ausschließlich sein analytischer Verstand und es gibt keine Vorurteile oder Emotionen. Genau das mache ihn für die Saruters so unverzichtbar.

Meine Frage, wo er denn die Kompetenz, das erforderliche Wissen für so hochkarätige Wirtschaftsangelegenheiten hernähme, beantwortete Valentin damit, dass er Regina Saruter zuliebe doch diverse Studien absolviert hätte und sich zudem explizit für jeden der Einsätze vorbereite. Die Unterlagen gingen ihm dann jeweils rechtzeitig zu.

„Ja, interessierst du dich denn wirklich für solche Themen?" fragte ich erstaunt? Das will mir irgendwie nicht zusammenpassen mit den Interessen, die ich von dir kenne."

„Oh ja, doch. Ich erhalte Einblicke in die Psyche der angeblich Mächtigen und der Superreichen, auch der von zähen Verhandlungspartnern. Ich kann hautnah beobachten, wie die Hochfinanz funktioniert und nach welchen Mustern Märkte manipuliert werden und inwieweit Politik davon beeinflusst ist. Da ich selbst absolut kein persönliches Interesse daran habe, dabei mitzumischen, sondern völlig unabhängig bleibe, nutze ich meine Beobachtungen auch für meine eigenen Schlüsse und persönlichen Psychologiestudien. Und wenn ich ehrlich sein soll, belustigen mich oftmals auch die Querelen und Raffinessen in den geschäftlichen Verbindungen und auch, wie durchschaubar sie in Wahrheit oftmals sind." Mir brummte der Schädel. Da präsentierte sich mir tatsächlich eine fremde Welt, über die ich mir noch nie Gedanken machen musste. Gedanken hatte ich mir auch noch nie darüber gemacht, welche komplizierten Gedankengänge mein Valentin pflegt und welche unerwarteten Seiten meines Freundes mir hier so unerwartet sichtbar werden. Dabei überraschten mich vor allem auch die geschäftlichen Themen, bei denen es bevorzugt um Materielles geht, wie sie in der Zusammenarbeit Valentins mit den Saruters die entscheidenden Rollen spielen.

Ich hatte bisher nicht einmal geahnt, dass mein hochsensibler Philosoph offenbar auch sein eigenes Haupteinkommen ausgerechnet aus den Begegnungen mit der Hochfinanz bezog. Denn dass diese Einsätze entsprechend honoriert werden, konnte ich mir freilich denken.

Ich fragte Valentin auch danach. Er lächelte verhalten und meinte, dass Regina Saruter, wie auch ihr Mann, wenn lohnende Geschäfte zustande kämen, bei denen er entscheidend mitgewirkt hätte, sich äußerst großzügig ihm gegenüber zeigen würden. Forderungen müsse er selbst nie stellen. Er könne allerdings sicher sein, dass er nie übervorteilt würde. Er könne zwar nicht von regelmäßigen Bezügen sprechen, aber diese außerordentlichen Zahlungen hätten es bisher ermöglicht, dass er sich mitten in München eine so schöne Eigentumswohnung kaufen konnte. Bei deren Erwerb hatten zudem die Beziehungen der Saruters auch eine Rolle gespielt, denn eigentlich sind solche Immobilien in München für Normalsterbliche unerschwinglich, das wisse er durchaus. Regina aber sorge dafür, dass seine Finanzen stimmen, er selbst sei dafür weniger talentiert.

„Über ein Vermögen verfüge ich also nicht", führte Valentin weiter aus, als ich betroffen schwieg, „aber ich kann tatsächlich ein sorgloses Studentenleben führen, zumal ich durch mein kleines Legat und meine Honorare im Verlag Lampert genügend Einkommen habe, um meinen Alltagskram zu finanzieren".

„Alltagskram", dachte ich bitter, „dazu gehöre auch ich. Ansonsten ist mein Valentin von Regina Saruter abhängig, die ihm die Brotkrumen hinwirft, wie es ihr passt. Wenn mein Freund mich großzügig verwöhnt, partizipiere ich damit indirekt auch von ihrer Großzügigkeit. Das ist kein schönes Gefühl."

Ich wusste nicht, was ich antworten sollte. Ich konnte doch nicht sagen, wie unbehaglich ich mich als Nebendarstellerin dieses ganzen Konstruktes fühlte. Das alles passte nicht zu mir. Ich habe immer schon das Bedürfnis gehabt, gradlinig durchs Leben zu gehen und die Kontrolle über meine Entscheidungen zu haben. Dazu gehörten auch alle Zukunftsplanungen und die Wünsche, die ich an mein Schicksal habe. Und darüber möchte ich unbedingt selbst bestimmen und nicht abhängig sein von der Gnade und Großzügigkeit einer Frau, deren Existenz und ihre Rolle in meines Freundes Leben mir ohnehin reichlich Unbehagen bereitete.

Von solchen Überlegungen mochte ich meinem Liebsten nichts sagen. Noch nicht. Schließlich liebte ich diesen Mann und wollte einen guten Weg in eine gemeinsame Zukunft mit ihm finden. Der aber machte sich offensichtlich keine Gedanken darüber, schien zufrieden damit zu sein, wie alles war und wollte alles so weiterlaufen lassen.

Nach den gedankenschweren Gesprächen und unerwarteten Offenbarungen hatten wir beide den Wunsch, nichts mehr zu sagen. Ich machte den Vorschlag, zu einem kleinen Nachtspaziergang. Wir gingen also Hand in Hand durch die Dunkelheit und spürten beide der kleinen Traurigkeit nach, die sich über uns gelegt hatte. Aber wir fühlten auch intensiv die innige Liebe, die uns beide verband.

„Ich brauche mir keine Sorgen zu machen", dachte ich, „wir lieben uns, daran gibt es keinen Zweifel. Und nur, weil sich unsere Lebensumstände so verschieden und so kompliziert darstellen, gibt es keinen Grund, zu verzweifeln". Dass sich immer eine Lösung findet, das glaubte ich aus vielen eigenen Erfahrungen und Anschauungen. zu wissen. Und diese Lösungen werden wir finden. Notfalls würde ich selbst auf meine Weise aktiv werden.

Zu meiner Überraschung fragte mich Valentin einige Tage später, ob ich nicht Lust hätte, ihn zu einem Empfang zu begleiten, zu dem das Ehepaar Saruter eingeladen hatte. Bei dieser Veranstaltung sollten bei einer Ausstellung Künstler und Künstlerinnen geehrt werden, deren Wirken eine besondere Bedeutung für das internationale Kulturschaffen im vergangenen Jahr gehabt hätten. Anschließend sollte ein kleines festliches Dinner in privaterem Kreis stattfinden. Valentin meinte, dies sei eine gute Gelegenheit, mir Regina Saruter vorzustellen, damit meine unnötigen Vorbehalte und meine trüben Gedanken sich zerstreuen könnten. Regina würde sich jedenfalls freuen, mich endlich zu treffen, nachdem ich schon so lange zu Valentin gehöre, wie sie ja sicherlich wusste.

„Hatte ich mir ein solches Treffen nicht gewünscht? Gehörte es nicht zu meinen Plänen, reinen Tisch zu machen und mich genau über alles Fragliche und alle Zusammenhänge zu informieren, ehe ich meinen persönlichen Schlachtplan in Sachen Valentin fixierte?" So sprach ich mir selber Mut zu, als ich mit bebendem Herzen meine Vorbereitungen für die anstehende Begegnung traf. Als ich dazu meinen Kleiderschrank musterte, befand ich meine Garderobe als wenig passend für den geplanten Anlass. Ich wollte bei meinem Auftritt umwerfend aussehen, um auch in optischer Hinsicht gleich die Fronten zu klären. Mein Anliegen war, mich sorgsam zu stylen, jedoch darauf zu achten, nicht zu sexy zu wirken, eher zurückhaltend elegant, dennoch eindrücklich genug, um aufzufallen und zu demonstrieren, was Sache ist.

An den Folgetagen war ich vollauf damit beschäftigt, die einschlägigen Geschäfte abzugrasen, um mir genau das Kleid zu kaufen, das mir vorschwebte. Endlich wurde ich nach unzähligen Anproben fündig und erstand ein Kleid in dem exklusivsten Secondhandshop der Stadt. Ich fand ein hinreißendes Kleid von Cloé, das aus zweiter Hand noch immer sündhaft teuer war. Der Stoff war eine kostbare, dunkelrote Spitze. Die Robe hatte lange durchsichtige Ärmel, war hoch geschlossen, mit einem überraschend tiefen Rückenausschnitt, der fast bis zu Taille reichte. Der schmale Rock, der nach unten hin etwas aufschwang, reichte bis knapp unter die Waden. Das Kleid passte mir wie eine zweite Haut, als wäre es direkt für mich geschneidert worden und unterstrich die Kurven meiner Figur auf eindrückliche Weise. Dazu erstand ich dunkelrote schlichte Wildlederpumps und eine signalrote Seiden-Clutch von Chanel, die fast meine gesamten Ersparnisse verschlang. Lange überlegte ich, welchen passenden Schmuck ich zur Ergänzung meines Outfits wählen sollte. Es musste, schon aus Prinzip, ein Stück aus meiner eigenen Kollektion sein. Damit wollte ich klarstellen, dass auch ich jemand war und dass ich ebenfalls zur Künstlerriege zählte. Meine Haare ließ ich mir von einem Coiffeur, den ich von unseren Firmenshootings her kannte, zu einem schlichten, aber raffiniert geschlungenen Knoten im Nacken frisieren, der durch meine rot-türkise große Emaillespange zum Blickfang wurde. Ein paar Tupfer von meinem Lieblingsduft OPIUM von Yves Saint Laurent, deren Rest ich sorgsam hütete, denn es gibt ihn leider nicht mehr im Handel, vollendete meinen Auftritt, mit dem ich hochzufrieden war.

„Atemberaubend", das sagte mir mein Spiegelbild. Die Bewunderung konnte ich auch in Valentins Augen lesen, der mich abholte. Er lächelte, als er mich begutachtete und sagte stolz, dass ich ganz sicher die Schönste des Abends sein würde. Auch wenn ich das nicht so ganz glauben konnte, so stärkte er mit seinem ehrlich klingenden Beifall doch meine Gewissheit, dass ich auf dem richtigen Weg war.

Wir orderten für den Weg ein Taxi, weil uns klar war, dass es in den Abendstunden in der Innenstadt keine Parkmöglichkeit für uns geben würde.

In den exklusiven Räumen der Ausstellung empfing uns ein freudig gestimmtes und festlich gekleidetes Publikum, von dem die ausgestellten Bilder, aber auch Skulpturen und exotisches Kunsthandwerk begutachtet und bewertet wurde. In dem Gedränge entdeckte Valentin eine Reihe von Künstlern und Künstlerinnen, sowie ihre Mäzen, die ihm bekannt waren und die er begrüßte und mir auch einige von ihnen vorstellte. Ich erlebte wieder dieses Phänomen, das mich noch immer in Erstaunen versetzte: Valentin war in dieser Gesellschaft wohlbekannt. Mir war klar, dass sich hier ein Teil der Münchner Bussi-Bussi-Gesellschaft versammelt hatte. Das löste in mir Verwirrung aus. Was sollte ich denken? Meine Welt war das nicht. Gehörte Valentin wirklich dazu? Obwohl mein Liebster nicht von meiner Seite wich, sondern versuchte, mich bei Gesprächen mit einzelnen Gästen oder kleinen Gästegruppen einzubeziehen, fühlte ich mich doch irgendwie fehl am Platz. Valentin erklärte mir aufmerksam einige Kunstwerke, deren Künstler ihm bekannt waren und sorgte dafür, dass ich mich an einem Glas erlesenen Champagners festhalten konnte. Festhalten war der richtige Ausdruck, ich fühlte mich inmitten dieser kommunizierenden, feiernden und kluge Kommentare austauschenden Gesellschaft irgendwie verloren.

„Sei nicht ungerecht", ermahnte ich mich, „so ist das eben, wenn man niemanden kennt. Das zu ändern, liegt doch ausschließlich an dir, nicht wahr? Und du wolltest doch die Welt deines Liebsten kennenlernen, also…". So versuchte ich mich ebenfalls in belangloser Partyplauderei und bemühte mich, das Gefühl des Fremdseins zu überbrücken.

Regina Saruter, die Gastgeberin konnte ich vorerst nur von Weitem bewundern. Als sie Valentin entdeckte, winkte sie ihm charmant zu, wandte sich dann aber wieder wichtig aussehenden Gästen zu, mit denen sie augenscheinlich tiefsinnige Gespräche führte. Zumindest hatte ich nun Gelegenheit, sie dabei eingehend zu mustern. „Der Neid muss es ihr lassen", dachte ich, „sie sieht tatsächlich hin-reißend aus. Und das nicht nur für ihr Alter". Ob und wo Chirurgen möglicherweise Hand angelegt haben könnten, war höchstens zu erahnen. Sie schien ohne Spuren des Alters zu sein. Ich wies mich wegen meiner argwöhnischen Augen zurecht und fand es recht unsympathisch von mir, dass ich bei dieser Dame Saruter das Haar in der Suppe versuchte zu finden, statt erfreut darüber zu sein, dass Frauen, auch wenn sie nicht mehr ganz so jung waren, noch so umwerfend aussehen können.

Mein Hauptaugenmerk an diesem Abend aber war nun mal auf diese Frau gerichtet. Und meine Gedanken dabei konnten aus gutemGrund einfach nicht streichelweich ausfallen. Ich musste mir Mühegeben, sie nicht zu auffällig in Augenschein zu nehmen, was solltesie von mir denken, wenn ich sie so anstarrte? Aber ich konnte die Blicke nicht von ihr abwenden. Verstohlen versuchte ich, so unauf-fällig wie möglich, immer wieder, meine Augen auf sie zu richten. Dabei konnte ich mit raschen, dezenten Blicken auch ihre alterslose, gertenschlanke Figur zur Kenntnis nehmen. Ich gebe zu, dass ich mich dabei etwas neidischer Gedanken nicht erwehren konnte, denn ich selbst haderte öfter mit so manchem überzähligen Pfündchen, das sich partout nicht vertreiben lassen wollte. Aber es war nicht nur ihre biegsame Gestalt, die ins Auge fiel. Ihr gesamtes Aussehen und ihr Auftreten machte sie zum Mittelpunkt der versammelten Gesellschaft. Sie hatte ihre leuchtend hellblonden Haare zum glatten Pagenkopf frisiert. Ihr dunkelblaues schmales, ganz schlichtes Etuikleid unterstrich auf raffinierte Weise die Wirkung ihres kostbaren Schmuckes, dessen unschätzbaren Wert ich als Goldschmiedin auch aus der Entfernung erkannte. „Klar", dachte ich, „die Dame hält sich nicht mit Modeschmuck auf." In einem üppigen Collier, einem mehrspurigen Armband und einem beeindruckenden Ring waren riesige, intensivblaue Saphire in Weißgold eingefasst, die das Strahlen der dezent geschminkten hellblauen Augen ihrer Trägerin wirkungsvoll unterstrichen.

Innerlich trat ich einen Schritt zurück. Wieder einmal. Diese Frau war ein einziges komplettes Kunstwerk, ein Hingucker, von dem man nur ungern wieder wegsehen wollte. Und zu diesem kostbaren, schönen, tüchtigen und offenbar ja auch klugen Geschöpf gehörte mein Valentin und sie ja wohl irgendwie auch zu ihm. Wie sollte ich da bestehen?

Ich wappnete mich mit aller Courage, die ich aufbringen konnte und versuchte mich innerlich zu motivieren. Schließlich war ich jemand. In meinem Beruf wurde ich geschätzt, ich hatte Eltern, Geschwister und Freunde und Valentin liebte mich. Ja, auch das wusste ich. Daran hatte ich eigentlich auch gar keinen Zweifel. Wenn es da nicht ein paar unwägbare Punkte in seinem Leben geben würde, denen ich mich in keiner Hinsicht gewachsen fühlte.

Die Veranstaltung war offenbar ein voller Erfolg und schien die Erwartungen der Gastgeber und der beteiligten Kunstschaffenden voll zu erfüllen. Inmitten des lebhaften Debattierens, bat Regina Saruter die Anwesenden um einige Minuten Gehör und dankte allen Mitwirkenden, so auch den großzügigen Sponsoren für ihre Unterstützung zu dem Gelingen des festlichen Empfanges. Und sie dankte den Künstlern für ihre wertvollen Beiträge. Sie sprach ohne Mikrofon und war bis in den letzten Winkel des großen Raumes zu verstehen. Dabei klangen ihre Worte hell und eindringlich. Die Anwesenden richteten ihre Aufmerksamkeit sofort auf ihre Botschaft, jedem Einzelnen der Zuhörer war klar, dass diese Frau Saruter es gewöhnt war, dass man ihr zuhörte. Ihre Stimme war nicht unsympathisch, aber, so dachte ich ein wenig schadenfroh, bei Weitem nicht so warm und wohltönend wie meine, an der sich mein Valentin, wie er mir oft genug ins Ohr flüsterte, nicht satthören konnte. Wenigstens ein Punkt, oder ein Pünktchen bei dem ich mithalten konnte in dem ungleichen Wettkampf mit dieser Rivalin, die ich zumindest als solche empfand. Ja, auf meine Stimme bin ich wirklich stolz, meine Chefs haben von mir ihre Anrufbeantworter und ihre Firmendurchsagen aufsprechen lassen, weil von allen Seiten immer wieder erwähnt wurde, wie liebenswürdig und ansprechend Mitarbeiter, Mitarbeiterinnen, Kunden, sowie auch unser Publikum, meine gesprochenen Texte fänden und wie einladend diese wirkten.

Insgeheim listete ich also auf, was ich den augenscheinlichen Vorzügen der Dame Saruter noch entgegensetzten konnte, damit mich die Panik nicht überholte, wenn ich an das perfekt gestylte Zauberwesen dachte, mit dem mein Valentin durch unsichtbare und für mich unerklärbare Bande verknüpft war.

Womit um Gottes Willen konnte ich denn sonst noch punkten. Ist mein Aussehen ein Vorteil? Wohl eher nicht. Wo auf der anderen Seite magische Schönheit beeindruckte, konnte ich nur mit meinem durchaus hübschen Gesicht, mit einem angeblich unwiderstehlichen Grübchenlächeln, meiner Jugend und meiner sicherlich guten Figur aufwarten, die nach meinem Geschmack vielleicht ein ganz klein wenig zu rundlich geraten war. Mein Freund allerdings liebte sie ganz besonders, diese, meine Rundungen, die, wie er sagte, für ihn dem Idealbild einer begehrenswerten Frau entsprächen. Wenn ich aber die biegsame, anmutige Figur der Unternehmerin betrachtete, kam ich mir eher unbeholfen und trampelig vor. Ja und meine Jugend, sie schien mir in diesem Fall eher ein Manko zu sein, war sie doch zweifelsfrei die Ursache von Unerfahrenheit, fehlender Gewandtheit und mangelndem Selbstbewusstsein.

Oh je, wie ich auch hin- und herdachte, meine Versuche, mich aufzuwerten, fielen irgendwie immer noch weiter zu meinem Ungunsten aus. Außer meiner Haarpracht vielleicht. Meine dunklen Locken fielen sicherlich auf und gefielen nicht nur meinem Valentin. Verglich ich sie aber mit den edlen Silberblondhaaren meiner „Konkurrentin", drängte sich mir der Vergleich von kostbarem Echtschmuck zu eher preiswertem Modeschmuck auf. Ich wagte gar nicht, die Gedankenfäden weiterzuspinnen. Wie sollte ich bloß bestehen?

Als der offizielle Teil des Events beendet war, brachen wir auf, um zu Fuß in ein Szenelokal zu gehen, in dem wir mit Saruters und einem kleinen Kreis von Mitveranstaltern zu dem Dinner verabredet waren.

Dort nun endlich konnte mich Valentin seinen Gönnern vorstellen. Regina Saruter nahm nach der persönlichen Begrüßung meine beiden Hände und schaute mich prüfend an. Sie schenkte mir ein hinreißendes und warmes Lächeln und versicherte, dass sie sich freue, mir endlich zu begegnen. Und sie sei glücklich darüber, dass Valentin mich gefunden hätte. Sie könne ihn gut verstehen, nun, da sie mich kennengelernt hätte. Sie wünsche sich, dass wir in Bälde einmal Zeit fänden, uns ganz privat zu treffen, um mehr voneinander zu erfahren.

Ich fühlte mich wie ein kleines Schulmädchen, das unversehens gelobt wird. Eigentlich hätte ich Grund haben müssen, mich über die herzliche Ansprache zu freuen. Aber irgendwie gelang mir das nicht recht. Vielmehr war ich auf der Hut und traute dem Frieden nicht. Innerlich beschimpfte ich mich dafür: „Wieso musst du immer Unrat wittern, wo man dir doch offensichtlich mit Herzenswärme begegnen will?"

Ernest Saruter kam nun ebenfalls auf mich zu und nahm mich demonstrativ herzlich in den Arm. Die obligatorischen Küsse rechts und links sollten wohl ehrlich gemeint sein. Er versicherte mir, dass sich die Liebe und die Wertschätzung, die seine Familie für Valentin empfand, selbstverständlich auch auf mich erstrecke, da ich ja ohne Zweifel der Grund dafür wäre, dass Valentin schon so lange glücklich sei. Man müsse sich nun unbedingt auch in privater Umgebung treffen, um das Kennenlernen zu intensivieren, denn Valentin sei für ihn, seine Exfrau und auch ihre beiden Kinder viel mehr als ein Freund, gehöre vielmehr schon immer zur Familie und in der sei nun auch ich herzlich willkommen.

Das Ehepaar Saruter und auch die weiteren Anwesenden, die nun auch davon unterrichtet wurden, wer ich war und wie Valentin zu mir stand, bemühten sich sehr darum, mich einzubeziehen in viele der Gespräche, die sich um Vernissagen im Allgemeinen und um die Situation der Kunstszene weltweit drehten. Jeder dieser nettenGäste war bemüht, mich mit Erklärungen zu versorgen damit ich als Außenseiterin Zusammenhänge besser verstehen konnte. Mit Interesse wurde zur Kenntnis genommen, dass ich mich als Goldschmiedin mit internationalen Erfahrungen in der Modewelt auch irgendwie zu der Welt der Künstler und Künstlerinnen zählen konn- te, wie Ernest Saruter sich beeilte, unseren Gesprächspartnern zu vermitteln. Dies hörte sich für mich wie eine Rechtfertigung dafür an, dass ich als unbekannter Gast in dem illustren Kreis der Münchner High Society herumgeisterte. „War ich ungerecht? Sah man mich wohlwollender, als ich das empfand? Verhinderte mein tiefes, inneres Misstrauen, dass ich Freundlichkeit, die vielleicht ehrlich gemeint war, als solche entgegennehmen konnte? Oder war es mangelndes Selbstwertgefühl, dass mich grundsätzlich und überall eine unredliche Gesinnung vermuten ließ, weil ich mich selber geringschätzte?"

Irgendwie ärgerte ich mich über mich und meine negativen Gefühlsregungen. Wieso konnte ich nicht einfach vorbehaltlos glücklich sein, wenn es keinen, aber auch gar keinen Anlass dafür gab, Negatives zu vermuten? Ich wünschte mir, dass ich meine inneren Alarmglocken einfach ausschalten könnte, die bei mir nur zu gerne anschlugen, wenn ich mir Nettigkeiten, wie Komplimente, oder mir gezollte Aufmerksamkeit nicht gleich erklären konnte. „Da muss doch was dahinterstecken, das muss doch einen heimlichen Grund haben, oder?" Solche destruktiven Gedanken hatte ich dann eilig bei der Hand. Es fiel mir ja auch grundsätzlich schwer, Anerkennungen als Geschenke zu nehmen und als nette, arglos gemeinte Komplimente einfach mit einem „Dankeschön" zu quittieren. Vielmehr druckste ich bei solchen Gelegenheiten herum und entwertete nette Worte und freundliche Erwähnungen, in dem ich diese abwiegelte, wie: „dir gefällt das Kleid, ach, das wundert mich aber, das habe ich doch schon so lange". Bei einem fälligen Dank für einen erwiesenen Gefallen, beeile ich mich oftmals zu begründen, wieso ich diese Hilfeleistung ja längst schuldig gewesen sei.

Ich wusste durchaus um diese „Baustelle" in meinem Denksystem und mahnte mich immer wieder dazu, mich einfach nur zu freuen, statt misstrauisch mögliche Motive zu beäugen. Mir fällt unerklärlicherweise immer ein Grund ein, um Komplimente nicht arglos auf mich beziehen zu müssen.

Auch diesmal: „Ja, doch, ich will gerecht sein, man kümmert sich in der Saruter-Riege um mich". Ich hatte absolut keinen Grund, mich über mangelnde Aufmerksamkeit zu beklagen. Dennoch, tief in meinem Herzen wusste ich, dass ich in diese fremde Welt nicht wirklich gehöre. Daran ändert auch mein brennender Wunsch nichts, meinem Valentin in seine Parallelwelt zu folgen um seine Erfahrungen besser deuten zu können oder sogar, sie zu teilen. Ich spiele in einer anderen Liga. Das wusste ich und das wussten auch die Mitspieler, die sich, Valentin zuliebe, so angestrengt meiner annahmen.

Dabei hatte ich mir doch so sehr gewünscht, einen Blick in die fremde Valentin-Welt werfen zu dürfen. Ich hatte endlich auch die Menschen kennengelernt, die seinem Leben bisher eine Richtung gegeben hatten und die ihm auch noch heute so wichtig waren. Aber hatte sich dadurch für mich ein Schlüssel zu einem gemeinsamen Freundeskreis ergeben? Sicher, als Freundin von Valentin war ich akzeptiert, aber durfte, oder wollte ich wirklich dazu gehören? Das war für mich schwer vorstellbar. Eher manifestierte sich mein Unbehagen, wenn ich an Valentins Umfeld dachte und mir vorstellte, darin einen Platz einnehmen zu müssen. War das wirklich ein Freundeskreis? Und wie waren seine angeblich unanfechtbaren Zugehörigkeiten zu verstehen? Statt Klärung zu erleben, verkomplizierten sich in meinem Kopf und meiner Fantasie seine geheimnisvollen Beziehungen noch mehr als zuvor.

Wie aber sah es mit meinem eigenen bisherigen Freundeskreis denn derzeit aus, wo waren meine Freunde geblieben, die mir doch vor der Zeit mit Valentin so unentbehrlich gewesen waren? Meine

Freundinnen und Freunde, mit denen ich mich immer wohlgefühlt hatte, deren Gesellschaft mir über viele Jahre hinweg so wichtig gewesen war, hatte auch ich in den letzten Monaten sträflich vernachlässigt und mich nur selten mal für einen kleinen Tee oder einen Schwatz zwischendurch losgeeist von meiner verliebten Zweisamkeit.

Ich hatte den Versuch gar nicht unternommen, Valentin einzubeziehen in die Freizeitvergnügungen mit meinen Leuten, die mir kürzlich doch noch so wertvoll gewesen waren. Irgendwie konnte ich mir meinen Liebsten nur schwer vorstellen, wie er inmitten einer lärmenden und lachenden Horde von übermütigen jungen Leuten, für die es lustig war, einander zu necken und aufzuziehen, großes Vergnügen empfinden könnte. Genau das aber war immer meine Welt gewesen. Aber könnte das auch die Welt meines Liebsten sein? In meiner Freizeit hatte ich mich in vergangenen Zeiten regelmäßig vollgepackt mit sportlichen Aktivitäten, mit Tanzen gehen oder auch mit lustigen Unternehmungen, bei denen aber immer die Geselligkeit von vertrauten Freunden die Hauptrolle gespielt hatte. Wenn mal nichts auf unserem Programm stand, dann war das einfache Treffen mit Freundinnen oder Freunden bereits selbstverständliches Freizeitamüsement gewesen.

Ja, auch Freundin Jana hatte ich lange nicht mehr gesehen. Sie und meine anderen Mädels hatten mir telefonisch schon mehrfach „die Wacht angesagt" und mir ihre Enttäuschung darüber mitgeteilt. Aber auch diese telefonischen Kontakte waren immer weniger geworden, wie ich erschrocken konstatierte, als ich mir das Thema „Freundeskreise" vor Augen führte.

Durch mein Leben mit Valentin war ich unmerklich ganz auf Zweisamkeit programmiert worden. „Aber wollte ich so leben? Könnte ich überhaupt dauerhaft so leben?"

Gewiss, das spannende Leben mit meinem Liebsten gefiel mir sehr. Nie vorher hatte ich mich als Frau so geliebt und verwöhnt gefühlt, wie mit ihm. Mein Valentin interessierte sich für meine Kleidung, meine Frisur, mein Parfüm, aber auch dafür, was ich geträumt habe und was ich gerne essen wollte. Wir lasen oft die gleichen Bücher und tauschten uns darüber aus. Mit ihm lernte ich Städte und Orte kennen, die ich sonst nie auf dem Schirm gehabt hätte. Aber auch verschiedene Atmosphären die wir gemeinsam auf unseren Exkursionen erlebten, nehme ich heute bewusster wahr. Begebenheiten, durch die ich früher einfach „durchgerauscht" war,

153

erfasse ich jetzt mit allen Sinnen. Und ich kann dann in allen Einzelheiten über meine Eindrücke und Gefühle beglückt sprechen. Mit diesem Mann lerne ich die Natur, aber auch Kunstwerke und Bauten auf intensive Weise zu würdigen und zu genießen. Alles mit ihm ist schön, irgendwie erlesen und bleibt spannend. Die Themen gehen uns nie aus, wir haben uns immer etwas zu sagen und uns auszutauschen. Aber auch, wenn wir miteinander schweigen, ist es schön und sinnlich und irgendwie einverständlich. Dennoch …

Ja, langsam schlich es sich in meine Seele, das böse Gift der Unzufriedenheit. Ich war ja eigentlich ein geselliges Wesen. Valentin hingegen schien andere Menschen nicht zu vermissen. Seine eigenen Kontakte zu anderen Menschen schienen mir oberflächlich, ohne innere Teilnahme zu sein. So wie sich Partygeplauder, also Smalltalk unterscheidet von einer wirklichen Unterhaltung, die sich um ein Thema dreht, das ernsthaft interessiert. Mir wurde urplötzlich bewusst, dass sich Valentin für andere Menschen, ihr Verhalten und ihre Bedürfnisse nur dann interessiert, wenn sie Inhalt seiner Studien sind. Valentin war sich selbst genug und dazu gehörte, für mich eigentlich unerklärlicherweise, auch ich, Lily Berger.
Ich beschloss, mit mir selber eine Konferenz einzuberufen und erst einmal für mich zu klären, wie es weitergehen sollte. Was genau wollte ich für mich, wie wollte ich leben, was brauchte ich??

Konnte ich auf Dauer glücklich sein mit meinem Prinzen auf seiner einsamen Insel? Sind Menschen nicht soziale Wesen, die der Gesellschaft anderer Menschen bedürfen? Für meinen Valentin schien das nicht zu gelten. Er brauchte nur sich und mich. Anderen Menschen begegnete er freundlich, aber im Grunde völlig uninteressiert. Mir war lange nicht bewusst gewesen, dass er nicht über einen wirklichen Freundeskreis verfügte. Kein Freund, keine Freundin, wie es für andere Menschen seines Alters selbstverständlich ist. Da waren nur die merkwürdigen Beziehungen zu Lamprecht und Saruters und die vielen Menschen, die er kannte und freundlich mit Küsschen rechts und Küsschen links begrüßte Aber eine Rolle spielten diese Statisten in seinem Leben nicht.

War es nun nicht an der Zeit, mir darüber klar zu werden, wie es mit meinen eigenen Lebensplänen aussah? Wollte ich nicht immer eine Familie gründen? Noch tickte mit meinen 28 Jahren meine biologische Uhr nicht wirklich. Aber wenn ich einmal Kinder haben wollte, sollte man nicht langsam darüber nachdenken? Ich musste mir über also über Grundsätzliches klarwerden und in diesem Sinn auch meine Beziehung zu Valentin beleuchten, denn mit ihm wollte ich ja leben, mit ihm wollte ich eine Gemeinsamkeit, die für beide lohnend und die für die Zukunft tragfähig war. Denn dass mein Liebster für mich der Mann meines Lebens war, stellte ich nicht eine Sekunde in Frage. Ich liebte ihn ja in jeder Hinsicht, sein Aussehen, was er sagte und wie er es sagte und vor allen Dingen sein Umgang mit mir. Es müsste doch mit dem Teufel zugehen, wenn es nicht gelänge, unser beider Verschiedenheit auf einen Nen-ner zu bringen. Und dafür musste ich meine Position verdeutlichen,das wurde mir mehr und mehr bewusst.

Wieder einmal war Mut angesagt, mit dessen Hilfe ich Valentin dazu bewegen wollte, nicht einfach nur fröhlich weiterzumachen mit unseren planlosen Vergnügungen, sondern sich festzulegen auf das Konzipieren eines gemeinsamen Lebensweges, auf dem auch ich nicht zu kurz kam. Und dafür brauchte ich erst einmal eigene, unmissverständliche Gedanken und einen klugen Schlachtplan, mit dem sich unser beider Lebensvorstellungen miteinander verknüpfen ließen. Dafür hieß es, auf einen guten Moment zu warten und nicht unmittelbar mit der Tür ins Haus zu fallen.

Dafür sollte sich bald eine passende Gelegenheit ergeben.

Wenn wir, mein Liebster und ich, nicht gerade einer unserer umtrie-bigen Wochenendaktivitäten nachgingen, verbrachten wir trödelige Nachmittage gelegentlich bei mir oder in Valentins schöner Woh-nung. Meistens gehörte dazu dann auch eine Einladung bei seiner Nachbarin Monika, nach meiner Einschätzung seiner einzigen Be-zugsperson auf einer Art von familiären Basis. Monika verwöhnte uns dann mit Selbstgebackenem oder einem leckeren Käsefondue oder einem deftigen Eintopf, für den sie, dem Vernehmen nach, berühmt war.

Manchmal hatte Monika ihre 8-jährige Enkeltochter zu Gast, die dann auch bei ihrer Oma nächtigte. Diese kleine Paula hatte für Valentin eine besondere Vorliebe und legte ihn völlig in Beschlag, wenn sie seiner habhaft werden konnte. Die beiden steckten dann wie Kinder die Köpfe zusammen, flüsterten und konnten sich gera-dezu totlachen über Geheimnisse, die sie vor uns verborgen hielten. Wir alle mochten solche entspannten Nachmittage sehr. Nachbarin Monika pflegte dann gerne zu kommentieren, dass jeder in der Fa-

155

milie bei Paula abgemeldet sei, wenn Valentin da war. Der aber war offensichtlich ebenfalls angetan von diesem liebenswürdigen Kind, das eine so große Vorliebe für ihn hegte.

Ich nahm einen solchen Nachmittag mit Paula zum Anlass, mit Valentin das Thema „eigene Kinder" zu erörtern. Ich hatte ja auch schon auf Mallorca Gelegenheit gehabt, zu beobachten, wie liebevoll und geduldig Valentin mit den Lamprechtkindern umgegangen war und dass diese ihn gar nicht mehr loslassen wollten.

Auf meine Frage, die ich bewusst nebenbei stellte, ob zu seiner Zukunftsplanung keine Kinder gehörten, antwortete Valentin mir, dass er eigentlich keine Kinder plane. Er möge Kinder zwar recht gerne, auch, weil sie ohne Arg wären, aber über das Vater-Gen verfüge er selber wohl eher nicht.

„Aber was ist, wenn ein Kind ungeplant in dein Leben hineintrudelt?" fragte ich, und hoffte, nicht allzu erschrocken zu klingen.

„Dann werde ich mein Leben umorganisieren und mein Bestes tun, um meinem Kind ein guter Vater zu sein."

„Peng!" Eine solche Antwort konnte ja wohl schwerlich der Auftakt zu meinem Anliegen sein, eine Familienplanung zur Diskussion zu stellen. Also musste ich mich dazu entschließen, direkter vorzugehen.

„Hast du dir denn auch einmal Gedanken darübergemacht, wie meine Wünsche an die Zukunft aussehen könnten? Ich versuche mir vorzustellen, wie diese mit den deinen zusammenpassen? Im Moment bin ich da etwas ratlos, das wird mir schmerzlich bewusst."

„Aber was fehlt dir denn. Bist du denn mit unserer Zweisamkeit so unzufrieden? Wir haben doch ein schönes Leben, haben spannende Berufe, können alles tun, was uns in den Sinn kommt und wir haben uns. Wir lieben uns doch, oder?"

„Ja", antwortete ich und versuchte nicht bitter zu klingen, „wir lieben uns, aber über die Zukunft sprechen wir nie. Ich weiß nicht, was du planst, wo die Reise mit uns beiden hingehen soll und wo dabei mein Platz ist."

„Sag mir genau, was dir fehlt?" erwiderte mein Freund sichtbar erschrocken, wir können doch über alles reden, was dich bewegt. Dein Platz ist natürlich unwiderruflich an meiner Seite, du je- denfalls bist der Mittelpunkt in meinem Leben, das weißt du doch, oder?"

„Aber können wir auch über alles reden, was dich bewegt?" fragte ich zurück. „Du musst doch eine Vorstellung von deinem, von unserem Leben haben, die du mit mir diskutieren kannst und die wir gemeinsam planen können. Wir haben noch nie darüber gesprochen, wie unsere gemeinsame Zukunft aussehen soll, eine Zukunft über den Tag hinaus. Wie denkst du über die Gründung einer Familie? Wie wollen wir wohnen? Mit welchem Einkommen können wir rechnen? Ich jedenfalls will Kinder, ich möchte mal heiraten, ich sehe meine Familie in einem Haus mit einem Garten und ich sehne mich nach einem Freundeskreis mit dem wir uns beide wohlfühlen. Alles das scheint dir nicht wichtig zu sein. Wie soll ich damit umgehen. Gibt es eine Lösung für unsere sehr unterschiedlichen Lebensentwürfe und gibt es für dich überhaupt so etwas wie einen Lebensentwurf?"

Valentin schwieg. Er runzelte die Stirn und sagte nach langer, quälender Pause: „Ich weiß nicht, was ich dir antworten soll. Ich plane meine Zukunft eher nicht. Ich habe ja vor dir noch nie eine längere Beziehung gehabt und auch keine engere Beziehung vermisst. Das Zusammensein mit dir ist für mich überraschenderweise beglückend. Ich kann mir ein Leben ohne dich gar nicht mehr vorstellen. Dass du so viel vermisst, hat mich jetzt kalt erwischt. Ich war davon ausgegangen, dass wir uns selbst genug sind. Es gibt noch so viel Schönes und Interessantes zu entdecken und zu lernen, so viel, was ich noch erleben will, gemeinsam mit dir erleben will. Nun sehe ich, dass ich nur an mich gedacht habe. Irgendwie habe ich vorausgesetzt, dass du ähnlich denkst, wie ich. Ich entschuldige mich für diesen Egoismus und weiß im Moment nicht, was ich sagen soll und wie ich künftig mehr Rücksicht auf deine Belange nehmen kann."

Beide hatten wir jetzt das Gefühl, dass unser Gespräch in einer Sackgasse landen würde, dass wir im Moment nicht weiterkommen können. So wollten wir die Klärung unserer Überlegungen für einen späteren Zeitpunkt aufheben.

Niedergeschlagen gingen wir an diesem Tag auseinander. Jeder wollte in seinen eigenen vier Wänden mit sich alleine sein und darüber nachdenken, wie so unterschiedliche Vorstellungen, wie wir beide sie haben, kompatibel zu machen sind.

Wir hatten uns versprochen, grundehrlich miteinander zu sein und genau zu sagen, wie ein gemeinsames Leben aussehen könnte, wo man sich entgegenkommen könnte, ohne die eigenen Persönlichkeiten und Eigenheiten aufgeben zu müssen. Denn eines versicherten wir uns beim Abschied, wir wollten einander nicht verlieren, wollten Wege finden, die wir gemeinsam gehen können. Wir wollten uns für diese wichtigen und vielleicht entscheidenden Gedanken ausreichende Zeit einräumen.

Da passte es gut, dass ich mit meiner Firma zu eine Modemesse nach Italien reisen musste, bei der wir für unsere Schmuckkollektionen neue Beziehungen anknüpfen wollten. Ich verabredete mit meinem Liebsten, dass wir in diesen 12 Tagen, in denen ich abwesend sein würde, nicht miteinander telefonieren, damit beide den Kopf frei hätten für das Nachdenken darüber, wie wir unsere Beziehung gestalten könnten. Dabei wollten wir uns nicht beeinflussen lassen von der geliebten Stimme des anderen und der Sehnsucht zueinander.

Tapfer durchstand ich die ersten Tage. Ich war es ja schließlich gewohnt, dass Valentin mich, wenn ich auf Reisen war, jeden Tage anrief und mir sagte, wie sehr ich ihm fehlte und wie lieb er mich habe. Diese Nähe zu ihm vermisste ich schmerzlich. Dafür hatte ich Gelegenheit, auch meine Gedanken zu sortieren und mir ein realistisches Bild zu machen von dem Status Quo unserer Beziehung.

Ich spürte, wie der zeitliche und räumliche Abstand mir dabei half, die Dinge klarer zu sehen und genau zu formulieren, was ich wollte und wie ich es wollte. Dabei sollten mich nicht die Emotionen übermannen, die mich, das wusste ich leider, in Gegenwart meines Geliebten, allzu leicht überholen könnten.

Jetzt war die Gelegenheit da, genau zu definieren, was ich unbedingt brauchte, um langfristig glücklich zu sein. Und dazu bedurfte es eher nicht eines Schicksalsweges, der einer endlosen Amüsiermeile glich, mit immerzu spannenden Unternehmungen, wie mein Valentin es für uns weiterhin zu gestalten gedachte.

Meine Träume und Sehnsüchte sahen ganz anders aus. Ja, ich wollte eine Familie mit Kind und Kegel. Ich hatte das Bedürfnis nach einem Normalleben, wie andere Leute es auch für sich planten. Dazu wünschte ich mir Kontakt mit echten Freunden und Freundinnen, sowie mit Nachbarn und Nachbarinnen. Es genügte mir nicht, mit meinem Liebsten alleine auf einer Insel der Glückseligen zu residieren und nur gelegentlich, am Rande mal, unverbindliche Begegnungen mit anderen Leuten zu erleben, die mir aber nichts bedeuteten.

Und – ich will es ehrlich zugeben, auch die Freundschaft meines Liebsten zu seiner sogenannten „besten Freundin" fühlte sich an wie ein Nagel in meinem Fleisch, hatte eine Wunde verursacht, von der ich nicht wusste, wie sie zu heilen wäre. Ob Valentin bereit war, meinem Seelenheil zuliebe auf diese Verbindung zu verzichten? Irgendwie ahnte ich, dass dieses, mein Ansinnen scheitern würde. Ich konnte mir allerdings kaum vorstellen, dass ich es aushalten könnte, ewig dieser seltsamen Allianz zuzusehen. Valentin hatte sich auch noch nie dazu geäußert, mit mir zusammenleben zu wollen. Wir waren ja fast täglich beisammen, bei mir oder bei ihm. Aber eben nicht bei uns. Hier war der erste Punkt, der einer Nachbesserung bedurfte.

Ich wollte jetzt Nägel mit Köpfen machen und wirklich alles regeln, was einer „normalen" Beziehung im Wege stand. Und dafür hatte ich erschreckend viele Veränderungswünsche.

Praktisch, wie ich veranlagt bin, machte ich mir bei der Gelegenheit auch Gedanken darüber, dass der Verkauf meiner Wohnung und seiner, sehr wertvollen Wohnung inmitten der Stadt, ganz sicher ausreichen würde, um ein schönes Haus am Stadtrand zu erwerben. Und wenn die Finanzen dafür nicht ganz reichen würden, so gab es auf Mallorca ja auch noch dieses Winzhaus, das sich bei der exponierten Lage und der Entwicklung der Immobilienpreise, ganzsicher lohnend veräußern ließe. Dazu kam, dass sich dieses putzige Häuschen ja wohl kaum für Familienferien eignen würde.

Was unser beider Einkommen anbetraf, da müssten eben auch mal die Karten auf den Tisch gelegt werden. Maximilian Lamprecht hatte ja unmissverständlich gesagt, dass Valentin seine Tätigkeit im Verlag ausweiten könne, dass eine lohnende Karriere in seinem Verlag möglich sei, sodass die aufwändigen Reisen mit und für den Saruter-Konzern nach meiner Einschätzung gar nicht mehr nötig wären. Dass dann nicht mehr viel Zeit für ein Studentenleben blieb, war meiner Ansicht nach folgerichtig und gehörte zu den veränderten Lebensumständen, die sich für Valentin ergeben müssten.

Je mehr ich über mein künftiges Leben mit Valentin nachdachte, desto zuversichtlicher wurde ich. Schließlich liebte Valentin mich und wollte mich nicht verlieren, da war ich sicher und das hatte er ja mehrfach betont. Auch er würde über unsere Situation nachdenken und zu Kompromissen bereit sein, damit wir gemeinsam glücklich sein könnten.

Die winzigkleinen Zweifel tief in meinem Herzen daran, dass mein Marshallplan sich vielleicht so nicht durchführen lassen würde, überhörte ich geflissentlich und lächelte sie einfach weg, wenn ich an meinen Valentin dachte und an die Pläne, an denen wir bald für unsere gemeinsame Zukunft schmieden würden.

Als ich nach meiner Geschäftsreise meine heimatlichen Gefilde wieder erreicht hatte, sah ich dann doch etwas bange unserem anstehenden Gespräch entgegen. Würde Valentin sich nicht vielleicht überrumpelt fühlen, wenn ich ihm das Lebenskonzept für uns beide fix und fertig, ausgefeilt bis in den letzten Winkel, vorlegen würde?" Aber was blieb mir übrig, es musste doch sein. Ich konnte nicht ewig in dieser Warteposition verharren und mich damit abfinden, dass – nichts – passierte. So sprach ich mir Mut zu.

Etwas konsterniert erlebte ich dann zwei endlose Tage, noch dazu Wochenendtage, an denen ich wieder daheim war, ohne dass mein Valentin sich bei mir meldete. Etwas besorgt entschloss ich mich dann doch, den ersten Schritt zu tun, denn vor uns lag ja eine wichtige Lebensphase, in der die Weichen für die Zukunft gestellt werden sollten. Es machte keinen Sinn, unsere Probleme zu verdrängen, oder sich wegzuducken. Und als Probleme empfand zumindest ich die ungeklärte Situation, in der wir lebten.

Als ich Valentin dann am Montag anrief, musste ich feststellen, dass er derzeit nicht erreichbar war. Nicht über sein Festnetz und auch nicht auf seinem Handy. Ich sprach auf die Mailbox und versuchte mein Glück auch im Verlag Lamprecht. Dort zumindest wurde mir gesagt, dass Valentin von Herbenstein derzeit auf Reisen sei.

Wenigstens gab es eine Erklärung für die kontaktlose Zeit. Da wir ja vereinbart hatten, für unsere „Denkpause" keine Verbindung zueinander aufzunehmen, konnte ich auch nicht erwarten, dass mir Nachrichten zugestellt würden.

Noch am Abend erhielt ich dann den erlösenden Anruf. Zwar leider nur kurz, also praktisch im Vorübergehen, rief mich Valentin aus Kuba an. „Na schön, dachte ich enttäuscht, also Kuba statt Lily. Mein Gesprächspartner war dann auch nicht sonderlich gesprächig, wie eigentlich immer, wenn seine Saruter-Reisen Unterbrechungen erfuhren. Aber wie gewohnt liebevoll und warm begrüßte mein Liebster mich und versprach, in wenigen Tagen bei mir zu sein.

Die Zeit bis dahin wollte ich nutzen, um in meinem Kopf, meiner Wohnung und auch in meinem Büro-Atelier in der Firma alles so optimal aufzuräumen, zu sortieren, zu erledigen, dass ich mich ganz auf meinen Valentin konzentrieren konnte, wenn ich ihn dann endlich wieder in meine Arme schließen könnte.

Wie immer, wenn ich meinen liebsten Menschen erwartete, bereitete ich alles sorgsam vor. Ich kochte für uns zwei und schmückte meine Wohnung und schmückte auch mich so einladend, dass mein Valentin sofort sehen und spüren sollte, wie sehr ich ihn vermisst hatte. Als er dann, mit einem Riesenstrauß weißer Rosen vor mir stand, wusste ich kaum, wohin mit meiner Liebe zu diesem schönen Mann, meinem Mann. Ja, Valentin war die Liebe meines Lebens, ich liebte ihn mit allen Fasern meines Herzens, das war mir immer klar, wenn ich an ihn dachte, besonders aber, wenn ich ihn sah, er bei mir war und ich ihn mit allen meinen Sinnen spürte, ihn wahrnehmen konnte. Wir gehörten einfach zusammen. Ich konnte mir das Leben ohne ihn nicht mehr vorstellen und ich wollte es mir ohne ihn auch nicht vorstellen. Da würden die kleinen Hürden, die noch zwischen uns standen, doch sicherlich leicht überwinden lassen, oder? Sagten alle Philosophen zu allen Zeiten nicht, dass Liebe alle Widrigkeiten überwinden könne? Also musste es uns gelingen zusammenzufügen, was uns noch trennte.

Valentin fragte mich nach meinen Erlebnissen auf der Messe und freute sich mit mir, dass meine Schmuckentwürfe für eine Modekollektion so gut angekommen waren. Wir sprachen über das, was mich beschäftigt hatte in diesen Wochen. Kein Wort fiel über seine Reise nach Kuba. Auf meine Nachfrage meinte er nur lakonisch wie üblich, dass es kaum Möglichkeiten gegeben hätte, Land und Leuten näher zu kommen und die geschäftlichen Abwicklungen seien ganz genauso wie immer abgelaufen, nüchtern und anstrengend. Mit dieser knappen Auskunft war seine Berichterstattung beendet. Wieder mal!

Wieso hatte ich eigentlich gedacht, dass sich etwas geändert hätte? Valentin behielt weiter sein Parallelerleben für sich und hatte wenig Ambition, sich mitzuteilen. „So ist er halt, dachte ich, das wird sich hoffentlich geben, wenn er diese Saruter-Reisen nicht mehr unternehmen muss. Irgendwie hatte ich bei diesen Gedanken gar nicht im Kopf, dass Valentin mir auch nie etwas über seine Arbeit im Verlag mitteilte und die hatte mit den Saruters nichts zu tun. Und Berichte über seine Studien an der Uni gab es ja auch nicht. Valentin hatte grundsätzlich nicht das Bedürfnis, sich mitzuteilen. Die Gedanken darüber versuchte ich erst einmal zu ignorieren und hoffte auch hier auf die Zukunft.

Jetzt aber war es Zeit, mehr Gemeinsamkeit zu schaffen. Es brannte mir auf der Seele, ihm meine Zukunftsvisionen zu unterbreiten, ihn anzustecken mit meiner Freude auf unser gemeinsames Leben. Kleine Zweifelsgedanken, wenn sie sich einschleichen wollten, verbannte ich in die hinterste Ecke meines Bewusstseins.

Nachdem wir genüsslich gespeist und es uns mit einem Glas Rotwein auf dem Sofa gemütlich gemacht hatten, hoffte ich, dass Valentin unser geplantes Grundsatzgespräch eröffnen würde. Der aber zog mich nur ganz eng an sich und hielt mich so fest, als wollte er mich nie mehr loslassen. „Nein mein Freund, so kommst du mir nicht davon", dachte ich, „auch dann nicht, wenn du listigerweise die Sinne zu Hilfe nimmst. Jetzt wird geredet, jetzt zählen Argumente, meine Argumente nämlich, und Ausflüchte gelten nicht."

Vorsichtig begann ich also den Dialog: „Mein Liebster, hast du dir denn nun mal darüber Gedanken gemacht, wie es mit uns weitergehen kann?"

„Ja und nein", sagte Valentin mit einem tiefen Seufzer, „ich weiß jedenfalls, dass ich dich niemals vermissen möchte. Aber ich kann mir nur schwer vorstellen, wie ich deinem Bild von einem treusorgenden Ehemann entsprechen kann. Du kennst mich nun schon geraume Zeit. Und du weißt, wie wichtig es mir ist, meine Freiheit zu bewahren. Niemals jedoch würde ich eine solche Freiheit benutzen, um unsere Beziehung zu beschädigen. Aber ich brauche viel Zeit für mich, will Wissen erwerben und ich muss dies oder jenes machen können, wenn mir der Sinn danach steht. Für mich ist es eine entsetzliche Vorstellung, mich endgültig für eine Lebensform festlegen zu müssen."

„Ja, aber du hast dich doch für mich entschieden, nicht wahr?" „Ja, das habe ich und zwar mit ganzem Herzen! Aber mir will nicht in den Sinn, dass ich damit auch aufhören muss, Valentin-Enno zu sein, sondern stattdessen der Norm zu entsprechen, die landläufig einem Mann übergestülpt werden. Ich bin das nicht Lily. Ich bin nicht der Versorger und Ernährer, als den du mich sehen willst. Und ich kann nicht einsehen, dass du davon unsere Beziehung abhängig machen willst."

„Und ich liebe dich auch von ganzem Herzen, erwiderte ich, und das Leben mit dir ist wunderschön und abwechslungsreich und spannend, aber ich bin ein normales Mädchen, das eben nicht nur über Amüsements nachdenkt, sondern ein Nest bauen möchte. Wie um Himmels Willen kriegen wir das mit deinen extrem freiheitlichen Bedürfnissen zusammen?"

„Denke ja nicht, dass ich mir darüber keine Gedanken gemacht habe, ich will ja, dass du glücklich bist. Aber ich bin ein unverbesserlicher Einzelgänger. Die Gesellschaft von Menschen erschöpft mich. Ich habe nicht das Bedürfnis, mich mit anderen Leuten zu befreunden. Ich selber genüge mir und ich bin zufrieden und glücklich, wenn ich meine Zeit mit dir teilen kann. Andere Freundschaften suche ich nicht."

„Aber du pflegst doch auch ein Gesellschaftsleben, besuchst Veranstaltungen und wirst in Gesellschaft von namhaften Leuten gesehen. Genau genommen könnte man dich sogar als einen öffentlichen Menschen bezeichnen, so oft, wie du von den Medien gesichtet wirst und gemeinsam mit prominenten Leuten unterwegs bist."

„Ja, ich absolviere Pflichtprogramme, die zu meinem Beruf gehören und die man von mir erwartet, aber zu meinen Bedürfnissen gehört es nicht, mich auf banale Konversationen einzulassen, deren Inhalte mich nicht interessieren."

Regungslos hörte ich zu. Ich war außerstande zu antworten. Vor meinem inneren Auge zerbarsten gerade meine Träume, mein ganzes Glückskonstrukt, das ich für Valentin und mich entworfen hatte. Mir war urplötzlich bewusst, wie tief der Graben war, der unserer beider Lebensvorstellungen trennte und dass er wohl unüberwindlich war.

Ein gemeinsames Leben könnte nur funktionieren, wenn einer von uns sich völlig aufgab. Aber konnte auf solche Weise ein gemeinsames Glück zustande kommen? Gemeinsam glücklich sein? Darauf müsste es doch eigentlich hinauslaufen, nicht wahr? Ich sah es jetzt glasklar: Valentin konnte kein Familienleben führen, wie es mir vorschwebte. Ein Freundeskreis, wie ich ihn brauchte zum Glücklichsein, war ihm ein Graus. Ein Leben ohne Kinder würde er bevorzugen. Und er würde sich nie ganz in sein Herz schauen lassen, würde immer eigene Wege gehen, die für mich ein undurchschaubares Dickicht wären. Ja – und das seltsame Band, das ihn mit Regina Saruter und ihrem Clan verband schien, das musste ich mir ebenfalls schmerzlich eingestehen, wohl absolut reißfest zu sein. Ich wagte es gar nicht, das Thema überhaupt zu erörtern, denn ich ahnte, dass ich dabei mit meinem (geheimen) Ansinnen ebenfalls auf Granit beißen würde."

Als ich noch zaghaft das Thema Zusammenwohnen erörtert hatte, erklärte mir Valentin auch dafür sein absolutes Unverständnis. Er wollte mir beweisen, wie sinnvoll eine eigene Wohnung sei. Wir genössen doch den Luxus, dass jeder von uns seinen Rückzugsort hätte und wir uns bei mir, bei ihm oder auch in Spanien gemeinsam aufhalten könnten, wann immer uns der Sinn danach stände. Er versuchte mir zu erklären, wie wichtig seine beiden eigenen Zuhause, das hier in München und auch das auf Mallorca, ihm wären. Er verbände damit viel mehr als eine Wohnung oder ein Haus. Vielmehr hätte er, das lag sicher an seiner wechselvollen, seiner chaotischen Kindheit, in der er sich überall unwillkommen und überflüssig gefühlt hatte, eine starke Bindung an diese beiden Orte. Hier fühlte er sich willkommen, und liebevoll umarmt, hier spüre er Sicherheit. Dies mochte für Außenstehende lächerlich klingen, denn wer kann schon von Wänden umarmt sein. Aber ganz genauso fühle er eben.

Was sollte ich sagen? Ich hätte gegen alle seine Einwände mit guten Argumenten aufwarten können, aber ich musste einsehen, dass diese kein Gehör finden würden.

Valentin wollte mit mir seine Zeit teilen, nicht aber sein Leben. Wir beide tickten einfach unterschiedlich. Ich hätte das wissen müssen. Von Anfang an. Ein so attraktives Exemplar von einem Mann, der dazu noch vielseitig begabt, geistreich, großzügig und in jeder Hinsicht spannend, außerdem noch ein einzigartiger Liebhaber ist, kann nicht problemlos in ein Normalleben eingegliedert werden, wie ich mir das so vorstellte, wie ich mir das sehnlichst wünschte und wie es auch für mich, das erkannte ich immer deutlicher, auch unabdingbar ist.

Valentin wollte offenbar, dass wir so weitermachen sollten, wie bisher. Und ich wollte Entscheidungen. Aber die konnte ich nicht erzwingen. Nicht von ihm. Das wurde mir zur bitteren Gewissheit. Es hätte auch nichts gebracht, wenn wir über Einzelheiten debattiert hätten.

War sich mein Freund meines tiefen Seelenkummers eigentlich bewusst? Mein Herz war zentnerschwer, ich sah keinen Ausweg. Ich begann zu weinen und konnte gar nicht mehr aufhören damit. Statt zu reden, hielten wir einander fest und wussten beide im tiefsten Inneren, dass unsere gemeinsame Zeit zu Ende war. Unser Glück war dem Alltag, den ich einforderte, nicht gewachsen. Valentin wollte keinen Alltag. Valentin wollte das exquisite Luxusleben eines Einzelgängers führen, nur eben zu zweit.

164

Mir kam für unsere ausweglose Situation der Text der alten Volksballade in den Sinn: *„Es waren zwei Königskinder, die hatten einander so lieb, sie konnten zusammen nicht kommen, das Wasser war viel zu tief".*

Wir beide, Valentin und ich waren auf so schmerzliche Weise verschieden, dass es für einen gemeinsamen Alltag keinen gemeinsamen Nenner geben konnte. Bei Licht betrachtet glichen wir zwei Antagonisten, die aus verschiedenen Galaxien kommen, zwischen denen nicht nur Welten liegen, sondern unüberwindliche Weltenräume, in denen wir hilflos umherflackerten und verglühen würden, wenn wir einander mit Gewalt festhalten wollten.

Aber so ganz wollten und konnten wir beide noch nicht fassen, dass es vorbei sein sollte, wollten es irgendwie nicht wahrhaben. In uns war noch so viel Liebe füreinander, aber auch diese tiefe Traurigkeit, die einfach nicht glauben wollte, was der Verstand längst realisiert hatte.

Als wir uns an diesem Tag trennten, fragte ich mich, wie ich den Schmerz, ihn zu verlieren, überstehen könnte. Zum ersten Mal in meinem Leben erlebte ich, wie mein Herz in meinem Leib vor Kummer körperlich weh tat und dass ich nicht wusste, wohin mit mir und diesem Schmerz.

An den Folgetagen war ich stündlich, ja fast minütlich versucht, zum Telefon zu greifen, meinen verlorenen Liebsten anzurufen undihn weinend zu bitten, zu kommen und mich in den Arm zu nehmen. Ich hatte eine solche Sehnsucht nach ihm, dass ich verzweifelt dachte, ich müsse mich, gegen jede Vernunft, ganz auf ihn einlassen,egal, ob es zwischen uns passte, oder nicht, die Hauptsache wäre ich verlöre ihn nicht. Wie bloß sollte ich ohne ihn jemals wieder glücklich sein?

Zu meinem Schmerz über die Trennung zweier Liebender gesellte sich auch die wachsende Enttäuschung darüber, dass Valentin sich so kampflos meiner Entscheidung, unsere Beziehung zu beenden, gebeugt hatte. „Hätte ich mir gewünscht, dass er mich zurückerobern wollte? Hätte ich mir von ihm deutliche Zugeständnisse an meine Prinzipien und Wünsche vorstellen können?"

Ach, ich wusste selbst nicht, was ich denken sollte, Klar war mir allerdings nur zu genau, dass es wenig Sinn machen würde, kleine Korrekturen an den eigenen Möglichkeiten vorzunehmen. Wir waren einfach zu verschieden. Das mussten wir uns grundsätzlich eingestehen. Und wir wussten beide dass wir diese Entscheidung jetzt treffen mussten, um dem Anderen wieder Zeit für ein eigenes Leben einzuräumen, um auch selbst wieder ein eigenes Leben führen zu können. Trotzdem. Ich war noch so ganz erfüllt von ihm und ich spürte auch deutlich, dass er mich nicht loslassen konnte. Wir trafen uns dann noch unregelmäßig innerhalb der nächsten Wochen und hatten dann nur wenig Worte. Meistens hielten wir uns nur an den Händen und sannen unserer Traurigkeit und dem Schmerz nach, weil wir wussten, dass wir uns verloren hatten. Wir wagten es dann kaum, einander anzusehen und kämpften beide gegen die aufsteigenden Tränen, die hoch in der Kehle saßen.

Aber wie das so ist mit der Zeit, die gnädig mit den Wunden umgeht, die sie uns vorher so gnadenlos geschlagen hatte, sie hören nach und nach auf zu bluten und die Normalität hält wieder langsam Einzug in den Alltag. Mir half, dass ich in meiner Firma extrem gefordert war und meine Gedanken auf meine Arbeit richten musste.
Ganz bewusst kümmerte ich mich auch wieder um meine Freundinnen und meine Freunde. Und ich war dankbar dafür, dass ich wieder wie eh und je willkommen war zu allen kleineren und größeren, den ganz profanen Aktivitäten, wie meine Leute sie gerne unternahmen, wie Grillen, eine Glühweinsause im Schnee oder eine Bierwanderung in den Bergen. Ich konnte ihre lärmende und manchmal auch nachdenkliche Geselligkeit wieder, wie in alten Zeiten, wenn auch mit etwas schlechtem Gewissen, genießen und freudig zur Kenntnis nehmen, dass ich immer noch dazu gehörte. Ja, ich war in meiner Welt wieder angekommen und gestand mir ehrlich ein, dass ich die altgewohnten Vergnügungen vermisst hatte.
Besonders meine Treffen mit Jana waren mir wieder wichtig geworden. Ich hatte meine allerbeste Freundin wirklich sträflich vernachlässigt. Ohne dass sie mir Vorwürfe machte, konnte ich meine Freundschaft zu ihr und die liebevolle Nähe zu ihr wieder aufnehmen, so als sei sie niemals unterbrochen gewesen.
„Sag nichts", bat ich sie, „ich weiß ja, du hast mich gewarnt. Und wie du vorausgesagt hast, ist es gekommen; man kann eben nichts passend machen, wenn es nicht von Anfang an passt, das habe ich inzwischen schmerzlich erfahren müssen. Aber es tut so weh!", fügte ich traurig hinzu.
„Dieser edle Knabe war eben aus einer anderen Welt. Aber mir war

durchaus klar, wie sehr er dich faszinierte und dass du durch diese Schicksalszeit hindurchgehen musstest. Ich wusste aber auch, dass die Geschichte ihre Zeit haben würde. Ich habe nur befürchtet, dass du zerbrechen könntest an den bitteren Erfahrungen mit ihm, oder dass du zumindest schlimme Blessuren davontragen würdest."

„Das habe ich auch", erwiderte ich ernst. „Es ist für mich noch längst nicht überstanden. Vielleicht werde ich das niemals ganz überwinden. Aber es war eine wundervolle, eine intensive und einzigartige Zeit mit ihm. Eine Zeit voll Magie und für immer unvergesslich. Nur leider gibt es für eine gemeinsame Zukunft absolut keine Chance, nicht einmal einen Schimmer davon." Meine aufsteigenden Tränen versuchte ich vor Jana zu verbergen. Die aber verstand genau, was ich meinte und nahm mich wortlos in die Arme.

Ich hatte nicht das Bedürfnis, Jana aus dieser Zauberzeit mit Valentin zu berichten. Erstmalig verstand ich, dass man das Verlangen haben kann, Gefühle und Erinnerungen tief im eigenen Herzen zu bewahren und sich nicht mitzuteilen. Und wer weiß schon, welche Prägungen oder gar Traumata der Grund für Valentins Verschlossenheit gewesen waren. Ich habe Vieles an ihm nicht verstanden und kann es bis heute nicht deuten. In mir ist neben dem Gefühlschaos ein großes Rätsel zurückgeblieben. Und ich war Jana dankbar dafür, dass sie nichts fragte.

Ja, und dann lernte ich Eric kennen. Meine Kumpel-Truppe und ich waren an einem Wochenende zu einer Skifreizeit mit dem Bus nach Südtirol gefahren, wie viele andere junge Leute auch. Als Jana und ich uns ein Sportpäuschen gönnten, hatten die Ski abgeschnallt in einen Schneehaufen gesteckt und gönnten uns ein Sonnenbad auf dem Berg. Plötzlich bremste ein Skifahrer dirckt vor uns mit rasantem Schwung ab, sodass der Schnee und kleine Eisstückchen hoch aufwirbelten und auf uns niederprasselten. „Halt, Stop junger Mann, nicht so temperamentvoll, eine sanftere Landung hätte es auch getan, nicht wahr?" lachte Jana ihn an. Der erwiderte frech: „Klar doch, aber wie hätte ich dann mit euch ins Gespräch kommen können?"

Und genauso ging es weiter. Dieser lustige Knabe, der sich zackig mit „Eric" vorstellte, heftete sich penetrant an unsere Fersen. Dabei ließ er sich derart witzige Sprüche einfallen, dass wir ihm nicht böse sein konnten und aus dem Lachen nicht herauskamen. Und er gab keine Ruhe, bis wir ihm versprachen, in München unsere soeben begonnene Freundschaft fortzusetzen. Und das wurde dann tatsächlich eine richtige Freundschaft, denn es folgte eine Reihe von lustigen Verabredungen mit ihm. Dass mit seinem Interesse explizit ich gemeint war, stellte sich schnell heraus.

So einfach und rasend schnell begann damit für mich ein völlig neuer Lebensabschnitt. Für Traurigkeit blieb einfach keine Zeit. Meine Gefühle, an denen ich soeben noch heftig gelitten hatte, wurden unversehens verdrängt. Waidwund, wie ich war, genoss ich die Aufmerksamkeit dieses netten Naturburschen, der seine Bewunderung für mich unverhohlen bei jeder sich bietenden Gelegenheit zeigte, ungemein.

Ruckzuck, und ehe ich mich versah, war ich mit ihm verheiratet. Dafür hatten wir tatsächlich nur ganze 6 Monate gebraucht und uns schnell entschieden, zusammenzubleiben. Eric war 36 Jahre alt, arbeitete als Informatiker in München und hatte ähnliche Zukunftsvorstellungen wie auch ich. Er hatte, als wir uns begegneten, gerade für sich entschieden, dass es Zeit war, sich zu binden und nicht mehr unverbindlich in der Gegend herumzuflirten. Vielmehr wollte er endlich sesshaft sein und eine Familie gründen. Mit solchen Ambitionen traf er bei mir genau in die Bedarfslücke, die gerade für solche Botschaften weit offen und sehr empfänglich war.

Ob ich verliebt war in ihn? Nun, ich fand ihn charmant, er brachte mich oft zum Lachen und seine sportliche Attraktivität sprachen mich durchaus an. Mein Verstand signalisierte mir zudem, dass ich für eine solche, eben gerade überwundene sehnsuchtsvolle Verliebtheit, wie ich sie mit Valentin erlebt hatte, die immer auch mit einem kleinen Schmerz und nicht wenig Zweifeln verbunden gewesen war, mein Herz vollkommen eingenommen hatte. Ich wollte das so nicht mehr durchleiden. Ich brauchte eine unkomplizierte Beziehung, die für mich berechenbar war und in der Herzschmerz keinen Platz finden würde.

Und genau das konnte ich mit Eric leben. Mit ihm verwirklichten sich meine Vorstellungen von Familienglück, von einem netten Haus am Stadtrand und einem lustigen, freundlichen Freundeskreis, mit dem es Spaß machte viel zu unternehmen. Die Geburt unseres Sohnes Lenhart machte unser Glück vollkommen, das dann noch zwei Jahre später durch, unsere kleine sonnige Tochter Almut ergänzt wurde. Nach der üblichen Elternzeit, die ich mir mit meinem

Mann teilte, stieg ich wieder in meinen Beruf ein. Meine Firma hatte mir den Platz freigehalten und bot mir, auch als Teilzeitkraft weitere Karrieremöglichkeiten, die verständnisvoll meiner Mutter-schaft angepasst wurden. Meine Eltern und Geschwister unterstütz-ten mich, wenn Reisen anstanden, so konnte es gelingen, das unser Familienleben, aber auch meine Berufspläne perfekt zu organi-sieren waren.

Auch mein Mann machte eine lohnende Karriere, verdiente recht ordentlich und wir hatten es in jeder Hinsicht gut miteinander. Man kann sagen, dass ich recht glücklich, zumindest zufrieden mit mei-nem, unserem jetzigen Leben war.

Ja und meine Vergangenheit? Meine Zeit mit Valentin? Dachte ich noch an ihn? Vermisste ich ihn womöglich?

Erinnerungen an ihn hatte ich in den hintersten Winkel meiner Seele gepackt und unter „Träume" abgelegt. Es gab, das wusste ich, Zeit für Fantasien und Zeit für die Realitäten des Lebens. Ich als ver-nunftsbegabter Mensch wollte mich jedoch nicht dauerhaft auf-halten mit Sehnsüchten, die keinen Sinn machten, die ohnehin niemals zu realisieren waren. Wenn sich dann gelegentlich doch mal ein träumerischer Gedankensplitter in meinen Alltag einschleichen wollte und mich daran erinnerte, dass herzzerreißender Liebeszau-ber einmal vorgekommen war in meinem Leben, verdrängte ich ganz schnell solche Gedanken, die doch zu gar nichts führten. Aber ganz abschneiden ließ er sich eben doch nicht, dieser Sehnsuchtsfaden, der wohl für immer meine gut versteckten Gefühle begleiten würde, ob ich das wollte, oder nicht.

Und dann kam Mailand.

Ich freute mich schon Wochen vorher auf eine Geschäftsreise, die meine Firma wieder einmal nach Mailand führen sollte. Eine wich-tige Modemesse stand an, in der wir, zusammen mit exklusiven Modehäusern, neue Schmuckkollektionen vorstellen wollten. In unseren Ateliers herrschte fiebrige Aufregung, denn es wimmelte wieder, wie immer vor solchen Events, von Designern, Designe-rinnen, Fotografen und Fotografinnen wie auch Journalisten und Jounalistinnen in unserem Haus. Bis zur letzten Sekunde wurde geplant, gestaltet und wieder umgestaltet. Ich liebte diese fiebrignervöse Atmosphäre in unserer Firma, von der dann alle Beteiligten erfasst waren. Und ich liebte diese Reisen zu Messen und Shows, an denen wir immer wieder als Highlights unseres Arbeitsalltags teilnehmen durften, sowieso.

Zwar erlebten wir diese Phasen der Vorbereitung und natürlich auch besonders die Veranstaltungen selbst, als eine einzige Stress-Strecke. An Ausruhen, Feierabend, an Schlaf und freie Wochenenden war rund um solche Zeiten nicht zu denken. Aber die ganze Mannschaft, alle Kreativen und auch die Büroleute, die sämtliche Organisation verantworteten, waren dann so angefüllt mit adrenalinschweren Glückshormonen und freudiger Erwartung, aber auch voll von ängstlichen Befürchtungen, ob alles klappen würde und ob wir gefallen können, dass wir solche Hoch-Zeiten als inspirierend und voller Glanz erlebten.

Als wundervolles Zusatzgeschenk an alle Beteiligten genossen wir es auch sehr, dass wir bei diesen Gelegenheiten fast immer in den schönsten Hotels der Stadt residieren durften und auch gastronomisch verwöhnt wurden, wenngleich für genussvolle Gastlichkeit kaum Zeit blieb und wir uns nur zwischendurch an den Köstlichkeiten der eigens für die Aussteller aufgebaute Büfetts bedienen durften.

Wie gesagt, solche exklusiven Präsentationen in den großen Modestädten waren besondere Ereignisse, für die eine Teilnahme ein besonderes Privileg bedeutete, praktisch eine Belohnung war für unermüdlichen und engagierten Einsatz das ganze Jahr über.

Ich selbst empfand es jedes Mal als besondere Wertschätzung, dass meine Teilnahme an solchen wichtigen Events für mein Chef-Ehepaar selbstverständlich geworden war und für sie und das ganze Team außer Frage stand.

Selbstverständlich allerdings war die häusliche Organisation für solche beruflichen Einsätze innerhalb meiner Familie ganz und gar nicht, wenn eine solche Reise anstand. Meine Abwesenheit von daheim, die sich zumeist von über jeweils einer Woche bis zu 10 Tagen erstreckte, musste kompliziert überbrückt werden. Dazu kam dann immer noch ein zusätzlicher Firmeneinsatz, der in solchen Vorbereitungen und Nachbearbeitungen zeitlich generell mächtig überzogen wurde. Aber mein verständnisvoller Ehemann ermöglichte mir die Teilnahmen an diesen Reisen, von denen er wusste, wie sehr mein Herz daran hing und wie sehr ich ihnen entgegenfieberte, grundsätzlich. Er hielt mir dann in Bezug auf familiäre Verpflichtungen den Rücken frei. Dafür vereinbarte er in seiner Firma zeitliche Umstrukturierungen, arbeitete teilweise daheim und wechselte sich mit meiner Familie und seiner Familie in Sachen Kinderbetreuung ab. Allerdings wusste er auch genau, wie wichtig meine Arbeit meinem Chef-Ehepaar war und dass es in meiner Position unabdingbar war, bei allen wichtigen Terminen zugegen zu sein. Ich fühlte mich ziemlich unentbehrlich in unserem „La- den" und war es wohl auch. Daraus resultierte schließlich mein nicht unerhebliches Einkommen, auf das wir mit Familie und unserem schönen Haus, das noch längst nicht abbezahlt war, durch-aus auch angewiesen waren.

Jedenfalls konnte ich mich unbelastet auf meine „Betriebsaus-flüge" freuen und kam dann jedes Mal glücklich, wenn auch völlig ausgepowert, zurück in meinen ebenfalls geliebten heimischen Familienalltag.

Auf Mailand freute sich die gesamte Firma immer ganz besonders. Nicht nur die modischen Präsentationen eröffneten uns jedes Mal neue geschäftliche Beziehungen, wir genossen in den Medien dann auch die besondere Aufmerksamkeit, die für eine Firma wie der unseren, die notwendige Publikation ermöglichte. Wir Angestellten der Firma Erwin Kugler GmbH freuten uns aber auch darauf, dass wir in dem wunderschönen, antiken Hotel inmitten von Mailand wohnen und dabei eine ganze Woche lang internationalen Luxus schnuppern durften, so als gehörten wir dazu, zu dem erlesenen Kundenkreis der großen Modehäuser, zu deren gelungenen Auftrit-ten wir ja maßgeblich beitrugen.

Schon die Ankunft in dem herrlichen Foyer vermittelte mir, wie jedes Mal hier, das Gefühl, in eine andere Welt einzutauchen. Als ich mein Gepäck einem Serviceboy überlassen hatte und noch einen Espresso in dem Cafe´-Salon nehmen wollte, bevor ich mein Zim-mer bezog, durchquerte ich die wunderschöne Eingangshalle, in der eine emsige Betriebsamkeit herrschte. Anreisende waren damit befasst, an der Rezeption einzuchecken, Liftboy´s und Gepäck-träger hasteten durch die Halle und riesige Kofferberge auf Trans-porttrolley wurden von Angestellten des Hotels zwischen den Gästegruppen hindurch geschleust.

In freudiger Stimmung genoss ich diese erwartungsvolle Hotel-

Atmosphäre, die ich so liebte, als ich hörte, wie jemand meinen Namen rief. Ein glühender Strahl durchfuhr meinen Körper. Noch einmal: „Lily", wirst du bitte stehen bleiben!" Diese Stimme kannte ich. „Déjà-vu" dachte ich erschrocken. „Aber das konnte ja nicht sein. Und war überhaupt ich gemeint? Aber gab es Stimmen, die einander so ähnlich sein konnten? Und sollte eine solche Stimme dann ausgerechnet hier in Mailand meinen Namen rufen?"

Ich sah mich erschrocken um und war sicher, einer Illusion aufgesessen zu sein. Aber mein zweifelndes Staunen stellte sich als Realität heraus. Ich sah meinen ehemaligen Valentin mit langen Schritten einem entzückenden kleinen Mädchen von vielleicht 2 Jahren nachlaufen, das sich mit flinken Beinchen ihrem Verfolger zu entziehen trachtete. Als er sie eingeholt hatte, hob er das jauchzende und strampelnde kleine Bündel hoch in die Luft und schüttelte es lachend. Die Kleine rief lautstark um Hilfe und verlangte energisch auf Italienisch, sofort heruntergelassen zu werden.

Der aber dachte nicht daran, offensichtlich froh, dass er das Kind endlich eingesammelt hatte.

Ich in meiner Schockstarre überlegte, ob ich mich bemerkbar machen sollte, oder wollte,

Da war Valentin, ja, er war es tatsächlich, meine ehemals große Liebe, hier leibhaftig, nur wenige Meter von mir entfernt.

Er hatte mich längst entdeckt und kam strahlend auf mich zu. Ich war zur Salzsäule erstarrt und hatte keinen blassen Schimmer, wie ich reagieren sollte. Die Entscheidung darüber wurde mir abgenommen, denn Valentin drückte mir das widerstrebende kleine Wesen einfach in den Arm. In meiner aufsteigenden Panik hätte ich es beinahe fallengelassen, Aber Valentin sicherte das Kind mit einem unterstützenden Griff und sagte fröhlich: „darf ich vorstellen, das ist Lily und auf mich weisend zu dem Kind, und das ist auch Lily!"

Das bezaubernde kleine Ding schüttelte ihre dunklen Locken, sah mich aus großen dunklen Augen strafend an und streckte dann ihre drallen Ärmchen verlangend nach Valentin aus, der sie dann auch gleich wieder in seine Arme zog.

„Nun hast du gleich die Bekanntschaft mit meiner Jüngsten gemacht", meinte er lachend.

„Ich freue mich sehr, dich zu sehen. Ich hatte gehofft, dich auf dieser Messe zu treffen, auf der auch meine Frau ihre Cashmere-Mode ausstellt." Mir war schwindelig und mein Herz pochte wie verrückt.

Hatte ich soeben Valentin als Vater erlebt? Meine Gesichtszüge fühlten sich an wie eingefroren. Was sollte ich bloß sagen, was denken, was fühlen? Und was meinte er damit, dass er mir die Kleine mit meinem Namen vorstellte?

„Was machst du heute Abend?" wurde ich nun übergangslos gefragt, „der Messerummel beginnt doch erst morgen. Können wir uns zum Dinner sehen, damit ich dir meine Familie verstellen kann? Bitte Lily, mir liegt sehr daran und es wird doch auch wirklich Zeit, nicht wahr? Und meine Frau will dich schon so lange kennenlernen und würde es mir nie verzeihen, wenn ich dich so einfach ziehen ließe. Und ich würde mir das auch nicht verzeihen."

Ehe ich wieder richtig denken konnte, hatte sich Valentin meine Zimmernummer erbeten und mich auf 18 Uhr festgenagelt. Valentin entschuldigte sich nun eilig, weil das ungeduldige Kind ihm wieder ausbüxen wollte und sagte, dass Isabella und die Kinder schon in ihrer Suite seien. Er selbst wäre ja, wie ich gerade erlebt hätte, von dem kleinen Wirbelwind aufgehalten worden.

In meinem Kopf wütete ein einziges Chaos. Valentin mit Ehefrau und Kindern! Wie konnte das sein? Wer war die Frau, die ein solches Wunder vollbracht hatte? Ich erbat mir an der Rezeption einen Messekatalog, denn mein Exemplar war ja mit meinem Gepäck bereits in mein Zimmer gebracht worden. Auf wackeligen Beinen stakste ich in den Café´-Salon. Dort war ich kaum fähig mir einen Cappuccino zu bestellen. Ich überlegte ernsthaft, ob ich mir dazu einen Grappa ordern sollte, denn ich hatte das ungute Gefühl, den jetzt dringend zu benötigen. Aber ich widerstand diesem Bestreben, weil ich befürchtete, dass mich Menschen aus dem Kunden- oder Kollegenkreis möglicherweise am Nachmittag schon mit einem Alkoholgetränk in der Hand sehen würden und peinliche Schlüsse daraus ziehen könnten. Mit zittrigen Fingern blätterte ich in dem Katalog, um nach der Cashmerefirma von Valentins Ehefrau zu suchen und darüber Infos über sie zu erhalten.

„Isabella-Grossini-Cashmere!" Ja, das war sie. Hier auf der Messe war eine Modenschau angekündigt, die erstmalig eine Kollektion von edler Strickmode vorstellen wollte. Isabella gehörte offenbar zu der Grossini-Tuchfabrik, die mir durchaus bekannt war, weil sie einige der mit uns verbandelten Modehäuser mit besonders exklusiven italienischen Haut-Couture-Stoffen belieferte.

Als ich mir rasch in meinem Handy diese Firma googelte, erhielt ich die Auskunft, dass die Grossini-Gruppe eine alteingesessene Firma war, die ihren Sitz in Rom hatte und in ihren Webereien traditionelle Muster und auch moderne Designs zu kostbaren Wollstoffen verarbeitete, die in alle Welt exportiert wurden.

„Eine große Nummer, wie kann es anders sein", dachte ich mit schwerem Herzen. Genau da gehörte mein edler Knabe hin, nicht an die Seite von Lily-Normalo aus der Vorstadt von München!"

„Und nun wartet er auch noch mit Familie auf, mit Frau und Kindern. Kinder? Wie viel? Zwei? Drei? Oder noch mehr? Wie passt das zusammen mit seiner abwehrenden Haltung, die er immer gegen konservative Bindungen gehabt hatte?"

Ich saß nun in diesem noblen Hotel-Café und versuchte, meine Gedanken zu sortieren. Und ich versuchte auch, mich gegen meine aufsteigende Wut zu wehren. Wie konnte er mir das antun? Er machte hier auf glücklichen Familienvater, während er genau das immer als absurd abgewehrt hatte. Wieso konnte es in „unserer Zeit" nicht möglich sein, genau das mit ihm zu leben, was ich so sehr ersehnte und was ihm heute offenbar so leicht gelang? Weshalb hatte er sich damals so vehement gegen Familienplanung und Zukunftsvisionen gesträubt?"

Es gelang mir nicht so recht, mich zu beruhigen. Da nützte es für diesen Moment auch wenig, dass ich mir selbst nachdrücklich befahl, innezuhalten mit meiner gedanklichen Vergangenheitsreise.

„Was ging es mich eigentlich an, wie Valentin sich heute vergnügte, denn seit dem Ende unserer Beziehung waren schon mehr als 9 Jahre vergangen. Zudem können Menschen sich ja auch verändern. Vielleicht dachte er ja heute ganz anders als damals, war irgendwie zur Einsicht gekommen? Was also erwartete ich? Hatte ich angenommen, er würde als einsamer Wolf durch sein Schicksal geistern und hätte mir, Lily, noch Jahre nachgetrauert, ohne selbst ein lohnendes Leben zu führen"?

Ja, mit der Gerechtigkeit ist das so eine Sache. Wieso bewegte es mich so, Valentin als Familienmenschen zu sehen? Ich selbst war doch glücklich mit dem Schicksal, das sich für mich genauso verwirklicht hatte, wie ich mir das immer wünschte. Ich war doch mit genau solchem Ehemann verheiratet, wie er zu meinem Leben passte. Ich war glücklich mit meinen Kindern und dem „trauten Heim", das ich mir aufgebaut hatte. Wieso schielte ich neiderfüllt auf anderer Leute Familienglück?

Ganz erschrocken wurde ich mir meiner Gedanken bewusst. Spielten mir hier tatsächlich heimliche Neidgedanken einen Streich?"

Ich versuchte, gegen die aufsteigende Panik anzukämpfen, denn ich hatte keine Ahnung, welche Gefühle mich möglicherweise übermannen könnten, wenn ich der kompletten Familie Herbenstein-Grossini in etwa 2 Stunden life begegnen würde.

Es galt nun, mich mit der nötigen Gleichmut zu umgeben, um für diese Begegnung gewappnet zu sein.

In meinem Hotelzimmer sichtete ich rasch meine Garderobe und entschied mich dazu, mich in keiner Weise aufzubrezeln, sondern einfach und unprätentiös aufzutreten, um auch mir selbst zu signalisieren, welche Bedeutung das Treffen für mich haben dürfte. Meine Haare, die ich erst einmal praktischerweise zu einem Pferdeschwanz zusammengebunden hatte, steckte ich nun lose hoch und wählte zu ausgewaschenen Jeans und dunkelblauen Pumps ein einfaches puderrosa Cashmere-Twinset. „Ausgerechnet Cashmere, dachte ich, wollte mir hier eine kleine Ironie des Schicksals einen Wink geben, oder mich gar verhöhnen?"

Bewusst verzichtete ich auf Schmuck und schulterte eine dunkelblaue einfache Tasche mit langen Trageriemen, die dem Chanel-Stil nachempfunden war.

Nach einigen ausgiebigen Atemübungen, die mir meine seelische Balance zurückgeben sollten, marschierte ich ins Restaurant des Hotels. Dort wartete Valentin schon auf mich, an seiner Seite ein etwa 7-jähriger Junge, der seinem Vater wie aus dem Gesicht geschnitten schien. Ich konnte mich gegen den Gedanken nicht wehren, dass genauso unser Sohn vielleicht ausgesehen hätte, wenn wir eine Familie geworden wären. Valentin stand auf, um mich zu begrüßen und stellte mir seinen Ältesten vor. „Das ist Emanuel, erklärte er, wir sind die männliche Fraktion in unserer Familie. Die Übermacht haben bei uns die Frauen, die auch gleich eintreffen werden."

Es mutete seltsam an, Valentin mit seinem genauen Abbild zu sehen. Das gleiche liebenswürdige Lächeln bei der Begrüßung, der gleiche, etwas abwesende Blick aus grauen Augen und die hellbraunen Haare, die bis auf die Schultern fielen. Beide standen höflich auf, als ich eintraf und Valentin rückte mir den Stuhl zurecht, damit ich mich setzen konnte. Ein ganz klein bisschen wehmütig dachte ich an vergangene Zeiten, als mir solche Aufmerksamkeiten wie selbstverständlich ebenfalls zuteil wurden. Ich wollte gerecht sein, von meinem rustikalen Ehemann konnte ich derartige galanten Gesten eher nicht erwarten. Dafür aber spielte er Fußball mit den Kindern und handwerkelte in Haus und Garten, wenn es irgendwo hakte, so argumentierte ich innerlich. „Trotzdem, dachte ich, ein träumerischer Rückblick muss erlaubt sein."

Kaum hatten wir uns gesetzt, trafen auch schon Valentins drei Mädels ein, wie er mir beziehungsvoll lachend ankündigte. Seine Frau Isabella, deren Foto ich bereits im Messekatalog gesehen hatte, war eine drahtige, zierliche, Italienerin, deren liebenswürdiges Temperament sogleich das Feld beherrschte. Meine Ängste vor einer peinlichen Begegnung nahm sie mir sofort, indem sie herzlich beide Arme ausbreitete und mich nach dem üblichen Kuss rechts und links ganz fest umarmte. „Ich freue mich, dich endlich zu treffen", sagte sie in perfektem Deutsch mit diesem kleinen, charmanten italienischen Akzent. Und es klang absolut warm und ehrlich, wie ich mir eingestehen musste. Neben Isabella stand ein schönes kleines Mädchen von etwa 6 Jahren, welches sie mir mit „Valentina" vorstellte. Als sie meinen verdutzten Blick sah, lachte sie und sagte „die Wahl der Namen für unsere Kinder klingt für dich sicherlich nicht sehr fantasievoll, nicht wahr? Und ich denke, du warst auch etwas befremdet, als du hörtest, wie unsere Jüngste heißt, nicht wahr?"

„Aber doch nicht wirklich Lily, oder?" „Na ja, eigentlich Liliane, aber wir nennen sie Lily" antwortete sie mir amüsiert. Auf mein entgeistertes Gesicht hin erklärte sie, dass es einen Grund dafür gäbe. Als Valentin, das neugeborene Kind sah, hatte er spontan ausgerufen: „Sie sieht ja aus wie Lily!" Die Ärzte in der Geburtsklinik staunten nicht schlecht als wir beide schallend lachten und darüber rätselten, wie es auf virtuellem Wege zu einem Gentransfer gekommen sein könnte. Ich schlug ihm daraufhin vor, das Kind Liliane zu nennen. Und Valentin behauptet bis heute, sie komme auch charakterlich haargenau nach dir."

Ich konnte kaum glauben, was ich hörte. Ich denke, dass ich das niemals fertiggebracht hätte, mein Kind nach der Ex zu benennen. Aber ich war doch auch irgendwie gerührt, dass ich in Valentins Leben offensichtlich präsent geblieben war und dass seine Frau eine solche absurde Idee, wie diese Namensnennung, bereit war, mitzutragen. Auf weitere Überraschungen gefasst, wies ich auf die weitere Kleine, eine etwa 4-Jährige, die mich freundlich musterte. „Keine Sorge", lachte Isabella, „unsere Maya trägt keinen Namen, der einen Familienbezug herstellt". Erleichtert tauschte ich ein liebenswürdiges Lächeln mit diesem Kind, das unverkennbar ihrer Mutter ähnelte.

Es beeindruckte mich zudem, dass ich so selbstverständlich in den Kreis dieser Familie, die mich ja noch nie gesehen hatte, eingereiht wurde. Ohne das es extra thematisiert werden musste, wurde ich sogleich mit meinem Vornamen angesprochen und geduzt. Ich war ganz einfach zugehörig. Wir saßen alle um den großen runden Tisch herum und palaverten auf Deutsch und Italienisch lebhaft, als würden wir uns alle schon ewig kennen. Isabella erklärte ihre Deutschkenntnisse damit, dass sie ein deutsches Internat besucht hätte und die ihrer Kinder, dass Valentin darauf achtete, regelmäßig mit ihnen auch deutsch zu sprechen.

Ich wurde nach meiner Familie gefragt und so erzählte ich von meinem kleinen geordneten Leben, von meiner freundlichen Ehe, meinen beiden Wunschkindern, unserem netten Haus, meinem großen Freundeskreis und meinem beruflichen Werdegang. Es tat mir insgeheim gut, dass ich damit Valentin die Botschaft übermitteln konnte, dass ich das Leben verwirklicht hatte, das ich mir eigentlich mit ihm erträumt hatte. Ich war zugegebenermaßen stolz darauf, dass auch ich mit Errungenschaften aufwarten konnte, wenngleich diese ja augenscheinlich nicht zu vergleichen waren, mit dem Lifestyle, in dem er sich so selbstverständlich bewegte.

Alle meine Befürchtungen und Vorbehalte, die ich vor dem Treffen mit Valentins Familie hatte, waren in Nichts aufgelöst und ich hatte das Gefühl, Teil eines neugewonnenen Teams zu sein, das mit mir auf seltsame, auf unerklärbare Weise freundlich verbunden war.

Isabella erinnerte Valentin nach einer ganzen Weile daran, dass es Zeit wäre, die Kinder einzusammeln und in die Suite zu begleiten. Dort sollten sie zu Abend essen und mit ihrem Vater die gewohnten Abendrituale zelebrieren. Danach dann würde die französische Nanni die Kinder übernehmen und Valentin käme zu uns zurück.

Nun war ich also mit Isabella alleine und hatte Gelegenheit, sie möglichst unauffällig zu mustern. Sie war relativ klein, und hatte eine sehr zierliche, etwas muskulöse Figur. Ich konstatierte, dass sie einige Jahre älter war als Valentin. Ihre dunkelbraunen Haare waren mittellang und modisch locker aus dem Gesicht geföhnt. Feine blonde Strähnchen schimmerten wie Goldfäden durch die gepflegte Frisur. Ihr tailliertes kleines Kostümchen war aus hauchzartem Wollstoff gefertigt, das in wunderschönem Gobelinmuster in warmen Brauntönen gewebt war. Darunter trug sie ein hellbraunes Seidenblüschen mit kleinem runden Ausschnitt, der eine fein ziselierte Goldkette mit fünf einfachen flachen kleinen Goldherzen umrahmte. Ansonsten trug sie außer einem schmalen Ehering keinen Schmuck. Hellbraune, schlichte, sehr hochhackige Pumps ergänzten ihr edles Outfit.

„Fünf Goldherzen", dachte ich ein ganz klein wenig neiderfüllt, „diese einfachen Anhänger trägt sie symbolisch für ihre Familie. Sie muss keinen Schmuck tragen, um darzustellen, dass sie zur Upperclass gehört und grundsätzlich immer und überall Plätze in der ersten Reihe einzunehmen gewohnt ist."

Isabella versicherte mir noch einmal, wie wichtig sie es fände, dass sie und die Kinder mich nun kennen lernen können. „Du bist ja eine wichtige Person für Valentin geblieben und er hat es oft bedauert, dass ihr keine Verbindung pflegtet. Aber er wollte rücksichtsvoll sein, hat sich dezent zurückgehalten, um dein Leben nicht zu stören, nachdem er das Gefühl hatte, dich und deine Erwartungen grenzenlos enttäuscht zu haben.

Ich war erstaunt, dass Isabelle so freimütig mit mir Geschehnisse aus der Vergangenheit ihres Mannes erörterte. „Also hat er mit ihr darüber gesprochen. Das erstaunte mich sehr, denn ich wusste doch nur zu gut, dass er sich nicht gerne ins Herz sehen ließ. Vielleicht ist ihr etwas gelungen, was mir nicht zuteilwerden konnte: vielleicht hat er zu ihr mehr Vertrauen aufbringen können, als zu mir."

So fasste ich mir ein Herz und fragte, ob sie denn gewusst habe, weshalb wir, Valentin und ich, uns vor nunmehr 9 Jahren getrennt hatten.

„Ja, antwortete sie ernst, du hattest Sehnsucht danach, ein Familienleben zu planen und Valentin fehlte der Mut dazu."

In mir stieg wieder ein wenig von der Traurigkeit hoch, die ich glaubte, längst überwunden zu haben. Schließlich hatten sich für mich heute doch alle Wünsche und Träume, die ich damals gehabt hatte, erfüllt, wenn auch nicht mit Valentin und gewiss auch ganz anders, als es mit ihm überhaupt möglich gewesen wäre.

„Ich will nicht indiskret sein, sagte ich vorsichtig, aber bitte erlaube mir die Frage, wie es dir denn gelingen konnte, Valentin zu einer Gedankenumkehr zu bewegen? Er war also doch bereit, eine Familie, noch dazu eine so große zu gründen, obwohl solche Pläne für ihn doch früher ganz absurd gewesen waren. Und Pläne machen überhaupt, das erschien ihm absolut als widersinnig, davon hätte ich ihn nie überzeugen können."

Isabella schaute mich verständnisvoll an und lächelte fein. „Daran hat sich bis heute nichts geändert, ich bin es, die Pläne macht und organisiere ihre Verwirklichung dann um das besondere Wesen meines Ehemannes herum." „Was meinst du, mit dem besonderen Wesen? Holst du denn sein Einverständnis für deine Planungen nicht ein?"

„Es ist für mich selbstverständlich, Entscheidungen nicht hinter dem Rücken meines Mannes zu treffen. Aber wir beide kennen einander so gut, dass er mir blind vertraut und bereit ist meine Wünsche zu akzeptieren, wenn ich ihn davon überzeugt habe, wie wichtig mir ihre Erfüllung ist. Ich war mir ja von Anfang an bewusst,dass Valentin nicht mit normalen Maßstäben zu messen ist. Und das berücksichtige ich bei allen meinen Überlegungen. Ich weiß genau,wenn ich mit ihm glücklich sein will, dann muss ich ihn genauso lassen, wie er ist, kann ihm nicht abverlangen, was er nicht zu geben in der Lage ist. Und genau darauf achte ich präzise, seitdem wir zusammen sind."

Diese, so allgemein gehaltene Antwort konnte mich nicht zufriedenstellen, also fragte ich weiter: „Aber wie konntest du es schaffen, dass er einer Familiengründung zugestimmt hat, obwohl dies doch so sehr seiner angeblichen Lebensauffassung widersprach?"

„Zwischen uns war immer klar, dass ich es bin, die bereit ist, den Hauptpart dafür zu übernehmen. Ich weiß, dass mein Mann sich unter Menschen nicht wohl fühlt, dass er Einsamkeit braucht, um glücklich sein zu können. Ich respektiere, dass er seinen Studien nachgehen muss, um seine Begabungen auszufüllen. Und ich genieße es im Gegenzug durchaus auch, dass er die Zweisamkeit mit mir so schätzt. Also sorge ich akribisch dafür, dass uns beiden dafür Raum bleibt."

„Und die Kinder? Valentin wollte doch eigentlich keine Kin- der." Isabella lächelte belustigt: „Emanuel war meine Bedingung für die Partnerschaft. Valentin stimmte dem zu, weil er sicher sein konnte, dass ich von ihm keine hauptberuflichen Vaterpflichten einfordern würde. Und als dann dieses Kind geboren wurde, war schnell klar, wie die Dinge sich entwickeln würden. Der Junge macht es ihm ja leicht, sich für ihn zu interessieren. Er ist ja nicht nur optisch das Ebenbild seines Vaters, sondern hat dessen Hochbegabung geerbt. Valentin entdeckte sehr schnell, dass da ein kleiner Mensch heranwächst, der genauso wie er selbst Freude am Lernen und Studieren hat. Die beiden haben inzwischen eine geradezu symbiotische Verbindung. Emanuel spricht heute bereits mehrere Sprachen, die er mühelos gelernt hat, ohne wirklich lernen zu müssen und er interessiert sich für alles, was sein Vater ihm nahebringt." „Hochbegabt", dachte ich, „Valentin ist hochbegabt? Wieso hatte ich nie darüber nachgedacht. Damit erklärt sich, dass ich nie Lernstrecken für seine Studiengänge wahrgenommen hatte, was mich damals verwunderte. Er war in der Lage, Gelerntes gleich zu begreifen und abzuspeichern, ohne sich sonderlich darum bemühen zu müssen. War hier der Schlüssel für sein oft unerklärliches und sonderbar anmutendes Wesen zu finden?"

„Ja und als Valentina kam, zeigte sich sehr bald ihre extreme Musikalität. Sie spielt Geige und Klavier, ohne dass man sie zum Üben anhalten muss, einfach, weil Musik ihr ein Grundbedürfnis ist. Genau wie alles andere, womit Valentin sich beschäftigt, gehört nun auch Musik zu seinen Leidenschaften, die er mühelos, seiner Tochter zuliebe, auch für sich selbst erobert hat. Er musiziert täglich mit ihr und nimmt an ihren Studien teil. Das ist die Verbindungslinie, die er mit ihr gefunden hat."

„Das alles hört sich ja doch nach einem vollen Vaterprogramm an", sagte ich staunend. „ist Valentin tatsächlich bereit, sich derart aufwändig in das Familienleben einzubringen?"

„Nun, so umfangreich, wie es sich anhört, ist das für ihn gar nicht. Die großen Kinder gehen bis zum Nachmittag in ihre Schulen und Kurse und sie wissen, wann ihr Vater Zeit für sie hat. Sie pflegen dann ihre gemeinsamen Hobbys. Wir alle essen immer, wenn wir daheim sind, zusammen zu Abend und Valentin widmet ihnen dann die Zubettgehzeit. Nur Liliane, dieser kleine Teufel, sie hält sich an keine Regeln, sie nimmt sich, was sie braucht und ich muss Valentin nicht selten davor retten, dass sie ihn über Gebühr vereinnahmt."

„Ich bin es die hauptsächlich selbst das Familienleben organisiert, Kinder zu ihren Verabredungen chauffiert, ihre Freizeit gestaltet und Einladungen abwickelt. Auch wenn Valentin auf Reisen ist, bin ich die Hauptansprechpartnerin. Das fällt mir total leicht, denn ich wollte die Kinder ja unbedingt haben und widme ihnen alle Zeit, die ich aufbringen kann."

„Du hast erwähnt, dass du darauf achtest, ausreichende Zeit für Zweisamkeit zu reservieren, wie realisierst du das denn bei dem vollen Kinderprogramm und deinem Einsatz als Firmenchefin?"

„Egal, was ansteht, ab 20 Uhr jeden Abend ist ausschließlich Elternzeit, die gehört nur mir und meinem Mann. Zudem nehmen wir uns öfter ein Wochenende ganz für uns, dann sind neben der Nanni auch meine Eltern gefragt, die leidenschaftliche Großeltern sind."

Ich staunte. „Dann führt Valentin ja eigentlich genau das Leben, das er immer schon gelebt hat. Mit Uni und Reisen in eigener Sache?"

„Ja, für meinen Ehemann ist es lebenswichtig, zu studieren und sich Fragen zu vielen Wissensgebieten zu stellen und sich Antworten dafür zu erobern. Fast jeden Vormittag verbringt er deshalb in der Uni und unternimmt auch kleine Reisen alleine. Überhaupt braucht er es, Zeit in absoluter Abgeschiedenheit zu verbringen. Daran habe ich mich gewöhnt und gehe währenddessen gezielt und diszipliniert meinen eigenen Ambitionen nach "

„Gibt es denn noch die Verbindung zu Regina Saruter?" fragte ich vorsichtig. „Aber ja, antwortete mir Isabella freundlich, sie ist ja eine wichtige Person für Valentin und für unsere Familie inzwischen auch. Noch immer unterstützt Valentin wichtige Missionen, die sie unternimmt. Ich verstehe, weshalb er dabei so oft absolut unentbehrlich ist. Er hat ja die Eigenschaft, Unredlichkeit hinter undurchsichtigen Fassaden zu erkennen und kann das Unternehmen vor Fehlentscheidungen bewahren, was ja auch oft gelungen ist."

„Also doch Freundschaft für immer", warf ich ein", seine Freundschaften halten ganz offensichtlich lebenslang. Wenn ich aber ehrlich sein soll, so habe ich mich immer von der Verbindung zwischen Valentin und Regina Saruter bedroht gefühlt, denn ich wollte nicht einsehen, dass sie ihn mehrfach im Jahr einfach für sich kapert und angeblich nicht auf seine Beratungen verzichten kann, wo sie doch ein Team von hoch kompetenten Fachleuten um sich hat."

„Lily, eine solche Befürchtung ist absolut unbegründet. Regina Saruter ist Valentins beste Freundin und das wird sie und soll sie auch bleiben", antwortete mir Isabella entschieden. Im Übrigen finde ich es auch wichtig, dass er durch die Zusammenarbeit mit ihr und ihrem Unternehmen seine wirtschaftliche Unabhängigkeit bewahrt, denn sein Einkommen ist durch diese hochkarätigen Einsätze durchaus auch bemerkenswert. Zudem hat er dabei auch immer wieder neu die Möglichkeit, hochinteressante Studien zu machen, dies in Bezug auf die menschliche Psyche, wie auch auf wirtschaftliche Zusammenhänge." „Gibt es dann auch noch die Zusammenarbeit mit dem Verlag Lamprecht?" fragte ich etwas verzagt, denn mir wurde mehr und mehr klar, dass Valentins Beziehungen zu bestimmten Menschen für ihn etwas Unzerstörbares haben.

So verwunderte mich Isabellas Antwort nicht, als sie erklärte, dass Valentin mit Maximilian Lamprecht selbstverständlich noch freundschaftlich verbunden sei und gelegentlich noch Aufträge von seinem Verlag annimmt.

Isabella gab mir erstaunlich offen und sehr liebenswürdig Einblick in ihr Familienleben und führte mir dabei, ohne es zu ahnen, mein eigenes Versagen in „Sachen Beziehung" vor Augen. „Sie ist klüger als ich", dachte ich wehmütig, „sie hat von Anbeginn an gewusst, wie Valentin tickt und wie man Zugang zu seinem Herzen findet. Sie hat immer nur darüber nachgedacht, was er braucht, um glücklich zu sein und nicht, was sie von ihm einfordern kann. Sie hat ihn gelassen, wie er ist und wollte ihn nicht in ihre Richtung hin zurechtbiegen. Und siehe da, er kommt ihr entgegen, wo immer ihm das möglich ist."

Aber ich hörte auch selbstkritisch in mich hinein: „hätte ich mich denn selbst damit zufriedengeben können, den Hauptanteil des Familienlebens zu tragen und meinen Mann seinen Hobbys zu überlassen? Denn für mich waren und sind seine Ambitionen immer noch Hobbys, Isabella bezeichnet seine Alleingänge hingegen verständnisvoll als Bedürfnisse."

Beim Sortieren des Gehörten wurde mir zunehmend klar, dass eine solche Organisation, wie Isabella das mit ihrer Familie praktiziert, auch nur möglich ist, weil ein ausreichendes Familienvermögen es erlaubt, Kinderbetreuung auch mit Hilfe von exklusiven Schulen, Kindergärten, Privatlehrern und Nannis abzudecken. „Es ist natürlich ein Leichtes, wenn das alles so einfach zu finanzieren ist", dachte ich mit einem leisen Anflug von Neid.

Und – nach Isabellas Auffassung steht das Glück ihres Mannes und ihrer beider Partnerschaft im Mittelpunkt ihres Familienlebens. Das finde ich zwar durchaus bewundernswert, aber ich selbst hätte das für mich so sicherlich niemals akzeptieren können. Für mich heißt Partnerschaft, dass die Beteiligten sich gleichermaßen für das Gelingen des Projektes, also in diesem Fall für das Gesamtwohl aller Familienmitglieder engagieren. Wenn ich ehrlich sein soll, sind in meiner Ehe mit Eric eher die Kinder der Dreh- und Angelpunkt unserer Planungen, nicht wir als Ehepartner. Als Liebespaar sind wir dabei allerdings, das musste ich neidvoll zugeben, wohl ein wenig auf der Strecke geblieben.

Dahingehend scheint es Valentin und Isabella gelungen zu sein, über die Jahre und trotz ihres eigenen Familienalltags, ihr Liebesglück zu bewahren. Sie wirken wie frisch Verliebte, sind ganz aufeinander bezogen, halten sich an den Händen, wo immer sie beieinandersitzen. Wenn einer von ihnen aufsteht, so lösen sie nur zögerlich ihre Hände voneinander. Und sie hören einander zu und schauen sich an, wenn einer von ihnen etwas sagt, sodass jedem Außenstehenden klar ist, wie wichtig sie füreinander sind.

„Vielleicht haben sie ja das Geheimnis des Glücks für sich gefunden?" dachte ich wehmütig.

Jedenfalls hat mir Isabella mit ihren offenen Antworten auf meine Fragen viel Stoff zum Nachdenken gegeben. Leider erwische ich mich dabei, dass sich genau dadurch unzufriedene Überlegungen in meine Gedankenwelt einschleichen, die mein eigenes, doch eigentlich hochzufriedenes Leben, das mir bisher absolut genügt hatte, in Frage stellten. Ohne dass ich das steuern kann, sehe ich mich dann an Isabellas Stelle und sinniere darüber, wie es sein könnte, wenn …. Nein, solche destruktiven Gedanken will ich gar nicht nachhängen. Aus Prinzip nicht und weil ich mir eine Änderung meines Schicksals auch nicht wirklich wünsche. Jedenfalls schäme ich mich meiner Gedanken, derer ich mich jedoch einfach nicht erwehren kann und, von denen ich hoffe, dass Isabella, mein großmütiges Gegenüber, nichts ahnt.

Dieser aber ist während unseres Gespräches immer mal wieder anzumerken, dass sie sehnsüchtig auf die Rückkehr ihres Mannes wartet.

Wir hatten fast zwei Stunden alleine miteinander verbracht. Zeit, in denen sie mir immer wieder versicherte, dass ich und meine Familie höchst willkommen seien, sie in Rom zu besuchen. Es wäre doch schön, wenn man sich freundschaftlich verbunden bliebe, so wiederholt sie mehrfach. Das hörte sich ganz ehrlich an und ich war irgendwie gerührt, dass sie mich einbeziehen wollte in ihr Leben, weil sie weiß, wie wichtig ich einmal für Valentin gewesen war und vielleicht noch bin? Wer weiß. Aber aus dieser, seiner Verbundenheit zu mir ist echte Sympathie auch von ihrer Seite erwachsen, das spürte ich. Höflich bedankte ich mich dafür, empfand auch die Wärme und ihr ehrliches Interesse an der Freundschaft mit mir. Ich war hin- und hergerissen. Einerseits flog dieser liebevollen und interessanten Frau von Anbeginn an, für mich völlig unerwartet, mein Herz entgegen und ich hätte sie nur zu gerne zur Freundin, aber ich wusste auch genau, dass es mein Herz zerreißen würde, Valentin auch in aller Zukunft so innig im Verbund mit seiner Familie zu sehen.

Meinen Mann Eric dann noch daneben zu stellen und meine Kinder ewig den Vergleichen mit diesen privilegierten und begabten und auch unbestreitbar besonderen Kindern zuzumuten, das wollte ich weder mir noch ihnen antun. Blitzschnell durchschossen tausende von Gedanken mein Gehirn und ich erwog alle die verschiedenen Möglichkeiten, die sich durch eine enge Freundschaft zwischen unseren beiden Familien eröffnen könnten. Aber ich wusste, dass ich das einfach nicht aushalten würde. Innerlich verabschiedete ich mich damit wehmütig von der Aussicht, dauerhaft für mich und die Familie ein „Standbein" in Rom zu haben, von der wir alle in Bezug auf Weltoffenheit und Sprachkenntnisse profitieren könnten.

„Also nein", eine solche Chance musste ich konsequent ausschlagen. Dies tat mir insbesondere für meine Kinder leid, denn mir ist durchaus bewusst, dass es speziell die sozialen Kontakte in der Kindheit sind, die jugendliche Entwicklungen prägen und entscheidend für den gesamten Werdegang eines jungen Menschen sind. Die Möglichkeit, mit dieser edlen und zauberhaften Familie verbunden zu sein, hätte ich meinen Kindern von Herzen gegönnt. Und mir selbst erschienen regelmäßige Ausflüge in eine so schöne, so kultivierte und liebevolle Welt auch durchaus verführerisch.

Insgeheim hasste ich mich dafür, dass ich es nicht über mich bringen konnte, Freundschaft mit dieser Zauberfamilie zu pflegen. Ich wusste genau, dass ich das mein Leben lang bedauern würde und von Reue darüber geplagt sein werde. Ich würde oft genug daran denken müssen, wie es hätte sein können, wenn ... Und ich war mir sicher, dass mich oftmals ein Sehnsuchtsfaden nach Rom ziehen möchte und dass ich ihm nicht folgen darf. Aber genau das durfte nicht sein, das glaubte ich jedenfalls zu wissen.

Freilich bedankte ich mich höflich, aber mit zentnerschwerem Herzen für Isabellas Freundlichkeit und ihre besonderen Einladungen, die von Valentin, herzlich wiederholt wurden, als er endlich nach dem Kindereinsatz zurückkam. Lachend erzählte er mir, wie die Kiddies es angestellt hatten, ihn noch eine Weile bei sich behalten zu können. Forschend schaute er mich und Isabella an und fragte uns, ob es uns gelungen sei, mehr voneinander zu erfahren. Als wir uns gegenseitig versicherten, dass man sich nun nicht mehr aus den Augen verlieren dürfe, sah mich Valentin an und ich begriff, dass er wusste, dass wir das nicht verwirklichen könnten, dass ich es nicht schaffen würde, eine solche Freundschaft aufrecht zu erhalten.

Als wir uns an diesem Abend voneinander verabschiedeten, wussten wir beide, dass es endgültig und wohl für immer war.

An diesen inhaltsschweren Messetagen waren wir vom Folgetag an so eingebunden in Ausstellungspflichten, dass wir einander nicht mehr begegneten. Ich selbst mied auch alle Möglichkeiten, die dazu geführt hätten, dass wir uns über den Weg hätten laufen können. Mit zusammengebissenen Zähnen versuchte ich, meinen Berufspflichten nachzukommen und verbot mir, meine Gedanken abschweifen zu lassen, die immer wieder versucht waren, verlorenem Liebesglück nachzutrauern.

Innerlich fühlte ich mich zerrissen und völlig entwurzelt. Ich war froh, als wir endlich unsere Sachen zusammenpacken konnten und ich im Flieger saß, der mich nach München brachte. Meine Gedanken auf der Heimreise konnten sich einfach nicht von Mailand lösen. Sie waren völlig unangebracht, wehmütig und tränenschwer. Ich wusste gar nicht was ich denken, fühlen sollte, ich war ein einziges Durcheinander und froh, als ich am Flughafen meinen Mann mit einer Rose in der Hand stehen sah. Als wir beide auf mein Gepäck warteten, krümelte ich mich in seine Jacke und weinte bitterlich. Ich konnte gar nicht aufhören damit. Ich war völlig aufgelöst und weinte immer noch mehr, wenn er versuchte, beruhigend auf mich einzureden. Er schrieb meinen Zustand dem Stress zu, der hinter mir lag. Als wir in unserem Auto Richtung Heimat fuhren, schluchzte ich noch immer und versuchte vergeblich, mich zu fassen.

Ich hatte keine Ahnung, was genau es war, das mich so bewegte. Ich war froh, wieder daheim zu sein und war mir sicher, dass ich bei meinem Mann wieder in einem sicheren Hafen gelandet war. Und ich freute mich auf meine Kinder, die aber erst am Folgetag von meinen Eltern gebrachte werden sollten.

Aber das mit der Freude wollte nicht so recht klappen. Was also fehlte mir, was hatte mich so durcheinandergebracht, dass ich mich kaum fassen konnte? Meine Begegnung mit Valentin konnte es doch nicht sein, denn ich war mir sicher, dass ich ihn um nichts in der Welt gegen meinen Eric eintauschen würde. Also, was war passiert, dass meine Seele so in Aufruhr geraten war, dass einfach gar nichts mehr so sein wollte, wie es kürzlich noch so selbstverständlich war.

Und daheim ging das Elend weiter. Ich war irgendwie nicht mehr ich selbst und wusste, dass etwas passieren musste, damit ich wieder ein normales Leben führen konnte. Aber was war schon normal?

Befreiende Therapie

Als ich meine Therapiestunden bei Frau Klöckner wieder aufnahm, war ich erst einmal etwas befangen. Ich hatte mein Innerstes nach außen gekehrt und ihr Einblick in tief verschüttet geglaubte Geschehnisse und Gefühle gegeben. Ich war beim Erzählen selbst erstaunt gewesen, wieviel Emotionen mich dabei aufgewühlt hatten. Aber sollte es wirklich hilfreich sein, dass ich so viel an die Oberfläche geholt hatte, was in den tiefsten Tiefen meiner Seele eigentlich fest verschlossen gewesen war und was ich eigentlich nie mehr in mein Bewusstsein befördern wollte. Nun war doch Vieles wieder gegenwärtig, womit ich mich eigentlich nie mehr konfrontieren wollte. Nun wartete ich etwas ängstlich darauf, was meine Therapeutin sagen würde. Wollte sie weiter in der schmerzvollen Vergangenheit kramen, oder könnten wir damit beginnen, eine Wunde nach der anderen zu schließen, wie sie es mir versprochen hatte und würde es uns gelingen, uns endlich der Gegenwart und somit der Zukunft zuzuwenden?

„Wow!" diesen knappen Kommentar hörte ich, nachdem ich diesen Teil meines Lebens, den ich so lange vor Dritten, und letztendlich auch vor mir selbst verborgen gehalten hatte, vor meiner Therapeutin ausgebreitet hatte.

Hoffnungsvoll wartete ich darauf, dass sie mir nun erklären konnte, was genau los war mit mir und welche Ereignisse möglicherweise die Ursache dafür seien, dass ich urplötzlich einen solchen Schicksalseinbruch erlebte, der mich so durchgerüttelt hatte, dass in mei-

186

nem Inneren und auch bei den äußeren Umständen kein Stein mehr auf den anderen passte. Wenn ich aber auf ein Rezept gehofft hatte, das mein Leben wieder auf Anhieb ins Lot bringen könnte, so sah ich mich getäuscht.

Statt mich in meinen vagen Vermutungen, die ich in Bezug auf meine Situation zu hegen wagte, zu bestärken, lachte sie nur und gratulierte mir zu meinem schönen Leben.

„Mein schönes Leben? Was um Himmelswillen meinte meine Gesprächspartnerin damit?" Derzeit fühlte ich mich eher wie eine große, zitternde Seifenblase, bei der ein kleiner Hauch genügte, um sie als winzige kleine Tröpfchen in alle Winde zu zerstäuben.

Meine Therapeutin meinte, nicht mein Leben müsse verändert werden, sondern lediglich meine Sicht darauf. Wenn mein Blickwinkel neu ausgerichtet wäre, könne alles wieder gerade laufen. Aber das müsse ich mir selbst erarbeiten. Wenn das gelänge, würde ich überrascht sein, zu welchen beneidenswerten Betrachtungen ich käme. Es lohne sich also für mich, meinen Schicksalsweg genau anzuschauen. Sie werde mir dabei behilflich sein, zu den richtigen Schlüssen zu gelangen.

„Vor uns liegt eine spannende Zeit", tröstete mich Verena Klöckner, bevor ich heimging, „bei unseren nächsten Treffen werden wir versprengte Puzzlesteine zusammensetzten und uns über alle Entdeckungen freuen, die wir dabei machen."

„Es liegt alles im Auge des Beschauers!" so eröffnete Frau Klöckner die Serie der neuen Gesprächssitzungen, die wir vereinbart hatten. „Und diese Sicht werden wir zum Mittelpunkt unserer Arbeit machen."

„Dass ihre, als so elend empfundene Befindlichkeit einen Zusammenhang mit ihrer verflossenen Liebe hat, dürfte wohl unbestritten sein", konstatierte Frau Klöckner, „wir müssen also gucken, was es Unbearbeitetes gibt, das ihnen derart zu schaffen macht, dass es auch die Gegenwart überschattet. Und dafür müssen wir eben die Vergangenheit durchforsten. Denn nach meiner Auffassung befindet sich genau dort der Grund für ihre heutige Lage. Sie haben ihre ehemalige Liebe, die Erinnerung an ihn und die Zeit mit ihm, nie wirklich losgelassen."

„Bitte beantworten sie sich selbst einige Fragen, deren Sinn sie dann gleich deuten können: welche Gefühle haben Sie, wenn Sie an die verflossene Beziehung zu Valentin denken?"

„Es ist eine ganze Kaskade von Gefühlen, die auf mich nieder-
prasselt, wenn ich an ihn denke, antwortete ich niedergeschlagen.
„Versuchen sie mal ungefiltert zu benennen, was ihnen in den Sinn
kommt."
So versuchte ich ehrlich meinen Frust zuzugeben, wenn ich an die
Vergangenheit und die Zeit mit Valentin-Enno dachte.
Um meinem Redeschwall Einhalt zu gebieten, in dem ich ihr wort-
reich erklären wollte, dass ich kaum noch einen Gedanken an diesen
Abschnitt in meinem Leben verschwende, hob sie beide Hände:
„verdrängen heißt nicht loslassen", erklärte sie mir nachdrücklich.
„Um gründlich und nachhaltig eine wichtige Zeit und die Gedanken
an einen wichtigen Menschen endgültig beenden zu können, bedarf
es einer tiefgründigen Trauerarbeit und die haben sie übersprungen
und sich stattdessen hastig in ein neues Leben gestürzt. Nach dem
augenscheinlichen Beenden einer großen Liebe wurde sogleich ein
anderes Leben inszeniert und alles verdrängt, was soeben noch die
Gefühlswelt beherrschte, auch der Schmerz".
Ich versuchte dagegen zu argumentieren: „aber ich war in den vielen
Jahren, die nach Valentin kamen, glücklich mit meinem neu-en
Leben. Von Verdrängung kann doch keine Rede sein, wenn die
vergangenen Themen gar keine Rolle mehr spielen. Vielmehr habe
ich, wenn ich es mir recht überlege den Eindruck, die Zeit mit Valentin war nur ein Zwischenspiel, ist nur versehentlich passiert.
Danach bin ich dahin zurückgekehrt, wohin ich gehöre, in ein
normales Leben nämlich, so wie ich es schätze und brauche."

„Ach ja? deshalb sind sie so aufgewühlt, nur weil sie ihrer „verse-
hentlichen Vergangenheit" begegnet sind, nicht wahr?"

Ich blickte meine Therapeutin ratlos an: „ich kenne mich gar nicht
mehr aus mit mir. Noch nie habe ich mir Gedanken darüber gemacht,
welche Auswirkungen längst Vergangenes auf die Zukunft haben
könnte. Nun bin ich verzweifelt darum bemüht, Zusammenhänge zu
erkennen."
„Ja, und dieses Bemühen zum Verstehen ist der wichtigste Teil der
Trauerarbeit, die nun nachgeholt werden muss. Denn ihr Valentin
ist von ihnen keinesfalls losgelassen worden. Als ewig „unerledigter
Fall" sind die Gefühle für ihn in den Gemüts-Keller gesperrt worden
und es wird sorgsam von ihnen darauf geachtet, dass sie nicht nach
oben drängen. Mir scheint, sie lasten ihm, auch im Rückblick, das

Anderssein an, dass sie ihn nicht verstehen konnten, dass sie keinen Zugang zu seiner Seele finden konnten, dass er sich ihnen praktisch nicht „erschloss", nicht wahr?" „Und nun sind sie wütend und traurig, dass einer anderen Frau das gelungen scheint, was sie sich damals so sehnlichst wünschten und was ihnen versagt geblieben ist. Die versäumte Trauerarbeit drängt sich ihnen nun in Form des Gefühlswirrwar auf, das Sie im Moment durchleiden, weil ihre verflossene Liebe unverhofft wieder in ihrem Leben auftauchte".

„Niemals hätte ich gedacht, dass man sich die Vergangenheit ver-gegenwärtigen muss, sie auch noch einmal durchleiden muss, um sie endgültig zu besiegen. Ich dachte, dass es eher angebracht wäre, sich um Vergessen zu bemühen."

„Ja, so wird es im Allgemeinen gehandhabt, auch nur zu oft in psy-chologischen Praxen. Nur, das ist eben keine Lösung. Genau des-halb nämlich tragen Betroffene ihr Leben lang an einer Last, die mit jedem ungelösten Problem schwerer wird und den Lebensweg mit Stolpersteinen versieht, die immer mühsamer zu überwinden sind.
Viele der Probleme die sie in der Beziehung zu ihrem Valentin hatten, beruhten nach meiner Einschätzung auf Missverständnissen. Sie haben es als persönliche Kränkung aufgefasst, weil ihr Liebster nicht den Erwartungen entsprach, die sie an ihn als ihren Lebens-partner grundsätzlich hatten.
Ganz offensichtlich jedoch scheinen hier zwei grundverschiedene Wesensarten den vergeblichen Versuch unternommen haben, sich auf einen gemeinsamen Schicksalsweg zu begeben." „Ich habe ja aufmerksam ihrem Bericht gelauscht und habe daraus Erkenntnisse gewonnen, die deutlich machen, wie ihr Valentin geartet ist und weshalb es einfach nicht möglich war, dass sie beide eine gemein-same Zukunft hätten haben können. Diese Recherche in die Vergan-genheit ist deshalb nötig, damit ihr Gefühl des Schuldigseins und Versagens genauso aufgelöst werden kann, wie die Schuldzu-weisung an den Partner, Beide Gefühlsregungen schwelen im Unterbewusstsein und hindern daran, wirklich freien Herzens „den erledigten Fall" gänzlich ad acta legen zu können."
Unsicher entgegnete ich, dass ich einfach nicht gewusst hätte, wie ich mit der Vergangenheit besser hätte umgehen können. Dazu erklärte ich: „grundsätzlich verbiete ich mir rückwärts gerichtete Gedanken. Besonders sorgsam aber verscheuche ich Gedanken an

Valentin, schalte sie sofort ab, wenn sie sich aufdrängen wollen. Ich denke, es bringt nichts, wenn man Gewesenem nachtrauert. So habe ich es jedenfalls bisher gehalten. Ich vermeinte, ich hätte Valentin und die Zeit mit ihm fast vergessen, wie einen Traum, der eben ausgeträumt ist. Über lange Strecken in meinem Leben hat das auch perfekt funktioniert. Und dann kam Mailand."

Ich sah Frau Klöckner traurig an und sagte: „es macht mich ganz fertig, dass ich im Moment an nichts Anderes denken kann, als an Valentin und seine glückliche Familie. In meinem Kopf drehen sich die Gedanken im Kreise und drängen mir die immer gleichen Fraugen auf: warum ist alles so gekommen und warum habe ich die Liebe meines Lebens nicht festhalten können?"

Gleichzeitig hasste ich mich für diese Fragen, denn ich weiß sehr wohl, dass die Dinge zusammenpassen müssen, wenn sie Bestand haben sollen. Valentin und ich aber waren so verschieden wie Feuer und Wasser. So gab es für uns gar keine andere Lösung, als die endgültige Trennung. Und die war ja wohl auch gelungen, wie unser beider Schicksalswege das beweist.

„Woher aber kommen nun meine heftigen Gefühle? Wenn doch alles schon seit Jahren aus und vorbei ist und angeblich keine verletzten Gefühle zu beklagen sind?"

Trotzig versicherte ich meiner Therapeutin: „und um nichts in der Welt würde ich ja meinen Mann eintauschen wollen gegen Valentin-Enno, das weiß ich jedenfalls ganz genau. Und weil ich dessen so sicher bin, ist es mir absolut schleierhaft, dass ich so heftig und in meinen Augen völlig unverständlich, reagiere."

Verena Klöckner nickte verstehend und fragte, ob ich schon mal etwas von *Bert Hellinger* gehört hätte. Als ich verneinte, erklärte sie mir, dass dies ein namhafter Psychologe sei, dessen Therapie-Prinzipien darauf beruhten, dass seelische, aber auch körperliche Heilung nur erfolgen kann, wenn durch Verzeihen dafür der Weg freigemacht würde. Das bedeutet, dass man zuallererst sich selbst verzeiht und im gleichen Zug auch den anderen Beteiligten. Aber um das zu können, muss man verstehen. Das eigene Verhalten verstehen, aber auch die Beweggründe der Anderen, und wie diese sich erklären."

Frau Klöckner hatte ein schmales Heft vor sich zu liegen, auf das mit ihrer schwungvollen Schrift mein Name geschrieben stand. Sie hatte darin für mich eine Anzahl von Artikeln zusammengetragen. Diese bat sie mich, sorgsam zu studieren. Sie wäre sicher, dass sich meine Sicht auf Valentin, auf mich selbst und uns als Paar dadurch vollkommen verändern würde. Durch meinen ausführlichen Bericht über meine Zeit mit ihm und auch über seine jetzige Lebensweise gewänne sie den Eindruck, der Schlüssel zu der Persönlichkeit meines Valentin läge nicht in einer möglichen Charakterschwäche, sondern wäre eher in seiner besonderen Wesensart zu finden. Mit seinen Hochbegabungen und damit verbundenen Inselbegabungen gehöre er wohl zu den besonders gesegneten Menschen, die über herausragende Fähigkeiten verfügten. Diese befähigten sie, die Welt mit erweitertem Blick wahrzunehmen, als die normal begabten Bürger. Ihre außergewöhnlichen Begabungen auf verschiedenen Wissensgebieten, die anderen Sterblichen weniger zugänglich sind, erschließe sich ihnen auf unerklärliche Weise. Das führe in den Augen der Umgebung nicht selten zu Reaktionen, die gelegentlich mit Unverständnis, oft auch mit Befremden quittiert würden. Andererseits hätten diese besonderen Menschen oft autistische Züge, nicht selten auch ADHS, das Aufmerksamkeits-Defizit-Hyper-Aktivitäts-Syndrom. Ich spreche hier von dem sogenannten Asperger Syndrom, das wohl in vieler Hinsicht auf Valentin von Herbenstein zutreffen mochte.

Ich reagierte ganz erschrocken und fragte, ob sie meine, Valentin leide an einer Persönlichkeitsstörung und ob es dafür Heilung gäbe. Das verneinte sie lachend. „Heilung? Heilung wovon, von Anderssein und von beneidenswerten Begabungen? Nur weil das alles nicht der Norm zu entspricht?"
Meine Therapeutin lächelte mich nun strahlend an und sagte heiter: „keine Sorge, nehmen sie sich Zeit, um nachzulesen, was es Interessantes über die Wesensart ihres Valentin zu erfahren gibt Denn darum geht es wohl, um seine besondere Wesensart. Sie werden auf diese Weise auch dem Schlüssel zu ihrem eigenen Glück näherkommen."

Sehr nachdenklich trat ich den Heimweg an. „Sollten sich mir wirklich Zusammenhänge erschließen, für die ich in der Vergangenheit blind gewesen bin?"
Seltsamerweise war ich mit neuer Zuversicht erfüllt. Ich verspürte

das lange vermisste Gefühl, dass ich wieder in der Lage war, am Leben teilzuhaben und das bereits seit geraumer Zeit. Ich nahm mit Staunen zur Kenntnis, dass ich mich wieder auf meine Familie freuen konnte und begriff, dass es sich lohnte mich ihnen und dem Leben mit ihnen zuzuwenden.

Meine Berichte an Frau Klöckner, hatten ja bereits schwere Last von meiner Seele genommen. Nur dadurch schon, dass ich es über mich brachte, alles auszusprechen, was mich bewegte. Meine Unterhaltungen mit ihr und die begleitende Energiearbeit hatten mich Schritt für Schritt mit wiedererwachendem Lebensmut versehen. In mir wuchs die Einsicht, dass es tatsächlich meine eigenen Wahrnehmungen waren, die mich so heftig ausgebremst hatten. Und jetzt sollte sich der Vorhang lichten und mir den Blick freigeben für eine klarere Sicht. So jedenfalls hatte mir das meine Therapeutin in Aussicht gestellt, so war auch meine eigene Hoffnung.

Auf dem Weg zum Verstehen

Neugierig blätterte ich schon im Auto, bevor ich losfuhr, in der Sammlung von den Artikeln, die Frau Klöckner für mich zusammengestellt hatte. Für dieses Studium wollte ich mir Zeit nehmen. Ich betrachtete das schlichte Heft mit dem fliederfarbenen Umschlag wie eine Kostbarkeit. Es würde mir Wichtiges zu sagen haben, das spürte ich instinktiv. Und danach würde sich für mich die Welt verändern. Innerlich schalt ich mich eine poetische Närrin: „Wie sollte ein Bündel von Abhandlungen mein Schicksal beeinflussen können?" Aber ich hatte so ein Gefühl und ganz genau so kam es dann auch.

Als ich heimgekommen war, ging ich erst einmal besitzergreifend durch alle Räume unseres schönen Hauses. Dafür hatte ich so lange keinen Sinn und auch keinen Blick gehabt. Heute wieder war ich mit ungewohnter Heiterkeit erfüllt und musste daran denken, wie ich vor vielen Jahren schon einmal meine damalige Wohnung wiedererobert hatte, die von mir schmählich verlassen worden war, weil ich dort eine so unglückliche Zeit verlebt hatte. Valentin hatte mir damals dabei geholfen, die leeren Räume wieder mit Glück zu erfüllen. Ich hatte danach alleine und auch mit ihm dort wunderschöne Zeiten verlebt. Ich konnte heute tatsächlich lächeln, als ich daran dachte. Solche freundlichen Erinnerungen an die Valentinzeit hatte ich mir lange Zeit verwehrt. Aber heute, so hatte ich den Eindruck, war es wieder soweit, dass ich verlorenes Terrain wieder zurückerobern musste, ähnlich wie damals. Nur ging es jetzt nicht bloß um Räume, sondern um ein ganzes schönes Haus, mein schönes Haus mit Inhalt. Meine geliebte Familie wartete ja auf mich, auf die Mama, die wieder ihren gewohnten Platz einnehmen sollte. Dazu war ich auch fest entschlossen. Ich konnte mich zu meiner Verwunderung sogar darauf freuen. Nun wollte ich das Leben zurückhaben, das mein schönes Heim so viele Jahre bevölkert und mit Lachen und Liebe erfüllt hatte. Nachdem ich auch den Garten umrundete, dabei einiges Spielzeug aufhob, das auf der Wiese herumlag und es in den Sandkasten legte, fühlte ich endlich wieder eine innige Verbundenheit mit meinem Zuhause.

Um mich mit liebenswürdiger Normalität zu umgeben, verabredete ich mich telefonisch mit Freundin Jana, die dann am Nachmittag auf einen Schwatz vorbeikommen wollte.

Jana staunte nicht schlecht, als sie mich wieder munter agieren sah. Alles war wie in früheren Zeiten. Ich hatte im Garten unter dem großen Apfelbaum einen Tisch für uns gedeckt und dafür rasch Apfelpfannkuchen für uns und die Kinder gebacken.

Die Tagesmutter von Almut hatte sich netterweise erboten, auch Lenhart von der Schule abzuholen und die Kinder zu mir zu bringen. Die freuten sich wie Bolle darüber, dass Tante Jana da war. Als dann auch noch zwei Freunde meines Sohnes vorbeikamen und mit ihm und Almut das Trampolin belagerten, war es bei uns, wie ich es aus früheren Zeiten gewohnt war, lärmend, fröhlich, ein wenig chaotisch und sehr, sehr, heimelig.

Nun gelang es mir endlich auch, meiner Freundin mein Herz auszuschütten. Ich konnte ihr jetzt erzählen, was ich vorher so sorgsam für mich behalten, schamhaft in meiner Seele verschlossen hatte.

Jana hörte mir geduldig zu. Wie immer eigentlich. Urplötzlich wurde mir bewusst, wie egoistisch ich sie in all den Jahren in Beschlag gelegt hatte. Immer ging es nur um mich und meine Befindlichkeiten. Sie selbst nahm meinen Beistand und mein Verständnis für Geschehnisse in ihrem Leben so gut wie gar nicht in Anspruch. Als ich das mit etwas schlechtem Gewissen zur Sprache brachte, lachte sie nur und versicherte mir nachsichtig, dass ihr Leben ja auch weniger spannend verliefe als das meine und nicht viel Unterhaltsames hergebe. Sie war ja seit ihrer Studentenzeit mit einem freundlichen Kommilitonen, den ich auch sehr schätzte, recht einverständlich liiert. Da passiere nicht allzu viel Aufregendes, da gäbe es effektiv nichts zu berichten. Vielmehr beneide sie mich manchmal um das interessante Auf und Ab, das es in meinem Schicksal zu beobachten gäbe, das wolle sie gerne zugeben. Allerdings könne sie auf schmerzhafte Einbrüche, wie ich sie dabei öfter verkraften musste, sehr gut verzichten, fügte sie noch schmunzelnd hinzu.

Ja, und die Anlässe zu solchen Einbrüchen wollte ich nun rigoros wegräumen von meinem Schicksalserinnerungen. Dazu sollte auch gehören, das nahm ich mir fest vor, dass ich wieder mehr Interesse für die Belange meiner Freundinnen und Freunde aufbringen wollte. Das sollte ganz besonders für meine Freundin Jana gelten, für deren Anliegen ich künftig ein interessierteres Ohr haben wollte. Genau das versprach ich ihr reuevoll. Vorher aber wollte ich sie darum bitten mir bei der Recherche in Bezug auf Valentins Wesenszüge beizustehen, vor der ich mich zugegebenermaßen ein wenig fürchtete.

Jetzt erst einmal würden wir den entspannten Nachmittag genießen und uns die geplante „Psychoanalyse" für einen der Folgetage aufheben, und dafür einen ungestörten Vormittag einplanen. So plauderten wir noch ein wenig belanglos und freuten uns über die Sonne, die uns durch die Zweige des Apfelbaumes in ihr Licht-Schatten-spiel einbezog.

Entspannt sahen wir den fröhlich lärmenden Kindern bei ihrem übermütigen Spiel zu. Ich erzählte Jana von den „hochwohlgeborenen Kindern" von Valentin und seiner Frau. Um nichts in der Welt würde ich dessen edlen kleinen Emanuel beispielsweise gegen meinen rustikalen Rabauken Lenhart eintauschen wollen, der von Energie nur so strotzte und dessen Streiche uns manchmal die Haare raufen ließ. Auch waren meine Kinder sicherlich nicht so begabt und gesittet, wie auch die wunderhübsche Prinzessin Valentina. Aber meine kleine Namensschwester Lily, die verfügt in der Tat nicht nur über eine unerklärliche äußerliche Ähnlichkeit mit mir, sondern gleicht meiner quirligen Almut, als wäre sie ihr Schwesterchen. Beide sind die gleichen unwiderstehlichen Charmebolzen, die ihre Umgebung in atemloses Entzücken halten. Witzig aber sind, das muss ich zugeben, diese unerklärlichen äußerlichen und auch innerlichen Übereinstimmungen. Aber formuliert Friedrich Schiller nicht dazu: *Es ist der Geist, der sich den Körper baut ... ?* Über meine verstiegenen Gedankengänge musste ich selber lachen und steckte Jana damit auch an, die kopfschüttelnd meine absurden Ideen kommentierte.

Als sich dann mein Mann nach seiner Arbeit zu uns unter den Apfelbaum setzte und die letzten Apfelküchlein genussvoll vertilgte, fühlte ich mich so gut wie lange nicht mehr. „Das ist mein Leben", dachte ich, „das sind meine Kinder und das ist mein Mann, der ganz genauso ist, wie ich es als Ergänzung zu mir brauche"

Ich saß da an meinem Gartentisch und fühlte mich wunschlos glücklich. Ich wusste, ich würde nun auch mit Valentin-Enno meinen Frieden machen können und unbelastet in eine schöne Zukunft gehen können und meine geliebte Familie dabei mitnehmen.

Aber dazu gehörte nur noch ein wenig Feintuning. Das Grobe hatte ich ja wohl schon mit Unterstützung von Frau Klöckner hinter mich gebracht, das meinte ich jedenfalls. Aber meine Freundin Jana würde mir dabei helfen, „das Rätsel Valentin" gänzlich zu lösen und den Bann von mir zu nehmen, der lange genug seine Schatten auf mein Schicksal geworfen hatte.

Um in einer neutralen Umgebung emotional unbeeinflusst zu bleiben, verabredeten wir uns in unserem Cafe Wolkenstein. Diese Wahl des Gesprächsortes war auch mit der tröstlichen Überlegung begründet, dass mögliche Gemütsbewegungen gnädig mit Kuchenbergen und Kakao mit ganz viel Sahne gepolstert werden können.

Von den Artikeln in dem Heft, von Frau Klöckner für mich zusammengestellt, hatte ich für Jana Kopien angefertigt, damit wir die gleichen Vorinformationen, jede für sich daheim, für unsere „Aufarbeitung" nutzen konnten. Diese sollten dabei helfen, Vergangenes nicht nur besser, sondern überhaupt zu verstehen und zu beurteilen.

Ich wollte den Auftrag, den meine Therapeutin mir gegeben hatte, ernst nehmen, erst einmal alle Gefühle ehrlich zu benennen, die ich hatte, als ich Valentin so unverhofft in Mailand vor mir gesehen hatte. Dafür war es hilfreich, wenn auch erst einmal zusätzlich entblößend, dass ich aussprechen musste, was ich tatsächlich empfand. Ich hatte mir dafür vorgenommen, nichts zu verschleiern und zu beschönigen und auch Gefühle, für die ich mich schämte, unmissverständlich zu formulieren.

Jana sah mich mitfühlend an und sagte: „Sprich einfach aus, was in dir vorging, du weißt, bei mir sind Geständnisse gut aufgehoben und gemeinsam lassen sich auch unverständliche Gedankengänge besser deuten und sicherlich auch leichter verarbeiten."

Niedergeschlagen gestand ich diese schrecklichen Gefühle, die mich seit dem Wiedersehen mit meiner Ex-Liebe fest im Griff hatten. Ohne Jana anzusehen, sagte ich gepresst, was ich kaum zu denken, geschweige denn zu sagen wagte: „Neid, der pure Neid hat mich geschüttelt, als ich Valentin und seiner Familie so plötzlich und unerwartet begegnete."

Ich schämte mich meiner heftigen und unguten Gefühlsregung, die in keinem Verhältnis stand zur Realität. Stellte ich damit nicht mein eigenes, mein gesundes Familienleben, das ich bis dato für unverrückbar und stabil gehalten hatte, in Frage?

Was also bewog mich, mit so giftigen Empfindungen anderer Leutes Glück zu betrachten?

Jana nahm mich in den Arm und sagte tröstend: „Deine Gefühle sind nur zu natürlich. Wir sind alle nur Menschen und nicht immer bestimmen Einsicht und Vernunft unser Denken und Handeln. Bei dem unverhofften Anblick dieser Familienidylle kamen in dir alle Erinnerungen hoch, die zu eurer unbewältigten Vergangenheit gehörten, nicht wahr? So sage einfach ganz offen, was dir auf der Seele liegt, damit du es loswerden kannst."

Ich zögerte, aber ich war trotz innerer Widerstände fest entschlossen, meine Scham zu überwinden und begann mit stockender Stimme aufzählen was in mir seit dieser ominösen Begegnung unkontrolliert rumorte.

Ohne meine Freundin anzusehen, fing ich damit an, meine Seele bloßzulegen, wie ich es schamhaft bei jedem Satz, den ich mir abringen konnte, empfand:

„Als ich mit diesem, so offen zur Schau getragenen Familienglück so unerwartet konfrontiert wurde, war ich nach dem ersten Schreck, bei dem ich erst einmal gar nichts fühlte, bis in die Haarspitzen schockartig angefüllt mit einer grenzenlosen Enttäuschung. Mir war schlagartig bewusst, dass Valentin mit einer anderen Frau ein Leben lebte, wie er es mir damals vorenthalten hatte. Ich fühlte mich irgendwie verraten. Und ich empfand tiefe Trauer darüber, dass er sein heute so offensichtliches Glück damals mit mir nicht hatte finden können. Aber mich plagten und plagen noch immer auch heftige Schuldgefühle, weil ich es nicht hatte schaffen können, ihn so glücklich zu machen, wie seine jetzige Frau es unübersehbar erreicht hatte."

„Ich hege auch Groll gegen ihn, weil er mit mir keine Kinder planen wollte und nun mit seiner Funktion als Familienvater selbstverständlich und sichtbar zufrieden umgeht."

Und ich hatte und habe eigentlich noch immer eine mörderische Wut auf ihn, weil er nach der Trennung von mir keinen Kampfgeist aufbrachte, um unser damaliges Glück festzuhalten."

Zudem empfinde ich einen brennenden Neid auf seine Frau, die alles das jetzt genießt, was einst mir ganz exklusiv gegolten hatte."

„Ich bin nach wie vor ratlos und verwirrt, weil ich nicht weiß, wieso eine andere Frau Zugang zu seiner Seele gefunden haben kann, was mir völlig verwehrt war, obwohl ich mir das so sehr gewünscht hatte und meine Liebe doch so groß war, wie ich damals dachte."

„Ich bin tottraurig, weil ich nach so langer Zeit noch Schmerz darüber empfinde, weil ich meine große Liebe verloren hatte und dass es noch immer weh tut. Ich fühle diesen Schmerz jetzt so deutlich, obwohl ich mir das in den ganzen Jahren nach unserer gemeinsamen Zeit nie mehr zugestanden hatte."

„Und ich bin sauer auf mich, wieso ich solcher heftigen Gefühle fähig bin, obwohl sie in krassem Widerspruch zu meinem eigentlichen Weltbild und meinen Vorstellungen von einem gemeinsamen Leben stehen."

Zusammengekauert hing ich auf meinem Sessel und war nicht in der Lage, meinen Tränenstrom zurückzuhalten. Wir saßen in unserem Café am Fenster und die wenigen Gäste, die um diese Zeit dort waren, konnten nicht sehen und sicherlich auch nicht hören, welch ein Drama ich gerade zu bewältigen versuchte.

Jana hielt meine beiden Hände fest in den ihren und wir sagten eine Weile nichts, was ich sehr tröstlich fand. Zum ersten Mal hatte ich ausgesprochen, was ich sogar vor mir selbst geheim gehalten hatte, wie ich erst jetzt erkannte. Nun trat zutage, wie es tatsächlich in mir aussah und was unerledigt in mir geschlummert hatte. Ich fühlte mich sehr schlecht mit diesen Offenbarungen, mit denen ich auch mir selber meine Unzulänglichkeiten und meine Charakterschwächen eingestand. Innerlich schüttelte ich den Kopf, auch, weil ich irgendwie nicht glauben konnte, dass ich in der Lage war derart missgünstig und sogar gehässig zu denken und zu fühlen.

Doch Jana ließ mir wenig Zeit, eine traurige und enttäuschte Innenschau zu halten. Sie verwies auf die Artikel, die meine Therapeutin uns zur Verfügung gestellt hatte und die vieles zurechtrücken sollten, was wir bislang mit ganz anderen Augen gesehen hatten. Wir hatten beide bereits daheim flüchtig in diesen Heften geblättert und wollten nun tiefer eindringen in Erkenntnisse, die uns dabei helfen sollten, die Geheimnisse um Valentin Enno zu lüften.

Jana gab ehrlich zu, bisher nicht viel von ihm gehalten zu haben. Immer wenn sie ihn früher mal unversehens bei gesellschaftlichen Anlässen in München getroffen hatte, machte er auf sie den Eindruck eines SchickiMicki-Partyknaben. Sie hielt ihn für überheblich, arrogant und eingebildet, dass er zwar grundsätzlich höflich war, sich aber kokett, wie sie fand, mit der Aura des Unerreichbaren zu umgeben pflegte. Als ich dann so lange Zeit, für sie völlig unerwartet, mit ihm verbandelt war, kam noch die Vermutung hinzu, dass dieser dermaßen gutaussehende Luxusknabe für mich wenig Gutes bedeuten konnte. Sie wartete nur darauf, dass dieses eigenwillige Glück, in das wir beide uns dann völlig zurückgezogen hatten, wie eine Luftblase bei dem ersten Windhauch zerplatzen würde. Eine Beziehung mit ihm konnte ihrer Einschätzung nach keinen Bestand haben, dazu waren wir zu verschieden, zumal wir ja unbestritten auch in völlig unterschiedlichen Welten lebten. Sie, Jana war zwar enttäuscht darüber gewesen, dass ich mich so rar gemacht hatte in dieser Zeit mit Valentin, schrieb diese Distanzierung aber ebenfalls der Verbindung mit diesem seltsamen Menschen zu, der in ihren Augen schwer einzuschätzen war und auf sie schillernd und eher dubios wirkte.

Nun konstatierte Jana, dass sie ihn bedauerlicherweise gar nicht wirklich gekannt und ihn darum auch sicherlich völlig falsch beurteilt hätte. Sie mache sich nun den Vorwurf, vorschnell einen Menschen in eine Schublade gesteckt zu haben, in die er bei näherem Hinsehen vielleicht gar nicht hineingehörte. Nun musste ich doch ein wenig lächeln. Bis heute kann sogar ich mir keine passende Schublade vorstellen, in die Valentin passen würde oder gar hineingehörte.

Auch für mich, die ich zwei Jahre lang fast jeden Tag mit meinem Liebsten zugebracht hatte, ist er mir in fast jeder Hinsicht ein Unbekannter geblieben, ein Mensch, den ich so schrecklich gerne verstehen wollte und der für mich bis zuletzt „das Rätsel Valentin" geblieben war. Nun musste eine wildfremde Person, die meine Therapeutin ja für mich war, mir offenbaren, was nun, da ich begonnen hatte, zu verstehen, plötzlich eine Erklärung für alles sein sollte, eine Erklärung, die ich damals ebenso verzweifelt, wie vergeblich gesucht hatte.

„Ihr Valentin ist also augenscheinlich ein *Asperger*, zumindest trägt er viele von dessen Eigenschaften in sich", so hatte die Vermutung von Frau Klöckner gelautet. Und je tiefer ich selbst in die Erläuterungen darüber eintauchte, desto offensichtlicher zeigten sich mir die Wesenszüge, die untrüglich darauf hinwiesen. Damit lichtete sich das ganze Unverständnis, das mich während der Beziehung zu Valentin-Enno so gequält hatte. Ich blicke nun auf unsere vergangene Liebe mit ganz anderen Augen zurück. Das Verhalten von Valentin, das ich als Affront erlebt hatte, war in Wirklichkeit Teil seines Wesens, entsprach seinem besonderen Charakter. Nichts davon war jemals als Kränkung gegen mich gemeint, das wusste ich jetzt. Und alles, was ich so dringlich von ihm eingefordert hatte, war von ihm einfach nicht zu erbringen, ja er hatte auf Vieles, was mir wichtig gewesen war, eine komplett andere Sichtweise, ahnte oft gar nicht, was mich quälte. Dank der Ausführungen meiner Frau Klöckner, begann ich das, begann ich ihn und seine Verhaltensweisen besser zu verstehen.

„Selten habe ich eine Lektüre so spannend gefunden und für mich so aufschlussreich, wie die Artikel deiner Therapeutin", pflichtete Jana mir bei. „Ich habe beinahe atemlos die Ausführungen dieser verschiedenen Autoren „verschlungen". Ich habe vor allem auch begriffen, dass wir oftmals vorschnell mit Urteilen bei der Hand sind, nur weil jemand nicht in das Raster passt, das wir selbst für unsere grundsätzlichen, aber auch die momentanen Erwartungen ge-bastelt haben. Ich glaube, dass ich künftig meine Mitmenschen mit ganz anderen Augen sehe, nicht nur deinen Valentin, den ich ebenfalls versuche im Rückblick besser kennenzulernen."
Ich selbst hatte daheim dann auch meine Hausaufgaben gemacht, die Frau Klöckner mir aufgetragen hatte. Dafür schrieb ich auf, welche Eigenschaften es sind, die ich bei Valentin als problematische Wesenszüge gesehen hatte und die nach meinem Empfinden einfach nicht in mein Weltbild und meine Vorstellung von einer Partnerschaft passten. Das half mir ungemein, seine sehr speziellen

Wesenszüge zu erkennen, die mir das Lebens so schwergemacht hatten. Ich begann langsam, sein „Anderssein" besser zu verstehen. Mich hatte ja immer das Gefühl begleitet, dass er etwas vor mir verbergen wollte. Da war beispielsweise seine Verschlossenheit, die mir unverständlich war. Er hatte gar kein Mitteilungsbedürfnis, kein Interesse an einer belanglosen Unterhaltung. Seinen Hang, sich immer wieder zurückzuziehen, empfand ich als Liebesentzug, es machte mir Angst, auch Verlustangst.

Mein Valentin hatte keine Freunde oder Freundinnen, Geselligkeit, mied er eher. Das war für mich schlimm, denn ich fühle mich im Kreis von vertraute und gut gelaunten Freunden und Freundinnen besonders wohl und aufgehoben. Valentin hingegen zog sich von jeder Art von Gesellschaften, die ihn eher erschöpften, zurück. Im Laufe unseres Zusammenlebens vermisste ich die tragbaren Freundeskreise, wie ich sie gewohnt war, sehr. Und sein Desinteresse an einer gemeinsamen Zukunftsplanung empfand ich einfach nur als Ignoranz. Dass mit ihm keine Familienplanung möglich war, machte mir schmerzlich bewusst, dass mein Partner nicht auf meiner Wellenlinie lag, sich niemals auf meine eigenen Vorstellungen von Familie und Zukunftsplanung einlassen würde.

Seine Freundlichkeit anderen Menschen gegenüber war wohl eher Höflichkeit und anerzogene Liebenswürdigkeit, in Wahrheit fühlte er sich von notwendigem Small Talk eher gequält. So hätte ich noch endlos aufzählen können, was mir in meiner Partnerschaft mit Valentin fehlte und was mir in Bezug auf eigene Zukunftswünsche zunehmend bewusst wurde.

Meine Freundin bestätigte mir nachdenklich, dass eine solche Bilanz in der Tat wenig zu der Lily passte, die sie kannte. Da war dieser „einsame Wolf", der sich am liebsten in Gesellschaft ausschließlich seiner Partnerin eingeigelt hätte und der sich selbst genügte. Und so ein Mensch musste ausgerechnet auf die umtriebige Partynudel treffen, die sich nur zu gerne im Kreise von lachenden, schwatzenden, feiernden Menschen vergnügte.

Zusammenhänge zu finden und Hintergründe zu erforschen, das schien uns jetzt ein spannendes Ziel zu sein. Weshalb die Menschen einander so unterschiedlich einschätzen, dass davon ein ganzes Schicksal abhängt, das wollten wir nun unbedingt ergründen. Höchst interessiert, ich möchte beinahe sagen, dass wir sogar regelrecht elektrisiert waren, begaben wir uns auf das unbekannte Terrain der Persönlichkeitsforschung. Dabei halfen uns die Manuskripte in den Dokumenten die Verena Klöckner für uns zusammengetragen hatte.

Einer der Autoren dieser Artikel ist ein amerikanischer Psychologe, namens *Toni Attwood*, der sich ausführlich mit dem Asperger-Syndrom beschäftigt hatte. Seine Ausführungen ließen deren Wesenszüge in völlig neuem Licht sehen. In einem seiner Bücher beeindruckten besonders zwei Formulierungen:

„Aus meiner klinischen Erfahrung heraus sehe ich es so, dass Kinder und Erwachsene mit dem Asperger Syndrom eine andere, jedoch nicht mangelhafte Art und von Denken haben."
„Ich sehe Menschen mit einem Asperger-Symdrom als einen leuchtenden Faden im reichhaltigen Wandteppich des Lebens."

Hoch interessant diese Betrachtung des Toni Attwood, das fanden wir beide, Jana und ich. Wie schnell bewertet man Menschen, die anders geartet sind als die Normalbürger und begegnet ihnen mit Skepsis. Daraus resultiert oft genug das Bestreben, diese „Abweichungen" dem Verhalten der Normalbürger anzugleichen. Toni Attwood lehrt uns hingegen, besondere Begabungen zu würdigen, sie als Geschenke anzunehmen. Für ihn sind die Fähigkeiten, über die manche Menschen verfügen ein Wunder, keine Krankheit, die es zu heilen gilt. Kein Mensch würde ja auch auf die Idee kommen, außergewöhnliche Stimmen zu therapieren, nur weil sie schöner und anders klingen als die ihrer Mitmenschen. Oder die Fähigkeit zum Malen, oder zum Tanzen, oder anderen herausragenden Künsten, bei deren ihre Leistungen die der Durchschnittsbürger- und Bürgerinnen überflügeln. Das aber bezeichnet man dann als Talent, nicht als Abnormität. Es gäbe auch keine Erfindungen, wenn geniale Wissenschaftler und Wissenschaftlerinnen die Fesseln des Normdenkens nicht in der Lage wären, zu sprengen. Und immer schon gab es Leute, die die Einsamkeit liebten, oder andere, die nur im Lärm oder Trubel glücklich sind. Diese alle sollten Therapiefälle sein? Auf eine solche Idee käme wohl kaum jemand, vielmehr zeigt sich an solchen Beispielen auf spannende Weise eher das Unterschiedliche, das interessante Andersartige.

„Ich hätte es wissen müssen, klagte ich mich an, „ich hätte bemerken müssen, dass mein Valentin anders tickt, als alle Menschen, die ich kenne. Statt sein Wesen zu ergründen, hatte ich ihn auf meine

Linie zwingen wollen."

Jana antwortete mir nachdenklich: „Das hätte nichts genützt, Lily, selbst wenn du mehr über ihn und seine Wesensart gewusst hättest, wäre es dir nicht möglich gewesen, mit ihm dauerhaft zu leben, seine Eigenarten zu tolerieren."

„Aber ich hätte ihn besser verstanden, ich wäre mehr auf ihn eingegangen, wäre nicht so verletzt und persönlich gekränkt gewesen, weil sein Verhalten so wenig meinen Erwartungen entsprach."

Reumütig erinnerte ich mich daran, wie blind ich oftmals gewesen bin. Mir hätten doch Valentins außerordentliche Begabungen, wie beispielsweise seine herausragenden Gedächtnisleistungen auffallen müssen. Wenn es um seine Interessensgebiete ging, konnte er ellenlanges Wissen darüber abrufen, als hätte er diesbezüglich ganze Lexika im Kopf. Dazu gehörte seine Detailversessenheit für eben seine speziellen Interessengebiete. Freilich, ich war verwundert, dass mein Liebster mehrere Sprachen perfekt beherrschte, aber absonderlich hatte ich es eigentlich nicht gefunden, schrieb dieses Können seinen Auslandsaufenthalten zu. Und Valentins Studien, die er regelmäßig mit entsprechenden Examen abschloss, ohne dass ich ihn jemals lernen sah? Das verwunderte mich schon, aber ich hielt ihn eben für besonders intelligent und machte mir weiter keine Gedanken darüber. So könnte ich heute, im Rückblick noch weitere Eigenschaften aufzählen, die meinen Liebsten deutlich von den Normalbürgern unterschied, mit denen ich sonst zu tun hatte.

Meine Freundin hörte mir aufmerksam zu. Sie äußerte ihre Dankbarkeit dafür, dass sie mich auf meiner Reise in die emotionale Vergangenheit begleiten durfte. Sie versicherte, dass auch sie tief betroffen sei von der Erkenntnis, dass nicht nur ich meine flüchtige Sichtweise zu beklagen hatte. Auch sie war in der Vergangenheit oft genug versucht, andere Menschen zu beurteilen, ohne die genauen Gründe für deren Verhalten zu kennen.

Unsere Recherchen führten uns ja jetzt nur zu deutlich vor Augen, wie flüchtig oftmals Einschätzungen vorgenommen werden und dass man auf diese Weise seinen Mitmenschen schnell Unrecht tun kann.

Obwohl es mir anfänglich so schwer fiel, meine Erlebnisse und die damit verbundenen Gefühle auszusprechen und mit Jana zu erörtern, spürte ich doch, wie dadurch schwere Lasten von meiner Seele pur-

zelten. Ich freute mich nun regelrecht auf die weiteren Therapiestunden mit meiner Frau Klöckner, in der Gewissheit, dass mit ihrer
Hilfe der Weg zu unbelastetem Glück, freigeschaufelt würde.

Jana und ich hatten ereignisreiche Stunden in unserem Café verbracht. Wir beide empfanden das als wichtige Zäsur unser gesamten
Denkens. Wir hatten das Gefühl, dass uns die Augen geöffnet würden und unsere Sicht auf Menschen, Dinge, auch auf schicksalhafte
Geschehnisse, künftig eine andere sein würde. Wir würden ab sofort
immer bemüht sein, die „Lupe des Verstehens" auf alles anzuwen-
den. Wehmütig, aber innerlich bereichert, verabschiedeten wir uns
voneinander mit der festen Absicht, diese „Dinge des Lebens",
besonders unseres Lebens, weiter zu diskutieren, sie noch tiefer zu
ergründen.

Beschwingt trat ich den Heimweg an und konnte es kaum erwarten,
meine Familie in die Arme zu schließen. Schnell erledigte ich noch
Einkäufe, denn ich hatte das Bedürfnis meinen Mann mit einem
besonders leckeren Essen zu überraschen. Dazu wollte ich mit ihm
alleine sein und quartierte die Kinder am frühen Abend schon bei
meinen Eltern ein, was mit Jubelschreien quittiert wurde. „Na toll",
dachte ich amüsiert, „da kann mal sehen, wie das so mit dem Stellenwert aussieht, den Eltern so haben."
Und dann bereitete ich mein Spargelessen vor. Dazu sollte es zarten
Räucherlachs geben, in Butter gebratene Croûtons, mit hart gekoch-
ten gehackten Eiern und viel Schnittlauch vermischt, Avocadostrei-
fen und Kartöffelchen, in Butter geschwenkt. Eine feine Spargel-
suppe mit Grieß und Sahne sollte das Festessen eröffnen und ein
frisch zubereitetes Himbeer-Joghurt-Eis das Mahl krönen. Dazu
sollte ein leichter Weißwein unsere Sinne anregen
Damit auch gleich klargestellt war, dass hier ein Abend für Liebende zelebriert werden sollte, traf ich meine Wahl für mein eigenes
Outfit sehr sorgsam. Ich entschied mich für einen schwingenden
nougatfarbenen Rock mit schrägen Volants, einer weißen ärmello-
sen Spitzenbluse und hoch-hackigen weißen Sandaletten mit gold-
farbenen Steinen besetzt. Passend dazu flocht ich mir eine Kette aus
Bernstein, die aus meiner Schmuckkollektion stammte, in die
zurückgesteckten Haare. Es machte mir überraschend große Freude,
mich für meinen Mann so aufzuhübschen. Ehrlicherweise musste
ich zugeben, dass es schon längere Zeit her war, dass ich mir so viel

Mühe gegeben hatte, meinem Eric zu gefallen. Ich war über mich selbst erstaunt, weil mir so viel daran lag, für ihn an diesem Abend und künftig eigentlich immer, wie ich mir das vorgenommen hatte, wieder so attraktiv und begehrenswert zu sein, wie einst im Mai. Irgendwie war mir und sicherlich auch ihm, der Sinn für viel Äußerlichkeiten verloren gegangen und hatte praktischen Erwägungen Platz gemacht. Durch Hausbau, Karrieren, Kinderbetreuung und den ganzen Alltagskram ist der Charme für emotionalen Schnickschnack bei den Tagespflichten weitgehend auf der Strecke geblieben. Als Elternteam funktionieren wir vortrefflich, aber als Liebespaar gibt es uns nur noch am Rande.

Mir ist in den letzten Wochen schmerzlich bewusstgeworden, dass ich, wenn das Schicksal es gut mit mir meinte, tatsächlich noch ein halbes Leben vor mir habe. Und mein Mann ist nur wenige Jahre älter als ich. Es ist jetzt genau die richtige Zeit, um mit Eric gemeinsam unser Leben umzukrempeln, uns wieder jung und unternehmungslustig zu fühlen und uns vom einförmigen Alltagstrott nicht mehr überholen zu lassen. Und dabei sollen nette kleine Abenteuer und spannende Überraschungen wieder vorkommen.

Ich bin jetzt aufgeregt wir ein junges Mädchen und erwarte ungeduldig einen ungestörten, festlichen Abend, nur mit meinem Ehemann.

Meine Vorbereitungen für das Tête-à-Tête waren beendet, als ich das vertraute Geräusch des sich drehenden Schlüssels im Schloss der Haustür vernahm. Rasch goss ich zwei Gläser eines köstlichen Rosé-Champagners in edle, üppig geschliffene Schalen, die wir zur Hochzeit bekommen hatten und die seither nie im Einsatz waren. Eine Schande wie ich fand und eines liebenden Ehepaars, das sich zu festlichen Anlässen, oder einfach nur so, schöne und überraschende Stunden gönnen sollte, nicht würdig.

Nun lief eine strahlende Ehefrau ihrem geliebten Mann entgegen, der sie verdutzt musterte und nicht ahnte, was sie im Schilde führte. Aber er nahm mich hoch erfreut einfach in die Arme und lachte übermütig, weil ich den Champagner hoch über meinem Kopf balancierte, um die kostbaren Tropfen vor seinem Temperamentsausbruch zu retten. Eric freute sich wie ein Kind über mich, mein hübsches Aussehen und die Nachricht, dass ein ungestörter Abend, ganz für uns alleine, von mir geplant war.

„Kann ich einen so zauberhaften Empfang nach einem stressigen und langweiligen Bürotag nicht öfter haben? Und wenn ich wieder einmal sehe, wie schön du bist, könnte ich mich auf der Stelle neu in dich verlieben."

Mein Mann stellte weiter keine Fragen nach den Wieso und Warum. Instinktiv wusste er wohl, dass die Horrorzeit, mit der ich das Familienleben so grausam ramponiert hatte, vorbei war. Und genau das wollte ich heute unter Beweis stellen.

„Ja klar, um das Verlieben geht es", lachte ich zurück, „und du sollst auch wieder mal meine Kochkünste genießen, denn in letzter Zeit habe ich mich diesbezüglich ja sehr zurückgehalten."

„Na, das wird ja immer schöner und immer überraschender", staunte mein lieber Ehemann. Und ihm blieben die Worte ganz weg, als ich ihn in unser Esszimmer führte, das ich in ein blühendes Refugium verwandelt hatte. Dazu hatte ich uns auf dem Markt einen großen Korb von sündhaft teuren weißen Rosen geleistet, deren Blütenblätter pinkfarben umrandet waren. Berge von Schleierkraut aus unserem Garten hatte ich dazwischen gesteckt, sodass ich diese romantischen Blütenkissen auf mehrere dickbauchige Vasen verteilen konnte, die dem ganzen Raum ein unwirkliches Flair verliehen. Den Tisch wurde von mir ausschließlich weiß gedeckt. Dazu gehörte ein weißer Porzellankerzenleuchter und weißes Geschirr kombinierte ich mit lindgrünen, bestickten Stoffservietten, die wir vor Jahren einmal im Urlaub in Griechenland erstanden hatten und die noch nie ihren Auftritt gehabt haben.

Noch waren unsere Räume von sonnigem Tageslicht durchflutet. Aber ich freute mich schon darauf, wie luxuriös und stimmungsvoll unsere Wohnräume wirken würden, wenn gleich alle Kerzen angezündet würden.

Mein Eric staunte und freute sich. Ich war ihm dankbar, dass ich keine langen Erklärungen darüber abgeben musste, aus welchem Grunde ich mich und unser Zuhause so festlich inszeniert hatte. Ich sah ihm an, wie erleichtert er war, dass ich damit offensichtlich dem Ausnahmezustand, in dem die ganze Familie meinetwegen schon so lange Zeit verharren musste, ein Ende setzte. Gut, in den letzten Wochen hatte ich mich schon ein wenig der gewohnten Normalität genähert, aber die Unbefangenheit, die wir im Umgang miteinander früher so selbstverständlich fanden, war noch längst nicht erreicht. Vielmehr war jeder von uns, auch die Kinder, bemüht, leise und vorsichtig aufzutreten, und das meine ich auch im mentalen Sinn, damit niemand verletzt würde oder dass es zu Auseinandersetzungen hätte kommen müssen oder irgendwie eskalierte.

Nun schien ich offensichtlich wieder die Alte zu sein. Das wollte ich auch nachdrücklich dokumentieren. Für unser Familienglück war ich bereit, wichtigere Beiträge zu leisten, als ich das in der Vergangenheit für nötig befunden hatte. Ich war jetzt von aufgeregter Vorfreude erfüllt und konnte es kaum erwarten, meinem Mann seine neue Frau zu präsentieren.

Mein Ehemann strahlte mich an und fragte: „Womit habe ich es denn verdient, so reich beschenkt zu werden? Und das noch so unerwartet. Ich habe nichtsahnend unsere Haustür aufgeschlossen und was überrascht mich? Ein Fest!"

Es war schön, vertraut und auch überraschend sinnlich, mit ihm inmitten eines so verzauberten Blütenmeeres zu sitzen und köstlichen Champagner zu genießen. „Es ist so einfach, dachte ich, weshalb macht man das nicht öfter und lässt es stattdessen einfach achtlos laufen, lässt es zu, vom Alltäglichen derart vereinnahmt zu werden?"
Als sich der Abend über die Gärten senkte, servierte ich mein vorbereitetes Süppchen. Dann gingen wir eng umschlungen in die Küche und kochten gemeinsam unser Spargelessen. Die vorher geschälten Spargelstangen salzte ich nur rundum und garte sie behutsam auf kleinster Flamme im eigenen Saft, also ohne Kochwasser. So schmeckt Spargel einfach unwiderstehlich. Ich gucke mir ja gelegentlich Kochsendungen an und frage mich, weshalb die Sternekochleute diese Garmethode nicht übernehmen und den kostbaren Spargel, wie anderes Gemüse auch, stattdessen in Wasser legen oder stellen, wo Aroma und Wertstoffe verwässert und dann in den Ausguss entsorgt werden. Kleine neue Kartöffelchen hatte ich sauber gebürstet und garte sie auf die gleiche schonende Weise, wie den Spargel. Derweil dekorierte Eric den appetitlich frischen Lachs auf eine ovale Porzellanplatte. Croutôns aus Dinkelvollkornbrot wurden gewürzt und in Butter gebraten, dann mit gehackten Eiern und viel Schnittlauch vermischt. Geschmolzene Butter stellten wir dazu und freuten uns auf unser Festessen zu zweit, was für uns ganz ungewohnt war. Bevor wir begannen zu

tafeln, rührte ich noch rasch meine Eiscreme in der Gefriertruhe um. Diese hatte ich aus einer Mischung von gefrorenen Himbeeren und Joghurt bereitet.

Köstlich, einfach himmlisch, was wir uns selbst servierten. Dazu gab es einen erlesenen Weißwein. Wir versicherten einander, dass wir uns selbst und einander künftig in schönster Regelmäßigkeit auf diese und auch noch auf viele andere Weisen verwöhnen wollten. Es wurde ein wunderschöner Abend, dessen Zauber wir beide sehr genossen. Zwei Menschen, die sich innig liebten, wurden sich erneut ihrer vertrauensvollen Zusammengehörigkeit bewusst, dessen Kitt nicht nur das Familienleben und der gemeinsame Besitz war, sondern auch die Magie der körperlichen und seelischen Anziehung, die der täglichen Routine leider ein wenig gewichen war und die der dringenden Auffrischung bedurfte. Nach dem göttlichen Dinner, dass wir gemeinsam zubereitet hatten, zogen wir vom Esstisch auf unsere gemütliche Wohnzimmercouch, wo wir lässig unsere Füße auf Polsterhocker hochlegen konnten, um zu reden, reden, reden.

Bei unserer gemeinsamen Küchenarbeit war mir wieder einmal bewusstgeworden, welch ein ideales Team wir waren. Ohne dass es vieler Hinweise oder Anweisungen bedurfte, wusste jeder, was zu bereiten war, wo noch etwas fehlte und wann was zu servieren war. Genau das sagte ich meinem Mann. Und auch, dass ich glücklich wäre, seine Frau zu sein und dass ich das unbedingt bleiben wollte. Erstaunt sah mich Eric an: „Aber daran besteht doch kein Zweifel nicht wahr? Auch wenn es einige Wochen lang etwas schwierig war mit unserer Gemeinsamkeit, so bin ich immer fest davon ausgegangen, dass wir zusammengehören."

„Aber hast du dich nicht gefragt, was mich so sehr aus der Bahn geworfen hat, dass ich mich so ausklinken musste aus dem Familienleben?"

„Oh doch, das habe ich. Nächtelang habe ich darüber gegrübelt, was ich möglicherweise falsch gemacht habe, weil du für mich einfach nicht mehr erreichbar warst und ich fragte mich fortwährend, ob der Fehler bei mir gelegen hat."

„Und weshalb hast du dich dazu nicht geäußert? Hast du denn nicht den Wunsch nach Klärung gehabt?"

„Ich wollte dir beweisen, dass ich Vertrauen zu dir und zu unserer Ehe habe. Ich war sicher, dass du mit mir darüber sprechen würdest, wenn du dazu in der Lage wärst und es für richtig hältst."

Ich war von so viel Großmut beschämt und beeindruckt, obwohl ich meinen nachsichtigen Ehemann ja kannte und eigentlich damit rechnen durfte, dass er Rücksicht auf meine Ausnahmezustände nehmen wollte.

Ich hatte den Abend für uns ja nicht nur gestaltet, damit wir gemeinsam luxuriös tafelten. Ich wollte ihn vielmehr nutzen, um Vergangenheit und Zukunft unserer Ehe, und auch die Zeit davor, aufzudröseln und „reinen Tisch" zu machen, was meine Gefühle und auch Wünsche anbetraf. Dazu wollte ich mit der Wahrheit herausrücken und ehrlich sagen, was mich so sehr bewegt hatte und was mich möglicherweise die ganzen Jahre über unterschwellig beschäftigt hatte, ohne dass mir das bewusst gewesen war.

Eric und ich hatten ja, als wir vor nunmehr etwa 9 Jahren beschlossen, zusammenzubleiben, nicht viel voneinander gewusst. Beide hatten wir nicht das Bedürfnis, in den anderen zu dringen, um dessen Vergangenheit zu erforschen. Wir stellten keine Fragen nach ehemaligen Partnern und weshalb es zu Trennungen gekommen war. Es genügte uns zu wissen, dass es eben nicht gepasst hatte. Nun aber war mir klargeworden, dass schwerwiegende Dinge unbedingt der Klärung bedürfen und nicht einfach in den Untergrund verfrachtet werden können und dann für immer weg sind. Dort nämlich gären sie vor sich hin und sabotieren das Gefühlsleben, ohne dass man ahnt, wie es zu den unguten Störfaktoren, die einem das Leben vergällen, kommt. Weil ich diese Zusammenhänge endlich begriffen hatte, wollte ich jetzt ehrlich aufräumen und dazu gehörte die Wahrheit. Ich wollte sie nicht nur ein wenig nebenbei erwähnen, sondern offen schildern, welchem Schmerz ich seit über 9 Jahren mit mir herumtrug, ohne mir das bewusst zu machen. Nun galt es herauszufinden, wie es passieren konnte, dass ich auf meiner Reise nach Mailand wieder den vergessen geglaubten, heimlichen Seelenqualen ausgesetzt war. Darauf war ich nicht gefasst gewesen und habe sie alleine nicht bewältigen können.

Eric sollte nun ganz genau wissen, wie es in mir ausgesehen hatte und welche Schlüsse ich aus der ganzen Geschichte habe ziehen können. Ich versuchte, mich zu erklären: „Ich habe einfach nicht gewusst, dass man etwas ordentlich abschließen muss, bevor man sich Neuem zuwendet. So hatte ich verdrängt, was mir einst so weh getan hat. In Mailand nun ist mir vor Augen geführt worden, was ich längst versunken geglaubt hatte und von dem ich mir gewünscht hatte, darüber nie mehr nachdenken zu müssen." Erstmalig nun konfrontierte ich meinen ahnungslosen Mann mit meiner komplizierten Liebesgeschichte, die ich damals nach 2 Jahren beenden musste, weil ich sonst daran kaputt-gegangen wäre. Mir war klar, dass mein Bericht darüber meinen Eric in tiefe Verwirrung stürzen würde, denn meine besondere Beziehung zu Valentin lag sicherlich völlig außerhalb seiner eigenen Vorstellung von einem gelungenen Miteinander. Ich zögerte also, ihm ehrlich mitzuteilen, wie unvorstellbar glücklich ich einst mit diesem Mann war. Ich suchte nach Worten, um möglichst schonend und fast ein wenig belanglos, unsere damalige Beziehung zu erläutern. Und ich konnte nur hoffen, dass es mir gelänge, dabei die Wertschätzung für meinen Ehemann ausreichend darstellen zu können und ihm glaubhaft zu machen, wie wichtig hingegen er mir war und dass ich meine Entscheidung nie bereut habe.

Ernst fragte mich Eric, ob meine Begegnung mit diesem Valentin mich so aufgewühlt hätte, dass ich unsere Ehe in Frage gestellt hätte. Das konnte ich ehrlichen Herzens verneinen. Je mehr ich gezwungen war, über mich und meine ehemalige Liebe nachzudenken, desto sicherer war ich mir meiner Gefühle für meinen Ehemann. Und genau das sagte ich ihm auch. Ich berichtete dennoch haarklein was ich in Mailand erlebt hatte und mit welchen Gefühlen ich dort und auch in den Wochen danach zu kämpfen gehabt habe.

Mein Eric tat mir von Herzen leid, denn er erfuhr nun Genaueres über meine Liebe zu Valentin und auch wie intensiv und überglücklich ich mit ihm diese zwei Jahre unseres Beisammenseins erlebt hatte. Nachdenklich und etwas traurig sah er mich an: „ich verstehe sehr gut, dass du einem solchen Leben nachtrauerst. Mit mir durchlebst du eher den alltäglichsten Alltag. Wie muss ich also bei einem Vergleich mit diesem spannenden Mann abschneiden?"

„Ich habe mir schon gedacht, dass mein Bericht so bei dir ankommen würde. Aber ich bitte dich, mir genau zuzuhören: Jawohl, ich habe dieses Leben mit ihm damals genossen. Und es war sehr schmeichelhaft für mich, für einen so klugen und begabten Mann der Mittelpunkt der Welt zu sein. Alles war für mich neu und aufregend. Aber ich bin für das Leben, das er führt und in das er mich einbezog, nicht gemacht, das habe ich glasklar erkannt. Ich bin ein normales Mädchen und brauche ein normales Leben, so wie ich es mit dir führen kann. Genau aus diesen Grund habe ich mich von ihm trennen müssen."

„Aber du hast so viel erlebt mit ihm und er bot dir die große Welt mit wichtigen Menschen und immer wieder neuen Abenteuern. Und was hast du mit mir? Grillfeste im Garten mit wenig aufregenden Freunden und Freundinnen, sowie der Nachbarschaft. Außerdem sieht dieser Valentin verdammt gut aus", fügte er eifersüchtig hinzu."

Innerlich musste ich nun doch ein ganz klein wenig schmunzeln. Zu keiner Zeit unserer Ehe hatten wir unsere Vorleben thematisiert. Aber mein Eric hatte sich wohl heimlich doch ein wenig kundig darüber gemacht, mit wem ich vor ihm verbandelt war. Er hatte sich immer so desinteressiert gezeigt, so cool, jedenfalls jenseits jeder Eifersucht, wie er stets behauptet hatte. Nun stellte sich heraus, dass es ihn sehr wohl interessiert hat, wer sein Vorgänger gewesen war. Was er über ihn erfuhr, musste ihn wenig gefreut haben. Wer kann schon glücklich darüber sein, wenn es ganz augenscheinlich ein derart attraktiver und interessanter Traummann war, der das Herz der eigenen Frau einmal besetzt gehalten hatte.

Es erstaunte mich schon, dass er nie etwas darüber geäußert hatte. Es muss ihn aber doch beschäftigt haben. Vielleicht hatte es ihn sogar gequält und sein Stolz hatte es ihm verboten, darüber zu sprechen. Und nun musste er auch noch erfahren, dass die heftige Veränderung meines Verhaltens, unter dem die ganze Familie zu leiden hatte, ausgerechnet diesem Treffen mit meiner Vergangenheit zu verdanken war.

„Ich versichere dir, dass diese Begegnung in Mailand keine Sehnsüchte in mir ausgelöst hat. Überbordende Gefühle aber schon, das will ich ehrlich zugeben, aber zu keiner Zeit hätte ich mir Valentin oder auch die Zeit mit ihm zurückgewünscht. Meine heftigen Reaktionen auf das Wiedersehen, und mein, für mich so unerklärliches Gefühlschaos, habe ich mit Hilfe meiner Therapeutin aufgearbeitet. Ich kann nun mit dem gebührenden Abstand auf das unverhoffte Treffen zurückblicken und auch auf die damalige Zeit mit Valentin, die ich so erfolglos versucht hatte, aus meinem Gedächtnis zu löschen. Ich habe also die Trennung noch einmal durchlebt und mich damit auch von Schuldgefühlen mir selbst, aber auch ihm gegenüber, befreien können."

„Welche Gefühle hast du denn heute noch für diesen Valentin? Ist da noch Restliebe vorhanden?" Ich sann dieser Frage nach und vermutete, dass in ihr ein wenig Misstrauen mitschwang.

„Restliebe würde ich das nicht nennen. Wohl aber ist da noch ein Gefühl der Zugehörigkeit. So wie zu einer engen Freundin oder sogar Schwester. Ich kann gute Erinnerungen an ihn und die Zeit mit ihm wieder zulassen, ohne Bitterkeit oder Enttäuschung zu empfinden. Heute hege ich ihm gegenüber freundliche Gefühle und gönne ihm von Herzen sein Glück, das er mit seiner Frau und seinen Kindern gefunden hat."

Eindringlich und sehr ernst fragte mein Mann mich weiter: „In dieser Zeit der „Verarbeitung", wie du das nennst, ist ja sicher deine Gefühlslage thematisiert worden, nicht wahr? Ging es dabei denn nicht auch um die Sehnsucht nach dem Verlorenen? Denn schließlich ging es ja wohl nicht nur um die Trennung von einer geliebten Person, sondern auch von einer hochspannenden Lebensweise, wie wir sie heute mit unserer Familie nicht einmal ansatzweise praktizieren."

Mit etwas schlechtem Gewissen gebe ich zu: „doch, da gibt es schon Überlegungen, denen wir nicht ausweichen sollten. Besonders durch die Bekanntschaft mit Valentins Frau Isabella ist mir bewusst geworden, dass mir in unserem Leben tatsächlich Wesentliches fehlt, respektive verloren gegangen ist. Das hat bestimmt auch etwas mit Sehnsüchten zu tun. Ich denke heute, dass uns der Sinn für Abenteuer und schöne Erlebnisse weitgehend verloren gegangen ist. Isabella ist mir seither ein heimliches Vorbild, das habe ich mit ein wenig heimlichem Neid registriert. Ihr gelingt es tatsächlich, in ihrer Ehe die Magie eines verliebten Paares zu erhalten. Sie hat sich durch ihre Selbständigkeit im Beruf selbst verwirklicht, organisiert ein üppiges Familienleben und geht auf diesen besonderen Mann ein, der in keiner Weise der Norm entspricht und sogar eigentlich das Gegenteil von dem ist, was eine emanzipierte Frau sich für ihr Glücklichsein vorstellt. Isabella wird sich trotzdem selber, aber auch jedem Kind, besonders aber ihrem Mann gerecht. Diese kluge Frau hat mich sehr beeindruckt und auch ihre Liebe, die ihr Flügel verliehen hat. Ihr habe ich tatsächlich viel zu verdanken und sie spielt für meine Schlussfolgerungen eine große Rolle."

Mein Mann sah mich ratlos an: „Wenn ich Dich richtig verstanden habe, vergleichst du die beiden unterschiedlichen Leben, unseres und das von dieser Traumfamilie? Das eine ist alltagsgrau und das andere ein Hochglanzleben. Da können wir Alltagsmenschen doch nur die Verlierer sein." Nun musste ich doch lachen und stellte mir Erics Vergleich bildlich vor. „Nee, nun übertreib mal nicht, wir führen ein sehr schönes Leben, von alltagsgrau kann keine Rede sein. Wir leben mit unseren wundervollen und gesunden Kindern im Wohlstand, haben ein schönes Haus, unsere Berufe sind unseres Hobbys und wir haben uns. Was stimmt, ist, dass es unserer Lebensführung ein wenig, oder sogar recht deutlich, an Glanz mangelt. Und genau das können wir uns abgucken von dieser Isabella und ihrem Familienkonzept."

„Wohlgemerkt von Isabella, denn sie ist es, vielmehr als Valentin, die den Liebeszauber in ihrer Ehe und auch das Feuer der Leidenschaft hochhält. Auf ihre Verständnisbereitschaft und auf die Fanta- sie, die Valentin und sie auch in Bezug auf ihr Familienleben entwickeln, blicke ich zugegebenermaßen ausgesprochen neidvoll. Und da spielt es keine Rolle, dass man in einem Palazzo wohnt undmal eben zu einem Wochenende nach Paris düst, oder Kurzurlaube nach Nizza oder New York plant. Alles was die beiden unternehmen, alleine oder mit den Kindern, ist mit einem Abenteuer verbunden. Sie kolorieren ihr Leben mit schönen Erlebnissen und das ist keine Frage der Finanzen. Das möchte ich mir abgucken"

„Nicht abgucken möchte ich mir, dass ich meinen Ehemann in schönster Regelmäßigkeit seiner Einsamkeit überlassen muss, wie diese bemerkenswerte Frau es mit Rücksicht auf ihren Mann tut. Ich wünsche mir hingegen, dass wir beide gemeinsam die schönen Dinge des Lebens erleben, die wir auch gemeinsam planen und organisieren."

„Was meintest du übrigens mit dem Gefühl der Schuld, das du überwinden musstest?" fragte mich mein Mann eindringlich.

„Als ich damals die Trennung von Valentin durchsetzte, weil ich keine Chance für eine gemeinsame Zukunft erkennen konnte, war ich voller Enttäuschung, Bitterkeit und hatte das ungute Gefühl, emotional gescheitert zu sein. Die Schuld an dem Ausgang unserer Liebesgeschichte gab ich damals alleine Valentin, denn ich war ja nach meiner Auffassung guten Willens und konnte nicht verstehen, dass mein Liebster auf meine Wünsche nicht eingehen wollte. Seit dem unvorhersehbaren Treffen in Mailand aber stellte sich mir die Schuldfrage ganz anders. Ich sah ja, wie glücklich mein ehemaliger Geliebter nun war. Also muss es wohl doch auch an mir gelegen haben, dass wir damals keinen gemeinsamen Weg finden konnten.

Dieses Gefühl, schuldig zu sein, war wohl die heftigste Empfindung, die mich erst einmal beutelte. Wie ein Blitz hatte mich die Erkenntnis getroffen, dass es durchaus möglich gewesen wäre, Zugang zu dem „Rätsel Valentin" zu finden. Seine Frau führte mir eindrücklich vor Augen, was ich selbst damals nicht einmal ansatzweise erkannt hatte. Und genauso blitzartig fühlte ich mich von Schuld erfüllt. Ich hätte mein Herz und meine Augen nur weit genug öffnen müssen, vielleicht hätte es ja gemeinsame Wege für uns geben können, damals. Ja damals …!"

„Im Rückblick sieht alles anders aus und man ist geneigt, darüber nachzudenken, wie die Dinge sich hätten entwickeln können, wenn … Und so war es notwendig, erst einmal für mich selber klarzu stellen, dass Schuld gar keine Rolle gespielt hatte. Heute weiß ich, keiner von uns beiden hatte sich schuldig gemacht, beide habenwir nicht versagt, beide waren wir voll Liebe und konnten, wie die Königskinder, eben die tiefen Gräben nicht überwinden, die uns schicksalshaft trennten".

Eric und ich redeten bis tief in die Nacht und offenbarten einander auch die Wünsche und Ideen, die wir in der Vergangenheit jeder für sich behalten hatten. Wir versprachen uns für die Zukunft, ganz ehrlich zueinander zu sein und den Mut zu haben, offen auszu sprechen, was uns in den Sinn kam und was wir uns oft nicht getraut hatten, zu sagen. Wir lernten uns in dieser Nacht eigentlich erst richtig kennen und begannen zu ahnen, dass es alleine an uns lag, gemeinsam eine Welt voll Wunder zu entdecken. Und genau diese Erkenntnis wollten wir für unsere Kinder, besonders aber für uns als Liebespaar zu einem wichtigen Lebenskonzept machen. Beide waren wir voller Zuversicht und Freude auf die gemeinsame Zukunft.

Vergangenheit und Zukunft

Die letzten Sitzungen mit meiner Therapeutin waren ein einziges Fest, in dem ich endgültig den Wert von symbolischen Handlungen begriff. Dazu gehörte es auch, dass ich verstanden hatte, wie wichtig es ist, auszusprechen, was mich bewegt und genau anzusehen, was die Menschen, mit denen man verbunden ist, beschäftigt und auch, wie sie geartet sind.

So erlebte ich in der Tat, wie es der große Denker und Philosoph

Sokrates bereits 450 Jahre vor Christi formuliert hatte:
„Alles was wir in Worte fassen, können wir auch hinter uns lassen!"
Dass es wichtig ist, über alles Gefühlte und Erlebte zu sprechen und die Worte von allen Seiten zu beleuchten, war eine Erfahrung, von der ich überrascht erlebte, dass sie die Seele bereits entlastet, wenn alles nur schon ausgesprochen wird.

Nachdem alle meine Gedanken so lange fest in meinem Inneren eingeschlossen gewesen waren, tat es unendlich gut, alles herauszulassen, auszusprechen, was ich schamhaft über die Jahre verborgen gehalten hatte. Die von meiner Therapeutin eingeforderten Berichte offenbarte ich ihr deshalb erst stockend, immer mit Hemmungen behaftet, dann immer flüssiger, bis ich dann kaum erwarten konnte, dass alles gesagt war, was mir auf der Seele brannte.

Wenn es ausgesprochen ist, dann ist es tatsächlich leichter, die Last abzuwerfen. Dies war der wichtigste Schritt zur Erkenntnis in Bezug auf meine Aufarbeitung der Vergangenheit gewesen.

Als ich dann mit Jana noch einmal alles Gesagte in Augenschein nahm, ist es mir schon viel leichter gefallen, mein Herz zu öffnen.

Bei meinem Ehemann war es mir dann direkt ein Bedürfnis, ihm ebenfalls alles zu erzählen und ihm damit zu erklären, was damals und auch kürzlich in mir vorgegangen war. Dabei war ich mir dabei durchaus der Risiken bewusst, die damit verbunden waren. Meinem Mann ist ja dadurch erst klargeworden, wie intensiv meine damalige Verbindung mit Valentin tatsächlich gewesen war. Auch wenn er sich bei meiner Nachfrage beeilte, mir zu versichern, dass Geschehnisse, die eine so lange Zeit zurückliegen, heute keine Bedeutung mehr hätten. Ich mutmaßte dennoch, dass es noch einer gehörigen Überzeugungsarbeit durch mich bedurfte, bevor er „diesen Mann Valentin" gänzlich aus dem Kopf bekam. Dennoch, ich wollte bei meinem Bericht nichts auslassen, ich wollte ehrlich sein, auch wenn einige der Wahrheiten, die dadurch zutage kamen, für ihn, ebenso wie für mich, schmerzhaft waren. Da mussten wir beide einfach durch.

Zu den Artikeln, die meine Therapeutin zur Verfügung gestellt hatte, damit ich die Persönlichkeit meines damaligen Geliebten besser verstehen könnte, fragte ich sie, ob sie mir damit sagen wollte, dass Valentin an dem Asperger Syndrom leiden würde, schüttelte sie lachend den Kopf und sagte: „Ich hatte gehofft, dass sie verstanden hätten, dass er an gar nichts leidet. Vielmehr ist er ein vielfach beschenkter Mensch, der mit einer Reihe von Begabungen gesegnet ist, über die ich selber gerne, das gebe ich zu, wenigstens im Ansatz verfügen würde. Dass er anders tickt, als die meisten Normalbürger- und Bürgerinnen, dürfte allerdings unbestritten sein. Um mit ihm leben zu können, muss man ihn verstehen. Er hat eben eine völlig andere Wahrnehmung der Gefühlswelt seiner Mitmenschen. Und er hat Bedürfnisse, die in seiner Umgebung eher Unverständnis auslö- sen. Aber seine Frau scheint ja sein Wesen vollkommen begriffen zu haben und nutzt die Art von Glück, die mit ihm möglich ist und die sie, ihrer Schilderung nach, wohl auch beide miteinander auf üppige Weise erleben."

„Also ist ihre Liebe groß genug, dass sie verständnisvoller auf ihn eingehen kann, als ich es vermochte? Ich selbst habe mir tonnen- schwere Gedanken darüber gemacht, weil es mir nicht gelingen konnte, mit Valentin glücklich zu sein. Die intensiven Überlegun- gen dazu drängten sich mir insbesondere auf, seit ich gesehen habe, welch eine erfüllte Partnerschaft er und Isabella führen. Seither plagen mich verstärkt diese Schuldgefühle, denn ich habe ja verstanden, dass es nicht mangelnde Liebe war, die Valentin dazu veranlasste, sich mir zu verweigern, wie ich es damals aber emp- funden hatte."

„Schuldgefühle sind völlig unangebracht", entgegnete Frau Klöckner, „jeder kann nur das geben, was ihm zur Verfügung steht und jeder sollte grundsätzlich nur das entgegennehmen, was für ihn richtig ist. Und wenn Sie sich noch so sehr im Verbiegen geübt hätten, um mit ihrem Valentin glücklich zu sein, es hätte nicht gelingen können. Ihrer beider Wesensarten und die Erwartungen an das Leben sind so grundverschieden, dass beide nicht auf ihre Kosten kommen könnten. Bei der allergrößten Liebe nicht, denn die vermag eben nicht immer alles ausgleichen."

Um das Verstehen ging es bei den abschließenden Themen innerhalb meiner letzten Therapiestunden bei Frau Klöckner. Und es ging um das Loslassen. Ich lernte dabei, dass Verzeihen dafür die wichtigste Voraussetzung ist. Ich lernte dafür auch die Thesen des Wiener Psychologen *Bert Hellinger* kennen, der schlüssig darlegt, dass man nur dann ins Reine kommen kann mit belastendem, vielleicht sogar traumatischem Erleben, wenn es durch gründliches Verzeihen sozusagen entschärft ist. Wird es hingegen unterdrückt, verdrängt oder rumort es weiter im Unterbewusstsein, treibt dort sein ungutes Spiel, macht nicht nur die Seele krank, sondern ist auch der Grund für viele körperliche Beschwerden. Wer wirklich frei sein will, muss sich von bitteren Gedanken, von Enttäuschungen und negativen Gefühlen verabschieden und sie komplett entlassen aus dem eigenen Gemüt. Das Verzeihen ist dafür die wichtige Voraussetzung.

Diese Prozedur des Loslassens unterstützten wir auch mit Hilfe von symbolischen Handlungen und Ritualen. Dazu wurden alle meine quälenden Gemütsbewegungen noch einmal angeschaut, noch einmal ausgesprochen und dann auf einzelne Zettel geschrieben. Diese Notizen wurden dann jeweils in kleine Schnipselchen gerissen und nacheinander in die Glut einer Feuerschale gestreut, wo sie hoch aufflammten. Dazu waren wir auf die kleine romantische Terrasse getreten, die über dem schön angelegten Garten hinter dem Haus der Klöcknerschen Praxis gelegen war. Auf einem steinernen runden Tisch hatte Frau Klöckner die Feuerstelle platziert, die der ganzen Zeremonie eine unwirkliche Atmosphäre verlieh.
Ganz bewusst wurde unsere Handlung von ausführlichen Atemzügen und glücklichen Gedanken begleitet, die dem Unterbewusstsein vermitteln sollten, dass die emotionalen Lasten auf Nimmerwiedersehen entlassen worden sind.
Meine Therapeutin sah mich lächelnd an und sagte: „sie haben soeben erlebt, wie deutlich unser Unterbewusstsein auf Worte und symbolische Handlungen reagiert. Sie können durch starke Gedanken und bildhafte Vorstellungen bewusst Einfluss nehmen auf ihr Fühlen, und somit auch das Lenken ihres Schicksalsweges."

Als ich mich nach einem dankbaren letzten Treffen von meiner Seelenbegleiterin verabschiedet hatte, waren meine Gedanken so federleicht, dass ich am liebsten im Walzerschritt meinen Heimweg angetreten hätte. Ich war so voller guter Absichten, glücklicher Wünsche und glanzvoller Ideen, dass ich es kaum erwarten konnte, mein künftiges Leben zu gestalten. Ich sah dieses, mein Leben mit blank geputzten Augen und konnte mich bei meinem Schicksal nicht genug bedanken für alles, was es mir zu Füßen gelegt hatte. Und genau das wollte ich von nun an:

Ich würde immer wieder „Danke" sagen, für all das Glück, das ich mit meiner Familie, meinen Freundschaften und auch meinem ganz normalen Alltag erleben durfte.

Aber auch an weiteren Überraschungen mangelte es nicht. Denn kaum war ich daheim eingetroffen, teilte mir mein Ehemann mit, dass eine Isabella angerufen hätte, die sich später noch einmal melden wollte.

„Isabella?" Ich kannte nur die eine Isabelle, Valentins Ehefrau in Rom. Welchen Grund könnte sie gehabt haben, um mich zu kontaktieren?

„Sollte womöglich etwas passiert sein?"

Da waren sie wieder, die Befürchtungen, die bei mir so tief noch verankert waren, dass ich grundsätzlich immer das Schlimmste annehmen musste, bevor sich die Dinge zumeist als völlig belanglos herausstellten So ermahnte ich mich dazu, abzuwarten, bis Isabella wieder anrief.

Als ich am späteren Nachmittag dann den Anruf, tatsächlich von genau dieser Isabella, die ich in Rom kennengelernt hatte, erhielt, war ich so voller Sorge gewesen, dass ich kaum so freudig reagieren konnte, wie sie das gewiss erwartet hatte.

„Lily?" fragte sie mit ihrem bezaubernden Akzent, „bist du das jetzt? Entschuldige, dass ich dich so unerwartet überfalle. Wir sind für einige Tage in München und ich wollte dich fragen, ob es dir recht ist, wenn wir dich besuchen, Liliane und ich?"

Überrascht beeilte ich mich zu versichern, dass ich mich natürlich riesig freuen würde und sie wären mir selbstverständlich willkommen. Sehr willkommen sogar. So vereinbarten wir für den Folgetag am Samstag Nachmittag ihren Besuch bei uns.

Kopfschüttelnd erzählte ich Eric von dem Anruf und sagte ihm auch, dass ich eigentlich nicht vorhatte, die angebotene Freundschaft mit Valentin & Co. tatsächlich fortzusetzen, zu groß wäre meine Angst, dass es bei mir wieder zu Gemütseinbrüchen kommen könnte. Ich wäre dank meiner Therapie wahrscheinlich diesbezüglich stabil, aber man könne ja nie wissen, ob das wenig folgsame Unterbewusstsein nicht doch wieder aus der Reihe tanzen würde.

Besorgt fragte ich mich zudem, ob wohl etwas passiert sei, weil Isabella das Bedürfnis hatte, mit mir sprechen zu müssen. Mein Mann beruhigte mich und meinte, ich solle doch einfach mal abwarten und nicht gleich im Vorfeld schon mutmaßen, was möglicherweise passiert sein könnte, wie das so meine übervorsichtige Art sei.

Und dann stand sie vor meinem Gartentor, Isabella, elegant im beigen Leinenkostümchen die kleine Lily an der Hand, die mich neugierig, aber mit gerunzelter Stirn in Augenschein nahm. Ob sie sich an mich erinnerte? Zu meiner Verstärkung hatte ich mein Töchterchen Almut an meiner Seite, die gleich Liliane an die Hand nahm. Die ließ sich willig in den Garten führen und wurde dort gleich auch von meinem Sohn Lenhart in Beschlag genommen. Meine beiden Kinder stellten die entzückende Kleine sogleich auch meinem Eric vor, dem sie ohne Scheu erklärte, dass sie und ihre Geschwister in Rom wohnen würden und in München nur zu Besuch wären. Sie plapperte ein derart süßes Deutsch mit italienischen Wörtern dazwischen, dass meine Kinder mehrfach nachfragen mussten, bevor sie verstanden. Genervt rollte das süße Bündel seine dunklen Kulleraugen gen Himmel und versuchte danach erneut, sich verständlich zu machen. Diese kleinen Komplikationen schienen jedoch niemanden zu stören, trugen eher zur Belustigung bei.

Isabella und ich umarmten einander lachend. Unsere Kinder lebten uns vor, wie unkompliziert das Leben sein kann. Mir fielen ganze Ladungen von Pflastersteinen von der Seele, denn mir war nun klar, dass Isabella nicht gekommen war, um mir von Katastrophen zu berichten. Sie sah sich interessiert in unserem hübschen Garten um und nahm an dem obligatorischen Apfelbaumtisch Platz, den ich besonders liebevoll gedeckt hatte. Ich hatte mir überlegt, welchen Kuchen ich für unseren verwöhnten Gast backen könnte, denn es sollte etwas sein, was in Italien nicht so üblich war. So gab es unsere „weltbeste Käsetorte mit Blaubeeren drin und einen richtig deftigen Apfelkuchen mit Früchten aus eigener Ernte. Dazu passte perfekt Omas Streublümchen-Geschirr und das uralte Silberbesteck, das ich aus Nachlässen meiner Vorfahren gesichert hatte und wie meinen Augapfel hütete. Es wurde tatsächlich nur bei besonderen Anlässen hervorgekramt. Unser Besuch aus Italien war eine solche Gelegenheit.

Mein Mann hatte sich inzwischen mit Isabella bekannt gemacht und kümmerte sich dann um die Kinder. Erstaunt hatte er vorher schon bestätigt, dass die kleine Liliane tatsächlich unserer Almut ähnelte und leicht ihre Schwester sein könnte. Bis auf die dunklen

Glutaugen, die eine kleine Italienerin nicht verleugneten. Die Kleine hat sich gleich von unseren Kindern in die Mitte nehmen lassen und begutachtete nun beglückt die Zwergkaninchen der Kinder und auch die putzigen, wuscheligen Meerschweinchen, die sie begeistert auf den Schoß nehmen konnte, die zahm waren und sich streicheln ließen.

Um die Unterhaltung der Kinderschar musste man sich also keine Gedanken machen, denn jauchzend wurde nach der Tierschau, das Trampolin unter der Aufsicht von Vater und Sohn behüpft, sowie die anderen Attraktionen unseres kindgerechten Gartens in Besitz genommen.

Nun saß ich also mit Isabella am Gartentisch und servierte ihr meine leckeren Kuchenkreationen. Eine tüchtige Portion Schlagsahne gehörte dazu. Ungläubig nahm ich zur Kenntnis, dass Isabella tatsächlich noch um ein weiteres Stückchen Käsekuchen bat. Ich wies auf ihre schlanke Taille und konstatierte neiderfüllt, dass ich selber mich leider sehr zurückhalten müsse mit den Kalorien, weil diese bei mir besonders anhänglich seien. Isabella lachte und versicherte, dass die Natur es gut mit ihr und ihrer Familie gemeint hatte, sie alle könnten getrost auf das Kalorienzählen verzichten. Aber, er- gänzte sie, auf gesunde Ernährung lege sie, als auch Valentin selbstverständlich großen Wert. Süßigkeiten und Kuchen gehörten zu den eher seltenen Highlights ihrer Ernährungsgepflogenheiten. Heute aber müsse es sein. Dem Gastland zuliebe und natürlich zu Ehren der Gastgeberin, die so leckeren deutschen Kuchen gebacken habe, an dem man nicht vorbeigehen könnte.

Nachdem wir auch die übermütigen Kinder verköstigt hatten, konnten die es kaum abwarten, wieder auf ihre Spielwiese zu kommen. Von meinem diskreten Ehemann betreut, der Isabella und mir Zeit zum ungestörten Reden einräumen wollte, tobten sie so einverständlich im Garten herum und kümmerten sich gemeinsam um die kleine Italienerin, als würden sich alle schon immer kennen. So waren Isabella und ich alleine am Tisch und ich wartete darauf, dass sie mir ihren überraschenden Besuch erklärte. Überraschend für mich auch deshalb, da ich ja so sicher gewesen war, war, dass es keinen weiteren Kontakt zwischen meiner Familie und Valentin & Co. geben sollte. Aber da hatte ich wohl nicht mit Isabella gerechnet. Sie lächelte mich auf ihre unnachahmlich bezaubernde Weise an und sagte, dass sie meine Überraschung sehr wohl verstehen könnte, aber sie fände, dass es an der Zeit sei, dem diskreten „Ausdem-

Weggehen" zwischen ihrem Valentin und mir ein Ende zu machen. „Liebe Lily, wir haben uns ja nun endlich kennengelernt. Und, wenn ich mich nicht irre, so haben wir viel Sympathie füreinander, nicht wahr? Und ich sehe nicht ein, dass man sich gleich wieder verlieren sollte, noch ehe man sich richtig gefunden hat."

Mutig sah ich meiner Besucherin in die Augen: „Ich gebe ehrlich zu, dass ich den Kontakt zu eurer Familie nicht gesucht hätte. Ich habe einfach Angst, dass wir uns in ein Gefühlswirrwarr stürzen, das bei allen Beteiligten nur Unruhe verursachen kann. Dies, obwohl ich sicher bin, dass von mir die Vergangenheit mit Valentin inzwischen gut verarbeitet ist." Ohne auf Detailles einzugehen, beschrieb ich in groben Zügen meine seelische Situation, die ich nach meinem Wiedersehen mit Valentin und dem Kennenlernen seiner Familie durchlitten hatte. „Dabei war ich vor unserem Zusammentreffen in Mailand der festen Überzeugung gewesen, dieses alles schon längst, genau vor 9 Jahren nämlich, hinter mich gebracht zu haben. Und dies ohne größere Blessuren, das glaubte ich jedenfalls."

Isabella sah mich forschend an und fragte ernst: „Glaubst du, da ist in deinem Herzen noch Liebe für Valentin?"

„Nein, Liebe nicht, aber ein tiefes Gefühl von Zugehörigkeit, das weiß ich inzwischen. Ich bin mit meinem Leben, meinem Mann und den Kindern sehr glücklich und ganz einverstanden damit, wie alles gekommen ist, das habe ich zu einhundert Prozent begriffen."

„Siehst du, und Valentin geht es ganz ähnlich. Er fühlt zwar nicht wie du, er hat ganz andere Wahrnehmungen, das hast du ja inzwischen auch erkannt. Er empfindet einfach anders, als die meisten Menschen. Er ist an der Gesellschaft von seinen Mitbürgern nicht wirklich interessiert. Aber für ihn sind einige wenige Menschen in seinem Leben wichtig und sie bleiben wichtig und werden von ihm schmerzlich vermisst, wenn sie in seinem Leben nicht mehr vorkommen. Was dich anbetrifft, so hat er niemals etwas geäußert, aber ich habe seinen Schmerz gespürt, wenn wir beide alleine oder auch mit den Kindern, in München waren, und er hatte keine Gelegenheit, dich zu treffen. Da er ein extrem diskreter und rücksichtsvoller Mensch ist, wäre er nie in dein Leben einfach eingebrochen, nachdem ihr euch endgültig getrennt hattet. Er hat deine Entscheidung respektiert, weil er deine Beweggründe verstanden hat."

Erschrocken sah ich Valentins Ehefrau an. „Sie ist ein großartiger

Mensch", dachte ich, „sie ist gänzlich ohne Misstrauen und sie liebt ihren Mann mit ihrem ganzen Herzens. Und – sie versteht ihn und seine Gefühle. Sie will ihn verstehen und es ist wichtig für sie, dass er glücklich ist, ja, das ist das Wichtigste für sie."

Voll Scham sah ich sie an, ich hatte nicht geahnt, welchen Stellenwert ich in Valentins eigenem, seinem besonderen Kosmos eingenommen hatte. Ich selbst hingegen hatte ja das Bestreben, die Verbindung mit ihm zu vergessen, zu verdrängen, und am Schluss sogar mit Hilfe meiner Trauertherapie auch jedwede Sehnsuchtsverbindung zu ihm gänzlich zu durchschneiden.

„Hat es dich denn gar nicht eifersüchtig gemacht, dass Valentin die Verbindung zu mir in seinem Leben, das ja auch euer Leben ist, behalten wollte?" Fragte ich meine Besucherin.

„Nein, ich bin mir seiner Liebe absolut sicher. Es ist ja nicht die Geliebte, die er vermisst. Er kann den Menschen Lily nicht so einfach aus seinem Bewusstsein entlassen. Ich weiß, wie wertvoll du für ihn warst und noch immer bist. Weshalb sollte ich ihm das nicht zugestehen? Ich habe verstanden, dass er seine Bedürfnisse nach einem anderen Wertesystem bemisst, als es für die meisten Menschen gültig ist. Für ihn gibt es keine Eifersüchteleien und keine Unehrlichkeiten, auch keine Gefühlsspielereien. Ich dachte, das wüsstest du."

Ich gestand mir und auch Isabella, dass ich erst so langsam beginne zu begreifen, wie anders Valentin gestrickt ist und dass für ihn ganz andere Maßstäbe gelten, als für mich selber und alle anderen Menschen meiner gewohnten Umgebung. So fragte ich Isabella, ob Valentin denn wüsste, dass sie mich heute besuchen wollte.

„Aber ja, das wichtigste Gebot in unserer Ehe ist Aufrichtigkeit. Und ich weiß, dass er Überraschungen jedweder Art nicht mag, ja, dass sie ihn regelrecht panisch machen würden. Er muss auf alles vorbereitet sein, muss eine Situation durchschauen können, um sich wohlzufühlen."

„Und er war damit einverstanden, dass du die Verbindung zu mir aufnimmst?"

„Ehrlich, ich habe ihn nicht gefragt, sondern ihm nur mitgeteilt, dass ich Lily besuchen würde. Er hat mich nur angeschaut und nichts geantwortet. Wie du ja weißt, ist er schwer zu durchschauen. Ich weiß nicht, was er gedacht hat. Ich setze mal voraus, dass er sich gefreut hat."

Ich gab nun ganz ehrlichen Herzens zu, dass auch ich mich sehr über ihren Besuch freute, dass ich dennoch überrascht sei. Ich hatte ja angenommen und auch selbst vorgehabt, den Kontakt zueinander nicht aufrecht zu erhalten. Dies trotz der liebenswürdigen Einladungen.

Isabella lächelte mich entwaffnend an: „Ich war es, die das Treffen in Mailand zum Anlass genommen habe, dich kennenzulernen und herauszufinden, ob es möglich sei, eure Freundschaft wieder zu erneuern. Als Valentin diesem Plan zögernd zugestimmt hatte, war ich fest entschlossen, dafür eine gute Rolle zu spielen. Natürlich habe ich sofort deine Vorbehalte gespürt, als ich und die Kinder dich kennenlernten. Wir hatten dich von Anfang an in unser Herz geschlossen und ich wollte dir und auch ihm zuliebe, aber auch in unserem gemeinsamen Interesse, auch die Familien zusammenführen. Weil ich nicht damit rechnen konnte, dass du meinen Einladungen folgen würdest, nahm ich mir vor, die Sache nachdrücklich selbst in die Hand zu nehmen. Und hier sind wir nun, meine kleine Lily und ich."

Isabella sah mich fest an und ergriff feierlich meine Hand: „ich möchte so gerne deine Freundin sein, auch, weil ich mir wünsche, dass du auch Valentins Freundin bleibst. Und ich hoffe, dass unsere Familien sich treffen, hier in München, oder bei uns in Rom."

Die Ansprache von Isabella rührte mein Herz und fühlte sich beinahe wie ein Antrag an. „Es fehlt nur noch der Ring," lästerte ich innerlich, „dann ist die Verlobung besiegelt." Aber alle meine Vorsätze, Abstand zu halten von der römischen Familie, lösten sich auf der Stelle in Wohlgefallen auf und ich war von Wärme erfüllt, wenn ich darüber nachdachte, dass es Isabellas beherztem Eingreifen zu verdanken ist, dass sich künftig zwei Familien zu einer großen Freundschaftsfamilie verbinden können. Wie das gelänge, würde sich dann schon finden.

Isabella schlug vor, dass wir am Folgetag, einem Sonntag, alle zusammen eine kleine Terrassenparty in Valentins Wohnung, feiern wollten. Es würde ein wenig eng werden, aber auch Nachbarin Monika wäre schon ganz aufgeregt, seit sie gehört hatte, dass ich möglicherweise zu Besuch kommen würde.

Als Isabella sich verabschieden wollte, war Klein-Lily damit gar nicht einverstanden. Sie fand es offensichtlich bei uns sehr unterhaltsam, zumal Eric und Almut, ja, sogar Lenhart, der normalerweise wenig Sinn für kleine Mädchen aufbrachte, sich rührend um das entzückende Powerpäckchen bemühten.

Erst das Versprechen, dass wir allesamt am Folgetag einen Gegenbesuch starten würden, konnte ihre Enttäuschung, dass sie nun mit Mama aufbrechen musste, besänftigen.

Als die beiden Römerinnen in das Taxi einstiegen, das ich für sie geordert hatte, stand unsere Familie geschlossen auf der Straße und winkte Isabella und Liliane begeistert nach, bis das Auto um die Ecke verschwunden war.

Nachdenklich sahen Eric und ich uns an und gingen dann eng umschlungen den schön gepflasterten Steinweg bis zum Apfelbaumtisch entlang. Unsere beiden Kinder waren bereits vorgelaufen und hüpften längst wieder auf ihrem Trampolin.

„Was war das denn", fragte mich Eric, „hat Isabella dir erklärt, was sie beabsichtigt? Sie war doch nicht grundlos bei uns, oder? Übrigens gefällt sie mir ausnehmend gut. dein Valentin hat Geschmack."

Ich kniff meinen Mann in die Taille: „Untersteh dich, du weißt doch, wie eifersüchtig ich bin", scherzte ich.

Als ich erzählte, was ich mit Isabella besprochen hatte, nickte der nur: „Sehr vernünftig, diese Frau, ich habe irgendwie auch nicht ganz verstanden, wieso du so vehement gegen eine Freundschaft mit dieser Familie warst. Für die Kinder jedenfalls kann das nur eine Bereicherung sein, wenn ich mir dieses süße Lily-Ding so betrachte. Übrigens ist es tatsächlich witzig, dass sie so heißt und dass sie dir optisch und auch sonst, fast ähnlicher ist, als unser eigenes Töchterchen. Schelmisch fügte er an, dass es wohl doch zwischen München und Rom Babytransfer zwischen den Kliniken stattgefunden haben könnte.

Mit gemischten Gefühlen machten wir uns am Sonntag nachmittags Richtung München Bogenhausen auf den Weg. Für Nachbarin Monika und auch für Isabella hatten wir in unserem Garten große Blumensträuße aus Rosen, Rittersport und Schleierkraut zusammengestellt. Die Kinder waren ganz aufgeregt, weil sie neugierig waren auf die römischen Kinder. Mein Herz zitterte bei dem Gedanken, nun gleich Valentin zu begegnen und ich fürchtete mich ein wenig vor unkontrollierbaren Gefühlen. Aber dann kam doch alles ganz anders und das Treffen begann ganz entspannt. Als wir die Treppen zu Valentins Wohnung hochstiegen, erwartete der uns, wie sich das für Dejavue-Erlebnisse gehört, mit Katze Greta auf dem Arm in der offenen Tür. Entzückt und gerührt hatte ich also gleich einen Anknüpfungspunkt und konnte meine Freude nicht verhehlen, dass es Katzendame Greta noch gab. Valentin erklärte, dass sie zwar schon ein wenig ältlich sei, aber so fit wie eh und je, nur noch eigensinniger, als zu ihren jugendlichen Zeiten. Sie lebte jetzt bevorzugt bei Monika, die sich treu um sie sorgte. Wie früher, musterte mich die Katzendame abweisend und ich versuchte es erst gar nicht, sie zu streicheln.

Valentin schien mir ein wenig blass zu sein, war aber freundlich und gefasst, als er mir sagte, dass es schön wäre, mich und meine Familie hier zu haben. Er hieß liebenswürdig meine Kinder willkommen, die es kaum erwarten konnten, die italienischen Kinder zu treffen.

Eric lernte nun endlich Valentin kennen, der ja in den letzten Monaten der Dreh- und Angelpunkt unserer Gespräche und Überlegungen gewesen war. Ich beobachtete mit gemischten Gefühlen die Begegnung der beiden Männer, die jedoch freundlich und völlig unspektakulär verlief, so als träfen sich alte Bekannte, die sich lange nicht gesehen hatten.

Wir folgten Valentin in seine Wohnung, die mir noch auf seltsame Weise vertraut war. Ich betrat Räume, die einmal zu mir gehört hatten. Das war mir auf verstörende Weise ganz kurz bewusst. Isabella dann entschärfte meine gefährlichen Gedankengänge und begrüßte uns mit ausgebreiteten Armen. Wieder einmal flog ihr mein Herz zu. Diese Frau hatte die Gabe, um sich herum Vertrauen und Wärme zu verbreiten.

Sie führte meine Kinder auf die große Terrasse und machte sie mit ihren Kindern bekannt. Emanuel und Valentina begrüßten staunend meine kleine Almut. Man sah ihnen an, dass sie sich sehr an ihre kleine Schwester erinnert fühlten, die sich gleich auf unsere Tochter stürzte, die sie ja gestern erst kennengelernt hatte und legte sie sofort in Beschlag.

Isabella versuchte nun auch, eine Verbindung zwischen ihren beiden großen Kindern und unserem Lenhart herzustellen. Wir sahen der kleinen Gesellschaft lächelnd zu und wussten, dass es seine Zeit brauchen würde, bis sich hier Interesse und Freundschaft einstellen würde.

Und dann stand auch schon Monika an ihrem Terrasseneingang und freute sich über unser Kommen. Sie hatte auf ihrer Terrasse den

großen runden Tisch gedeckt und ihren berühmten Kuchen ge-
backen. Alles war wie früher. Es war, als wäre keine Zeit vergangen.
Und auch die Plauderei stellte sich unbefangen ein, als hätten die
Besucher und Besucherinnen schon immer zusammengehört.

Als wir einen vorsichtigen Blick auf Valentins Kinderterrasse
warfen, sahen wir zu unserer Freude, dass die beiden kleinen Mädchen auf der Erde saßen und mit Bauklötzern spielten und Valentina
ihnen versonnen zusah. Lenhart war dabei, das Herz von Emanuel
zu erobern, weil er sich brennend für ein spezielles Computerpro-
gramm begeisterte, mit dessen Hilfe man dreidimensionale Bauten
herstellen kann.

Wir schauten uns alle an und mussten lachen. Unkompliziert, die
Kinder. „Sie werden einander guttun", sagte Isabella. „eure Kinder
sind so aktiv und offen, meine beiden Großen eher verträumt und
auf ihr Interessengebiet fixiert. Da kann es nur gesund sein, wenn
ihnen praktische Welten eröffnet werden. Die beiden Kleinen sind
ohnehin schon vertraut miteinander, um die muss man sich nicht
sorgen."

Valentin saß lächelnd dabei und beteiligte sich kaum an den Gesprächen. Nun aber warf er ein: „Es ist für uns ein Geschenk, dass wir
unser Familie mit einer so lebhaften und normalen Familie ergänzen
können. Davon profitieren alle."

„Wo ist denn Eure Familie nicht normal?" fragte ich ihn. Valentin
sagte nun ernst: „Ich bin es, der eher etwas weltfremd lebt und seine
Familie nicht so vielseitig bereichern kann, wie vielleicht andere
Väter."

Isabella ergriff das Wort: „Nein, das kann ich so nicht stehen lassen.
Du bereicherst die Familie auf andere Art, als andere Väter, aber in
einer Weise, wie es andere Väter längst nicht können. Aber unsere
Kinder lernen in ihrer, durch unsere Lebensweise abgeschirmten
Welt mit Privatschulen und den vielen Reisen, die praktischen Seiten des Lebens nicht ausreichend kennen. Da ist es erfrischend,
wenn Menschen zu uns gehören, die vom Anderssein ebenfalls profitieren.

Wir fänden es schön, wenn wir unsere Freundschaft vertiefen und
uns künftig regelmäßig sehen. Rom ist schließlich nicht weit und
wir sind ohnehin öfter in München. Und wir haben außerdem ein
Feriendomizil am Meer, das Platz für uns alle bietet."

Ich sah Valentin an, der nickte und sagte nur: „das wäre schön!" Ich
war tief berührt davon, wie nachdrücklich Isabella und auch

Valentin den Wunsch nach gegenseitiger Freundschaft bekräftigten und uns, wie selbstverständlich, als zugehörig zu ihrer Familie betrachteten.

Als wir nach einem wunderschönen Nachmittag mit unseren Kindern wieder heimfuhren, stand für uns fest, dass wir die Familien-Allianz München/Rom manifstiert hatten. Meine Bedenken, dass wir dem materiellen Reichtum von Isabella und Valentin nicht genügend entgegenzusetzen hätten, entkräftete mein pragmatischer Ehemann: „Wir sind großartig. Und wir haben viel zu bieten. Wenn ich Isabella und Valentin richtig verstanden habe, so liegt ihnen für sie und ihre Kinder an einer tragfähigen Freundschaft mit Leuten, die eben nicht schickimicki-verbogen sind. Isabella hat sich im Übrigen gewünscht, dass sich die Springlebendigkeit unserer Kinder auch ein wenig auf ihre Sprösslinge übertragen möge. Ihre beiden Großen wären nach ihrer Auffassung viel zu ernsthaft, ja fast durchgeistigt unterwegs. Sie stelle sich für ihre Kinder mehr Unbedenklichkeit, ja eben spielerische und übermütige Kindlichkeit vor."

„Na, davon haben wir ja wirklich massenhaft zu bieten, nicht wahr? Unsere Beiden verfügen überreichlich an Übermut. Sie können sogar heftige Rabauken sein und einem mächtig auf den Zwirn gehen.

Ob Isabella und Valentin sich das so vorgestellt haben?" schmunzelt Eric und ergänzte: „unser Lenhart hat übrigens die Frage für sich bereits entschieden. Er findet seinen neuen römischen Freund derart spannend, dass er sich jetzt schon riesig auf ein Wiedersehen mit ihm freut. Bis dahin wünscht er sich für sein Laptop Apps, die ihm ermöglichen, ebenfalls gezielter im Internet unterwegs sein zu können."

„Ob das gesund ist?" fragte ich meinen Mann bange, mehr Internet und ziemlich hochgestochene Themen?" „Na, ein bisschen mehr Disziplin und etwas weniger Fußball können ihm doch nicht schaden, oder?"

Wir beide schauten uns lachend an und waren uns klar darüber, dass wir uns auf eine ereignisreiche Zukunft mit unserer neuen „römischen Verwandschaft" freuen konnten.

Glanzvolle Tage lagen hinter uns und wir hatten als Familie das Gefühl, reich beschenkt worden zu sein.

Ich hatte nun das Bedürfnis, mit meiner Freundin Jana, mein Glück zu teilen. So war ich es, die vorschlug, wieder einmal einen Stadtbummel zu starten und uns zum Auftakt bei Sylvio in der Citybar zu treffen. Seit meiner Valentin-Zeit war ich hier nicht mehr gewesen, ja ich hätte diesen, für mich geschichtsträchtigen Ort tunlichst gemieden, um nicht erinnert zu werden an überglückliche und an todtraurige Zeiten. Und schließlich hätte es hier ja auch zu unliebsamen Begegnungen kommen können, die schmerzliche Wunden aufreißen würden. Jetzt aber sah alles ganz anders aus, ich konnte die Welt mit klaren Augen und einer federleichten Seele betrachten. Jana staunte darüber, dass ich leichthin vorschlug, uns ausgerechnet an diesem Ort, der brisante Gefühle hervorrufen könnte, unseren Stadtbummel einzuleiten. „Na, du bist ja mutig," bemerkte sie und musterte mich neugierig. Ich musste ihr verändert vorkommen, so freudig erregt und strahlend wie soeben hatte sie mich schon lange nicht erlebt. Aber genauso fühlte ich mich, von schweren Lasten befreit und mit der Lust, tanzend meiner Wege zu gehen. Ich hatte Jana ja noch nichts von der überraschenden Entwicklung berichtet, die mich bewegte und auf Wolken gehen ließ.

Ich hatte ihr also viel zu erzählen, aber damit wollte ich noch warten, bis wir uns in Ruhe unserem Drink widmen würden, einen besonders aufwändigen und leckeren Cocktail, den wir uns von Barmann Silvio zur Feier des Tages mixen ließen. Der staunte nicht schlecht, als er mich nach so vielen Jahren wieder, zusammen mit Jana an seiner Bar begrüßen konnte. Etwas enttäuscht schien er zu sein, dass er die allerneuesten Klatschgeschichten nicht „an die Frau" bringen konnte, als er zur Kenntnis nehmen musste, dass wir in unsere eigene Berichterstattung vertieft waren, wie wir ihm entschuldigend gestanden.

Jana konnte kaum glauben, was sie von mir hörte. Sie gratulierte mir zu dem glücklichen Ausgang meines „Liebesdramas", wie sie es genannt hatte.

Mitfühlend war sie mit mir den ganzen Weg gegangen. Erst einmal missbilligend, als sie meinte, mich vor Valentin beschützen zu müssen, dann tröstend, als ich mich von ihm trennen musste, bis hin zu meinem Familienglück, mit dem sie glaubte, dass mich wieder die Vernunft eingeholt hatte. Und dann der Zusammenbruch. Sie war es ja, die mich aufgefangen hatte, die eingeleitet hatte, dass ich Vergangenes, Verdrängtes, vergessen Geglaubtes endlich aufarbeiten konnte. Mit meinen günstigen Therapieergebnissen glaubte sie, dass ich endlich wieder glücklich sein könnte. Allerdings war sie, wie ich zunächst ja auch, der festen Überzeugung gewesen, dass das Thema Valentin ein-für-allemal abgehakt wäre und in meinem Leben nie mehr eine Rolle spielen könnte.

Und nun das!

Zu unserem geplanten Stadtbummel kamen wir nicht mehr. Wir redeten und redeten und Jana kam aus dem Staunen nicht mehr heraus. „Nun ist Valentin also wieder in deinem Leben?" fragte sie mit leichtem Zweifel in der Stimme. Ist das nicht gefährlich?"

„Nein, es fühlt sich großartig an. Valentin lebt ganz entschieden für seine Frau und seine Kinder und ich denke für mich ganz genauso. Aber beide wissen wir, dass wir beide irgendwie auch noch zueinander gehören, dass wir einander nicht verlieren möchten und dass sich das hoffentlich niemals ändern wird. Das Schönste aber ist, dass seine Frau mir auch so innig zugetan ist und unsere Kinder so großartig zueinander passen. Besonders in die kleine Lily bin ich regelrecht verliebt, sowie mein Eric und meine Kinder auch."

„Ich kann mich meiner leicht neiderfüllten Gedanken nicht erwehren", gab Jana zu, „euer Leben wird sicherlich komplett anders verlaufen als bisher. Wo der gute, vorgefertigte komfortable Schicksalsweg bisher auf euch gewartet hat, wird er künftig sicherlich mit Überraschungen, Abenteuern und Reisen koloriert sein."

„Ja, aber das größte Geschenk, das Valentin und Isabella mir und meinem Ehemann machen können ist die Anschauung, wie man als Ehepaar auch ein Liebespaar bleiben kann. Die beiden zelebrieren ihr Glücklichsein und die Aufmerksamkeit füreinander auf bezaubernde Weise. Das ist für uns eine Einladung zum Nachahmen. Das hat mich, aber auch meinen Eric übrigens, sehr nachdenklich gemacht. Wir haben erkannt, dass genau diese Achtsamkeit für den anderen schnell auf der Strecke bleiben kann, wenn man dem Alltag die Herrschaft überlässt.

Du siehst wir sind Beschenkte auf vielerlei Art."

Jana hatte mir aufmerksam zugehört und mir bestätigt, dass man die Aufmerksamkeit füreinander in der Tat schnell verlieren kann, wenn Achtsamkeit und der respektvolle Umgang miteinander, sowie das Interesse für alles, was den anderen interessiert, nicht sorgsam gepflegt werden. „Wie aber sieht es nun mit dem Preis aus, den deine Römer entrichten müssen, wollen sie Glück auf vielen Ebenen dauerhaft erleben?"

„Darüber habe ich mir auch so meine Gedanken gemacht", erwiderte ich, „es ist wohl so, dass auch hierfür die allseits bekannte Glücksformel gilt, die da heißt „der Weg ist das Ziel"! Jawohl alles hat seinen Preis. Aber wenn man sich seines Glückes bewusst ist, dann geht man die Wege dorthin, die zugegebenermaßen oft auch mühsam und problembeladen sind, leichtfüßig und betrachte jeden einzelnen Schritt als Stufe zum Glück, die man gerne erklimmt und die man nur zu gerne als Preis entrichtet. Mit dieser Erkenntnis ist es dann auch möglich ein gelegentliches „Tal der Tränen" zu durchwandern und gestärkt jeden glücklichen Moment zu genießen und sich auf eine lohnende Zukunft zu freuen."
Jana lachte und sagte bewundernd: „na, jetzt wirst du philosophisch und poetisch noch dazu!
Jana und ich schauten uns verständnisinnig an und nahmen uns bei den Händen. Wir beide hatten uns wieder einmal bewusst gemacht, dass unsere Freundschaft füreinander auch keine Selbstverständlichkeit ist. Wir versicherten einander, dass wir dieses vertrauensvolle Gefühl künftig auch wieder besser pflegen wollten.

Ja, besonders ich, hatte anstrengende Monate hinter mir, aber der zum Teil qualvolle Spaziergang in meine Vergangenheit hat sich in jeder Hinsicht gelohnt. Wir beide, meine Freundin und ich haben in dieser Zeit viel gelernt und sind einfach nur dankbar für das intensive Erleben, das uns und auch die Menschen, denen wir verbunden sind, glücklicher gemacht hat und es wird uns in jeder Hinsicht noch so viel glücklicher machen, dessen sind wir ganz sicher.
Für uns beide, insbesondere aber für mich, scheint der Preis für die zauberhaften Ergebnisse die erzielt worden sind, durchaus angemessen zu sein und ich bin dankbar dafür, dass ich ihn entrichten durfte.
Mein Lieblingswort, das habe ich mir für alle Zukunft fest vorgenommen, heißt deshalb DANKE! Das will ich nicht vergessen und allem zugrunde legen, was ich erlebe, plane und was mir zuteil Wird. So bleibt mir bewusst, wie glücklich ich bin.

Erläuterungen zu Meridian-Energie-Therapien

EMDR Eye Movement Desensitization und Reprozessing

Eye Movement = Verarbeitung von Traumafolgestörungen

Ist eine, vom wissenschftlichen Beirat für Psychotherapie anerkannte Psychotherapiemethode, die bei posttraumatischen Belas-
tungsstörungen angewandt wird.

Die Wirksamkeit ist durch zahlreiche Studien belegt. 80 Prozent der
Patientinnen, der Patienten fühlen sich nach nur wenigen Sitzungen
deutlich entlastet. Für die Nachbearbeitung der belastenden Erinnerungen folgt die Patientin, der Patient dem Finger der Therapeutin,
des Therapeuten mit den Augen, deren/dessen Finger sich im
gleichbleibenden Rhythmus von einer Seite zur anderen bewegen.
Dadurch werden die Selbstheilkräfte des Gehirns aktiviert, die
belastenden Erinnerungen verarbeitet.

MET Meridianklopfen (Buch von Ingrid Schlieske, AMAZON)

Ein Leben ohne Ängste, ohne Phobien, Ärger, Wut und Neid ist
auch ein Leben ohne innere Wunden Sorgen, Kummer, ohne Krankheiten und unnötiges Leid. Eine einfache Technik, die jeder leicht
erlernen und anwenden kann, löst Blockaden, die Heilungen entge-
genstehen ermöglicht es, inneren Frieden zu erlangen und Bürden
leicht zu tragen, die das Schicksal jedem von uns auf dem Schicksalsweg auftürmt. „Klopfen Sie sich frei!" Das ist eine Auffor-
derung, der man Folge leisten kann und die tatsächlich von der
ersten Anwendung an dabei hilft, sich gesund und befreit zu fühlen.

Japanisches Heilströmen (von Ingrid Schlieske, AMAZON)

Altes Volkswissen zur Selbsthilfe

Das Japanische Heilströmen eignet sich zur Behandlung aller möglichen Alltagsbeschwerden, zur Einwirkung auf chronische Erkran-
kungen und auch zur geistigen und seelischen Weiterentwicklung.
Dafür braucht man nur seine Finger und das Wissen um die Lage
von bestimmten Energiepunkten auf den Meridianverläufen. Das
einfache Halten dieser Energiepunkte regt die Selbstheilkräfte an,
bringt Energieströme in Harmonie oder/und kann zur Linderung
oder sogar zur Heilung von Krankheiten beitragen.

In vielen Fällen ist eine Verbesserung und Stärkung der Gesundheit
zu erwarten.

Das Heilströmen ist eine sanfte Methode, die sich als Gesund-
heitsbegleiter für ein ganzes, energievolles Leben empfiehlt.

Weitere Romane von Susi Ischli

SEHNSUCHTSFADEN

Gibt es ein Rezept für gelungene Partnerschaften? Liebende sind ja grundsätzlich der Auffassung, dass ein großes Gefühl ausreicht, um charakterliche und soziale Unterschiede auszugleichen. Oft will es dennoch nicht gelingen, die tiefen Gräben zu überbrücken, die sich unversehens auftun.

Aber manche Menschen scheinen das Geheimnis zu kennen, wie man liebevoll zueinander findet, auch wenn die Voraussetzungen für eine harmonische Beziehung von außen betrachtet, absolut unmöglich scheinen.

Diese Geschichte erzählt, wie man es lernen kann, den Partner, die Partnerin zu verstehen und die Verschiedenartigkeit, die bereichert, statt zu entzweien, als Geschenk zu betrachten. Dafür gibt es wohl tatsächlich so eine Art Code, der wie ein Schlüssel den Zugang zu dem Wesen ermöglicht, das in einer anderen Welt zu leben scheint und soeben noch ein einziges Rätsel war. Und dann öffnen sich wie durch Zauberhand die verschlossenen Wege zu der Seele des anderen und alles ist plötzlich ganz ein- fach …

Erhältlich bei AMAZON

NOCH

Dieser Roman ist in Arbeit. Er handelt von schmerzvoll erlebter Vergänglichkeit einer großen Liebe, der das eigene Alter und das Kopfkino, das sich einfach nicht abschalten lässt, nicht erlauben, sich zu verwirklichen. Aber es geht auch um Einsicht in schicksalshafte Fügungen und an Beständigkeit von verlorenen Gefühlen, die man eigentlich verdrängt und fast vergessen hatte. Und dann kann es passieren, dass aus dem zögerlichen NOCH ein NOCH-immer werden kann.

Erhältlich bei AMAZON